KRVAVA ČESTITKA

KRVAVA ČESTITKA

Mirjana Sušić

Globland Books

„Nezadovoljstvo je nemoćno kad se rodi, strašno kad ojača.”

Meša Selimović

Znam da ćete me osuđivati zbog svega što ću učiniti, znam da ćete me smatrati monstrumom koji nije u stanju da oprosti i zaboravi, monstrumom koji živi u prošlosti uništavajući drugima budućnost. Ja ću za vas biti samo jedno zlo koje treba iskorijeniti, staviti iza rešetaka da plati za sva zlodjela. Složiću se sa vama u jednom; da treba da platim za sve što ću učiniti, ali prvo treba meni da plate osobe koje su odgovorne za ono što sam postala. Kažu — ljudski je praštati, ali da li mislite da su sve stvari u životu oprostive? Da li biste vi mogli da oprostite i zaboravite ono što se meni desilo, ono što izazove najgore osjećaje u vama, tjera vas da se stidite sebe misleći da je to vaša krivica, da ste vi nešto skrivili čudovištu koje vas je godinama vrebalo i na kraju sustiglo i ubilo sve u vama, oskrnavilo vam dušu, načelo tijelo i ostavilo duboke ožiljke koji ne prolaze?

Znate li kako izgleda kad godinama spavate sa upaljenim svjetlom bojeći se da će mrak oživjeti čudovište? Znate li kako je kad morate da ubijete krv svoju samo da biste se spasili? Znate li kako je kad vas noću probude hladne ruke na vašem tijelu onog ko treba da vam bude zaštita i oslonac, kako je stojati nad grobom onog koga ste nekada najviše voljeli i liti lažne suze dok vas svi po ramenu tapšu i tješe?

Ne znate, a molim Boga da nikada ne saznate, jer te rane ne prolaze.

Kada jednom ruke okrvavite nikada ih više ne možete oprati. Koliko god ih prali tragovi smrti se nikada ne peru, ne postoji sredstvo napravljeno da opere tragove krvi sa duše. Ruke se mogu oprati samo prividno, ali svaki put kad pogledate u njih asociraće vas na ono što su uradile i nekad prije nekad kasnije te iste ruke udružene sa pokidanom dušom poželjeće još smrti, još krvi, uvijek požele ponovo.

Kažu, svi se rađamo nevini i čisti, da niko zlo ne dobija rođenjem, ono se kasnije javlja, a na nama je da li ćemo da ga prihvatimo i njegujemo ili ćemo krenuti drugom stazom. Ja ipak mislim da neke čudne genetske karakteristike možemo naslediti i od dalekih predaka, tako da se nekada i rodimo malčice „drugačiji”. Staza kojom ću krenuti nije bila moja odluka. Drugi su me na nju gurnuli i nemojte misliti da nikad nije bilo pokušaja i borbe u meni da krenem drugom stazom, ali uvijek je to bilo dugo i besciljno lutanje i ponovo me vraćalo na moju stazu, dozivala me, tražila, molila da je ne napuštam, jer vremenom granica između nas zauvijek je izbrisana.

Kada se granica jednom izbriše, čovjek i njegova staza postaju jedno, ne mogu se više odvojiti. Odabrana staza odvela me je do pogrešnog voza, do onog koji vozi samo u jednom pravcu, a odredište je propast i zlo, kartu plaćamo našom dušom.

Ne pišem ovo da bi moje riječi izazvale vaše sažaljenje, to mi nikada nije bilo potrebno, a ako hoćete da znate kako su se proveli dobri ljudi koji su me kroz život sažaljevali pa moraćete njih da pitate. Izvinite, pa... Nećete moći da ih pitate, zato što su oni odavno postali hrana za crve. Glupaci ne mogu da prepoznaju zlo ni kada se od njega očešu, zato i jesu postali gozba za crve. Pitate se sigurno zašto ovo pišem kada ne želim sažaljenje, ne tražim razumijevanje, unaprijed se ne kajem *zbog svega što će se desiti izazvano mojom rukom, šta onda hoću? Hoću da nekome ispričam sve ono što me godinama stezalo poput omče oko vrata, hoću nekom da otvorim ovu moju mračnu dušu, hoću da me neko upozna do kraja, hoću da me neko vidi bez maske dok budu padale maske ljudi u mojoj okolini. Svi nosimo maske, samo je pitanje od kakvog je materijala čija i koliko joj teba da se pocijepa i spadne. Hoću da budete moja publika dok cijepam maske lažne nevinosti i morala, hoću samo da budete nijemi posmatrači moje predstave, jer kako da izvedem predstavu bez publike? Nemojte mi zviždati, nemojte me pljuvati, sačekajte da se zavjesa spusti, a onda odlučite hoćete li me nagraditi aplauzom ili ćete bacati jaja na pozornicu. Za koju god opciju da se opredjelite, meni će biti svejedno, jedino mi je važno da se krvava predstava ne prekine, da je odigram do kraja.*

Ja ustajem iz groba, onog istog u koji su me nekada davno zakopali i zaboravili na mene, misleći da je odavno zarastao i da se više niko ne sjeća mjesta gdje počivam. Ali nekada dođe dan kada se grob mržnje sam od sebe otvori i zlo je slobodno, izlazi na svjetlost i kreće u svoj pohod i niko ga više ne može zaustaviti. Poslije mnogo godina provedenih u tamnici nijedni lanci ga ne mogu zadržati, kasno je. Pa da počnemo sa predstavom, da ne gubimo vrijeme. Dosta ga je potrošeno uzalud, ne treba mi još praznog hoda.

„Život nam vraća samo ono što mi drugima dajemo.”

Ivo Andrić

Smederevo, 1992. godina

Godinama sanjam isti san. Tamna sjena se nadvija nad mojom posteljom i grubo me grabi.

Uvijek se budim u znoju. Nikada nije dosanjan do kraja, ne mogu da vidim lice sjene, nosi masku, ali ja dobro znam ko je to iako u snovima nema hrabrosti da ga otkrije ja ga mogu prepoznati i pod maskom, taj dodir nikada neću zaboraviti.

Čovjek nikad ne zaboravlja mjesta koja su ga činila srećnim. Nema to veze sa mjestom, nego sa osjećajem koje u njemu budi. To mjesto i dan-danas postoji, ali moja noga nije odavno tamo kročila. Nemam hrabrosti da se tamo vratim, ništa više tamo nije isto, bar nije za mene, ne znam ko sada živi u toj kući koja je nekada za mene bila oaza sreće da bi se vremenom pretvorila u središte pakla. Znam tačno kada su stvari krenule stranputicom. Sjećam se dana sreće, zagrljaja, osmijeha, ljubavi koja je strujala svuda oko mene, sjećam se sebe kao veselog i razigranog djeteta. Moji roditelji su se mnogo voljeli. Sjećam se tih naših zajedničkih trenutaka i riječi koje su upućivali jedno drugome. Bili smo srećna porodica i moj djetinji mozak nije ni slutio da je sreća ponekad nalik balonu; ne znaš kada će ga nešto probušiti ili će se jednostavno izduvati.

Sreća je osjetljiva materija. Dovoljan je jedan trenutak nepažnje da se zauvijek rasprsne u milion dijelova, a ko će onda to da sakupi? Jednom rasuta sreća nikada se ponovo ne može skupiti, ali to čovjeka nauče godine da, posle pucanja balona, neki dijelovi jednostavno odu u vjetar, neki se zalijepe za zemlju pa ih čovjek ošteti dok pokušava da ih odlijepi, naprave se pukotine, rezovi, neke dijelove zgazi slučajni prolaznik i onda čovjek shvati da nema smisla da pokušava da ih sastavi, već pusti, oplače, nastavi dalje, gradeći novu sreću. A šta kada se u novoj sreći pojave krhotine stare?

Kada misli da je sve prošlo, da je sve negdje zakopano i odavno zaraslo u korov, da više ni sam ne zna gdje počiva sve ono što je boljelo iako ga je sam zakopao, godine su potisnule sjećanja, dođe trenutak kada se ono zlo ponovo probudi i sve ono vremenom potiskivano, ono o čemu se ćuti krene da ostvaruje svoj naum. Znaš da ništa dobro sa sobom ne nosi, znaš da ti to ne treba, ali opet nemaš hrabrosti da mu se suprotstaviš, opet je jače od tebe, pokazuje ti da je sve bilo uzalud i da si i dalje nestabilna ličnost sa kojom ono može da se poigra kad god poželi.

Nesreća je ušla u našu kuću u obliku lijepog muškarca za koga bi svako dijete pomislilo da mora biti neki filmski glumac. Izgledao je kao da je sišao direktno sa televizije u našu dnevnu sobu. Sjećam se da je tata pričao da je došao samo na par dana kod naše komšinice koja mu je bila rodica, a doveo je i sestru i majku u izbjeglište. Tamo negdje bjesnio je rat. Do mog mozga su dopirali neki nepoznati pojmovi i stalno sam postavljala pitanja — „Šta je to rat? Zašto ljudi moraju da idu iz svojih kuća?" Rat kao pojam bio mi je totalno stran, ali činjenica da neko mora da napusti svoju kuću za moj djetinji mozak zvučala je strašno.

Ljepotan se ipak zadržao malo duže od dva-tri dana i sve češće je svraćao u našu kuću kad tata nije bio tu. Svrha tih posjeta mom dječijem mozgu nije mogla biti neobična i sumnjiva, a i pripreme za moj sedmi rođendan su me totalno zaokupile. Stalno se pričalo o tom meni najvećem danu, nabrajalo se ko će doći, šta želim na poklon, a lijepi čika bio je tu po cijeli dan. Mama mi je rekla da ništa ne spominjem tati i da je onaj čiko tu kako bi joj pomogao da pripremi orginalno rođendansko iznenađenje. Djeca vjeruju u priče i u bajke, a priča o iznenađenju nije mi dala mira noćima. Vjera da sam nešto posebno čim se jedan tako lijep i drag čovjek trudi da mi priredi iznenađenje činila je da se svaki dan osjećam kao da letim.

Dječija naivnost nije me napustila ni do dana današnjeg. I sada se ponekad zanesem mišlju da su ljudi dobri, da znaju pružiti i ruku, a ne samo podmetnuti nogu. Ne znam otkud mi snaga da i dalje maštam o tome nakon milion podmetnutih nogu i nijedne pružene ruke tokom cijelog života. Duša mi se tokom godina zaledila, nije odavno osjetila istinsku ljubav, tačnije, jedino sjećanje na ljubav i pažnju vezuje me za te rane godine prije sedmog rođendana, ali vremenom je to izblijedilo pa se često zapitam da li su to moja sjećanja ili su samo dio mašte, možda uspomene ukradene iz tuđeg života.

Sve izgleda tako nestvarno. Možda nikad nije ni postojalo osim u mojoj glavi kao misao i prkos onoj drugoj osobi u meni koja mi se stalno ruga da ne znam šta je ljubav i truje mi dušu. Pokušam ponekad uzaludno da joj se opirem, ne vrijedi, jača je od mene, očvrsla je tokom svih ovih godina i sve moje pokušaje da bar malo sperem gorčinu sa duše uspješno sabotira. Uhvatila me je u teškim trenucima, kada je čovjek nespreman, očajan, nesposoban da razdvoji dobro od lošeg, istinu od laži, ljubav od mržnje. Tada te ona grli i tješi, a ti naivno vjeruješ da joj je stalo do tebe, a ona te jednom rukom grli, a drugom ubacuje otrov u dušu u malim količinama dok je cijelu ne zatruje. Onda je kasno. Nemaš snage i želje da se ponovo boriš i suprotstavljaš. Sa svime čovjek nekako uspije izaći na kraj, nebitno kakav je ishod tog kraja, a poklekne sam pred sobom. To su najteže bitke i iz njih čovjek rijetko izađe kao pobjednik.

U svakom čovjeku žive dvije osobe, ali ona loša je obično zaključana negdje u najudaljenijoj tamnici njegove duše i ne dozvoljava joj da izađe do onog trenutka kada se izdaje počinju redati jedna za drugom, onda brave same od sebe popucaju. Tako je i kod mene bilo. Drugu stranu su oslobodili ljudi i godinama skupljana gorčina bila je slobodna, a ja bez volje da je ponovo vratim u tamnicu. Možda se prividno i javila želja, samo bilo je kasno, jer ovog puta je ona dobra strana mene bila zaključana u tamnici, a ključevi zauvijek izgubljeni. Nego da se mi vratimo na to iznenađenje koje mi je promijenilo život i otrovalo dušu. Znam da prevrćete očima kada pomenem dušu jer za vas sam čovjek bez duše, bez emocija, za vas ja i nisam čovjek, za vas sam hodajuće zlo prikriveno tijelom čovjeka.

Rođendan je protekao kao u bajci. Sve je bilo onako kako se samo poželjeti može! Puno djece, poklona, igre i smijeha. U svemu tome bilo mi je čudno što onaj lijepi čika nije došao. Taj njegov postupak izazvao je u meni neko razočaranje, ali mama je bila u velikom poslu da bi o tome razgovarala.

Iznenađenje je stiglo dan posle mog rođendana. Probudila me je svađa i vika roditelja. Bilo mi je neobično, jer su mi takve situacije bile nepoznate, uvijek je vladala harmonija. Tata nikad nije vikao, a tog jutra od njegovog glasa tresli su se zidovi. Majka je plakala i molila ga da prestane vikati, da će dijete probuditi, a on je govorio da dijete treba da zna kakvu majku ima. Začulo se lupanje vratima i postalo je jezivo tiho. Nešto nije bilo u redu, ali šta? U rukama mi je bio plišani medo, rođendanski poklon, moje ruke su ga sve čvršće stezale u nadi da će mi pružiti utjehu i zaštitu, da će me uvjeriti da sanjam.

Moj prozor je bio okrenut ka ulici i pogled kroz prozor me je ukopao u mjestu. Moja majka je nosila veliku torbu, ubacila je u auto onog lijepog čike koji je zagrlio, valjda da je utješi, i sjela je u taj prokleti auto. To je moje poslednje sjećanje na nju; kako ubacuje stvari u sivi automobil i okreće glavu u mom pravcu. Vidjela me je kako stojim, pogledi su nam se susreli i u trenutku se rodila nada da će se vratiti u kuću, da je to sve samo jedan košmar, ja još spavam, u krevetu sam, ovo je samo san, pratim ih pogledom sve dok nisu nestali iz mog vidnog polja. Otišla je bez pozdrava. Sati su prolazili, ali moj pogled je i dalje bio prikovan za ulicu kojom je otišla kao da ću ih snagom mog pogleda vratiti nazad, ali nikada se nisu vratili da mi bar objasne zašto je moralo tako.

Da li se ikad pokajala? Da li se zapitala kako ja živim i da li sam uopšte u životu, da li je mislila na mene? Nije došla da me poljubi za rastanak, da mi da bar lažnu nadu da će se jednom vratiti po mene, nije nikad pisala, nije zvala niti pitala za mene, za nas, zauvijek nas je izbrisala iz svog života onog jutra kada su nam se pogledi sreli poslednji put. Ostao mi je veliki plišani medo, neizgovorene riječi, suze i saznanje da sam višak u njenom životu kao stara krpa bačena u smeće kada postane neupotrebljiva. Pa i za krpu se čovjek ponekad veže, žao mu da je baci pa je drži u ladicama prebacujući je iz jedne u drugu, stalno odlaže trenutak kad će je baciti, a moja majka se nije predomišljala. Odbacila me je u jednom potezu.

Nedostajala mi je svakog dana. Suze su tekle i presušile. Otac me je grlio i tješio, slomljen od bola, ne znam ko je kome utjeha u tom periodu bio. On se držao zbog mene, ja zbog njega, ali komad naše duše bio je otkinut; mi smo bili tri duše u jednoj, svojim odlaskom majka je iščupala veliki dio te cijeline i krv je šikljala na sve strane, onda su se pojavile rane, a vremenom su ostali samo ožiljci. Ali ništa više nije bilo isto. Sva vedrina sa očevog lica nestala je, postajao je ruina od čovjeka. Često je krišom plakao, kada je bio siguran da ja to ne vidim, a vremenom se odao i alkoholu. Često su mu dolazili pijani drugari i neke nepoznate žene. Neke od njih su znale danima ostati kod nas, ali su sve na kraju odlazile baš kao što je to i mama uradila i mi smo opet ostajali sami. U rijetkim trenucima kad je bio trijezan, nazirao se u njemu onaj stari čovjek pun očinske ljubavi ali, kako su godine prolazile, ti trenuci su bili sve rjeđi. Češće je ruku koristio za udarce nego za zagrljaje i najbolje je bilo sklanjati mu se s puta.

Da li ga krivim za to? Pa u nekim danima mislim da se ponio kao slabić koji nije uspjeo da smogne snage zbog mene i nastavi dalje sa normalnim životom, što je postao kukavica i digao ruke i od mene i od sebe. Ona je otišla, a on je ostao, ali kao da nije, predao se. Izdali su me oboje, samo na različite načine.

A onda je došla ta kobna noć kada se od zla skloniti ne možeš. Ono jednostavno ima moć da te pronađe gdje god da se sakriješ, namiriše tvoj strah i hrani se njime dok ti se polagano približava, uživa u tim trenucima da osjeća kako drhtiš, kako si nemoćan da mu se suprotstaviš. Takva je bila i ta noć kad se desilo ono što će me u snovima proganjati do kraja života. Zlo se jednostavno ušunjalo u moju spavaću sobu, osjećala sam njegovo prisustvo, njegovu nadmoć pred kojom je moje tijelo drhtalo kao list na vjetru. U vazduhu se osjetilo nešto drugačije. Crne sjene su igrale po zidovima, a on, sam đavo, je došao da me dokrajči. Nemam gdje da pobjegnem, niko ne može da me spasi, njegove ruke se kreću po mom tijelu, osjećam da mi dolazi kraj nema dalje ovo je smrt.

Kažu da je riječ „trenutak" precijenjena. To je treptaj oka, šta možeš da uradiš u trenutku da bi ti se život okrenuo naopako? Ja kažem, mnogo toga. Možeš da ubiješ sebe da se zakopaš zauvijek i onda kada svi misle da su bezbjedni ti im pokucaš na vrata. Kao neko ko je gledao sopstveni leš, mogu reći da je jezivo. Mrtve oči su me gledale ispunjene strahom i zebnjom, te oči nisu znale da se izbore sa ljudima, ali ove će znati, ove će posle svoje sahrane krenuti novim putem, ako ga nema prokopaće ga i posjetiti neke stare poznanike.

2

„U samoći bijednik osjeća svu svoju bjedu, veliki duh svu svoju veličinu.”

A. Šopenhauer

Ne, ne mogu da se vratim tamo, ne mogu da ponovo prođem ulicom mog djetinjstva, tamo je zakopano nešto strašno, nešto što ne bi trebalo nikada da napusti grob, jer ako se kojim slučajem probudi pokrenuće lavinu smrti i zla. Nadam se da je još uvijek u onom istom grobu i da će tu ostati do kraja mog života, a kasnije neće moći nikom da naudi, ali plašim se da odem na grob, da odnesem cvijeće, strah me je da ga više neću naći da se premjestilo negdje ili još gore da je krenulo za mnom, a ovih dana osjećam da nešto nije u redu, da mi se nešto približava, mogu da osjetim njegov smrdljivi zadah, smrad truleži, miris zemlje, miris groba.

Čujem zvono na vratima. Ko bi to mogao da bude? U ovo doba nikoga ne očekujem. Laganim korakom idem prema vratima... Znam ja dobro ko u ovo doba zvoni, ko je to došao i našao me, nema više bježanja, skrivanje nije uspjelo, onaj poznati smrad štipa me za oči dok otvaram vrata i vidim moju noćnu moru kako mi se smješka na pragu. Podigla se iz groba iako godinama nije hranjena, znalo se da neće zauvijek ostati zakopana, jer je jednostavno dio mene. Ona se neće smiriti dok zadnjeg od njih ne pošalje u grob, a onda se možda ponovo vrati u svoj, jer samo ja znam šta se tamo dogodilo, zašto je baš mene potražila, ja sam jedini svjedok njene smrti, a sada moram saslušati zašto je ustala. Bila je kratka. Samo je izgovorila:

„Došlo je vrijeme da se probudi ono što je godinama spavalo. Nije našlo svoj mir u snu, trudilo se ali nije uspjelo; završi ono davno započeto i pošalji me na vječni počinak, pronađi mir našoj duši.”

Otvaram oči, tjerajući još jednu noćnu moru od sebe. U poslednje vrijeme bile su toliko česte i borba s njima bila je sve teža. Aveti, jezivi glasovi, čudni zvukovi u stanu, osjećaj da me neko posmatra, hladan vazduh koji iznenada prostruji pored mene, postali su moja svakodnevnica.

Sve je to zbog one kobne noći kada se desilo ono što me na javi bar nakratko ostavi na miru, ali mi se u snovima vraća svake noći, doziva me, vrišti i smije se u isto vrijeme, pruža svoje crne ruke prema meni, ubijam ga svake noći iznova u snu, ali vrati mi se već sledeće, oporavljeno i osvježeno, spremno za novu borbu. Vrijeme je da nastavim započeto, a ti odluči da li su moji postupci vrijedni osude ili praštanja. Ne sudi mi dok ne čuješ šta imam za reći, ne donosi ishitrene i površne zaključke, saslušaj me, isprati me, hodaj sa mnom, diši mi za vratom, ne ispuštaj me iz vida nijednog sekunda i onda me osudi ili mi oprosti, do tebe je. Koju god odluku da doneseš, ja se neću ljutiti. Tražim samo da me pratiš na putu kojim moram proći. Pa krenimo u pakao moje duše, odigrajmo poslednju predstavu sa tužnim klovnom.

Cirkus me nikada nije impresionirao. Svi ti klovnovi bili su mi nekako jezivi i tužni. Da li je to zbog onog Kingovog filma, ne znam, ali cirkus nikako nije za mene, a možda ću napraviti svoj, kao što već rekoh, sa tužnim klovnom.

3

„Rđavome se svako čini rđav.”

Maksim Gorki

Zvornik, 2015. godina

Bila je to jedna od onih kišnih noći kad kapi kiše udaraju u prozor kao tihi prikriveni jauci nekih davno prošlih vremena, noć kada kiša budi neku tugu i sjetu u čovjeku, uspomene nekih prošlih života koje ponekad čovjeka rasplaču, a ponekad mu samo tihi uzdah iz grudi otmu i tad prikriva žal za onim o čemu se ćuti, jer se plaši da će svako glasno izgovaranje riječi probuditi duhove koji više nikada neće biti uspavani. Bila je to baš takva noć kada se u potpunoj tišini remećenoj samo tihim jecajem kiše oglasilo zvono na vratima jednog stana.

Jedna žena se naglo trgla iz sna. Učinilo joj se da je čula zvono na vratima, uspravila se u sjedeći položaj i pogledala na sat pored kreveta. Pokazivao je 00:30. Pomislila je da je sanjala, kada se zvono na vratima ponovo oglasilo. Žurno je ustala iz kreveta navlačeći tanki ogrtač preko spavaćice i drhtavim koracima uputila se prema vratima. Hladan parket natjerao je da se strese. Neprijatni trnci izazvani kasnom zvonjavom na vratima spuštali su joj se niz kičmu, crne misli prolazile su joj kroz glavu. Iako je od sobe do hodnika djelilo svega par koraka izgledalo joj je mnogo dalje, noge su joj bile kao od olova, sasječene strahom i nekom crnom slutnjom i svaki korak predstavljao joj je napor. Pogledala je kroz špijunku i ugledala nepoznatu priliku sa kapuljačom pred vratima. Ono malo lica što se vidjelo nije odavalo nikakvu prepoznatljivost i u prvi mah se dvoumila da li da otvori. Nikad nije otvarala nepoznatima, ali nije joj se nikad ni desilo da joj neko zvoni u ovo doba. Sigurno se nešto ozbiljno desilo, njena djeca su joj bila u mislima i slutnje da im se nešto strašno dogodilo stezale su joj srce. A možda je neko pogriješio vrata i ona uzalud strepi. Ljudi uvijek odbijaju suočavanje sa teškim trenucima i pokušavaju u svojoj glavi da smisle priču koja će ih ohrabriti.

U kasne sate se zvoni obično kada se donose loše vijesti, a ovo je jedna od onih situacija kada nije samo donijeta loša vijest, nego je i lično došla kao zao poštar sa mnogo neprijatnom pošiljkom, onom koja je davno izgubljena, zaboravljena, ona o kojoj se samo ponekad uzdisalo zvonila je u kasne sate, došla je konačno na pravu adresu, mnogo je lutala, tražila, završavala u pogrešnim sandučićima, ali nada da će pronaći pravu adresu nije je napuštala. Da je znala da će ovo otvaranje vrata pokrenuti lavinu događaja i probuditi sve davno zakopane duhove sirota žena nikad ne bi otvorila, ali, kako kažu, kad bi čovjek znao gdje će poginuti ne bi tamo ni išao. Dok je drhtavom rukom pokušavala da otključa vrata nije ni slutila da je upravo otvorila kapiju pakla, a kada se ona jednom otvori nema zatvaranja, nema povlačenja više, čovjek samostalno ne odlučuje o budućim postupcima, ima ko to radi umjesto njega.

Zvuk okretanja ključa u bravi remetio je tišinu u koju je cijela zgrada utonula. Žena je otvorila vrata, lica pomalo izgužvanog od spavanja i kose spletene u pletenicu koja joj se poput zmije spuštala niz leđa. Sa strahom u očima, u iščekivanju loših vijesti, gledala je u pridošlicu. U grlu joj je zastala knedla i uzalud je pokušavala da nešto kaže, kao da je između nje i pridošlice strujala neka energija ispunjena zlom koja je paralizovala. Nekoliko trenutaka vladala je grobna tišina. Žena je gledala nepozvanog gosta, ne pokazujući nikakav znak prepoznavanja. Oči su joj odavale zbunjenost i iščekivanje šta će joj kasni noćni posjetilac saopštiti.

Pogledom punim mržnje posjetilac je dao osobi na vratima poslednju šansu da se sjeti, da se bar lažno pokaje, da uguši ovu mržnju koja je godinama zarobljena unutra i širila se po duši zauzimajući komad po komad teritorije dok nije zauzela i poslednji milimetar i porobila je skroz, onu zamišljenu granicu između mržnje i praštanja. U duši mržnja je odavno zavladala, a praštanje je ustuknulo pred njom ne pokušavajući da joj se suprotstavi, bez ijednog ispaljenog metka pobijeđeno je i zauvijek ugušeno. Nije više postojala nijedna odaja u prostorijama duše u kojoj bi se mogao naći bar jedan trag praštanja, protjerano je i iskorjenjeno kao da nikada nije ni bilo tu. Zlo se duboko ukorijenilo, izraslo je i počelo da daje otrovne plodove.

Hladan vazduh ispunio je hodnik, nešto zlokobno osjetilo se u zraku. Mučnu tišinu prekinuo je ledeni glas: „Da li me se sjećaš, da li me prepoznaješ? Nekada smo bili jedan svijet.”

Žena na vratima je samo nijemo odmahivala glavom ne pokazujući nikakav tračak prepoznavanja. Bila je sigurna da je pridošlica na pogrešnim vratima i da traži nekog drugog. Zato je napravila kobnu grešku. Izgovorila je najgoru moguću rečenicu koja je u glavi pridošlice pokrenula lavinu davno potisnutih događaja, progutanih suza, jecaja noćima gušenim jastukom koji je bio spomenik bolu i suzama. Uz ljubazan osmijeh rekla je: „Mislim da ste pogriješili adresu.”

„Da li stvarno ne znate ko sam ja?”

„Nikada vas u životu nisam vidjela, ovo je neka greška.”

„U pravu ste, ovo je vaša velika greška, greška zbog koje ćete poželjeti da se niste nikada ni rodili, greška koju ćete skupo platiti. Ja sam vaša najveća greška. Ljudski je griješiti, ali vi se niste nijednom pokajali zbog svoje greške, ostavili ste je na milost i nemilost životu i ljudima koji su od mene načinili osobu sa greškom, osobu kojoj su uzeli ljudsko dostojanstvo, pravo na sreću, pravo na smijeh, sve mi je oduzeto vašom krivicom, jer se niste nikada pokajali zbog greške, niste je poželjeli ispraviti.”

U jednom potezu pridošlica je ženu ugurala u stan stavljajući joj neku maramicu preko usta.

Žena se otimala pokušavajući da dozove pomoć, kada je uspjela da se iščupa iz stiska, prilika je gurnu i ona udari glavom na ćošak stola. Izobličeno lice pridošlice bilo je poslednje što je vidjela, a onda je sve prekrio mrak. Mrak u kome bolje da je zauvijek ostala, ali sudbina je imala druge planove za nju, samo što se ovaj put neko umješao i riješio da joj skroji sudbinu.

Nema radosti na licu, nema nikakvog znaka prepoznavanja, put je bio uzaludan i u duši zarobljenoj mržnjom treptao je ipak neki mali plamičak nade da će ljubav moći da izliječi zatrovanu dušu. Još jedna propala nada, ponovo odbacivanje, ponovo je iluzija o sreći srušena, a kada ti po ko zna koji put sruše iluzije, kada više nema nade za noćima sanjane snove o jednom malom raju, nešto čovjeku u glavi kvrcne i odluči da priredi pakao onima koji su mu oduzeli raj. Nema više snova o raju, nema nadanja, želje, maštanja, sve ide pravo u pakao, ali prije nego što i ja postanem stanovnik pakla ima vas kojima ću napraviti pakao od života na zemlji. Spremite se za život gori od smrti, znam da će i nevini stradati, ali da li je neko mislio na moje nevino stradanje svih ovih godina? Svo godinama sputavano zlo iz dubine moje duše oslobođeno je i nema više milosti.

Prikrivena velom noći i praćena jaucima kiše, prilika se sa lažnim osmijehom na licu iskrala iz stana nesrećne žene sa uvjerenjem da je ona mrtva.

4

„Sloboda je mogućnost da sami izaberemo teret koji ćemo nositi."

H. Menjuhin

Zvornik, 2016. godina

Mjesec je bio visoko na nebu i njegov odsjaj kupao se u talasima prevrtljive rijeke Drine. Sve je prolazno, ali ona ostaje iz vijeka u vijek, teče kroz ovaj grad i dijeli ga od susjednog brata. Jedan most, nekoliko metara vode i par koraka dijeli dvije države. Stanovnici ova dva susjedna grada imali su priliku da vide sva njena lica tokom godina, od mirne rječice koja je tiho žuborila do podivljale zvjeri koja je nosila i gutala sve pred sobom.

Jedna tamna prilika šunjala se šetalištem koračajući prema obali rijeke zadubljena u misli dok mu se u glavi odvijao monolog o uspijehu njegovog današnjeg dana, baš kao što dijete na kraju dana radosno roditeljima prepričava događaje koji su mu obilježili dan. Prilika je sama sebi prepričavala dan kao starom dobrom znancu:

„Kako mi se večeras posrećilo! Uspio sam da isprosim čak dvadeset maraka i uz to me je prodavačica počastila sendvičem. Ima dobrih ljudi na ovom svijetu, nisu svi od one vrste koje se sklanjaju od nesrećnog čovjeka kao od šuge. Ja jesam prljav i shvatam što me izbjegavaju, ali vidjeo sam mnogo čistih i urednih ljudi koje ljudi izbjegavaju samo zato što su nesrećni i neuspješni. Kada kreneš da padaš nikoga nema da te pridrži, znam ja to sve iz iskustva. Dok sam bio na vrhu svi su bili oko mene, kad sam počeo da padam nikoga nije bilo da me pridrži, pao sam svom snagom, ali sâm sam kriv što nikada više nisam ustao. Šta ću... Bez nje više ništa nije imalo smisla! Nisam mogao da hodam sam, nisam želio da hodam, dišem, da sanjam bez nje, svoj pakao na zemlji sâm sam napravio, ne krivim nikog, nisam zaslužio ništa bolje nakon svega, a godinama sam molio Boga da mi da snage da okončam svoj život. Kukavica sam ti ja, ne mogu da napustim ovaj pakao na zemlji svojom voljom, bojim se da me, ako postoji nešto sa one strane, kao samoubicu neće poslati kod nje i bićemo ponovo razdvojeni i tamo, a Bog valjda zna zašto me još ne uzima."

Ovako je naglas razmišljao stari Jovo poznati zvornički pijanac i beskućnik dok je u kasne sate išao prema drinskom šetalištu, stežući u ruci skoro skroz popijenu flašu rakije. Bio je pijan i spoticao se pri hodu. Pao je nekoliko puta, ali to mu je bila svakodnevnica. Svaki put kada bi pao, kao i svaki pijanac, ruku u kojoj je držao flašu podigao bi visoko iznad glave; nije mu bilo bitno da li će glavu razbiti, bitnija od života bila je gorka tečnost u flaši, šta će mu glava ako je flaša prazna često je u šali govorio, život mu se davno ugasio ostalo je samo puko preživljavanje i čekanje da ga Gospod pozove na istinu.

Bio je sve u životu; od gospodina, uglednog građanina i dobrog supruga do zatvorenika, alkoholičara i beskućnika. Takva mu je sudbina, ali ne može da krivi samo sudbinu. Koliko god da ga je pratila loša sreća nekim stvarima je i sam doprinjeo, koliko god da život nekog unazadi sam sebe unazadi još više kada od njega odustane i prestane se boriti, postoji samo da je „više živih", a odavno je mrtav. Nema gore sudbine čovjeku od umiranja prije smrti, godinama samo vegetira, ubraja se u žive čekajući dan kad će ga spustiti u zemlju ubrajajući ga u fizički mrtve iako ništa tu odavno da umre ostalo nije, bacaju zemlju preko davno umrlog čovjeka da se protokol ispoštuje.

Poslije jednog pada zaglavio se u šipražju. Duga sijeda kosa mu se upetljala u neko trnje pa je tako zapetljan sa rasutom kosom i bradom podsjećao na prljavog Deda Mraza koje često viđamo na Zapadu u vrijeme praznika. I boja garderobe mogla bi se uporediti. Dok je nesrećnik sa mukom pokušavao da ustane i izvuče se iz šipražja koje ga je stezalo kao kandže neke strašne zvijeri, a procenat alkohola u glavi dodatno je sabotirao svaki njegov pokušaj, imao je osjećaj da je više kose ostalo u trnju nego na njegovoj glavi, napola oslobođen ugledao je nešto kako se pomjera. Bila je noć punog mjeseca i svjetlost je padala na nešto što u prvi mah nije mogao razaznati. Na obali se vidjelo neko pomjeranje. Naprežući i trljajući oči uspio je da vidi dvije prilike. Stojale su na obali na pločniku i o nečemu žučno raspravljale.

„Ah, ta ljubav je gora od alkohola, ja dolazim ovdje u kasne sate da u tišini i samoći pijem, a oni da se raspravljaju, mladost je čudo, ne bira ni vrijeme ni mjesto" — pomislio je Jovo.

Sa uzdahom se sjetio dana kada je i sam bio momak i ništa ga nije moglo spriječiti da vidi Milicu. Činilo mu se da se to dešavalo nekom drugom čovjeku, od tih dana je udaljen pet života, a nekad bi pomislio da je sve to samo sanjao, da se ti dani sreće nikada nisu ni desili i u trenucima najvećeg očajanja odlazio bi ponovo na njen grob da ga njena nijema slika sa hladnog spomenika uvjeri da je nekada bila dio njegovog života. Doživio je u ovom jednom životu nesreća za pet, a jedino svjedočanstvo o danima njegove sreće i uvjerenje da te dane nije izmaštao uz flašu jeftine loze bila je baš ta nadgrobna ploča sa slikom jedne lijepe žene čiji se život prerano ugasio njegovom krivicom. Bila je podsjetnik da je nekada živjela, da je hodala ovom zemljom. Kako je to bilo divno biće! Znala se kao dijete radovati kada bi joj po dolasku s posla donio jedan maslačak koji je ubrao na putu do kuće, vidjela je sreću u sitnicama i jednostavnosti.

Sve bi na ovom svijetu dao samo kada bi mogao da vrati vrijeme i izbriše onaj kobni dan kada je, neuračunjiv i tvrdoglav, glumio nekog ponosnog muškarčinu; a u tim postupcima nije bilo ni „m" od muškarca govorio je sebi sto puta kasnije u suzama; kao manijak mizeran, ali kajanje je stiglo prekasno, a njen poslednji pogled, njena ruka na obrazu gdje su se oslikali njegovi prsti, suza u oku, šok i nevjerica proganjaće ga do kraja života pa i na onom svijetu ako postoji. To je poslednje sjećanje na nju, već u sledećem trenutku bila je mrtva, a on grešnik još uvijek zemljom hoda, neće ga ni nebo. Već je razmišljao da se pomjeri i krene na drugu stranu da u tišini koju mu ovo dvoje iznenadnih posjetilaca remete ispije preostalu rakiju iz flaše i makne se što dalje da ne bi stekli utisak da je neki bolesni voajer koji špijunira i gleda ljubavnike u kasne sate, ali ga je nešto zadržalo na mjestu.

U prvi mah mislio je da mu se priviđa. Alkohol mu je odavno pomutio mozak i često nije ni sam znao šta je stvarnost, a šta su njegove halucinacije. Gledao je u prilike koje se pomjeraju na dvadesetak metara ispred njega i njihova gestikulacija asocirala je na neku ozbiljnu raspravu. „Vjerovatno neka ljubavna svađa" — mislio je, ali ono što mu je bilo neobično je to što je jedna prilika imala dugi srebreni plašt koji se vijorio na laganom vjetru podsjećajući na krila od čega je Jovu počela podilaziti jeza. Sjetio se starih filmova strave i užasa, ne sluteći da će se za par trenutaka pred njegovim očima odigrati jedan.

Dvije prilike su tiho raspravljale, a on je bio poprilično daleko da bi mogao da čuje o čemu je riječ, ali glava, iako odavno otupjela od alkohola, nije mogla da se otme utisku da upravo prisustvuje nečemu lošem. Čučeći u grmu, utrnuo od jeftine loze, vidio je kada je prilika sa „krilima" izvukla nešto što je blijesnulo na mjesečini i počela time da zamahuje na drugu priliku koja se u početku opirala, ali sa svakim novim zamahom taj otpor je slabio. Nastavila je da udara tim po onoj drugoj prilici još dugo nakon što je nesrećna strana pala na zemlju. Zatim se pomjerila desetak metara dalje tik uz mjesto gdje je Jovo čučao sakriven i podigla predmet koji je držala u ruci prema nebu. Bio je to veliki nož koji je bljesnuo na mjesečini. Spustila je zatim nož, oprala ga u vodi i uputila se ka Jovinom skloništu. On se već lagano opraštao od života, jer je bio uvjeren da ga je ta čudna prilika primjetila i sada dolazi po njega. Oprala je nož od prethodne krvi i sada dolazi da i njega dokrajči. Srce mu je kucalo kao ludo, činilo mu se u strahu da su mu otkucaji bučni kao crkvena zvona sa obližnjeg hrama tako da nije ni čudo što ga je ona sjena, stvorenje ili šta je već vidjelo, međutim sjena je samo prošla kraj njega i tiho nestala u noći.

Kada je bio siguran da je prilika otišla Jovo je izašao iz grmlja. I pored velikog procenta alkohola u organizmu osjećao se potupno trijezan i u stanju šoka, ne vjerujući svojim očima u ono čemu je prije nekoliko trenutaka prisustvovao. Uputio se ka pločniku na kome se nemili događaj odigrao. Mjesečina je jasno osvjetljavala obalu i pločnik na kome je do malo prije stajala čudna prilika sa srebrenim plaštom, voda je tiho žuborila i to je bio jedini zvuk u noći. On se u par navrata unezvjereno okrenuo, očekujući da će se svakoga trenutka obrušiti na njega da ga dokrajči, možda se namjerno pritajila i čekala ga da izađe iz skloništa kako bi ga iznenadila ne dozvoljavajući mu da ode. Čuo je neko šuškanje iza sebe i paralizovao se u mjestu od straha. Čekao je hladnu ruku koja će se spustiti na njegovo rame. Šuškanje je bilo sve bliže i imao je osjećaj da mu neko diše iza vrata. Od te pomisli naježiše mu se sve dlake na tijelu. Baš tad ga je nešto zakačilo za kraj poderane nogavice. Skočio je kao oparen očekujući susret lice u lice sa zvjeri, ali to je bio samo veliki pacov koji je i sam bio uznemiren i iznenađen ovim kasnim noćnim posjetiocima. Brzo je pobjegao u grmlje i obalom je ponovo zavlada grobna tišina.

Kada je stigao do pločnika upalio je malu baterijsku lampu koju je uvijek nosio sa sobom. Iako je mjesečina omogućavala dobru vidljivost, godine su učinile svoje. Kada je snop svjetlosti uperio prema licu osobe koja je ležala, tačnije rečeno, prema onome što je ostalo od lica, Jovo je zanijemio. Stežući malu lampu u rukama instinktivno je povratio sav alkohol koji je te večeri u sebe sasuo. Oči mu se prikovaše na mrtvo tijelo ispred njega, iskasapljeno do neprepoznatljivosti. Iskolačene oči sijale su na mjesečini i gledale u njega pogledom od koga se ledi krv u žilama, kao da su na cijelom licu ostale samo oči koje će svakog tenutka da iskoče iz duplji i obruše se na njega; isječene usne otkrivale su red krvavih zuba kao da su pokušale da se nasmiju jezivim osmijehom u trenutku odlaska na onaj svijet. Prestrašen prizorom nekoliko trenutaka ostao je da stoji ukopan u mjestu, bez snage da načini ijedan pokret, čak ni da pomjeri ruku kako bi snop svijetlosti pomakao sa nesrećnikovih očiju, a onda se iznenada dao u trk kao da ga sami đavoli gone prema njegovoj straćari stalno ponavljajući sebi:

„Sve je to samo san matora drtino, halucinacije, nije se ništa dogodilo, sigurno si na trenutak zaspao i sanjao, nije ti prvi put da imaš slične košmare alkohol ti je mozak potpuno pomutio pa su počele da ti se priviđaju krilata stvorenja koja ubijaju na obali rijeke, kako bi ti se ponovo policija smijala da im ovaj slučaj prijaviš. Sjećaš li se kako si onda vidio čovjeka u crnom kako napada neku ženu na ulici, a posle se ispostavilo da su sve to samo tvoje halucinacije, šta bi tek rekli za sjenku sa krilima koja ubija na obali rijeke, bio bi to vic godine.

Ohrabrujućim riječima nesrećnik je tješio sebe do jutra, ubjeđen da je sve to samo još jedna njegova halucinacija i da će se sutra sam sebi smijati kada vidi da ništa od toga nije tačno osim njegovog pomućenog uma. Ali, koliko god sebe ubjeđivao u to, one oči koje samo što nisu iskočile iz duplji, onaj poslednji pogled njima upućen prema nebu u trenutku smrti stvarale su košmare u njegovoj glavi. Sumnjao je da je ipak vidio veliko zlo, došlo je da naplati svoje dugove, a kada zlo dođe po dug tu nema odlaganja, ono ne čeka, ono ne zna za period mirovanja, ono će da uzme svoje odmah i nije ga briga što ti nisi spreman da mu daš ono po što je došlo, zlo ne pita, već uzima bez pitanja, njemu nikada nećeš dužan ostati. Da li je nešto s one strane došlo po naplatu? Kakvu li masku nosi? Da li je to đavo u ljudskom obličju ili je čovjek u đavoljem obliku?

Ova pitanja nisu prestajala da muče nesrećnika. Ako je od one strane ono će ga naći, ono ga je namirisalo i možda namjerno pustilo da ode kako bi ga strahom lomilo. Mislio je da je spreman da se suoči i sa samim đavolom jer odavno nema šta da izgubi, ali ovo blisko prisustvo zla u njemu je izazvalo neočekivani strah. Za svako zlo prije ili kasnije čovjeka stigne kazna, ali često se to obruši na nekog nedužnog, njegov grijeh ponese neka nevina duša.

5

„Osveta je odvratna stvar, isprlja nas.”

M. B. Mojsilović

Ana se naglo trgla iz sna. Nije mogla da odredi da li je sanjala ili je stvarno čula neki zvuk. Nešto je natjeralo da se probudi. Ustala je i pogledala kroz prozor. Napolju je sve djelovalo savršeno mirno. U poslednje vrijeme spavala je jako loše. Noćna dežurstva u bolnici remetila su joj san i sav nagomilani stres koji se nakupio natjerali su je da počne da uzima neke pilule za spavanje kako bi mogla da se odmori. „Tišina je kao u grobu” — pomisli na trenutak i od te misli počela je podilaziti jeza.

Tih dana nije mogla da se otme utisku da je neko zlo vreba i čeka prigodan trenutak da je uhvati u svoje kandže. Čvršće je stegla deku kojom se ogrnula, nadajući se da će tako otjerati misli koje su navirale i osjećaj straha koji je danima proganjao i uvukao se u svaku poru njenog bića, tjerao je da drhti, hladnoća bi je stalno obuzimala i osjećaj da je neko tik iza nje nije prolazio. Okretala se unezvjereno, ali nigdje nije bilo nikoga. Bojala se da su to i njene kolege primjetile, trzala se na svaki zvuk i često je odlazila u kupatilo da se bar na deset minuta zaključa i pobjegne od svega. Virila je kroz ključaonicu prije nego što se usuđivala da izađe. Iako je njeno ponašanje izgledalo djetinjasto, u dubini duše osjećala je da njen strah nije nimalo nalik dječijem i da se iza toga skriva nešto mnogo gore. Samo je pitanje dana kada će kolege primjetiti njenu razdražljivost i, neki iz dobre namjere neki iz podsmijeha, predložiće joj da se nakratko popne do trećeg sprata bolnice i malo porazgovara sa doktorom Pašićem, poznatim psihijatrom. Bilo je trenutaka kada je poželjela da potrči uz stepenice, uleti u njegovu kancelariju i moli ga da je spasi, ali svaki put hrabrost je napuštala. Šta da mu kaže? Od koga bježi, ko je prati? A znala je da je uz nju u svakom trenutku u poslednje vrijeme, osjećala je hladan dah na svom vratu, svaka dlaka na tjelu bi joj se podizala dok joj se hladan znoj u potocima slivao niz leđa.

Izašla je u hodnik stana koji je godinu dana dijelila sa još dvije cimerke i uputila se u kuhinju. U mraku su svi predmeti dobijali avetinjski izgled. Sve što je na dnevnom svjetlu normalno, obavijeno crnom bojom dobija novi oblik. Baš kao i strah; danju su ljudi mnogo hrabriji, lakše se nose sa svojim demonima. Dan ima tu moć da otjera utvare, da ih proguta u svojoj utrobi, ali noć ih ponovo oživi, ukrade ih od dana i probudi ih. Kada se probude još su nemilosrdniji, jer dan koliko god da misli da ih onesposobljava zapravo im čini uslugu, uspava ih, uljulja, daje im novu energiju i sa prvim znacima noći oni ponovo kreću.

Ana se kretala prema kuhinji lijenim korakom, kao da hoće da odloži bar za nekoliko trenutaka susret sa onim što je tamo čeka. Sve je djelovalo mirno i tiho. Nikakvi zvuci i pokreti se nisu čuli iz soba njenih cimerki. Koliko u stvari poznaje cure sa kojima živi? Pa... Dijelile su stan, pile kafu kada im se poklope smjene pa bi se našle u isto vrijeme kod kuće, sve u svemu, jedan normalan prijateljski odnos. Voljela ih je, prije njih je bila strašno usamljena u ovom gradu bez ikog svog. Teško je sklapala prijateljstva kad je tek došla u novu sredinu. Cimerke su joj bile kao druga porodica, znala je skoro sve o njima, ali uvijek je postojalo ono „ali", jer svako skriva nešto u najudaljenijem kutku duše. Svako ima neku tajnu duboko zakopanu u najmračnijim prolazima duše i put do tamo zna samo on, ali se ne usuđuje da ponovo njim krene, ne želi opet da sretne ono što je tamo potisnuto. Svaki čovjek krije neke kosture u najudaljenijim pregradama svoje duše i tamo nikome ne dozvoljava da uđe, jer i on sam tamo rijetko zalazi.

Sanja je imala momka. Sutradan joj je rođendan, a on joj je te večeri pripremio večeru i kupio ogroman buket crvenih ruža, tako romantično od njega. Možda je otišao kući pa je Anu probudio zvuk koraka. U poslednje vrijeme rijetko je ostajao da prenoći, nisu imali baš najsjajnije trenutke, biće da je to još jedna ljubavna svađa koja se završila spavanjem u različitim stanovima. Zidovi u stanu su debeli, stara gradnja, mogu se čuti glasovi u susjednoj sobi samo kada se neko preglasno svađa, a ako su se slučajno u kuhinji raspravljali nema šanse da bi čula. Stan je veliki, a njena soba do ulice i uglavnom joj je smetala buka koja je dolazila od hidrocentrale i probijala kroz staru stolariju, zato je redovno spavala sa tamponima za uši, nije mogla da zaspi ako nije potpuna tišina. Cimerke su je često zezale zbog toga kao, jednom će ući lopov i odnjeti sve iz stana dok ona mirno spava sa tamponima i ne čuje ništa, a činjenica je da su one među zadnjima koje bi lopovi posjetili, osim ako ne žele da ukradu koji čipkani veš i nešto garderobe. Nikakvih posebno vrijednih stari nisu imale, živjele su od plate do plate. Dana je otišla u posjetu roditeljima i vraća se ujutro, a možda se vratila noćas. Imala je običaj da se vrati kasno noću nedeljom ako bi ponedeljkom radila drugu smjenu. Voljela je duže da odspava. Možda je čula njene korake. Uvijek se vraćala sa punim torbama. Njena majka je obavezno praktikovala da napravi kolače i pošalje za njene cimerke. Tim sitnicama su se radovale kao studenti u domu kad neko ode kući i vrati se s punom torbom hrane, pravo slavlje. Stala je kao ukopana, ubjeđujući sebe da ne sanja, da ne halucinira nečije prisustvo u hodniku, neko se kretao iza nje.

Dok je išla prema kuhinji, osjećaj uznemirenosti se pojačao. Sva paranoja koja je progonila udarila je u lice. Sa srcem u grlu pipala je u mraku tražeći bilo kakav zaklon, ne usuđujući se da upali svijetlo, a gdje se sakriti u dvadesetak kvadrata prostora koliko je iznosila kuhinja od zla koje joj je danima za petama? Nema to veze sa prostorom, to bi je uhvatilo bilo gdje. Čuje kako joj se približava u svakoj svojoj kosti, osjeća da je tu kraj nje, oči koje su je danima posmatrale dolaze po nju, zna to, osjeti onaj dobro poznati smrdljivi dah. Sakrivena iza stolice sa srcem u grlu, čekala je svoj kraj. Ljudi se u strahu i za slamku hvataju, nadajući se da će im pružiti neku zaštitu. Očaj ubija svaku moć rasuđivanja i njoj je to improvizovano skrovište pružalo neku privremenu zaštitu, nešto za šta se kao davljenik držala dok joj je glava bila duboko ispod vode. Koraci su bili sve bliži. Tu je, sada će da je uhvati, stavlja ruke na glavu i ne, ne prolazi joj život pred očima, svaka moždana vijuga joj je paralizovana od straha, zar je ovo kraj tu u kuhinji iza stolice, kako jadna smrt, baš kao i život i smrt će joj biti blijeda, neće joj posvetiti ni dva pasusa u novinama. Koliko lud moraš biti da u poslednjim trenucima života razmišljaš o tome da li će tvoja smrt biti medijski propraćena? Koga briga za još jedno obično malo biće manje na ovom svijetu? Strah čini svoje i čovjek ne može da bira šta će da misli.

I, odjednom, svjetlost, dok se bori sa mislima kako je kraj brzo došao i nije ništa osjetila, ne boli čovjeka smrt život je taj koji zna biti bolan, nekada smrt dođe kao oslobođenje. Dok halucinira kako je već stigla na nebo i čeka prolaz na kapiji iz daljine čuje glas koji je doziva:

„Ana! Ana šta se dešava, šta zaboga radiš tu?”

Iznad nje stojala je Sanja, zabrinutog izraza lica. Lijeno je trljala oči kako bi otjerala tragove sna, kapci su joj bili natekli, opet je plakala.

„Sanja... Šta ti radiš ovdje?”

Ana je pitanje izgovorila glasom koji ne prepoznaje i koji u ovom trenutku kao da je pripadao nekom drugom.

„Ana da li je sve u redu? Čula sam korake i ustala da vidim šta se dešava i nalazim tebe skrivenu iza stolice. Blijeda si kao zid i izgledaš kao da si vidjela duha. Plašiš me djevojko, šta se dešava s tobom, ponašaš se čudno danima?”

Sanja je stojala na sredini kuhinje lica nateklog od plača, sa rukama prekrštenim na grudima, u providnoj spavaćici, a duga plava kosa joj se u uvojcima spuštala niz leđa. Čak tako raščupana i lica izgužvanog od spavanja, sa očima crvenim od plača, bila je prelijepa. Neke žene su lijepe u svakoj prilici, a ona je bila jedna od tih. Njena senzualnost dolazila je do izražaja i kada bi sva sređena krenula na neku žurku i kada bi svezala kosu u neuredno gnijezdo na glavi i stavila rukavice na ruke dok se spremala da čisti stan.

„Ma ništa... samo imam problema sa nesanicom. Pod stresom sam, a i noćna dežurstva mi skroz poremete san. Uzeću nešto za spavanje i vraćam se u krevet. Samo želim da se naspavam, glava mi puca, izvini što sam te uznemirila.”

Svim silama se trudila da prikrije nekontrolisano drhtanje dok je preturala po ladici sa lijekovima tražeći neki da se smiri i spava bar nekoliko sati bez prekida i košmara. Osjetila je Sanjin zabrinuti pogled na leđima, znala je koliko je večerašnja scena čudna za nju, kao i za bilo koga, tačno će pomisliti kako živi s nekom ludačom.

„Nadam se da to nije neka nova metoda rješavanja problema sa nesanicom — skrivanje iza stolice. Vi medicinari ste stvarno čudna sorta.”

Nakon ove izjave obje su se glasno nasmijale i bar na trenutak se činilo da je ponovo sve u redu, da je zvijer prošla mimo njih i otišla negdje daleko tražeći novi plijen.

„Kako je protekla romantična večera? Da li je Darko ostao da prespava?”

„Pa i nije baš najsjajnije, upali smo u neku kolotečinu i stalno se svađamo ovih dana. On me naprosto guši silnom brigom naročito od onog dana, ne može da shvati da meni treba malo više prostora da sama sa sobom odbolujem, pričaćemo o tome ujutro da te sada ne gnjavim mojom vezom, kasno je i potreban nam je san. Laku noć, budim te ujutro da pijemo kafu.”

„Važi, druga sam smjena, pa ćemo ujutru natenane pričati. Samo da popijem tabletu i vraćam se u krevet. Laku noć.”

Ovo je bio poslednji razgovor koji će ikada voditi. Nisu ni slutile da će za koji sat jedna od njih biti mrtva, jednoj od njih nikada više neće svanuti, jednoj je ovo zadnja noć života i nikad neće popiti tu kafu i natenane popričati.

Pošto je za svaki slučaj popila duplu dozu tableta za spavanje Ana je stavila i tampone u uši i vratila se u krevet. Osjećajući kako je napetost popušta utonula je u san. Ponovo je sanjala kuću u kojoj je živjela, roditelje, srećne trenutke iz djetinjstva, osmjehe na licima, pa torte za njen, mamin i tatin rođendan, kad se uvijek pravila važna što je mami pomogla oko torte, iako je ta pomoć uključivala uglavnom lizanje šerpi od fila, bila je presrećna da se po kuhinji mota i pravi se da je odrasla. Za nju je odrastanje tada značilo žena koja zna da napravi tortu i čovjek koji zna da ispeče prase i napravi roštilj. Zato se i motala oko majke koja bi je uvijek hvalila kako je najbolja pomoćnica i da će jednog dana praviti najbolje torte.

Godinama je Ana jedinu istinsku sreću mogla da pronađe samo u snu. Jedino tamo je bilo sve onako kako ona želi. U početku je sanjala samo dok spava, a onda, vremenom, počela je da sanjari i na javi. Satkala je jedan drugi život od snova i mašte i pribjegavala bi mu svaki put kada je sivilo svakodnevnice tjeralo u depresiju. Lijepo je kada čovjek zna istinski da sanjari, da pred depresijom ne poklekne, nego odleprša u svoj izmaštani svijet i tamo provede dovoljno vremena dok ne bude spreman da se suoči sa svakodnevnicom.

Ako čovjek ne može da sanjari na javi čemu onda služe snovi? Snovi nisu čekanje da tama prekrije sve, da mjesec otpjeva uspavanku pa da lagano utonete u sanjarenje. Snovi su ono što sanjarite otvorenih očiju, dok lebdite negdje iznad oblaka, tamo gdje je smješten vaš ružičasti svijet satkan od mašte u koji svaki dan morate ubacivati nove snove. Dok sanjarite otvorenih očiju neće vas napustiti nada u ljepše i bolje sutra, jer snovi su poput leptira, šareni i neobuzdani, ali preljepi. Problemi počinju kada ljudi prestanu da potiskuju svoje noćne more i tako ih puste da ožive na javi, a onda nema povratka, teško ih je ponovo uspavati.

Ana je često sanjarila o svom rodnom gradu koji je sve rijeđe posjećivala, o roditeljima, drugarima sa kojima je odrasla i mislila da će to biti prijateljstvo za cijeli život, ali niti su se gubile; sve rijeđi kontakti, posjete i lagano su padala u zaborav sva ta silna doživotna prijateljstva. Udalje se ljudi kada se ne viđaju, svako ide za novim obavezama, imaju nove živote i one dodirne tačke i povezanost lagano blijede. U početku to izgleda banalno, kao kad korozija napadne lim, ali ako se ne preduzme nešto ona se širi sve više i više i na kraju ga pojede. Tako i prijateljstvo na kraju nestane, korozira kao da nikad nije ni postojalo i niko i ne pomisli da ga malo namaže uljem i vrati u život.

Svi nose ožiljke koji ih podsjećaju na neke prošle dane. Nema čovjeka koji je kroz život prošao bez ijedne ogrebotine, rane, čovjeka koji nikada nije patio, zato su tu ožiljci da ga podsjete na put koji je prešao, na ono što je izgubio i šta je za to dobio. Čuvajte se osobe koja kaže da nema nijednog ožiljka. Takva osoba je totalno neiskrena ili je podla ili jednostavno bježi od sebe i skriva se iza lica savršenosti, jer se jednostavno boji da pokaže svoje slabosti, da prizna da je nekada bila povrijeđena, da je patila, padala, bila ranjena. Svi kroz život padaju, ali hrabri tjeraju sebe da ponovo ustanu, a ožiljci su tu da podsjete ne na pad nego na volju da se poslije pada pridignu i idu kroz život još hrabriji i ponosni na svoje ožiljke. Nije sramota pasti u blato, isprljati se, valjati se u blatu, sramota je u njemu ostati, ne boriti se da ustaneš i kada te po stoti put povuče na dno, hrabrost je ponovo pokušati i nastaviti da pokušavaš sve dok ne ustaneš i izađeš iz njega. Lako je biti pozitivan kada ti sunce u životu sija, uspijeh je ostati pozitivan kad naiđe oluja i počne sve da se ruši.

Ana je na izgled bila jaka kao stijena. Isijavala je hrabrost i odlučnost, ali tamo negdje ispod kože, gdje je duša smještena, bila je slomljena, pocjepana kao papir, rasuta kao lišće na vjetru. Ispod kože bila je uništena, vidljivi ožiljci koje je ponosno nosila blijedi su i zanemarljivi u odnosu na one oku nevidljive koje je nosila na duši. Ali žena je to, raspe se na najsitnije djelove, odboluje, a onda počne da se sastavlja dio po dio i nikom ne priča o onome što je nekad boljelo, o paklu iz kog je pobjegla i koji joj prijeti da je ponovo povuče. Nikom ne priča koliko je suza i krvi koštala ta njena privremena pobjeda, o tome će svjedočiti nove bore na licu i tanki ožiljci na koži, za druge nevidljivi, a njoj itekako poznati.

6

„Kajanje je osjećaj koji čovjeku oduzima snagu, a ništa ne mijenja.”

Nepoznati autor

U ranim jutarnjim časovima Anu su probudili jezivi krici i lupanje na vratima njene sobe. Krici su parali vazduh, a Ana ih je i pored tampona u ušima jasno čula i svaka dlaka na tjelu joj se nakostriješila. U sobu je utrčala Dana, blijeda kao duh, vrišteći iz sveg glasa kao da je sami đavoli jure sa vilama. Žestoko je gestikulirala rukama pokušavajući da dođe do daha i objasni Ani šta se događa. Uzela je za ruku i vukla je za sobom prema kuhinji kao sumanuta, nesposobna da izusti šta je to što je toliko uznemirilo. Ana je pomislila da je Dana sigurno vidjela miša, miš je za nju predstavljao najveće čudovište. Jednom im je odnekud ušao u stan, vrištala je sat vremena bez prestanka lijući krokodilske suze dok nije došao komšija iz susjednog stana i oslobodio ih male napasti. Ona mu se toliko zahvaljivala kao da je otišao za nju na Mont Everest da joj donese grudvu snijega. Takva je jednostavno. S muškarcem će se potući, staviće zmiju oko vrata, a od miša dobija fras kao i većina žena. Dana je prekrila oči jednom rukom, a drugom pokazivala prema kuhinji. Ana je žurno otrčala u kuhinju i stala kao ukopana nad prizorom od kojeg se ledi krv u žilama. Noge su joj se odsjekle i bila je nemoćna da ispusti bilo kakav zvuk, usta je nijemo otvarala i zatvarala, bila je kao riba na suvom, ali glas nije dolazio, gušila se. Očiju razrogačenih od užasa i nemoćna da skrene pogled koji se prikovao za pod gdje je u lokvi krvi ležalo unakaženo tijelo, ako se tako mogla nazvati hrpa dronjaka od kože po kojim se počela sušiti krv. U stanju šoka, Ana se okrenula prema Dani i dalje pokušavajući da nešto kaže, ali riječi jednostavno nisu izlazile. Lice sa jezivim smiješkom ih je gledalo sa poda, očiju uprtih pravo u njih, usne su bile rasječene od uha do uha kao u filmovima strave i užasa i samo po spavaćici koja je na nekim mjestima ostala neumrljana krvlju moglo se zaključiti da ih sa poda posmatraju mrtve oči one iste djevojke sa kojom je Ana prije nekoliko sati vodila razgovor u kuhinji.

„Šta se ovo dešava, ovo nije moguće, ovo je košmar iz kojeg ću se svakog momenta probuditi, ovo nije stvarno, ja... ja sam još u dubokom snu u svom krevetu i ponovo imam košmar, nije prvi put da mi se dešava da imam noćne more a sinoć sam popila dvije tablete za spavanje možda sam malo pretjerala pa se košmar pojačao, možda stvarno treba da se obratim stručnom licu za pomoć, ovaj košmar je jednostavno previše i tako je stvaran.”

Ovo je uporno ponavljala sebi bez glasa dok je gledala u tijelo na podu, tačnije rečeno — ostatke od tijela. Skoro raskomadani udovi ležali su u lokvi krvi, ona ista usta koja su samo prije par sati pričala sa njom i smijala se bila su rasječena, u poslednjem jezivom osmijehu štrčali su zubi iz kojih se još slivala pokoja kap krvi, duga plava kosa nalikovala je na metlu na beživotnom tijelu prošarana potočićima krvi, a na zidu je bila krvlju ispisana poruka — *Srećan rođendan* i krvlju nacrtano srce sa brojem sedam. I odjednom je nastupio mrak. Ana je tonula sve dublje i dublje u pomrčinu, a onda više ništa nije osjećala, crnilo je obuzelo skroz.

Kada je otvorila oči vidjela je da leži na krevetu u svojoj sobi. Kroz glavu joj je proletjelo kako je sigurno mnogo vikala u snu, jer je imala užasan košmar i njeni krici su uznemirili Danu koja je zabrinuto sjedila kraj nje na krevetu, ali nije bila sama. Tu je bio i njihov prvi komšija Aleksa koji je kod njih često svraćao. Odjednom je obuze osjećaj stida dok je gledala u njihova lica, pitajući se da li o njoj misle kao o nekoj ludači koja vrišti iz sveg glasa kada ružno sanja i uznemirava pola zgrade. Dok je gledala u njihova kamena lica, saznanje da ništa nije sanjala udari je svom snagom, ote joj se težak uzdah iz grudi i u trenu se raprši nada da se budi iz košmara. U kuhinji leži raskomadano tijelo njihove drugarice. Neko je svirepo ubio, a ona je spavala kao šlogirana, nakljukana tabletama. Griža savjesti da je mogla da spriječi masakr udari je u lice poput šamara. Kamena lica svojih drugara doživljavala je kao osudu i krst koji će morati da nosi do kraja života.

Da li je zlo koje je danima predosjećala ono koje je pratilo i uhodilo namjerno izazvalo njenu nesanicu da bi ona posegla za tabletama, a ono uspjelo u svom naumu? Nije bila u stanju ni jednu riječ da izusti, posmatrala ih je nijemo i činili su joj se miljama daleko. Aleksin glas dok je pozivao policiju izgledao je kao da dolazi sa neke druge planete, izmjenjen, pripadao je nekom drugom, njegovo lice joj je izgledalo deformisano i posmatrala je Danu pitajući se da li to i ona primjećuje, ali ona je sjedila mirno zagledana u prazno, dok su joj se ramena savijala pritisnuta preteškim teretom. Zlo je tu, može da ga osjeti, miris mu se širi, zaudara, šta je zaboga sa ovim ljudima zar ništa ne primjećuju, zar ne vide da je tu, da se mota oko njih, diše im za vratom, njegov dah kod nje izaziva osjećaj da se iz minuta u minut ledi od straha.

Nije luda, nije paranoična i dokaz je tu u obliku iskasapljenog tijela njene cimerke, zlo je pronašlo, tu je, diše joj za vratom i poigrava se s njom, hrani se njenim strahom i vreba pogodnu priliku da napadne. Ovo je upozorenje da ponovo nije uspjela pobjeći, da je pronašlo, sada će da se naslađuje njenim strahom dok se bude pitala kada će ponovo da napadne, dok se bude preznojavala noću, budila iz košmarnih snova ono će samo da joj šapne — „Ja sam tu, ne možeš mi pobjeći”.

Nemoćna da bilo šta progovori prišla je Dani. Zagrlile su se, iščekujući dolazak policije, nisu ni riječ progovorile samo su jedna drugoj plakale u naručju. Suzama i zagrljajem su pokušavale da otjeraju tugu i povrate se od stanja šoka. Slika Sanjinog iskasapljenog tijela i poruka ispisana krvlju bilo je jedino o čemu su mogle da misle, a ta slika će ih godinama kasnije proganjati u snu, budiće se u gluvo doba noći okupane hladnim znojem drhteći od straha dok im Sanjine usne izvijene u jeziv osmjeh govore — spasite me!

Ana je krivila sebe što je mogla da je spasi od zla koje je predosjetila da dolazi. Svi znakovi su bili tu, ali nije mogla da ih odgonetne i sada dok je grlila Danu i čekala dolazak policije osjećala je nečije oči na sebi i tijelom joj je prolazila jeza, ponovo je tu, našlo je, iza nje je, ne smije da se okrene, ne sada, još nema snage da se suoči s njim, razmišljala je dok su joj pogledi parali kožu na leđima. Svi će me prezreti kao osobu koja je spavala mirno u svojoj sobi dok se njena drugarica u kuhinji rastajala od života.

Zlo ne zna za daljinu, vremensku razliku, vrijeme i mjesto, ono zna šta i koga traži i uvijek ga nađe. Može čovjek pobjeći od njega u drugu državu, na drugu planetu, započeti novi život i taman kada se opusti i zaboravi na njega ono se pojavi bez najave, bez pozivnice kao i svaki nezvani i neželjeni gost i pozvoni bjeguncu na vrata, a kada ih otvori ono mu se iskezi u facu u fazonu — vidi vidi ko je došao, ne zoveš me, zaboravljaš na starog prijatelja pa da se ja samo pozovem… I dok čovjek dođe sebi ono je već unutra, sjedi na njegovoj sofi i čeka da mu ponudi neko posluženje pa da proćaskaju kao stari drugari, jer ono nikada ne zaboravlja staro prijateljstvo i zato je tu da na to podsjeti.

Neki ljudi prodaju dušu đavolu, a nečije duše đavo vreba godinama čekajući pogodan trenutak da ih ukrade. Takve duše on posebno voli, one naivne i do juče nevine koje je uspio nakon mnogo muke i truda da povede svojim putem. Tih što mu nude dušu uvijek ima, ali i đavo voli ono do čega se teže dolazi. Voli izazov koji mu predstavlja nevina duša, uhodiće je godinama, disati joj za vratom, čekajući samo jedan djelić sekunde u kome će zaboraviti na njega i popustiti samo na kratko, ali njemu je to sasvim dovoljno. On je spreman čekao godinama taj trenutak i prije nego što trepne duša je kod njega, a do juče nevina duša najjače je đavolovo oružje.

Policija je na vratima. Aleksa je otišao da im otvori, one nisu bile u stanju da još jednom prođu pored tijela. Gledaju se sleđenim izrazima lica sa kojih je sva boja nestala. Kada bi tako i duša mogla da se sledi, da nema osjećanja, da ne pati, da ne krvari.

„Šta se kog đavola ovdje dogodilo?"

U hodniku se čuje razgovor policajaca. Neko kuca na vrata sobe, njih dvije bez glasa gledaju blijedo u isječke iz novina u Aninoj sobi, cijela vrata su izlijepljena nekim citatima, mudrim mislima, mnogo je čitala, ali u ovom trenuku nijedna od njih nije stvarno čitala natpise. Pogled im se jednostavno tu prikovao za neku nevidljivu tačku.

7

„Nikada nemojte suditi drugima prema tuđem mišljenju. Svi mi imamo različite strane koje pokazujemo različitim ljudima.”

Ž. Suzan

Dva mjeseca ranije

Inspektor Goran Lazić je i tog jutra poranio na posao što mu je bilo svojstveno. Volio je da dođe prije svih, da popije kafu i pripremi se za novi radni dan. Uživao je da sluša odjek svojih koraka kroz puste hodnike. Dežurni policajci sanjivo su trljali oči dok su ga pozdravljali na ulazu. Uvijek se pitao da li na taj način dok maršira sam uznemirava duhove nekih davno preminulih policajaca i inspektora koji su prolazili istim tim hodnicima, imali iste brige i iste noćne more. Nije bio sujevjeran, nije mnogo vjerovao u onostrano, ali uvijek kada bi razmišljao o tome podilazila bi ga blaga jeza i to bi ga natjeralo da se okrene. Onda se smijao sam sebi. Šta je očekivao da će vidjeti? Stampedo duhova svih zaposlenih koji su godinama unazad prošli kroz stanicu?

Bio je visok i po svim mjerilima jako zgodan muškarac u srednjim četrdesetim. Nigdje nije mogao da prođe neopaženo od strane ženskog pola. Njegove zelene oči isijavale su nekom sjetom, ponekad i tugom, a to je za suprotni pol bilo magično. Crna gusta kosa prošarana ponekom sijedom davala mu je još muževniji izgled. Bez obzira što su žene padale na njegov šarm kao pčele na cvijet nije se mogao pohvaliti velikim ljubavnim uspjesima. Prije se mogao pohvaliti sposobnošću da svaku svoju vezu uništi, jer mu ništa nije bilo važnije od posla, a djevojkama bi brzo dosadili njegovi odlasci u bilo koje doba dana i noći, jer svakom slučaju davao je kompletnog sebe kao da ne postoji sutra. Koliko se davao za posao, toliko je uskraćivao sebe ženama koje su prolazile kroz njegov život. Rad na terenu, ostajanje do kasnih sati na poslu, donošenje slučajeva kući prije ili kasnije bi otjeralo svaku djevojku. Uniforma i sva oprema što uz nju ide bili su zanimljivi ženama u početku. Osjećale su se zaštićeno u prisustvu jednog moćnog čovjeka kome je nošenje oružja bilo u opisu posla, ali brzo bi se zasitile. On je bio kao neka fantazija koju su željele sebi na kratko priuštiti. Zgodan i pametan muškarac, dobar seks, ali kada bi došao red na prave emocije ostale bi razočarane i tu bi im se putevi razdvojili.

Od kad ga je poslednja djevojka napustila Lazić se potpuno povukao u samoću. Bilo je to ono pravo, ono što se samo jednom svakom čovjeku desi, ona ljubav od koje klecaju koljena kao kod pubertetlije, ona za koju se misli da će trajati cijeli život, a onda se nit prekine i pocjepani djelovi još dugo se vuku i krvare. Ali ne može da je krivi, on je taj koji je ljubav ubio svojom opsesivnom posvećenošću poslu. Imao je tada težak i važan slučaj, jurio je opasnog silovatelja i ubicu. Slučaj ga nije ostavljao na miru. Danima je išao s njim u krevet, budio se s njim i na kraju, kad ga je riješio i krivca priveo pravdi, probudio se sam u krevetu, sam u stanu, sam u životu. Ona je otišla. Nije željela da živi sama pored njega pa je našla nekog ko je uvijek uz nju. Otišla je daleko od njihovog grada. Čuo je da je i dijete dobila i boljelo ga je, boli i sad, još rane nisu zarasle i lako prokrvare, naročito u dugim noćima kada ga probude košmari i hladnoća u duši. Fali mu njen topli dlan na obrazu, njen baršunasti glas da ga utješi da je samo loše sanjao, da je sve loše ostalo u snu, da je stvarnost bolja.

Sada ga umiri poneka čašica rakije za kojom je počeo da poteže svaki put kada bi ga košmari probudili. Nije mogao drugačije da umiri napete živce, a njeno lice vremenom nije izblijedilo. Sjećao se jasno svake crte njenog lica, svake krivine tjela kao da je još uvijek drži u naručju, njene crne kose rasute na jastuku, pogled pun razumijevanja i ljubavi i još ga progoni njena prazna strana kreveta, još se ne usuđuje da legne na tu stranu, čuva je za nju iako zna da se nikad neće vratiti. To je njegova tajna, slabost, tuga u očima, sjeta, ona je ono o čemu ćuti.

Bio je iz poštene porodice, sin jedinac. Njegov otac bio je poznati inspektor u Odjeljenju za krvne delikte u istoj ovoj stanici, majka mu je bila domaćica. Ljubav prema kriminalistici, moć zapažanja i povezivanja činjenica i osjećaj za pravdu naslijedio je od oca. I dan-danas starije kolege u stanici pričaju priče o njegovom ocu — Kakav je to čovjek bio! Strog, disciplinovan, pravedan i nepotkupljiv. Govorilo se za teže slučajeve: „Ako Lazić to ne može riješiti, ne može niko". Otac je izgradio ime, ali dao i veliki zadatak sinu. Kada je rekao da želi studirati Kriminalistiku na svijetu nije bilo ponosnijeg čovjeka od njegovog oca. Sin ide njegovim stopama, zar ima veće sreće? Studirao je u Beogradu, završio bi sve u roku da nije izbio rat u Bosni i on je napravio pauzu neko vrijeme i otišao u rat. Bio je patriota, nije mogao da se krije iza knjige dok su njegovi drugovi išli na ratište i svakodnevno strahovali za život. Bio je još faktički dijete kad je knjigu zamjenio puškom, a studentsku sobicu hladnom zemunicom. Bezbrižni dani otišli su u nepovrat. On i njegovi drugovi odrasli su preko noći. Dani su im bili ispunjeni strahom i borbom za život, mnogi se nikada nisu vratili, nekima ni kosti nisu pronađene, ostale su na nekim dalekim poljima dok su im duše lutale tražeći mir.

Često je mislio na one koji nisu preživjeli. Dijelili su istu muku, komad hljeba, cigaretu, strahove, radovali se svakom danu koji prežive, a mnogi iz njegovog društva nisu preživjeli; jedna prekinuta mladost završila je prekidanjem života. Mislio je često na njih u dugim noćima kada mu san nije dolazio na oči, prizivao je njihove likove i u mislima razgovarao s njima. Na taj način čuvao ih je od zaborava. Palio je svijeće i Boga molio za njihove duše, da ih primi u svoje rajsko naselje.

Po završetku rata vratio se na fakultet i sve preostale ispite položio je u roku. Nakon osnovnih studija upisao je i master studije koje je završio sa najvećim prosjekom. Dobio je ponudu da ostane na fakultetu, da radi kao asistent pa vremenom bi postao i redovan profesor. Nudili su mu i posao u MUP-u u Beogradu, jer se njegova oštra inteligencija i preciznost isticala među ostalim studentima. Ljubazno se zahvalio na svim ponudama i učtivo odbio. Srce ga je vuklo da se vrati u rodni grad i da tu započne svoju karijeru. Dobio je posao odmah po povratku sa studija u MUP-u u Zvorniku i sada je na funkciji glavnog inspektora u Odjeljenju za krvne i seksualne delikte. Mjesto načelnika mu je ispred nosa uzeto, takva su vremena došla. Uz sav trud i zalaganje, pamet i obrazovanje, napreduju oni koji su uz vladajuću partiju, a Lazić je cijeli život bio politički neopredjeljen, čak ni na izbore nije redovno izlazio. Nije se povijao kako vjetar duva, nije se povinovao raznim političkim partijama koje su bile na vlasti tokom više od dvadesetak godina njegove karijere. Radio je svoj posao najbolje što je mogao, na razne ucjene, podmićivanja, podmetanja noge ostao je nesalomljiv i čvrst kao stijena.

Otac mu nije poživio dovoljno dugo da vidi sve njegove uspjehe, rak ga je pokosio tek što je prešao pedeset petu, a dvije godine kasnije ista bolest pokosila je i njegovu majku. Ostao je sam na svijetu. Njegovi roditelji nisu dočekali ono o čemu svaki roditelj sanja — da zaljulja unuče na krilu.

Imao je on svojih faza, dana kada se odavao alkoholu i očaju, ali nešto jače u njemu bi preovladavalo, nije mu dozvoljavalo da potone, guralo ga, hrabrilo. Prijatelji su bili uz njega u najtežim trenucima, ali na kraju dana svi se raziđu, svako ode svojoj kući, a on je ostajao da se bori sa očajem, sa tugom, sa demonima. Ostavio je to iza sebe, zakopao bol u najdublje kutke duše, ali bol je kao avet pojavi se kada se čovjek najmanje nada i baci ga na koljena. Pada on, ali i ustaje i svaki put pad kraće traje, jer je navikao da ustaje brže, da se ne zadržava dugo na dnu. Kukanje nad sopstvenom sudbinom je za slabiće, jaki ljudi uvijek iznova pokušavaju da izvuku najbolje iz situacije kada im život podijeli loše karte. Lako je odigrati partiju kad čovjek dobije dobre karte, uspjeh je odigrati dobro sa lošim kartama.

Zvornik je u poslednje vrijeme postao poprilično miran gradić, bez nekih većih kriminalnih djela. Povremeno bi se desila pljačka, kafanska tuča, pucnjava ili nasilje u porodici, komšijske svađe sa lakšim i težim fizičkim ozledama. Ubistva nisu bila svakodnevnica. Imali su skoro slučaj ubistva. Žena je ubila muža sjekirom i raskomadala tijelo u dijelove koje je sahranila na više lokacija. Nije bilo teško pronaći dokaze protiv nje, a ona je i sama priznala, bez većeg pritiska. Desilo se da je momak ubio djevojku, gurnuvši je sa terase petog sprata da bi izgledalo kao samoubistvo. I taj slučaj je brzo riješen. Odavno nisu imali neki žestok slučaj koji bi ga prodrmao iz petnih žila, koji bi mu se uvukao u kosti i ne bi ga napuštao ni u snu ni na javi.

Prošle su već tri godine otkad je jurio kriminalca koji je noću upadao u stanove bogatim staricama. Uglavom su to bile usamljene penzionerke koje su se vratile iz inostranstva da u rodnom gradu provedu starost. Starost je sama po sebi teška i često od strane mladih ljudi neshvaćena, ne mogu da razumiju sve ono što ona sa sobom nosi i često znaju biti drski i odbojni prema starim ljudima koji su usamljeni i samo žele da ih neko sasluša, da s nekim riječ razmjene.

Mladić je ulazio nečujno, krao im novac, seksualno ih napastvovao i na kraju ubijao. Taj je bio vješt. Inspektor mu je više od godinu dana bio za petama, ali ovaj mu je svaki put uspješno izmicao. Bila su to vremena, razmišljao je, kada mu je adrenalin strujao kroz vene pri svakom dolasku na posao, a vidi sada, samo trice i kučine. Već je vidio sebe kako će godine do penzije provesti u svom gradu u istoj policijskoj stanici, rješavajući neke slučajeve koji vrlo brzo padaju u zaborav i da se u njegovoj karijeri neće ponovo pojaviti više nijedan slučaj oko kojeg će da se digne prašina, koji će da mu podigne adrenalin onako do daske i natjera ga da na posao prione i sav lebdi kao na početku svoje karijere. Ruku na srce, Lazić bi na svaki slučaj prionuo kao da mu život od toga zavisi. Bio je tako posvećen poslu da je ta posvećenost nerijetko prerastala u opsesiju. Kada je jurio onog silovatelja ni u snu ni na javi slučaj ga nije napuštao. Donosio je posao kući, iščitavao po stoti put sve izvještaje, pregledao i uspoređivao otiske, kancelarija je skoro cijela bila oblijepljena slikama sa mjesta zločina, o svakoj žrtvi ispitao je sve do petog koljena nadajući se da će naći neku povezanost i odrediti sledeći korak ubice. Kancelariju i radnu sobu u stanu kod svakog slučaja pretvorio bi u muzej. Na zidovima su visile okačene slike žrtava, mjesta zločina, slike užasa koji je iznova i iznova razmatrao, tražio povezanost, neki promakli detalj.

Mladić je birao žrtve nasumično, zajedničko im je bilo to što su bile sve starije žene boljeg imovinskog stanja koje su živjele same. Provaljivao im je u stan, krao novac i dragocjenosti, a onda ih ubijao a potom izvodio seksualni čin nad njihovim mrtvim tjelima. Čovjek je bio nekrofil, a pljačka mu je bila usputna stvar. Bio je jako vješt, nije ostavljao nikakve otiske na mjestu zločina, što implicira da je uvijek nosio rukavice, tragove sperme nije bilo moguće pronaći, jer je uvijek koristio kondom. Bio je godinu dana Lazićeva noćna mora, zamišljao je i u snu i na javi kako izgleda lice tog monstruma koji je u stanju da izvede jedan tako gnusan čin. U nekim momentima bio je bjesan na njega, a bilo je i situacija kada je žalio tog sirotana i nadao se da će ga što prije uhvatiti kako bi spriječili još jedno krvoproliće, a njega smjestiti iza rešetaka gdje bi mu bila pružena adekvatna stručna pomoć. Koliko god da je neko stručan i pomno planira sledeće ubistvo, prije ili kasnije napravi grešku, a policija je samo tu grešku i čekala. U slučaju poslednjeg ubistva, žrtva je u pokušaju da se odbrani rukama izgrebala kožu napadaču do krvi i DNK pronađen pod noktima žrtve bio je dovoljan da se uđe u trag počiniocu. Na iznenađenje svih, ubica je bio student Tehnološkog fakulteta, u Zvorniku je živio od rođenja, sa ocem, majku nikada nije upoznao. Znao je samo iz očevih priča da je bila mnogo starija od oca, zabavljali su se kratko, on se desio neplanski i ona je ubrzo nakon porođaja jednostavno otišla i nikad je nije upoznao.

Vijest o sinovljevom hapšenju otac nije mogao da podnese. Na dan izricanja presude, po kojoj je mladić osuđen na četrdeset godina zatvora uz redovne psihijatrijske tretmane, pucao je sebi u glavu iz pištolja. Građani su bili u šoku. Svi su ga poznavali kao dobrog mladića, imao je u tinejdžerskim danima par nekih prestupa, ali koji tinejdžer nema svoje bube, pitanje je samo u šta će se izleći. Psihijatrijskim vještačenjem ustanovljeno je da boluje od teškog oblika paranoje i to će vremenom možda uticati i na smanjenje kazne, u zavisnosti od napretka njegovog liječenja i koliko će biti voljan za saradnju. Držao se hladno sve vrijeme tokom suđenja i nijednog trenutka nije pokazao da se kaje za sve učinjene strahote, lice mu je bilo voštano. Nijedan pokret nije načinio u trenutku izricanja presude. Mirno je prihvatio svoju sudbinu kao da se radi o nekom drugom, kao da se njega to ne tiče. Nepromijenjen izraz lica zadržao je dok su ga stražari odvodili u ćeliju.

Bio je kivan na majku sve ove godine. Starije žene koje je birao bile su mu po majčinom modelu. Prema onoj jednoj slici koju je njegov otac imao on je u glavi razvio sliku kako bi mogla da izgleda sada. Mržnja koju je osjećao prema njoj nije splasnula ni kada bi ubio žrtvu. Tek nakon seksualnog odnosa sa mrtvom žrtvom osjećao bi se bolje, bacao je svoje sjeme u rijeku kao neki ritual koji simboliše kako ga je majka odbacila, ne znajući da je od onog malenog sjemena izraslo čitavo stablo koje je davalo pokvarene i otrovne plodove.

8

„Čuvaj se žurbe, jer ona uvijek vodi do kajanja, onaj koji žuri govori prije nego što sazna, odgovara prije nego što nešto shvati, odluči prije nego što provjeri, kudi prije nego se u nešto uvjeri.”

Arapska mudrost

Zadubljen u misli Lazić je skočio kao opržen kad su u njegovu kancelariju utrčala dvojica muškaraca, mokri i izbezumljeni, kao da su od samog đavola upravo pobjegli pa trče kao muve bez glave ne znajući na koju bi stranu krenuli. Pričali su obojica istovremeno, prestravljeno i nepovezano — Drina... šetalište... krv... mrtav... pecanje... užas... gavran nosi iznutricu... — bile su jedine riječi koje je Lazić uspio da razazna. Pošto nije mogao da razumije o čemu pričaju, zamolio ih je da sjednu i da se smire. Njegova sekretarica još nije bila došla pa nije mogao da ih ponudi kafom, mada u ovakvoj situaciji bolje rješenje bi bila čašica rakije, ali ipak je odlučio da je ne vadi iz šteka. Dvojica muškaraca su sjeli u ponuđene stolice preko puta inspektora koji primjeti da su im majice natopljene znojem kao da su u rijeku upali, a lica su im imala izgled davljenika koji se bori za vazduh, samo što oni trenutno nisu bili u vodi, ali su se za vazduh itekako borili. Kada je ocijenio da su se malo smirili, zamolio ih je da mu polakao ispričaju šta ih je to natjeralo da ovako upadnu u njegovu kancelariju. Dežurni policajac pored koga su onako izbezumljeno protrčali došao je za njima u kancelariju. Već je bilo sedam sati i skoro svi su došli na posao.

Jedan od njih dvojice, čovjek mršave građe koga bi činilo se i najslabiji vjetar oduvao, započeo je priču glasom koji je svake sekunde podrhtavao, a njegova koščata ramena su se tresla:

„Jutros smo ja i Ranko kao i obično zadnjih dana otišli na pecanje, sezona je mladice, a svi koji nas poznaju znaju da smo strastveni pecaroši. Izašli smo oko pola šest i krenuli na Drinu. Tek što smo zabacili udice spazili smo na obali na nekih pedesetak metara od nas na pločniku nešto što je iz daljine ličilo na izgužvanu vreću. Pošto obojica ne vidimo na daljinu bez naočara nismo se mnogo ni trudili da naprežemo oči, misleći da je to samo još jedan komad smeća koji je Drina izbacila, ne biste vjerovali šta smo sve nalazili, narod je najveća stoka. Nismo se ni okretali na tu stranu sve do trenutka kada smo primjetili gavrana kako uporno kruži oko vreće i na kraju slijeće na nju. Nešto je ključao, sav zanijet poslom nije obraćao pažnju ni na šta oko sebe, a u međuvremenu su mu se pridružila još dvojica i buka koju su pravili graktanjem postala je strašno iritantna. Tada se u nama probudila radoznalost da vidimo o čemu se radi i uputili smo se tamo. Kako smo se približavali vidjeli smo da se radi o ljudskom tijelu. Mislili smo da je u pitanju neki pijanac koji je tu zaspao pa smo požurili da otjeramo napast, poznato je da se gavranovi znaju okomiti na čovjeka čim ga vide u ležećem položaju. Jednog mog druga su napali u malinjaku, legao čovjek kraj reda malo da odmori, a oni prokletinje odmah vide ručak. Ali kad smo skroz prišli zanijemili smo od šoka, vidjeli smo, vidjeli smo...”

Čovjek je poblijedio i počeo nekontrolisano da kašlje. U tom trenutku ušla je sekretarica, ljepuškasta brineta u srednjim tridesetim, već godinama zaposlena u Lazićevom odjeljenju. I mimo posla njih dvoje su bili dobri prijatelji, godinama je sa njenim mužem igrao fudbal. Lazić je zamolio da donese čašu vode i kocku šećera. Odmah se vratila i pružila čašu čovjeku blijedom kao kreč. Posle nekoliko minuta čovjek se pribrao i nastavio priču:

„Na pločniku je ležalo iskasapljeno tijelo čovjeka, toliko unakaženo da smo momentalno povratili. Ništa strašnije u životu nismo vidjeli, krv je posvuda, koža mu je odrana sa tijela i u ritama visi, a gavran je nesrećniku uspio da izvadi nešto od unutrašnjih organa, dole je strašno, molim vas požurite dok nije sišlo neko dijete.”

Završio je svoju priču ribar i dalje tresući se od straha dok mu je pogled lutao po zidovima kancelarije u pokušaju da neđe neku tačku na kojoj bi se zaustavio.

„Čovječe to mi tek sad govoriš!”

Lazić je počeo da viče iz sveg glasa, ali se brzo i povukao jer je osjetio sažaljenje prema ovoj dvojici na smrt preplašenih ljudi kojima se mirno obično jutro ispunjeno tišinom i iščekivanjem dobrog ulova pretvorilo u košmar života. Jednim telefonskim pozivom okupio je ekipu koja će izaći na mjesto zločina, a zatim pozvao sekretaricu da uzme lične podatke od ribara kako bi ih kasnije saslušali ponovo i zamolio je da ih posluži kafom. Osjetio je grižu savjesti što je onako planuo, ali situacija je kritična, na šetalištu je po njihovim riječima iskasapljen leš a on sjedi s njima slušajući deset minuta njihovu priču da bi tek na kraju rekli ono što je ključno, što je trebalo odmah da kažu. Stanje šoka im nije dozvolilo da ono što su vidjeli odmah prevale preko usta.

Istražni tim je odmah krenuo na mjesto na koje su ih ribari uputili, a ubrzo je stigla i ekipa Hitne pomoći i forenzičari. Ono što su tamo zatekli natjeralo je mučninu u želudac i najiskusnijim policajcima i patolozima. Tijelo muškarca ležalo je na pločniku, Drina je bila nadošla i počela zapljuskivati stopala žrtve, na obje šake nedostajali su prsti, ali samo par njih bilo je razbacano oko leša, za ostale su pretpostavili da su ih pojeli gavranovi ili ih je odnijela voda. Okolo je bila lokva krvi koja se već počela sušiti. Nesrećna žrtva je bila skoro skroz odrana, usta su joj bila rasječena od uha do uha što je podsjećalo na one jezive smajlije koje često u šali šaljemo jedni drugima, ostatak lica bio je netaknut, da li ubica nije imao više vremena ili ovim šalje još neku poruku pored one ispisane na pločniku —

Srećan rođendan.

Slova su bila nevješto ispisana krvlju, a pored čestitke bilo je nacrtano srce sa brojem sedam unutra. Moglo se pretpostaviti da je poruka ispisana žrtvinom krvlju, ali sačekaće potvrdu forenzičara.

Famozni broj sedam štrčao je u srcu kao da je vapio za pažnjom.

Broj sedam se već vijekovima smatra jedinstvenim i sastavnim dijelom mnogih kultura i religija. Sedam predstavlja savršenstvo i znak Boga, božanskog djela, kompletnosti, poslušnosti i odmora. Neki ga nazivaju vladarom biblijskih brojeva, jer se pojavljuje ukupno 562 puta u Bibliji, takođe se može rastaviti na zbirne elemente 3 i 4. Broj 3 predstavlja Trojstvo, a 4 sveobuhvatnost pa se za broj sedam može reći da predstavlja Božiju sveobuhvatnu vladavinu. Ovaj broj, isto tako, možemo pronaći i u mnogim biblijskim proročanstvima, tačnije na 42 mjesta u Danielu i u Otkrivenju. Tako u Otkrivenju imamo sedam crkava, sedam duhova, sedam svijećnjaka, sedam zvijezda, sedam pečata, sedam rogova, sedam očiju, sedam anđela, sedam truba, sedam gromova, sedam glava, sedam kruna, sedam zala, sedam čaša gnijeva, sedam kraljeva.

Jedinstveni broj ima mnogo simbolike; sedam dana u nedelji, Snjeguljica i sedam patuljaka, duga ima sedam boja, sedam svjetskih čuda, kodno ime najpopularnijeg agenta na svijetu 007. Mnogi ljudi se nadaju sedmici na lotu, ali kakve to sve veze ima sa ovim nesrećnim slučajem i šta je za njega prestavljao famozni broj sedam počelo je istog trenutka da se mota po Lazićevoj glavi.

Inspektoru je neka jeza prošla kroz kičmu dok je posmatrao mladićeve staklaste oči koje su gledale u nebo izobličene od užasa, a komadi kože visili su sa njegovog tijela kao neki dronjci. Toliko udaraca nožem mogla je da načini samo osoba koja je bila strahovito bijesna na njega što potkrepljuje činjenica da ga je ubica udarao i kasapio još bezbroj puta i kada je bio siguran da je žrtva mrtva. Jednostavno, mržnja je tolika da je želio da mu zadaje bol i onda kada je znao da je više ne može osjetiti. Ovakva vrsta mržnje ima duboke korijene iz kojih je izraslo otrovno stablo.

Sa mržnjom je skoro kao i sa ljubavlju. Često čovjek kada nekog silno voli želi da ga stalno obasipa ljubavlju pa ponekad u tome pretjera i počne nesvjesno gušiti voljenu osobu, ne daje joj dovoljno prostora za druge aktivnosti i ljude smatrajući da su njih dvoje sebi dovoljni da im niko više ne treba i ta ljubav lagano prelazi u opsesiju kojoj je ljubomora obavezna pratilja. I sve ono što je ranije bilo lijepo postaje toksično, nit ljepote ljubavi negdje se izgubila, a nju je zamjenila otrovna opsesija. Ali ovdje je riječ o drugoj strani medalje, o mržnji koja ne prestaje ni posle smrti onog ko je bio predmet mržnje. Ubica je toliko kivan na žrtvu da je želio i mrtvog da ga ubija iznova i iznova. Čime li je ovaj nesrećnik zaslužio ovakvu smrt, koga je natjerao da ga ovoliko mrzi, kome se zamjerio da mu tijelo iskasapi do neprepoznatljivosti? Tijelo je bilo u sasvim prirodnom položaju, kao da je žrtva spontano legla da odrijema. Glava malo nakrivljena na desnu stranu, vjerovatno je počinilac posle smrti ovako namjestio tijelo dajući mu svoj poseban pečat spontanosti, opuštenosti, dobrodošlice. Krvlju ispisana slova podsjećala su na rukopis nekog djeteta. Napravljeno je mnoštvo fotografija na mjestu zločina, trakom je obilježeno mjesto zločina kako bi se bar malo ograničio pristup radoznalim očima kojih će za par sati biti mnogo čim se vijest raširi po gradu.

Žrtvi su unutrašnji organi ispadali dok su pokušavali da tijelo smjeste na nosila, dobar dio je i nedostajao jer su gavranovi priredili sebi pravu gozbu. Nakon što su ona dva ribara pobjegli izbezumljeni, gavran se vratio, ali ne sam, poveo je i društvo da se počaste, komadi kože su se vijorili na vjetru.

Ostala je velika crvena mrlja na pločniku i to je sve što ostane od čovjeka, jedna mrlja koju će kiša da spere. Šta ostaje kada čovjeku srce prestane da kuca? Ostaje sjećanje i tačkica da je postojao, suze bližnjih koje će vremenom presušiti, rana izazvana odlaskom će vremenom zarasti na njihovoj duši i pretvoriće se u mali tanki ožiljak koji će ih s vremena na vrijeme podsjećati na jedan kraj, subote kada će dolaziti da zapale svijeću na mjestu gdje trune tijelo; to je sve što ostaje kad čovjek sklopi oči. Suze, tuga, praznina, a onda vremenom sve padne u zaborav, odjednom dragog lika ne mogu da se sjete ni njegovi najbliži. Sjećanja peru kiše vremena koje prolazi, a to je pouzdan znak da su odbolovali jer život ih je tjerao da idu dalje, život ne stoji ne čeka samo vuče naprijed, život je stao samo za onoga ko je dva metra pod zemljom.

Ljudi često preuveličavaju svoju važnost i vrijednost na ovom svijetu. Misle da su veliki, ali nakon mnogo viđenih smrti većina shvati da se sve svodi na jednu malu mrlju koja ostaje posle. Nije vrijeme prolazno, ljudi su prolazni. Biće novih izlazaka sunca, novih ljeta, novih zima, vrijeme će ići i bez tih ljudi koji su mislili da se bez njih ne može samo što oni neće biti tu da vide. Za sve one koji misle da su nešto veliko i bitno u ovom životu i na ovom svijetu, da bi sve stalo bez njih, jedna posjeta groblju i pogled na nadgrobne ploče treba da ih uvjeri da je bilo i prije njih tih istih velikana koji su mislili da će „svijet bez njih stati", svijet ne staje, vrijeme ne stoji ni zbog koga, ono ide svojom putanjom, a ljudi su samo usputni i smjenjuju se. Najgore je onom koga nema, jedino za njega na ovom svijetu vrijeme je zauvijek stalo.

Dok su žrtvu smiještali u kola hitne pomoći i trakom obilježavali mjesto zločina inspektor nije mogao da se ne zapita kojom mišlju se mladić vodio dolazeći tu u gluvo doba noći? Da li je bila u pitanju neka djevojka pa se ponadao nekom seksu na brzaka ili su možda u pitanju neki dugovi? Šta ga je navelo da dođe tu? Imao je običaj tako da improvizuje i zamišlja poslednje trenutke i misli žrtve koja naravno ne zna da su joj poslednji.

„Šta bi čovjek uradio kada bi znao da mu je ovo posljednji dan života?"

To pitanje je inspektor često postavljao sebi u noćima kad ga je mučila nesanica ili su ga proganjale slike užasa sa ratišta i mjesta zločina. Kad god je sanjao svoje ratne dane budio se sav u znoju dok su slike leševa iščezavale sa prvim zracima sunca čekajući ponovo mrak da mu dođu u san. Svaki čovjek koji je bio u ratu ponio je sa sobom jedan dio košmara i užasa koji na javi nestaju, a u noći mu se prikradaju i dozivaju ga u snu, smiju se svojim avetinjskim smijehom i tjeraju ga da se probudi i zapita da li se svi ostali ljudi bude progonjeni uspomenama.

Lazić je imao samo osamnaest godina kada je počeo rat i najbolje godine života proveo je po rovovima, stražareći na snijegu i kiši, gledajući smrti u oči, a i očekujući je svakog dana. Taj svakodnevni strah za život i mnogo smrti koje je vidio moraju da ostave posledice. Sve prođe, sve se zaboravi, ali onda avet dođe u san da posjeti svoju žrtvu, traume su kao i zlo, dođu kada ih čovjek najmanje očekuje, pokucaju na vrata, a ako ne na javi onda bar u snu prikradu se kao lopovi da podsjete čovjeka na zajedno proživljene dane. Aveti su to, vole da muče, ne dozvoljavaju čovjeku da ponovo pronađe svoj mir.

Kad bi se trgnuo iz svojih košmara znao je da je spavanje za njega završeno. Ustajao je i sipao čašicu rakije, pitajući se šta to ljude natjera da postanu kriminalci, ubice, prosto loši ljudi? Koja je to prelomna tačka u njihovom životu koja ih je bacila na stranputicu? Često su kriminolozi dijelili te ljude na dvije kategorije; na kriminalce koji su to postali zbog nesretnog spleta životnih okolnosti, a drugi oni koji su „rođeni da budu kriminalci", jer su rođeni sa nekim nedostatkom, mentalnim ili fizičkim, i da im je unaprijed određen zao put koji vodi mimo Boga i zakona. Lazić baš i nije vjerovao u ovu drugu teoriju. Smatrao je da se svi rađaju nevini i čisti, a put koji se čovjeku kasnije nametne da postane to što jeste nekad je stvar njegovog izbora, a nekad je jednostavno gurnut na tu stazu i nema hrabrosti da joj se odupre.

Poznato je da je najdraži anđeo Boga bio Lucifer čije ime znači „svjetlost". Otkazao je poslušnost Bogu zbog čega je protjeran, a on je padom u Pakao postao Satana ili đavo. On je definisao mržnju kao namjeru da namjerno neki ljudi naude drugima ljudima, povrijede ih fizički, smrtno unište.

U kasne sate, uz stare rok hitove, pitao se šta bi radio kad bi znao da mu je ovo poslednji sat života. Odgovor je uvijek bio isti. Ispio bi nasutu čašu rakije do kraja i mirno sačekao smrt uz pjesmu — *Teška vremena prijatelju moj đavo ih odnio*. Nije on bio alkoholičar. S vremena na vrijeme napio bi se sa drugovima, ali imao je svoje rituale sa rakijom kad god su mu živci bili napeti ili bi se probudio iz nekog košmara obično bi popio po čašicu-dvije, flašu je uvijek imao i u svom ormariću.

Inspektor je imao pune ruke posla, a vijest o ovakvom jednom događaju eksplodirala je kao bomba u gradu. Za dva sata već su i vrapci na grani znali da se na šetalištu rijeke Drine desilo monstruozno ubistvo kakvo grad ne pamti, a telefoni nisu prestajali da zvone, što od strane predstavnika štampe, što od zabrinutih građana. Svi su htjeli da saznaju da li je ubica identifikovan. Konačno neka aderenalinska bomba koja će da mu vrati staru euforiju za poslom, nešto konkretno, nešto veliko što je dugo čekao.

„Biće ovo dobar slučaj, nekad pomislim da sam poremećen, ovakvo zlo nazivam dobrim slučajem."

Lazić se polako pripremao da se obrati predstavnicima štampe, što je najviše prezirao, muka mu je bilo od svih tih krvopija, posebno od onih koji su svaku rečenicu izvlačili iz konteksta i pisali po svom. Novinari su se od jutra tiskali ispred stanice, očekujući da čuju prve ekskluzivne vijesti od inspektora. Vijest je odavno bila na televiziji i na svim društvenim mežama, ali ovo je prvo obraćanje inspektora koji vodi istragu. Namrgođen kao i uvijek i ledenog izraza lica izašao je pred novinare. Uvijek je na ljude oko sebe ostavljao utisak hladnog i nepokolebljivog čovjeka kog ništa ne može izbaciti iz takta, niko nije znao ranjivu stranu njegove ličnosti, nikome nije dozvoljavao da mu se toliko približi i otkravi njegovu godinama ledom okovanu dušu.

Maska hladnog zavodnika i strogog inspektora koju je godinama nosio totalno se srodila sa njegovim licem da ni on sam nije znao kako bi izgledao bez nje. Rijetki trenuci kada bi je skinuo bili su kasni večernji sati kada su ga mučili košmari i nesanica i sam sebe bi prekorijevao u tim trenucima što sebi dozvoljava ranjivost. Zbog te maske koju je sam sebi navukao bio je emotivno hendikepiran za bilo kakvu dublju vezu, seksa mu nije nedostajalo, uvijek je imao neku kombinaciju, ali dublju povezanost osjetio je samo sa jednom osobom i nju nije znao da sačuva. Ne zamjera joj što je otišla, ponekad ni sam sebe nije mogao da podnese, divio joj se što je uopšte izdržala par godina s njim. U svim važnim trenucima mislio je o njoj pa i ovog puta dok je ulazio u salu da se obrati novinarima. Volio bi da je tu samo da je rukom dotakne, da smiri napete nerve. Volio je da ćute zajedno, tišinom je uspijevala reći više nego ostale svim silnim izgovorenim riječima. Ona je pričala pogledom. A on je učinio nesrećnom. Nesreća ljudima ne pada sa neba, sami je stvore i nastavljaju da je stvaraju i dalje kao da imaju pet života pa im se može. Životarenje su sveli pod život, ljubav pod obavezu i kada shvate da im se ne može obično bude prekasno.

„Kasno će biti kasnije." Ovo zvuči kao kletva što na neki način i jeste. Sve čovjek odlaže za kasnije; i lijepe riječi i ljubav i oproštaj. Sve to stoji tu ispred njega, skuplja prašinu čekajući da ga upotrijebi, ali to uvijek odlaže. Nemate vremena da izjavite ljubav, nemate vremena da volite, da oprostite, da budete srećni, jer sve ćete to nekad kasnije i jednog dana se probudite sa saznanjem da je prekasno za sve ono što ste odlagali za kasnije. Ono što odlažete za kasnije često preraste u prekasno. A prekasno se nije stvorilo samo od sebe, vi ste ga stvorili, onda se morate nositi sa tim teretom i to je najteži teret koji ćete ikad ponijeti.

9

„Zavist i ljubomora imaju oštar vid i ne samo da otkrivaju tuđe greške, nego ih vide i tamo gdje ih nema."

P. P. Njegoš

„Dame i gospodo, kao što već znate noćas se na šetalištu rijeke Drine desilo monstruozno ubistvo. Ubijen je mladić star oko dvadeset godina. Policija je odmah izašla na mjesto zločina, slučaj su prijavili dvojica ribara koji su se u ranim jutarnjim časovima našli na Drini i tom prilikom otkrili leš. Identitet vam još ne možemo otkriti, jer smo u ranoj fazi istrage i ne želimo da neke informacije izađu u javnost prije nego što sve potrebne činjenice budu utvrđene i identifikovani otisci sa mjesta zločina. Najljubaznije vas molim da se strpite i pustite policiju da radi svoj posao, a o svim dodatnim saznanjima ćemo vas blagovremeno izvještavati. Molimo građane da ostanu mirni i da ne šire paniku, učinićemo sve što je u našoj moći da uđemo u trag počiniocu i privedemo ga pred lice pravde."

Dok je napuštao salu za sastanke novinari su se sjatili za njim pitanjima:

„Gospodine Laziću, da li je tačno da je žrtva obezglavljena, da li je u pitanju neko sektaško ubistvo, da li je ubica u ljubavnoj vezi sa žrtvom, da li je tačno da su ribari pronašli glavu koja pluta Drinom i na taj način došli do leša?"

Riječi novinara bile su mu sve dalje kao u nekoj magli, do njega su dopirala nerazgovjetna pitanja. Inpektor im je zalupio vrata ispred nosa i otišao do svoje kancelarije. Umorno se spustio na stolicu. Počelo je! Vijest je odjeknula kao udar groma i informacije sa mjesta zločina, tačnije dezinformacije. Priča ide od usta do usta, vijest je senzacija o kojoj raspredaju svi, od obućara do gradonačelnika. Pomislivši na gradonačelnika, sjetio se da je jutros imao poziv od njega, ali trenutno nije bio u stanju da razgovara s tim čovjekom. Poznato je da njih dvojica i nisu baš u najboljim odnosima, ali, bez obzira na sve, gradonačelnik ni u jednom trenutku nije potcjenjivao Lazićeve sposobnosti. Trenutno je morao da ostane par trenutaka sam sa sobom, da sabere misli i da vidi šta i kako dalje.

Vijest je sutradan bila na svim naslovnim stranama. Dnevni listovi su se utrkivali ko će slikovitije da opiše mjesto zločina, u izvještajima je prednjačio lokalni list „Zvornik INFO". Na naslovnoj strani bila je slika mjesta zločina gdje su se jasno mogli vidjeti tragovi krvi i slučaju su posvećene dvije stranice sa izjavom glavnog inspektora Lazića:

Na šetalištu pored Drine pronađeno je iskasapljeno tijelo mladića čiji su inicijali A. M. Tijelo su pronašli u ranim jutarnjim časovima dvojica zvorničkih ribara kada su krenuli na pecanje. Slučaj je odmah prijavljen policiji koja je izašla na lice mjesta i obavila uviđaj, obdukcija je u toku. U svojoj dugogodišnjoj karijeri nikada nisam vidio ništa gore ni jezivije, ovo je jedan od najstrašnijih zločina koje je stanovništvo ovog grada ikada zapamtilo, nekada čovjek ne može ni da pretpostavi za šta je sve ljudska ruka sposobna. Policija svim silama radi na hvatanju počinioca ovog monstruoznog zločina.

Ispod članka je bila potpisana lokalna novinarka Violeta Petrović.

Lazić je osjećao da mu ona neće dati mira danima baš kao ni ostali novinari, ali ona je posebna vrsta pijavice. Kada namiriše dobru priču u stanju je da pije krv na slamku dok i zadnju kap krvi ne popije. Poznavali su se njih dvoje i malo prisnije. Bila je to jedna kratkotrajna romansa, ali ona ga je zvala već peti put od trenutka kad je dao izjavu za medije i pozivala se na prošle dane i njihovo prijateljstvo, moleći da sve novosti prvo njoj javi. Iako to nije pokazao nijednim gestom, ali na trenutak su mu koljena zaklecala kada je jutros vidio u prvom redu među novinarima. Pomislio je kako je ljepša nego ikada, sa dugom plavom kosom koja joj se u valovima spuštala niz leđa. Bila je obučena u pripijeni komplet koji je isticao svaku liniju njenog tijela. Bila je od onih žena koja je mogla da natjera muškarca da bos kroz vatru hoda dok mu ona šapuće na uvo svojim erotičnim glasom.

Nema ništa erotičnije od žene koja je svjesna sebe, a ona je pucala od samopouzdanja, ali nije bila uobražena i to je samo doprinosilo njenom šarmu. Nažalost, bila je emotivno nestabilna. Između njih je ljubav planula kao grom kad udari u suvo drvo, ali se brzo ugasila. Na kraju se ispostavilo da je to bila samo luda i neobuzdana strast sa obje strane i bilo je lijepo dok je trajalo pa su se jednog dana drugarski razišli nad ognjištem ugašene požude. Nisu ostali u kontaktu. Ona je jedno vrijeme bila i odsutna, usavršavala se i vratila se još krvožednija i opasnija. Poznavala ga je dobro, znala je da neće izvući od njega ništa više nego što joj on želi reći, ali se ipak pozvala na njihovo poznanstvo i molila da ona o svemu bude prva obaviještena, govorila je da će ovo biti priča njene karijere.

KAKVO SE TO ČUDOVIŠTE NALAZI MEĐU NAMA?
DA LI JE POLICIJA NA TRAGU UBICE?
KOLIKO SU GRAĐANI ZVORNIKA BEZBJEDNI?

Ovo su bili samo neki od naslova koji su štrčali sa svih kioska i Fejsbuk profila građana Zvornika.

10

„Saznati budućnost znači izgubiti san o njoj. A čovjeku su potrebni snovi, sitne zablude, maštanja koja se neće ostvariti. Potrebna mu je nada. Bez nade u budućnost nema sadašnjosti. Gospod nam skriva budućnost zato što je milostiv i čovjekoljubac."

Lj. Habjanović

Sadašnjost

Prijava o novom ubistvu zatekla je inspektora Lazića na putu do posla, telefon mu je zazvonio tek što je prošao pored fontane i žurnim korakom išao je prema stanici zadubljen u svoje misli i nenaspavan. Ne sjeća se kada se poslednji put naspavao. Od onog jutra kad su dva ribara ušla u njegovu kancelariju život mu se okrenuo u potpunosti, ostajao je do kasno na poslu, a kod kuće je ostajao budan nekada i do ranih jutarnjih časova pokušavajući da složi kockice. Obično je išao autom na posao, ali ovog jutra je odlučio da prošeta iako je kasnio skoro pola sata. Nadao se da će mu šetnja pomoći da skrene misli bar nakratko od slučaja koji ga je danima opsjedao.

Istraga se nije pomakla sa mrtve tačke, pritisak je svakim danom bivao sve veći, a rezultati nikakvi. Javnost je prestala da se zanima za „krilatog ubicu" kako su ga nazvali građani i ta sramota ga je dodatno činila nervoznim. Svjedočenje jednog pijanca nije moglo da se uzme u obzir, pogotovo ne njegova priča da je mladića ubilo neko krilato stvorenje u srebrenom ogrtaču kako je on tvrdio da je vidio. Činjenica je da od alkohola nije vidio dalje od sopstvenog nosa, da je mogao da izmašta i povratak Drakule koji je eto malo odlučio da skokne do Zvornika, okupa se u rijeci Drini i poželi srećan rođendan nesrećnom mladiću, da ga malo iskasapi i vrati se u svoj dvorac srećan i zadovoljan dok njima u policijskoj stanici načelnik svako jutro drži predavanja i nabija na nos ono što svi znaju — da se istraga ni za milimetar nije pomjerila. Ali se barem smirilo stanje u medijima. Nema više pisanja ni u novinama ni na društvenim mrežama. Slučaj lagano pada u zaborav. Istražni tim je radio punom parom, svaki dan su iznova prečešljavali dokazni materijal nadajući se da im je nešto promaklo, ali rezultata nije bilo. Koliko god da je slučaj „krilatog ubice" izgledalo kao nešto što nema veze sa zdravim razumom i ljudi se podsmijevali i zbijali šale na račun toga ipak je priča o „krilatom stvorenju" koje ubija na šetalištu Drine počela da prerasta u legendu i ma koliko ljudi tvrdili da ne vjeruju u „onostrano" počeli su da izbjegavaju šetnje kraj Drine sa prvim mrakom, a i strah da je ubica još na slobodi i šeta među njima dodatno je širio paniku među stanovništvom. Šetalište je noću skoro opustilo u poslednja dva mjeseca. Djeca više nisu išla na igralište sa prvim mrakom kao nekad. Ljudi su jednostavno počeli da izbjegavaju šetnje kraj Drine i po danu u dijelu gdje se desilo ubistvo i počeli da ga smatraju ukletim. Kao i svaka priča tako i ova kada se prepriča više puta dobije novu dimenziju, tako su ljudi počeli da se kunu kako su sa svojih terasa vidjeli neko veliko stvorenje sa krilima kako leti iznad rijeke vjerovatno u potrazi za novom žrtvom. Drugi su opet govorili kako je to duh nesrećnog mladića koji ne može da nađe mir na onom svijetu dok se ne pronađe onaj ko je odgovoran za njegovu smrt.

Ljudi su čudo, od muve naprave medvjeda, od komarca magarca, a od brutalnog ubistva povratak nekog mitskog stvorenja koje je u

Zvornik doletilo i riješeno je da ubije svakog ko se noću približi rijeci, jer je to njegova teritorija. Kad nema dobre priče stvore je, a ovo je bio jedan od tih slučajeva kad ljudi iz jedne nesreće izvuku maksimum.

I dok je tog jutra žurio na posao trljajući oči u pokušaju da otjera pospanost, inspektor nije mogao a da se ne zapita da li je možda minut-dva prije njega ubica prošao upravo tom ulicom ili je možda na korak iza njega i zadovoljno gleda inspektora koji se od iscrpljenosti jedva kreće, a i dalje se sa mrtve tačke ne pomjera. Kad bi ga takve misli obuzele uvijek bi se naglo okrenuo, ni sam ne znajući šta je i koga očekivao da će ugledati. Jednostavno, osjećaj prisutnosti nekoga ili nečega nije mu dao mira i on, skoro dva metra visok čovjek, stresao bi se od naleta neke jeze koja mu se penjala uz kičmu. Da li to počinje da ludi? Da li postaje šizofrenik, šta se s njim dešava? Znao je da mu treba odmor, bar nakratko, pauza da sredi misli i vrati se slučaju osvježen i bistre glave, ali nije mogao da se smiri. Mladićeve staklaste oči koje gledaju u nebo proganjale su ga i u snu i na javi, iako je mislio da posle svih užasa kojih se nagledao ništa više ne može da ga toliko zaokupi. Ispostavilo se da griješi. Slučaj ga je toliko zaokupio da je on postao slučaj i slučaj je postao on. Toliko je odlutao u misli da u prvi mah nije ni registrovao zvuk telefona. Tek kad je nekoliko puta Jure Stublić otpjevao *Srce na cesti*, trgnuo se i shvatio da njegov telefon zvoni, izvadio ga je iz džepa i vidio na displeju da ga zovu iz stanice. Neki trnci su mu krenuli niz leđa. Javio se očekujući loše vijesti i bio je u pravu, upravo su mu kolege javile da se dogodilo još jedno ubistvo, djevojka iskasapljena u svom stanu, cimerka je jutros pronašla po povratku u stan. Ekipa upravo kreće na uviđaj njega će pokupiti usput.

Inspektor je slušao kao u nekom bunilu. Stojao je kod dječijeg igrališta u centru, pitajući se da li je ovaj grad postao nebezbjedno mjesto za život.

„Još jedno brutalno ubistvo! Ovog puta je u pitanju djevojka, ubijena u svom stanu i iskasapljena do neprepoznatljivosti, a ovo vam se posebno neće svidjeti kada čujete o kome je riječ, žrtva je sestra Milana...”

Riječi kolege su mu odjekivale u glavi dok je čekao da dođu po njega. Da li je zlo došlo u grad i odakle ili je uvijek bilo tu pritajeno i čekalo pogodan tenutak da ispliva na površinu baš kao i Drina koja sačeka prve velike kiše da se izlije i poplavi? Mirna je dok je sunce, a čim liju kiše pokaže svoje surovo lice. Da li je tako i sa zlom? Koje vremenske nepogode su izazvale njegovo pojavljivanje, šta ga je podstaklo?

Svaki čovjek ima dvije strane; kad odluči da prednost da onoj zloj, da li na to utiče sam ili ga okolnosti navedu? Ljudi se rađaju čisti i nevini, a kasnije biraju kojim putem će krenuti. Nekad sami, a nekad im to drugi nametnu, ali i kada im je nametnuto, njihova je odgovornost i volja da li će ići tim putem ili skrenuti na prvom skretanju u drugom pravcu.

Da li je zlo došlo slučajno u grad, da li je pogrešno skrenulo na nekoj raskrsnici i zalutalo? Jednom bi moglo da pogriješi, ali dva puta nikako nije mogla da bude slučajnost, drugi put je izbor.

11

„Kada se zlodjelom i pravda vrši, teško onom ko ga čini.”

Lj. Habjanović

Miris krvi osjećao se još u hodniku. Miris koji podsjeća šta ostaje na kraju jednog života kada srce prestane da kuca, kada krv više ne struji venama, ostaju samo hladnoća i zadah prolaznosti, ono što asocira na kraj jednog putovanja na zemlji, miris poslednje stanice. Poslednja stanica u ljudskom životu obiluje sa najustajalijim mirisima koji štipaju za nos, ali gore od toga je ona ustajalost koja nagriza duše opominjući ih da će i one jednoga dana doći do istog odredišta, jedinog koje nijedna duša ne može da izbjegne. Mrak i miris prolaznosti poslednjeg odredišta na ovom svijetu, nakon čega duše lagano tonu u zaborav, prekrivene debelim slojem zemlje.

Tokom svoje dugogodišnje karijere Lazić se smrti i previše nagledao, bila mu je bliska kao vrat kragni. Čovjek uvijek negdje žuri, nema vremena da zastane, a onda jednog dana srce mu iznenada stane i sve što ostane iza njega je miris prolaznosti koji se uvuče duboko u nos prisutnima da ga danima posle osjećaju dok ne izvjetri sam od sebe.

Stan u kojem se desio zločin odisao je prisustvom ženske ruke. Vedre i vesele boje, totalna suprotnost od stana koji je imao inspektor.

U njegovom stanu je vladalo sivilo, nikad nije ni pomislio da unese neke vedrije boje. Volio je to sivilo ili je jednostavno bio previše zaokupljen drugim stvarima da bi se zamarao izborom boje za zidove svog stana. I uvijek na mijestu zločina javila bi mu se ista misao, kako će i njemu jednog dana srce stati i neko će ga pronaći na sivom podu njegovog sivog stana. „Kakva siva smrt" — reći će ljudi. „Vesele boje zidova i smrt čine elegantnijom" — pomislio je dok se tiskao kroz hodnik, obećavajući sebi da će se pobrinuti da promjeni sivilo u svom stanu.

„A šta je sa sivilom u tvom životu?"

Javio se ponovo onaj dobro poznati glasić iz njegove podsvijesti koji je uvijek birao najnezgodnije moguće situacije da se oglasi i unese pometnju u Lazićeve misli. Ovoga puta nije mu dozvolio da nastavi. Miris krvi bio je suviše jak i čini mu se da mu je bio od pomoći da otjera onaj zlobni glasić. Iako je pomisao sama po sebi morbidna, barem će bistre glave moći da priđe mjestu zločina i zlobni glasići iz njegove podsvijesti su poslednje što mu je bilo potrebno. O tom glasiću nije se usuđivao da govori nikome. Plašio se da će biti ismijan i proglašen malo ludim a to „malo ludilo" srozalo bi njegov ugled među kolegama i u društvu. Ko bi ga više ozbiljno shvatio i cijenio kao čovjeka ako u najkritičnijim situacijama čuje sulude glasove u svojoj glavi.

Volio je da razgovara sam sa sobom, najviše je to radio u mislima, ali nisu bile rijetke situacije kada bi sjeo pred ogledalo i ispričao se sam sa sobom naglas. Možda djeluje pomalo uvrnuto, ali posle tog rituala on se osjećao mnogo bolje, kao da se napunio nekom pozitivnom energijom i nije želio da to pripiše ludosti. Pošto je ta ludost činila da se osjeća bolje, volio je svoju ludost.

Dok se istražni tim tiskao hodnikom na putu ka kuhinji, inspektor je u sebi pomislio kako je prije samo nekoliko sati tim istim hodnikom prošla žrtva, ne sluteći da joj je to poslednji prolazak. Kakve je planove imala za današnji dan? Da li joj je bio radni ili slobodan dan? Planovi koji nikad neće biti realizovani, obaveze koje zauvijek ostaju neobavljene. Dan u kalendaru koji nikada za nju neće biti pomjeren ostaje zauvijek zamrznut u vremenu.

Prizor u kuhinji je bio stravičan. Zidovi su bili isprskani krvlju kao da je neko bacao lopatom praveći nepravilne oblike crvenom bojom na sredini kuhinje. Na podu je ležalo tijelo ili bar ono što je ostalo od njega. Glava se držala uz tijelo jednim tankim komadom kože, jedno oko bilo je oštećeno, a od toliko posjekotina i rezova neki djelovi tijela bili su neprepoznatljivi. Više se nije moglo znati šta je koža, šta odjeća, jer je kompletno sve izgledalo kao gomila isječene odjeće u crvenoj boji.

Parket je poprimio crvenu boju i krv je polako počela da se suši, na desnoj ruci nedostajalo je četiri, a na lijevoj tri prsta. Vidjevši ovaj prizor neki od članova tima su otrčali u kupatilo da povrate. Koliko god da imaju iskustva u susretima sa smrću i užasima nekim policajcima opet želudac reaguje. Svako mjesto zločina nosi drugačiju vrstu jezivosti. Na zidu je bila krvlju ispisana poruka — *Srećan rođendan* i srce sa brojem sedam unutra. Na ovo se inspektoru svaka dlaka na tijelu nakostrješila. Ovoga puta pored leša nisu pronašli nijedan odsječen prst što je značilo da ih je ubica odnio sa sobom kao trofej. Onda mu je sinula ideja da na prošlom mjestu zločina nisu pronašli sedam odsječenih prstiju. Tada su pomislili da su ih gavranovi raznijeli ili da ih je odnijela nadošla rijeka, ali vidjevši da ih je ovog puta ubica odnio pribilježio je sebi u blokčić da pomnije ispita značenje toga famoznog broja sedam. Tijelo je bilo malo zakrivljeno u lijevu stranu, vrat je bio u prirodnom položaju, mogućnost loma bila je isključena, ali patolog će to ispitati.

Ubica je ponovo tu, nema sumnje u to da se radi o istom počiniocu. Način sakaćenja bio je potpuno isti kao i kod prve žrtve, samo je druga lokacija u pitanju, nije nigdje otišao, sve vrijeme je u gradu, smije im se i nadmudruje se s njima. Istraga tapka u mjestu, a novo tijelo je tu, leži pred njima i gleda u plafon ledenim pogledom onim jednim nepovrijeđenim okom. Onaj isti pogled koji je do juče gledao u nebo, u svijet oko sebe, danas leži na parketu kuhinje u sopstvenoj krvi i mokraći, a on nije učinio ništa da to spriječi. Ludak slobodno hoda kroz grad i ubija ljude na njihov rođendan. Koja je poruka ove monstruozne i krvave čestitke koju ostavlja posle kasapljenja žrtve? Da li je to neko ritualno ubistvo, da li žrtve bira po njihovom krvnom srodstvu ili su se ovo dvoje nesrećnika nekome opasno zamjerili pa je dug došao po naplatu? Ta pitanja su prolazila inspektoru kroz glavu dok je sa istražnim timom pregledao mjesto zločina.

Sada je bilo jasno ko dan da ubica svoje žrtve ne bira slučajno, ovo je bilo planirano i direktno usmjereno protiv Sanje i Milana. Ubica je detaljno isplanirao kraj jedne porodice ili, kako bi se u narodu reklo, „da im se sjeme zatre". Oni nisu imali više nikoga. Majka im je bolesna i svaki sledeći dan koji preživi joj je kao nagrada od života ili, u ovom slučaju, kazna. Nešto je drži u životu dok njena porodica izumire kao da to nešto želi da ona bude živa dok se grobovi za njenu djecu otvaraju i zemlja ih uzima sebi.

Šta li su njih dvoje tako strašno uradili da im se ovako vraća? Kome li su se zamjerili, koga su toliko povrijedili da nije imao milosti da ih ostavi u životu? Slike sa mjesta zločina bile su mržnjom oslikane — sakaćenje, krvave poruke, ubistvo kuhinjskim nožem, još jedan je dokaz da se mržnja u ubici godinama taložila i da nije htio da to bude brzo gotovo. Htio je da od žrtvi napravi svoje umjetničko djelo. U prvom slučaju žrtva je bila mrtva kada je nad njom izvedeno kasapljenje, moglo se pretpostaviti da je i u ovom slučaju bilo tako, jer nije mogao da izvrši ovako nešto u stanu u zgradi gdje bi svaki vrisak odjeknuo, a u stanu od skoro osamdeset kvadrata cimerka bi ipak čula nešto. Tim detaljima će se kasnije pozabaviti kad bude gotova obdukcija i utvrđeni otisci ostavljeni na mjestu zločina kojih vjerovatno i ovog puta nije bilo mnogo. Ubica nije bio nimalo naivan. Znao je kako da to izvede, a da ne ostavi mnogo korisnog materijala za istragu, tačnije nije ostavljao ništa.

Stan je obilježen trakom kao mjesto zločina, a Dana i Ana morale su da uzmu najosnovnije stvari i da odu kod nekog na par dana dok se ne izvrši detaljan pretres stana i uzmu svi otisci neophodni za istragu. Sa torbama u koje su na brzinu i izbezumljeno nagurale par stvari bez ikakvog reda i svjesnosti šta im je uopšte potrebno za naredne dane, sjele su u policijski auto koji će ih odvesti do stanice da daju izjave. Ispred zgrade su se već počeli skupljati ljudi i polemisati šta li se to strašno događa kada su policijska i bolnička kola od ranog jutra ispred zgrade. Vidjevši Anu i Danu kako napuštaju zgradu u pratnji policije ljudi su se gurkali i došaptavali. Par njih se i policiji obratilo da pita šta se to dešava, dok su drugi coktali i prebacivali težinu sa noge na nogu goreći od radoznalosti. Jedna žena je izašla sve sa viklerima na glavi i nekom maskom u boji koja joj je prekrivala lice. Radoznalost je bila jača, nije mogla da se prvo umije, morala je odmah da istrči da ne bi nešto propustila.

Kažu greške učinjene u prošlosti ne može ispraviti ni najveća količina mudrosti u sadašnjosti. Nema tog čovjeka koji tokom svog života nije napravio bar jednu kobnu grešku koja ga proganja i dolazi mu u san, ali vjera i iskreno pokajanje mogu na neki način da ljudsku dušu oslobode grijeha ili bar da nauče čovjeka kako da živi sa osjećajem da vrijeme ne može da vrati da bi ispravio neke greške, ali može da se potrudi i učini sve da se te greške u budućnosti ne ponove.

12

„Loše je od ljudi što zanemaruju svoje polje da bi na tuđem tražili korov."

V. Braun

Dva mjeseca ranije

Prošlo je osam sati i Sunce je već napustilo grad. Samo pokoji zrak se još povlačio na krovovima zgrada, ali ubrzo će i oni nestati predajući smijenu na nebu svom najboljem prijatelju Mjesecu. Iako je radno vrijeme odavno završeno tim zadužen za istragu koji je Lazić okupio bio je još u stanici. Sjedili su u njegovoj kancelariji iznova prečešljavajući jučerašnji slučaj. Večer je bila topla, a u kancelariji je bilo kao u loncu bez obzira na klima uređaje koji su stalno bili uključeni. Energija potaknuta adrenalinom kao da je zagrijavala prostoriju ne dozvoljavajući da je išta rashladi. Svi su bili poprilično umorni. Bio je to dug dan, ali ovakav slučaj većina od njih nije zapamtila u svojoj karijeri i ovo im je bila prilika da sve svoje ranije stečene vještine i znanja upotrijebe. Ponovo su pregledali slike i čekali ono malo otisaka pronađenih na mjestu zločina. Utvrđeno je i vrijeme smrti, negdje oko tri posle ponoći. Nesumnjivo je da je ubica bio vješt i da je pomno planirao ovo, jer je vješto izbjegao da ostavi otiske i tragove prilikom izvršenja ubistva. Jednostavno je nakon obavljenog posla iščezao bez ijednog traga. Tragovi pronađeni na mjestu zločina odgovaraju tragovima dvojice ribara. Njihov sinoćnji alibi je čvrst kao stijena. Obojica su noć proveli kod kuće sa svojim porodicama, tako da je njihova umiješanost u ovaj zločin u startu isključena.

Milan ih je vedrog lica posmatrao sa table na zidu. Bila je to maturska slika koju im je dala žrtvina sestra Sanja. Mladić je šarmerski gledao u kameru pun samopouzdanja, svjestan svoje ljepote, ležeran osmijeh otkrivao je blistavo bijele zube, plave oči su na prvi pogled odavale velikog zavodnika, a kada biste se bolje zagledali bile su to oči razigranog djeteta koje život još nije lomio. Bezbrižno lice sa slike nije moglo ni da nasluti da mu se bliži surov kraj.

S obzirom da je Milan bio visok oko metar i devedeset i težio stotinjak kila nije ga bilo lako savladati, ali na tijelu nisu pronađeni nikakvi znakove borbe. Ili je napadnut s leđa ili je napadač bio neko kome je vjerovao i ovo ga je zateklo nespremnim. Situacija sa mjesta zločina kao i cijelokupna slika nije bila nimalo optimistična. Prethodni dan je bio lijep i mnogo ljudi je šetalo tim djelom grada pa je pronalaženje otisaka stopala bilo kao traženje igle u plastu sijena. Ništa konkretno nisu našli pored leša osim dopola ispijenu flašu rakije koja je data na analizu i još uvijek se čekaju rezultati otisaka. Oružje kojim je počinjeno ubistvo takođe nije pronađeno.

Forenzičari su potvrdili da se vjerovatno radi o velikom kuhinskom nožu koji je bio poprilično oštar sudeći po napravljenim rezovima. Žrtvina koža na nekim mjestima bila je skinuta kao koža neke životinje koju potope u vrelu vodu, visila je kao rezanci.

Potvrđeno je da se žrtva nije branila. Nisu pronađeni nikakvi tragovi odbrane na šakama ni tragovi kože ispod noktiju. Na tabli u kancelariji bili su ispisani podaci o žrtvi, njegovim prijateljima i porodici i već sutra ujutro će krenuti sa ispitivanjem. Ove podatke je dala Milanova polusestra Sanja, ali s obzirom na stanje šoka moraće je ponovo ujutro ispitati. Milan joj je bio jedina porodica koju je imala. Majka im je bila teško bolesna i smjestili su je u dom, jer je priroda njene bolesti zahtjevala stalni ljekarski nadzor. Njih dvoje su djeca od različitih očeva i s obzirom da su obojica mrtvi, imali su samo jedno drugo od trenutka kad im se majka iznenada razboljela. Kada su pokucali na vrata njenog stana otvorila im je njena cimerka Ana. Sanja je bila u kupatilu. Kad je izašla i vidjela ih kako sjede u dnevnoj sobi sva boja sa njenog lica je nestala. Ljudi osjete kada im se donose loše vijesti. I prije nego što je Lazić išta progovorio, bolno je kriknula i pala na pod.

Kod žrtve u džepu farmerki pronađen je novčanik sa dokumentima, bankovnim karticama i nešto novca tako da je motiv koristoljublja odmah isključen. U jednoj maloj pregradi novčanika, sakrivena iza ikonice Bogorodice, nalazila se slika djevojčice od nekih pet godina, duge plave kose. Gledala je u kameru bezbrižno i nevino sa osmijehom na licu kakav samo djeca imaju. Tu je bila i slika jednog dječaka od neke dvije godine. Obje slike su požutjele od stajanja i Lazić je pretpostavio da su to Milan i Sanja kad su bili mali, međutim kad je slike pokazao Sanji ona je to demantovala i obećala da će potražiti njihove slike iz djetinjstva. Ovo saznanje je bilo neočekivano. Čije je slike Milan mogao da nosi u novčaniku, a da njegova sestra nema pojma ko su ta djeca? Zašto ih je zamotao u foliju i sakrio iza ikone kao da su neko zlo kojeg treba da se kloni?

Krvava poruka je bila na brzinu našvrljana što je značilo da je ubica žurio da se skloni sa mjesta zločina, bojeći se da neko ne naiđe, a sama činjenica da se izlagao dodatnoj opasnosti da ga možda neko primjeti dok piše poruku, možda ga je neko sve vrijeme gledao, on to ne zna, ali morao je da napiše poruku u tome se krije neka simbolika, nešto ga je izazvalo na ovaj monstruozni čin povezano sa rođendanom, ali šta u njegovoj priči znači broj sedam pitanje je kojim će istraga morati dobro da se pozabavi.

Sedam kao sedam smrtnih grijehova, sedam dana u nedelji, sedam patuljaka, a sedam u krvavom srcu je zagonetka koju im je ubica dao da odgonetnu. Brojem sedam on se obraća policiji ili porodici žrtve, nedostajalo je sedam prstiju, ali pošto su one prokletinje gavranovi napali na tijelo kao da pet godina ništa nisu jeli, a i Drina je nadošla prilikom puštanja brane i tijelo je bilo do polovine u vodi, policija nije bila sigurna da li su prsti završili u stomacima gavranova, u vodi ili ih je ubica ponio sa sobom kao suvenir.

Prije nego što je raspustio tim, Lazić je već umornim glasom svakom od njih dodjelio zadatke za sutra —

„Sandić i Stojić će ujutro ponovo ispitati sestru ubijenog. Marković će sa mnom u kladionicu gdje je radio da porazgovaramo sa njegovim kolegama, treba nam mnogo više informacija o ovom momku; s kim se družio, gdje je izlazio, gdje je proveo poslednje sate prije odlaska na Drinu, lista telefonskih poziva se još utvrđuje, laptop uzet iz njegovog stana se takođe pregleda, kao i njegovi profili na društvenim mrežama. Sutra u dvanaest sati je sastanak u kome ćemo iznjeti sva saznanja i činjenice do kojih smo došli."

I dok su jedan po jedan napuštali kancelariju, inspektor se pitao da li će ovo biti slučaj njegove karijere, brutalno ubistvo bez ijednog otiska, kao da je ubica sletio sa neba. Inspektor nije bio naivan. Znao je da slučajevi poput ovog uvijek kriju nešto u pozadini, a njegov zadatak je bio da ispita šta. Umorno je ustao i krenuo kući korakom starca od sto godina. Cijeli dan ništa nije jeo i iscrpljenost je uzela maha. Dok je koračao kroz polumračni hodnik ponovo mu se javljao isti osjećaj koliko se policajaca prije njega vuklo kući u kasne sate baš kao i on večeras noseći na svojim leđima teret jednog dana, jednog slučaja koji steže u grudima i otežava disanje. Ne znajući zašto ovaj slučaj je već u njemu počeo da izaziva uznemirenost. Okrenuo se kao i uvijek prije nego što bi zatvorio vrata i ostavio duhove iza brave, nestajući lagano u noći grada čijim ulicama večeras šeta osoba koja je preksinoć Milanu poželjela srećan poslednji rođendan i potom nestala u noći.

Pod okriljem noći sve tajne su naizgled zaštićene, bezbjedne, sakrivene, čuva ih crnilo, a sa prvim zracima sunca ponovo se bude nemiri i pitanje koliko će još dugo noć željeti da ih skriva. Ko se sa tamom jednom udruži uvijek je na oprezu, jer nikad ne zna da li će da mu čuva leđa ili će da ga proda svjetlosti novog jutra. Jutro mu ne budi nadu, nego novi strah da li će to biti još jedan dan u kome tama neće progovoriti, još jedan dan tokom kojeg će se osjećati bezbijedano, ali ona nikada ne ćuti bez odgovarajuće naknade. Sve se plaća, a šta ona traži? Bolje da nikada ne saznate.

13

„U pojedinim trenucima odupirati se znači biti uništen. Voda jedne rijeke prilagođava se putu koji je moguć, ne zaboravljajući svoj cilj, more.”

Paulo Koeljo

Cijeli istražni tim bio je u stanici već u šest sati ujutro i na njihovim podbulim licima jasno su se vidjeli tragovi neprospavane noći. Zakrvavljene oči, blijedo lice i najveće šolje kafe u rukama u nadi da će ovom gorkom tečnošću otjerati umor i tragove nespavanja. Niko od njih nije oka sklopio cijele noći, monstruozno ubistvo na obali rijeke Drine bilo je baš kao iz onih kriminalističkih serija koje su ljudi redovno gledali, zaštićeni u svojim domovima i zaokupljeni mislima kako to nije stvarno, dovoljno je da isključe televizor i scene strašnih zločina ostaju tamo negdje u kutiji dok oni nastavljaju sa svakodnevnim aktivnostima dok ne nađu slobodnog vremena i ponovo uključe kutiju da se malo opuste i razonode.

Ljudi često nisu svijesni da je to stvarnost, takve stvari se negdje svakodnevno dešavaju. Dok neki sjede bezbrižno na jednom mijestu i piju kafu, rade svoj posao, ispraćaju dijete u školu i bave se ostalim svakodnevnim aktivnostima i ne pomišljaju da se baš u tim trenucima na nekim drugim mjestima dešavaju užasne stvari, ali svi su zaokupljeni svojim životom i problemima da bi i o tome mislili, jer to se dešava tamo negdje daleko od njih, šta ih se to tiče i skoro nikada ne pomisle da se tako nešto može desiti i u njihovom gradu. Tek što je slučaj manijaka koji je silovao i ubijao žene lagano padao u zaborav pojavilo se ovo. Zvornik ni u kom slučaju više nije mirno mijesto za život, desio se neki poremećaj u poslednjih par godina, kao da je neki zao duh svratio u ovaj grad i poremetio ona nekadašnja mirna dobra vremena.

Nakon kratkog sastanka u Lazićevoj kancelariji, svi su krenuli na izvršenje svojih zadataka koje su dobili prethodne noći. Čekao ih je dug i naporan dan.

Bilo je oko osam sati kada su dva policajca pokucala na vrata Sanjinog stana. Otvorila im je djevojka duge plave kose u kućnoj haljini sa crnim kolutovima oko očiju. Čak i tako raščupana, podbula i bez trunke šminke bila je izuzetno lijepa. Krupne plave oči su odavale utisak inteligentne osobe, a kosa koja joj je prekrivala leđa nosila je u sebi dozu nečeg divljeg, nešto što tjera čovjeka da zadrhti. Imala je neku jezu u pogledu. Bila je to Ana, Sanjina cimerka. Na izgled krhka žena, baš kakve muškarci vole. Prema njima se odnose više zaštitnički jer djeluju slabo i nemoćno i samo žele da ih grle i štite, a obično su to osobe čelične volje i snage i daleko su od tog prvog utiska, one su hrabre i nezavisne.

Ana ih je povela malim hodnikom do dnevne sobe, gdje je zamotana u deku i izgubljena u vremenu sjedila Milanova sestra, lica umrljanog od suza koje su nakratko presušile i tekle u duši, stvarajući poplavu koja je prijetila da uguši njeno srce. Pepeljara je bila puna opušaka i koža siva od bola. Slika jedne noći kad se najveća tuga ovog svijeta sručila na krhko tijelo ove jadne djevojke. Nesreća je uvijek teška, a noću je najteža. Noć uvijek pojačava ljudsku bol i tugu. Kad svi spavaju, ona je najbudnija, ona tada najviše lomi svoju žrtvu, prikrivena mrakom i zaštićena ljudskom nemoći da joj se odupre. Mora čovjek da je pusti da ga lomi, da odboluje i isplače se, da se raspadne na dijelove. Ne treba joj se odupirati, suze će stati, opet će čovjek naći razlog da ide dalje, naučiće kako da živi sa njom, ali mora da je odboluje i pusti suzama da nesputano teku dok same ne presuše.

Sanja je prethodnog dana bila u mrtvačnici kako bi identifikovala brata. Užas koji je tamo vidjela nikad je neće napustiti. Hladna prostorija ispunjena ustajalim mirisom, bijeli zidovi, pokrivač ispod koga se nalazilo tijelo ili ono što je nekada bilo tijelo, mrtve oči onog koga je najviše voljela gledale su je ukočenim pogledom.

„Sanja... Policija je tu, hoće da ti postave nekoliko pitanja” — oglasi se Ana, spuštajući šolju čaja ispred nje. Sanja je nastavila da gleda u istu tačku i nisu uopšte bili sigurni da li ih je čula, ničim nije odavala da je primjetila njihovo prisustvo. Lice joj je zadržalo isti nepromijenjen izraz voštane lutke.

„Gospođice Matić, primite naše iskreno saučešće. U naše lično ime kao i u ime policijske stanice Zvornik, svima nam je izuzetno žao zbog vašeg nenadoknadivog gubitka. Znam da u ovom trenutku ne želite nikog da vidite, a ponajmanje da odgovarate na pitanja, ali procedura je takva i ja bih vas zamolio da pokušate da odgovorite na neka pitanja koja će nam biti od velike pomoći pri hvatanju ubice” — konačno je progovorio Sandić, poslije jezive tišine koja je vladala u prostoriji.

„Hvala” — bile su prve riječi koje je Sanja progovorila od trenutka kad su ušli u prostoriju koja im je bila dnevna soba, oskudno, ali s ukusom namještena. Tu su provodile najviše vremena u dugim razgovorima uz kafu. Opet je nastupila mučna tišina od nekoliko sekundi. Policija je namjerno davala Sanji vremena da se pribere prije nego što je počnu obasipati gomilom teških pitanja. Ovo je posle kucanja na vrata da članu porodice saopštite da se neko njima drag više nikada neće vratiti kući najgori dio policijskog posla, kada tu istu osobu koja nikada više neće zagrliti njima dragu osobu u trenucima najvećeg bola policija mora da maltretira pitanjima. Tišina je potrajala malo duže nego inače i Sandić se ponovo oglasio:

„Možete li nam reći kada ste poslednji put vidjeli brata živog?"

Sanja je uzdahnula i suze su joj ponovo krenule niz lice, brisala ih je maramicom i kroz jecaje odgovorila:

„Bilo je to preksinoć. Slavio je rođendan u lokalu gdje se često okupljamo. Nije to bila neka velika žurka, samo malo okupljanje nekoliko prijatelja, zezancija, opuštena varijanta. Obično je ranije za svoj rođendan organizovao velike žurke i obeznanio bi se od alkohola, ali ove godine je bilo drugačije i nesvojstveno njemu, nekako kao da se počeo smirivati od kad nam je majka bolesna, tako mi se ponekad činilo, a s druge strane znao je biti pravo pravcato nezrelo derište, što u suštini i jeste. Još je on dijete nespremno da se nosi sa životom."

„Do koliko sati ste ostali na rođendanu?"

„Negdje oko pola jedan svi smo se razišli, jer smo se i okupili rano, prije osam i već smo bili umorni i prilično pijani."

„Da li je Milan djelovao uznemiren zbog nečega te večeri? Da li se ponašao drugačije, da li ti je nešto rekao?"

„Ne, djelovao je sasvim normalno. Svi smo puno pili i zezali smo ga kakav je to rođendan, a on nije pozvao djevojku, a stalno se hvali svojim ljubavnim podvizima. On je rekao da ima neku u planu, tek se upoznavaju i ako bude sve kako treba obavijestiće nas. Baš su se dogovarali da izađu ovih dana, bio je nekako tajanstven u vezi s tom djevojkom, što me je malo iznenadilo, ali pomislila sam da se konačno zaljubio i ne želi da blebeće svima kao što je inače imao običaj. Imao je znate jako ružnu osobinu da loše priča o ženama posle raskida ili da se hvali i preuveličava stvari. Bio je baš pravo derište, ali uprkos svemu djevojke su ga obožavale."

„Da li je rekao još nešto o toj misterioznoj djevojci? Možda gdje su se upoznali, kada će otići na sastanak?"

„Nije, iako smo ga malo pritiskali ostao je uporan da nam ništa ne kaže pa smo odustali i razgovor je krenuo u drugom smijeru."

„Osim vas dvoje koga još imate u porodici?"

„Imamo majku, ali ona je teško bolesna i trenutno je u stračkom domu. Imala je težak moždani udar prošle godine i od tada je prikovana za krevet. Ne govori, nismo sigurni da li je uopšte svjesna ičeg oko sebe. Od kad se ona razboljela Milan mi je jedina porodica koju imam. Moj otac je poginuo u ratu, a njegov u saobraćajnoj nesreći. Naša majka nije baš imala sreće s muževima. Kad bolje razmislim nije imala mnogo sreće u životu, čini mi se da je stalno upadala u neke nevolje."

„Da li ste bliski sa rodbinom sa očeve i majčine strane?"

„Ne uopšte, naročito otkad smo se prije par godina doselili iz jednog sela u okolini Sarajeva. Niko nas od prijatelja nikad nije posjetio, rodbina sa obje strane je negdje prijeko, majka nikad o njima nije pričala niti se sjećam da je iko ikada došao. Nije voljela da priča o prošlosti. Uvijek je govorila da prošlost treba ostaviti tamo gdje i pripada i nikad nismo upoznali nijednog majčinog rođaka. Očevih nekoliko rođaka se sjećam kao kroz maglu. Ponekad pomislim da nikad nisu ni postojali, da sam sve izmaštala. Bilo nam je oboma jako teško dok smo odrastali bez oca. Djeca su nas u školi prozivala i često sam maštala da imamo nekog hrabrog ujaka koji bi stao u našu zaštitu. Majka se trudila najbolje što je mogla, ali često to nije bilo dovoljno. Nevjerovatno je koliko djeca mogu biti zlobna. Često sam kasnije, kada je to sve prošlo, kao odrasala osoba razmišljala o tome i progonili su me podrugljivi glasovi i smijeh godinama, djeca ne mogu biti zla sama od sebe, oni su tu zlobu iz kuće od odraslih ponijeli. Samohrana majka sa dvoje dijece od različitih očeva bila je glavna meta za ogovaranje. Ljudi su skloni predrasudama, jednostavno im je dovoljno samo da vide nekog pa da imaju svoju priču o njemu, a rijetko se potrude da tu osobu upoznaju prije nego što krenu da joj sude. Najlakše je osuđivati, teško je biti čovjek, pružiti ruku prijateljstva i pomoći.”

Naglo je zastala kao da joj se grlo iznenada osušilo dok je otvarala svoju dušu pred ovim policajcima koje vidi prvi put u životu. Ponijelo je da kaže ono što joj se godinama taložilo na duši, ono što ni pred kim nije izgovarala glasno, jer se bojala da će svako glasno izgovaranje onog što je tišti povratiti stare duhove, a sada je to izgovorila kao najprirodniju stvar na svijetu. Čovjek najlakše otvara dušu pred neznancem, nije ga briga da li će razumjeti ili osuditi, jedino što u tom trenutku želi je da neko sasluša ono što ga tišti i da olakšan krene dalje bacajući teško breme sa duše pred nepoznate noge i svejedno mu je da li će stranac to breme prihvatiti ili pogaziti. On svakako ide dalje, zahvalan neznancu što se samo našao tu.

„Da li je Milan imao neprijatelja? Nekoga s kim se nije slagao, nekoga kome se zamjerio?”

„Moj brat je bio malo na svoju ruku. Bio je prilično razmažen, naša majka ga je mnogo štitila i udovoljavala mu, imala je dobru penziju od mog pokojnog oca, a i nešto zemlje Milanovog oca je prodala. Željela je da se makne iz sela, daleko od svih i put je nanio ovdje. Prijavila se na konkurs kad su tražili vaspitačicu u obdaništu i sreća joj se osmjehnula. Dobila je posao, spakovali smo stvari jednog ljetnjeg dana i došli smo ovdje. Iako je maštala da će kupiti stan, ona jednostavno nije znala da rasporedi taj novac. Milan je rastao, njegovi apetiti su bili sve veći i san o novom stanu ostao je samo pusto maštanje. Ostali smo podstanari do dana današnjeg.”

„Da li je Milan imao djevojku nedavno kojoj se zamjerio, da li je o tome pričao s vama?”

„U poslednje vrijeme nije imao nikog, uvijek sam znala za sve njegove djevojke. Pričao mi je, mada su to bile samo prolazne veze. Ni sa jednom se nije dugo zadržavao. Takav je on bio, vjetropir, nijedna djevojka mu nije dugo držala pažnju."

„Da li je imao problema sa nekom od njih? Da li se žalio da ga neka od djevojaka proganja, da je ljubomorna?"

„Koliko ja znam nije. Njemu su veze trajale od petka do ponedeljka, najčešće."

„Rekli ste da je preksinoć pomenuo neku misterioznu djevojku, da li mislite da je posle odlaska iz kafića otišao da se nađe sa njom?"

„To ne bih mogla da vam kažem. Otpratio me je do stana i rekao da ide kući. Tada sam ga poslednji put vidjela, poslednji put zagrlila..." Niz umorno lice potekoše joj suze.

„Rekli ste da je Milan bio na svoju ruku. Šta ste pod tim mislili?"

„Milan je kockao i stalno je upadao u probleme, naročito otkad se naša majka razboljela i više nije bilo novca koji mu je redovno davala. Zaduživao se kod prijatelja, a pričalo se po gradu da mu prijete i zelenaši. Čak je mene jednom zaustavio nepoznati čovijek na ulici tražeći od mene pare koje mu je Milan dugovao. Izbezumila sam se od straha, a on je rekao da se sledeći put neće zadržati samo na riječima. Bila sam preplašena i pobjegla sam niz ulicu drhteći od straha, ali kad sam mu to pomenula on se iznervirao i vikao na mene kako sam sebična kako samo na sebe mislim, strašno smo se posvađali i to nije bila naša prva svađa otkad se majka razboljela. Takve svađe su bile sve češće. Dolazio je u svako doba dana i noći, tražio je od mene da mu pozajmim pare koje nikada nije vraćao, a kad mu ne bih dala pljuštale su uvrede, mnogo smo se svađali u poslednje vrijeme i bila sam strašno nesrećna zbog toga, jer sam ga neizmjerno voljela. On mi je bio jedina porodica koja mi je ostala. Samo sam željela da bude uz mene, da me štiti kao što to braća obično čine. Imao je on i takvih dana, ali sada su bili sve rijeđi."

„Kažete da je i vama prijetio neki čovjek tražeći da vi vratite Milanov dug. Da li nam ga možete jasnije opisati? Kada se napad dogodio i zašto niste prijavili policiji?"

„Bilo je to prije dva mjeseca, otprilike, vraćala sam se kući iz druge smjene, bio je mrak i padala je neka dosadna kiša. Onako u magli grad je bio pust, na ulici nije bilo žive duše kad mi je u prolazu između zgrada gdje se nalazi kafić Nirvana i susjedne prišla prilika sa kapuljačom i prislonila me uza zid doktorske ordinacije. Znam da znate tačno gde je to, da ne dužim priču. Čovjek mi je stavio ruku preko usta i rekao da budem mirna ako ne želim da mi se nešto loše dogodi. Rekao je da zna da sam sestra one vucibatine Milana, tako ga je nazvao, rekao je da mu duguje dvije hiljade maraka i ako mu ih u roku od mjesec dana ne vrati mene će prvo potražiti da malo intimnije popričamo. Dodao je da pozdravim brata i prenesem mu poruku. Premrla sam od straha. Bilo je mračno, a on je imao kapuljaču, od šoka ništa nisam vidjela. Kad me je pustio, trčala sam sve do stana ne osvrćući se. Bila sam uplašena i nisam htjela da stvorim Milanu dodatne nevolje i još više poremetim naš već dovoljno poremećen odnos."

„Da li vas je taj čovjek ponovo potražio, da li je Milan rekao o kome je riječ?"

„Milan mi ništa nije htio reći o njemu. Danima sam se osvrtala u strahu da me neko ne prati, ali jedne večeri brat je došao kod mene u kasne sate i rekao da nema čega da se bojim, da je dug vraćen. Pitala sam ga kako je skupio pare, ali on me je grubo skinuo s dnevnog reda i više o tome nismo razgovarali. Nikad se više taj čovjek nije pojavio."

„Možete li nam dati spisak ljudi koji su sinoć bili na rođendanskoj večeri?"

Sanja je na list papira drhtavom rukom ispisala imena i pružila papir policajcima koji su joj se još jednom izvinili zbog uznemiravanja i napustili stan.

Čim su se vrata za njima zatvorila ponovo je briznula u neobuzdan plač. Suze su joj se u potocima slivale niz obraze, pred očima su joj prolazile slike... Milan — nasmijana beba u krevecu koji pruža ruke prema njoj sa anđeoskim osmjehom na licu, njih dvoje kako se igraju u dvorištu, on je vuče za kosu i smije se, jedu čokoladu umazani kao dva prasića, ali nije bitno, osmijeh im sa lica ne silazi, njihovo skrovište u šipražju blizu kuće, tu su bježali od bijesa roditelja i sakrivali se dok se ne smire i noć ne počne da pada, onda bi se kao dva lopova ušunjali u kuću. Naučila ga je da čita i piše prije nego što je pošao u školu. Sve je želio da zna, bio je dobar, bistar i nasmijan dječak, svi su govorili da će se za njega jednom čuti, da će taj ljepuškasti dječak jednom daleko dogurati, a onda su stvari krenule niz brdo i Milan koji se krupnim koracima penjao ka vrhu strmoglavio se nazad. Šta se desilo, šta je presudilo, šta je uticalo na njega? Ta pitanja je Sanja godinama sebi postavljala.

Sredinom osnovne škole počele su da se primjećuju neke promjene u njegovom ponašanju. Više ga nisu zanimale knjige i informatika, počeo je sve više da izbiva iz kuće i da se vraća sve kasnije. Majka je govorila da je to samo faza, proći će ga, pubertet ga trese, biće to sve u redu.

Ali nije bilo. Ništa više nikad nije bilo u redu, Milan je postajao sve dalji, agresivniji, u školi je pravio probleme, majka je svake sedmice odlazila u školu povodom poziva razrednog za još jednu ludost koju je napravio. Pokušala je da razgovara s njim, ali nije išlo. On se sve više udaljavao od nje i od onog divnog dječaka više nije ostalo ništa.

Prilikom jedne svađe majku je nazvao kurvom. Rekao joj da je u pravu njegov drug kad kaže da ona nema trunku poštenja u sebi. Blijeda od šoka udarila mu je šamar od kog mu je glava poletjela i zateturao se, ali je ostao na nogama. Sanja je gledala cijelu situaciju pretrnula od šoka, pitajući se šta će sledeće da se desi. Lavina je pokrenuta, teške riječi su pale, nije bilo povratka. Kažu da riječ siječe gore od mača, a Sanja je upravo prisustovala odsjecanju jednog dijela majčine duše, gledala je kako ga Milan siječe na komade i baca u vazduh. Vrijeme je na trenutak stalo, zavladala je grobna tišina. Svi su se nekoliko trenutaka nijemo gledali baš kao u onim indijskim serijama gdje se jedan trenutak pretvori u vječnost, a ovo je bilo upravo to, zamrznuta slika troje ljudi koji gledaju jedno drugo praznog pogleda. Zamrznutost je prekinuo Milan jakim treskanjem vrata, ostavljajući dvije skamenjene prilike da gledaju za njim.

Te večeri se nije pojavio, kao ni sledećeg dana. Bile su van sebe od straha i zabrinutosti, zvale su sve njegove drugove, ali ga niko nije vidio. Sutradan uveče, baš kad su se spremale da idu u policijsku stanicu, neko je pozvonio na vrata. Poskočile su, misleći da se Milan vratio, ali pred vratima su stajala dva policajca. Vidjevši ih, majka je odmah pala u nesvijest, misleći da donose najgore vijesti, da je Milan mrtav, ali vjesti su bile drugačije. Bio je uhapšen prilikom pokušaja pljačke jednog ugostiteljskog objekta i trenutno je u istražnom zatvoru.

Teški dani su usledili posle toga. Sanja se jasno sjećala majčinih suza i velikog novčanog iznosa koji je morala da plati na ime materijalne štete nanesene ugostiteljskom objektu. Milan je ponosno nosio etiketu maloljetnog delikventa i njegovo ponašanje je ostalo nepromijenjeno. Majka je i dalje plaćala njegove dugove, finansirala njegove ludosti kao da okajava neki grijeh na taj način. U selu su ljudi malo i zazirali od tog nasilnog dječaka, a mlađa djeca su ga se i plašila i divila mu se. Bio je kao neki vođa, kad god je trebalo da se napravi neko loše djelo i od onog vedrog i nasmijanog dječaka nije ostalo gotovo ništa. Svu vedrinu preuzela je agresija.

U nekim trenucima Sanji se činilo da majka i Milan imaju neki prećutni dogovor o nečemu, kao da je nečim ucijenio majku i ona je počela da se pokorava svim njegovim napadima, trpjela je sve ono čemu se ranije suprotstavljala. Sigurno se bojala da Milan opet ne napravi neku glupost. Kada su se doselili u Zvornik, Sanja je u više navrata bezuspješno pokušavala da razgovara s majkom, ali ona je bila sve dalja, gledala je kako vene iz dana u dan, brazde na obrazima bile su sve dublje, sjaj u očima se ugasio, hodala je danima u istoj garderobi. Ranije se uvijek sređivala za posao, ali i to je prestalo. Obukla bi prvo što joj dođe pod ruku, a stan se sve više osjećao na alkohol. Pred Sanjom, kada bi svratila, uvijek se branila da ne pije, da je dezinfikovala nešto, ali zaplitanje jezikom nije mogla da sakrije. Sa posla je sve češće odsustvovala dok na kraju nije prestala sasvim da odlazi. Poslali su je na bolovanje, a ona se skroz zatvorila u stan, danima nije izlazila ni do prodavnice, odlučila je da se preseli u manji stan, tvrdeći da će tu pronaći svoj mir. Sanja je odselila, a Milan je ostao uz nju i stalno grdio Sanju kako se ne trudi oko majke, iako je skoro svaki dan svraćala i donosila joj sve što je bilo potrebno dok je Milanov jedini trud bio kako da potroši sva majčina primanja.

Svi imaju svoje grijehove načinjene u prošlosti i na čovjeku je da li će ih ostaviti tamo gdje im je mjesto, u prošlosti ili će im dozvoliti da ga progone u sadašnjosti i pri tom ubiju budućnost. Niko nije bez-grešan, kažu pred Bogom su svi isti, a da li može neko mirno da spava dok je neke tajne zakopao duboko u svoju dušu, ma koliki grob da je iskopao one prije ili kasnije nađu način da se povampire, da ustanu iz groba i ponovo ga povuku sa sobom. Neke tajne ljudi su u stanju da otkriju ljudima koji ih vole, računajući da je ljubav dovoljno jaka da može to da shvati, podrži i oprosti, a šta je sa onim tajnama koje žele i od sebe da sakriju, kako njih da podjele sa bližnjima?

Svi imaju bar po jednu takvu tajnu za koju smatraju da je bolje da zauvijek ostane u grobu, jer ako se jednom povampiri ništa je više ne može zaustaviti. Kad dugo leži u grobu, odmori se okrepi i kada pokuca na vrata u jednom trenutku sve ono godinama skriveno izađe na dnevnu svijetlost i postaje besmrtno.

Grob se otvorio ja ustajem, znam prošlo je dosta vremena, ti se mene možda ne sjećaš, ali ja nikada ne zaboravljam, znam da mi se ne nadaš, a u tome i jeste draž, da ovo bude iznenađenje. Možda misliš da moj dolazak treba da najavim, znam ja šta je red kada nekome u goste dolaziš, ali kad cijelu vječnost tražiš nečiju adresu toliko se umoriš od lutanja. Nadam se da mi nećeš zamjeriti što ću samo tako „banuti", manimo se formalnosti bar do njih ne moramo držati. Formalnosti su za folirante, one koji pred drugima žele da pokažu samo savršenstvo dok onaj nesavršeni dio svoje ličnosti kriju kao najdublju tajnu strahujući da pred svijetom ne poruše idealnu sliku koju brižljivo grade o sebi propuštajući mnoge ljepote življenja.

14

„Koliko energije potrošimo boreći se protiv čudovišta koja postoje samo u našim mislima. Dok se mi borimo protiv nepostojećih čudovišta koja potpuno zaokupe našu pažnju, napadnu nas ona prava koje nismo predvidjeli."

S. Tamaro

Dva mjeseca ranije

Jovo se trgnuo iz sna. Opet je sanjao, drugu noć uzastopno, krilato stvorenje mu sjeda na prsa i davi ga uz riječi — „Znam da si me vidio one noći na Drini, bio si svjedok učinjenog, a svjedoci se kao što ti je poznato moraju ukloniti."

Uz jezivi smijeh koji mu je parao mozak to čudovište bi mu zarilo nož u srce, isti onaj nož koji je one noći opralo u rijeci nakon izvršenog zločina. Jovo se one noći nadao da je sve umislio, da su to njegove halucinacije, da ništa nije stvarno, ali njegova nada se raspršila već sutradan kada je cijeli grad brujao o brutalnom ubistvu na obali Drine i stvarnost ga je udarila poput malja. Postao je svjestan da ništa nije san, nije plod njegove mašte. Vidio je zlo i ono ga sada progoni, neće se smiriti dok ga ne uhvati. Ali ma koliko da mu život nije vrijedio ni pišljivog boba, kako je on tvrdio, osjećaj da mu se bliži kraj, da mu je nešto za petama i čeka pogodan momenat da ga uhvati utjerivao mu je strah u kosti. Svakog dana je priželjkivao smrt, a saznanje da mu se ona bliži počelo je da ga plaši. Godinama je proklinjao svaki novi dan koji provede na ovom svijetu, moleći stalno Boga da ga uzme sebi, a da digne ruku na sebe nije imao hrabrosti. Zna da mu ona koja ga čeka sa druge strane taj kukavičluk nikad ne bi oprostila. Blizina smrti počela je da mu izaziva strah da mu i život koji je vodio posle njenog odlaska nikada neće oprostiti, da ga neće htjeti prihvatiti, ona je uvijek bila borac, a on je odustao od života.

„Šta ti je matora drtino, čega se plašiš, pobenavio si u starim godinama pa misliš da se Drakula vratio i došao baš u Zvornik. Sigurno će tebi da pije krv pored toliko drugih, tebe kada bi vidio vjerovatno bi se vratio odakle je i došao i ostao tamo narednih hiljadu godina, nisi ti te sreće da tako lako skončaš, namjenio je tebi Svevišnji još mnogo dana patnje u ovom životu bez života.”

Tješio je sebe siromah lijepim riječima, ali mu nikakvu utjehu nisu donosile. Za njega odavno nije bilo ni radosti ni utjehe, sijeda brada mu je pokrivala veći dio lica, a kosa štrčala na sve strane vapeći za bilo kakvim sredstvom za higijenu, tijelo bi mu osjetilo vodu jedino ako bi ga pljusak uhvatio negdje daleko od njegove straćare pa nije uspio na vrijeme da se skloni. Živio je u brlogu, u podrumu jedne napuštene kuće, bez struje i vode. Jedini namještaj mu je bio raspadnuti krevet i stari šporet koji je činio više štete nego koristi u zimskim danima. Dim je kuljao na sve strane i prava je sreća što ga jedne noći nije ugušio, što je samo još jedan dokaz da ne može čovjek umrijeti kada mu nije vrijeme.

A nije uvijek bilo tako. Nije on uvijek bio prljavi otpadnik od društva koga su ljudi izbjegavali, a žene ga se plašile. Mnogi stariji ljudi mogu se sjetiti njega iz sretnijih dana njegovog života, iz predratnih vremena, kad je predavao istoriju u školi i bio jedan od omiljenih profesora. Djeca su ga voljela, ljudi su ga gledali sa poštovanjem, uvijek je bio kulturan čovjek, o sebi pri sebi. Žena mu je radila u cvjećari, djelovali su kao skladan par, nisu imali djecu. A čaršija ko čaršija, pričalo se kako je kod nje problem, čaršijska posla, uvijek zabadaju nos gdje im nije mjesto i bave se tuđim životima, a u svojim sopstvenim imaju problema koje ne stignu da rješavaju jer im je nos stalno u tuđem dvorištu dok njihovo u korov zarasta. Vremenom su počele kružiti priče kako se Jovo zna prepustiti čašici i da nerijetko u tim trenucima zna podići ruku na ženu. Ljudi ko ljudi, a ko još može da zna šta se dešava između dvoje ljudi u četiri zida kada se vrata zatvore, „Zna selo sve", a gdje bi stvarno bio kraj ovom narodu kad bi gledali svoja posla, bavili se svojim životom. Svaki čovjek na ovoj planeti ima neki problem, a bilo bi ih manje kad bi svako svoje rješavao.

Bog mu je svjedok da nikada ranije nije digao ruku na Milicu, nije nikada ni ton na nju povisio osim one kobne večeri kad je nošen nekim zlom napravio najveću grešku u svom životu. Grešku koja je oduzela tri života samo što su dva zauvijek prekinuta i leže pod zemljom, a treći, njegov, kao po kazni hoda ovim svijetom žaleći svaki dan što i on nije u crnoj i hladnoj zemlji.

Sve se dogodilo jedne kišne večeri početkom osamdesetih. Jovo i Milica su se vraćali kući sa jedne svadbe. Bilo je to lijepo veselje kod njihovih bliskih prijatelja i Jovo je popio koju čašicu više, a ona je insistirala da vozi što je on uporno odbijao i počeli su ozbiljno da se svađaju. Ona je vikala na njega da je pijan, da ne treba da vozi i još mnogo stvari je izgovorila u bijesu, a on, izgubivši živce, okrenuo se prema njoj i udario joj šamar. Od šoka su oboje zanijemili, ona je razrogačila oči u smrtnom strahu. Dok je dolazio sebi već je bilo prekasno. Podletjeli su autom pod kamion i sve je postalo crno. Probudio se sutradan u bolnici. Saopštili su mu da je Milica umrla na licu mjesta. Pred očima mu je sve ponovo postalo crno i kao da je miljama daleko do njega dopirao glas da je Milica bila trudna.

Ubio je ženu i dijete koje nije dobilo priliku da ugleda ovaj svijet. On mu je to uskratio, a on je preživio, doduše sa teškim povredama, ali je preživio barem fizički, njegova duša umrla je iste one noći na klizavoj cesti pod točkovima kamiona sa voljenom ženom i nerođenim djetetom. Nikada se nije oporavio. Godine koje je proveo u zatvoru nisu mu teško padale, smatrao ih je malom kaznom za ono što je učinio. Njen poslednji pogled, šamar, šok i nevjerica bili su njegovi progonitelji.

Ubio je jedinu osobu koju je volio, jedinu osobu do koje mu je ikada bilo stalo, osobu koja mu je podarila najljepše trenutke, pokazala šta je ljubav i sreća. Rano je ostao bez roditelja, braću i sestre nije imao, imao je samo nju i nju je ubio. Poslednjih dana svog života bila je rasijana; da li je znala da je trudna ili je samo slutila ostaće tajna koju je sa sobom ponijela u grob. Pokušao je tokom godina u više navrata da oduzme sebi život kako bi joj se pridružio, ali bi u zadnjem trenutku odustao, bojao se da mu ona ni na onom svijetu nije oprostila ono što on sebi nikada neće moći i u periodima najveće tuge nije imao hrabrosti da je zamoli da mu oprosti. Zato je i odabrao pakao na zemlji, želio je da sebe kazni za ono što je učinio. Nastavio je da živi u svom sopstvenom zatvoru, nisu zatvor samo rešetke i hladna i mračna prostorija, zatvor u duši je mnogo gori. Mnogo slobodnih ljudi je iza rešetaka, sloboda kretanja im je oduzeta, ali im je duša slobodna, a kod Jove je bio suprotan slučaj. Njegova duša je bila iza rešetaka u okovima kojih se nikad nije uspjela osloboditi, jer on nije želio njeno oslobođenje. On je svojom voljom izabrao život bez života. Da li je to potez kukavice nije na drugima da sude, ali život je jedan i treba se izboriti sa sopstvenim demonima.

Po izlasku iz zatvora prodao je mali stan koji je s njom dijelio. Tamo se više nikada ne bi mogao vratiti, tamo gdje je ona ostavila svoj pečat, tamo gdje su bili srećni, a on nikakvu sreću na ovom svijetu ne zaslužuje. Podigao je spomenik, pravi mauzolej, svetilište za nju i njihovo nerođeno dijete. Stavio je i svoju sliku da ga jednom kada mu dođe kraj spuste kraj nje, on sam to nikada ne bi imao snage učiniti. Sreća pa to drugi moraju umjesto njega obaviti. U dugim noćima obavijenim samoćom volio je da mašta kako su ponovo skupa i za ruku vode malu djevojčicu. U njegovim snovima uvijek je bila djevojčica sa njenim osmijehom i krupnim plavim očima, trčali su razigrano nekim rajskim livadama, gore negdje iza oblaka, gdje je sve bilo lijepo i bez bola.

Iz stana je iznio samo Miličinu sliku i nikada se više nije otrjeznio. Ono malo primanja što je imao brzo bi potrošio za rakiju, a onda je sjedio na pločniku ispred robne kuće sa šeširom ispred, moleći za milostinju. Ljudi su ga u početku izbjegavali kada je počeo prositi, čak su kružile priče da je namjerno ubio ženu. A, čaršija ko čaršija, danas te sahrane, sutra te ti isti slave. Vremenom su se navikli na njega, postao je kao simbol tog pločnika u centru i sve češće su mu spuštali po koji novčić u šešir, nadajući se valjda da će tako okajati neke svoje grijehe i vrtjeli su glavom tobože, sažaljivo, „šta ti je život, danas si gore sutra dole, tužna sudbina". Većina njih je uživala u tuđoj nesreći i muci, jer su tako davali sebi i svojim sitnim dušama na vrijednosti, kako su zaboga humani i sažaljivi na tuđu nesreću, licemjeri prvog stepena. Od nesrećnog čovjeka ljudi bježe gore nego od zaraze, nesreća je mnogo gora dijagnoza od bilo koje medicinske vrste oboljenja.

Dok je on kopao po sjećanjima kao i svakog dana, jer život u sjećanjima, u prošlosti bio je jedini vid života koji je želio, nije ni slutio da ga policija traži po cijelom gradu.

15

„Kad čovjek ostari on ne žali zbog onoga što je činio, već zbog onoga što nije učinio."

L. Bromfild

Tog jutra, odmah po dolasku na posao, Laziću je stigla analiza tragova i otisaka pronađenih na mjestu zločina. Izvještaj patologa je bio tanak. Pronašli su otiske koji se podudaraju sa jednim koji su imali u bazi podataka. Pored tijela su pronašli skoro skroz ispijenu flašu rakije i šešir, bilo je tu i par tragova. Analizom je utvrđeno da je riječ o vojničkim čizmama broj četrdeset četiri, pronađeni otisci su pripadali beskućniku Jovi. Nije bilo osobe u gradu koja ga nije poznavala, a inspektor se sjećao iz priča svog oca da je Jovo osuđen za izazivanje saobraćajne nesreće u kojoj je smrtno stradala njegova supruga. Misli su mu nakratko otišle u prošlost, dok se prisjećao kako je otac pričao njegovoj majci tokom jednog ručka kako je nesrećnik mirno sjedio u sudnici čekajući da mu izreknu presudu. Djelovao je kao čovjek koji je sam sebe već osudio, što se godinama kasnije ispostavilo kao istina. Najteža presuda je ona koju čovjek sam sebi izrekne.

Zaokupljen tim sjećanjima, krenuo je u potragu za beskućnikom, raspitujući se u gradu gdje bi mogli da ga pronađu. Odakle krenuti?

Gdje tražiti nekog ko ni sam ne zna gdje će sledeću noć prespavati? Riješili su da krenu od pločnika gdje je skoro svakodnevno sjedio zadubljen u svoje misli sa šeširom ispred sebe, raspitivali su se kod ljudi koji tu rade, u bazi podataka bila je njegova stara adresa, ali tu odavno nije živio. Mala primanja koja je imao podizao je u banci, a tu je opet bila upisana njegova stara adresa. Tek nakon par sati uzaludne potrage jedna prodavačica se sjetila da joj je poznanica pričala kako taj nesrećnik živi u podrumu neke napuštene kuće na Grobnicama. Istog trenutka policija se uputila tamo. Kad se pomjeriš iz centra grada i kreneš prema Grobnicama uvijek imaš osjećaj da si otišao u sasvim drugo mjesto. Zapuštena dvorišta, porušene i napuštene kuće iz kojih raste korov bile su česte slike tog dijela grada, ljudi su se većinom odselili, a stanovnici koji su za vrijeme rata otišli uglavnom se nisu vraćali i ono malo njih što se vratilo pokupovalo je stanove u centru da se guraju sa ostalima i tuku za parking, jer zgrade niču kao pečurke u ovom gradu, a parking je pojam. Pet krugova se mora čovjek provozati po gradu da bi mu se posrećilo da se parkira. Tako je ovaj dio grada, udaljen oko kilometar i po od centra, bio u pojedinim dijelovima prava zona sumraka. Policajci su se rasporedili po naselju, pretražujući jednu po jednu napuštenu kuću i raspitivali se kod ljudi gdje živi Jovo. Svi su ga poznavali, ali nisu tačno znali gdje on povremeno obitava. Jedan ćelavi čovjek ponudio se da krene s njima i pokaže im gdje se nalazi Jovina straćara. Usput im je postavljao pitanja; zašto ga traže, šta je učinio, šta se dešava sa onim slučajem od neki dan... Očigledno da je krenuo s njima nadajući se da će izvući neke informacije da bi mogao posle uz kafu s komšijama da širi tračeve.

Jovino sklonište izgledao je kao ulaz u pakao. Ako ste ikad zamišljali kako izgleda kapija pakla jedan pogled na njegovo skrovište bi vam bio dovoljan da upotpunite tu sliku. Dvorište zaraslo u korov i žaru, puno raznoraznih gmizavaca koji su šuštali kroz travu i bježali ispred ljudskih koraka. Korov je bio skoro u visini kuće koja je u sredini izgledala kao progutana u tijelu ogromnog čudovišta, bršljan obrastao po njoj činio je da izgleda kao upletena u zamku od hiljadu otrovnih zmija. Uz jak tresak vratima, izbacivši ih skoro iz ležišta, policija je upala u podum i zatekla Jovu kako sjedi na nečemu što bi se prije pola vjeka moglo nazvati krevetom. Spužva je ispala iz dušeka kao utroba neke životinje, svuda okolo su bile razbacane flaše, smrdilo je na buđ, mokraću, na propast jednog života. Bili su u pripravnosti da djeluju ako se bude opirao hapšenju, ali on je samo ispružio ruke kao da je čekao da dođu po njega.

„Nikada ne potcjenjuj zločinca, u stanju je da obuče jagnjeću kožu samo da te zavara i odvuče na pogrešan trag. Čovjek pred njima je opasan, već je jednom bio u zatvoru, njegovi otisci su svuda na mjestu zločina, ne ne, neće me zavarati svojom malom predstavom o bespomoćnosti."

Ovakav monolog vodio je Lazić u sebi dok su Jovi stavljali lisice na ruke i vodili ga napolje iz prostorije u kojoj nijedno prisebno biće ne bi moglo da provede ni sat, a kamoli dan. Onaj dosadni komšija još je bio na ulici pitajući zašto ga odvode, šta je uradio, ali pogled koji siječe sve bio je jedini odgovor koji je od inspektora dobio. Pokunjen što nije saznao zašto odvode Jovu, oborenog nosa otišao je niz ulicu.

Istog dana izvršen je i pretres Jovine straćare u potrazi za nekim novim dokaznim materijalom koji bi ga povezao sa slučajem, ali prazne flaše od alkohola i nešto buđave hrane bilo je jedino što su pronašli.

Lazić je već bio na rubu živaca dok je treći put iznova slušao Jovinu priču kako se slučajno našao pored Drine, kako je krenuo dole da završi sa svojom flašom rakije i da malo odrijema. Pijanac se držao te priče i svaki put je iznova ponavljao kao napamet naučenu pjesmicu, od riječi do riječi, dok su mu postavljali pitanja trudeći se da nađu pukotinu u njegovoj priči, malu naznaku koja bi razotkrila da laže. Ali on je iznova pričao kako je čučao sakriven u grmlju i jasno vidio priliku koja se nadvija nad nesrećnim mladićem i zadaje mu mnoge smrtonosne udarce nožem. Nakon obavljenog posla, prilika je oprala nož u rijeci i krenula šetalištem prema mjestu gdje je Jovo bio sakriven, drhteći od straha, ali ona je samo prošla i nestala u noći. Inspektor je počeo da viče na beskućnika, grdeći ga:

„Šta ti hoćeš da nam kažeš? Da njega nije ubila ljudska ruka, nego se neko krilato stvorenje spustilo na obalu i iskasapilo ga, a potom nestalo u noći. Da li se ti sprdaš s nama? Tvoji otisci su pronađeni na mjestu zločina, tvoj šešir, svugdje oko žrtve su tragovi obuće koja po veličini odgovara čizmama koje su bile na tvojim nogama i na njima smo pronašli trgove krvi i siguran sam da će se analizom utvrditi poklapanje sa žrtvinom krvlju. Šta si radio oko tijela i ako je tvoja priča tačna kao što tvrdiš, zašto se nisi obratio policiji i prijavio ono što si vidio? Zašto si čekao da te mi pronađemo, šta i koga kriješ od nas?"

Ne mijenjajući izraz lica i nijednom riječju ne pokazujući da se uplašio inspektorovog strogog glasa, nastavio je da govori —

„Kao što sam već rekao, sve sam posmatrao skriven u grmlju i ni u jednom trenutku se nisam usudio da izađem i pomognem nesrećniku. Ono što sam vidio je zlo, ono je sam đavo došao sa srebrnim ogrtačem, jasno je sijao na mjesečini. Nakon obavljenog posla to stvorenje je raširilo krila dok mu se plašt vijorio na vjetru i odletilo u noć, kažem vam to je zlo, mogao sam da namirišem njegov zadah i osjetim hladnoću kada je prolazilo pored mog skrovišta. Ono ne ostavlja tragove, ono leti. Nisam prijavio slučaj iz straha da ću opet ispasti budala koja halucinira kao prošli put. Sve je bilo tako čudno da nisam znao da li je stvarnost ili plod moje mašte."

„Ali zato ti ostavljaš tragove! Razasuo si ih svuda na mjestu zločina i prestani da se izmotavaš i igraš na kartu ludila, to ti neće proći!"

„Kada sam bio siguran da je prilika otišla, izašao sam iz svog skrovišta u nadi da sirotanu još ima pomoći i prišao mu, ali ono što sam zatekao paralizovalo me je. Kada sam ga povukao za jaknu, glava se neprirodno pomakla sa ramena, a od onog što su nekada bila usta napravljen je jezivi kez, usne su bile rasječene od uha do uha, kroz komade kože koji su visili kao dronjci nazirali su se krvavi zubi, od šoka nisam bio u stanju ni da vičem, samo sam se okrenuo i trčao koliko me noge nose. Baterijsku lampu sam negdje izgubio, nisam se usudio nijednom da se okrenem iza sebe dok sam trčao gubeći dah, jer sam imao osjećaj da ona iskežena lobanja trči za mnom i da će me svakog časa sustići. Kunem vam se da sam se u sekundi otrijeznio. Mjesečina je bila kao dan, ali lice prilike nisam mogao da vidim, bilo je prekriveno nečim."

„I nije vam palo na pamet da se obratite policiji?"

„U prvi mah sam to želio, ali trčeći prema svojoj straćari uporno sam sebe ubjeđivao da je to još jedna moja halucinacija. Nije mi se rijetko dešavalo da mi se priviđaju stvari kojih nema i već sam se i ranije obraćao policiji da me progone neki ljudi, vidio sam nešto čega nema, sa godinama moje halucinacije su se pojačavale, zato nisam želio da mi se policija ponovo smije kad dođe na obalu rijeke, a ono nema ništa. Otišao sam u moju straćaru i ubjeđivao sebe da je to sve bila samo još jedna moja halucinacija, posledica loše rakije koju sam u poslednje vrijeme pio i više nisam izlazio dok vi niste došli po mene."

Ma koliko im se njegova priča činila nevjerovatnom, neki crv sumnje se uvukao u mozak svakog od članova istražnog tima. Odlučili su da ga zadrže u pritvoru narednih dana, a prvo su se s njim uputili na mjesto zločina da im pokaže mjesto odakle je skriven posmatrao jezive događaje. Uvjerili su se i sami da je iz skrovišta mogao da vidi mjesto zločina kao na dlanu, a s obzirom da je bila vedra noć, nije bilo nikakvih prepreka tome.

Narednih dana Jovu su svakodnevno posjećivali psihijatri, psiholozi; policija mu je postavljala nova pitanja, ali ostao je dosledan svojoj priči. Lazić je iz dana u dan bio sve sigurniji da u zatvoru drže pogrešnog čovjeka. Prvo, nikakva povezanost nije pronađena između njega i žrtve, nisu se čak ni poznavali, drugo, mogućnost ubistva zbog pljačke bila je isključena, jer su kod žrtve nađeni i telefon i novčanik u džepu, a žrtva je imala preko sto kila i skoro dva metra visine, mogao je jednom rukom da savlada beskućnika kojeg bi i najmanji vjetar oduvao. Ništa se nije uklapalo. One slabe niti povezanosti su svakim danom bile sve tanje i tanje dok nisu počele skroz pucati.

Inspektor je ponovo crtao i pisao na tabli sve informacije o žrtvi i sav dokazni materijal ili ono što bi se moglo svrstati u bilo kakav materijal, jer nisu imali skoro ništa. Kod žrtve je pronađen novčanik i telefon tako da je motiv ubistva zbog bilo koje materijalne koristi bio precrtan. A s obzirom na dobro poznatu priču o svim dugovima koje je imao kod njega nije imalo šta da se opljačka. Provjerili su sve pozive i poruke na telefonu, koristio je pametni telefon i nije se odjavljivao sa društvenih mreža, tako da nije bilo nikakvih dodatnih poteškoća u pristupanju njegovim nalozima. Pronašli su mnogo prijetećih poruka od zelenaša kojima je dugovao novac i dan po dan svakom neidentifikovanom pozivu i poruci ušli su u trag. Ispitali su sve njegove drugove, pozvali bivše djevojke, zelenaše, svi su imali čvrst alibi za noć kada je Milan ubijen. Jedan od zelenaša je čak rekao da mu je smrt bila spas, jer se toliko zadužio kod ljudi da se osevapio taj koji ga je uklonio sa lica zemlje. Kolika god da je bio vucibatina, djevojke su ga ipak voljele. Tako je to, cure se obično lijepe za loše momke, u nadi da će ih baš ona primiriti. Svaka od njegovih bivših pri davanju iskaza bi pustila poneku suzu. Novinari su i dalje stražarili ispred zgrade, čekali kada će glavu pomoliti neko od članova istražnog tima da ga zaspu pitanjima, te krvopije, stojali su tamo po cijeli dan u nadi da će saznati nešto novo. Da je bar imalo šta da im se kaže.

16

„Laž je grijeh, ali ne toliko protiv Boga koliko grijeh protiv samoga sebe. Ruši se neumitno sve što se temelji na laži. Nikoga laž ne vara koliko stvora koji je kazuje.”

P. Bak

Posle mjesec dana zadržavanja u pritvoru Jovu su pustili na slobodu. Nije bilo svrhe više da ga drže tamo. Istraga je tapkala u mjestu, nikakvog napretka nije bilo. Inspektor je iz dana u dan bivao sve umorniji pokušavajući da pronikne u samu srž problema. Stalno je imao osjećaj da mu nešto promiče. Sa svojim istražnim timom iznova je prečešljavao slučaj, žrtvin život, prošlost, ali nikakvo rješenje nisu nalazili. Mladi pripravnik mu je stalno visio za vratom. Bio je zelen, željan da grize, baš kao i on prije mnogo godina, a vidi ga sada, osjeća se kao starac nesposoban da riješi slučaj. Osjećao je i kao da iznevjerava mladića koji je u njemu vidio idola.

Još jedna stvar nije bila razjašnjena u istrazi. Jedan telefonski broj koji je Milan pozivao, a i s tog broja njega je neko zvao više puta baš tokom njegovih poslednjih dana, a i u noći ubistva. Broj je bio nedostupan. Pokušavali su na sve načine da mu uđu u trag, ali nije bilo moguće, očito da je kupljen s nekom namjenom i posle toga bačen. Sanja je rekla da je pominjao neku misterioznu djevojku. Nepoznat broj, misteriozna djevojka — velikim slovima bilo je ispisano na vrhu tabele. Ali nikakvih tragova nije bilo na mjestu zločina. Ni otisaka prstiju, ni dlake iz kose. Neko se dobro pripremio za ovo, nisu uočeni tragovi opiranja, žrtva se nije branila što znači da je jako dobro poznavao ubicu. Vjerovao mu je i on je to iskoristio da mu odmah zada udarac koji će ga onesposobiti. Morala je to biti neka jaka i krupna osoba — mislio je inspektor — ali je svakako riječ o profesionalcu kome ovo nije prvo ubistvo, a da li je poslednje? Pitao se Lazić trljajući umorno čelo.

Lazića je hvatala blaga paranoja. Zamišljao je svaki dan kako ga ubica gleda s nekog prozora kad se vraća umoran s posla i podsmjehuje mu se, jer je prošao još jedan dan, a on nije uspio ni za milimetar da mu se približi ili je možda otišao negdje prijeko i zauvijek zaboravio i Zvornik i inspektora, možda negdje na Havajima pije koktele i čeka novi posao dok inspektor juri sopstveni rep i razvija novu teoriju. Da li je neko od zelenaša platio nekom kasapinu da s lica zemlje makne Milana? Teorije, teorije i još teorija bile su sve što su imali, a činjenica nije bilo ni na vidiku. Dani su prolazili, slučaj je polako padao u zaborav, sve se vraćalo u normalu. Sve rjeđe su ljudi pominjali ubistvo na rijeci, strah je nekako iščezao. Ljudi su trčali za novim senzacijama. Čija se žena švalera, ko se razvodi, koga su uhvatili u nezgodnom trenutku i slične „čaršijske senzacije".

Novinari su negdje pronašli nesrećnog Jovu koji im je za litar rakije ispričao senzaciju iz prve ruke. Kako je vidio stvorenje u srebrnom ogrtaču pored Drine kako ubija nesrećnog mladića, a poslije obavljenog posla raširilo je krila i odletilo u noć. Priča je završila na naslovnoj strani nekog magazina sa slikom mitskog čudovišta uz naslov — *Šta je to sletilo u Zvornik?* Lazić je bio na rubu živaca posle ovog teksta. Telefon nije prestajao da mu zvoni, paparaci su ga presretali ispred zgrade, čak ga je zvao i gradonačelnik da ga pritegne i zaprijeti mu da mrdne guzicom. Bila je to izborna godina, kampanja se već lagano pripremala i nerazjašnjeno ubistvo počelo je da baca sjenku na aktuelnu vlast. Pomahnitali kasapin koji slobodno šeta gradom bilo je poslednje što se moglo dozvoliti. Trač o mitskom stvorenju postao je opšta sprdnja i Lazić je kipio od bijesa. Razmišljao je da ode do Jove i da ga nauči pameti, a onda bi odustao, jer šteta je već učinjena i nije se moglo nazad. Preostalo je samo da se sve prepusti vremenu i zaboravu. Pričaće se o tome par dana i onda će sve pasti u zaborav kao i svaki trač. Ali nije mogao da dozvoli da slučaj monstruoznog ubistva padne u zaborav. Morao je da privede krivca pravdi.

I, kako kažu, svakog čuda tri dana dosta. Paparaci su se razišli, nastala je tišina. Život je tekao dalje i ljudi su mislili da su sve manji izgledi da slučaj ikad bude riješen. Tako se činilo sve do tog jutra kada je na putu do posla Laziću pozvonio telefon sa informacijama o novom brutalnom ubistvu. Stvorenje iz Lazićeve noćne more se vratilo. Ubica ponovo napada, još krvaviji, još jeziviji, još nemilosrdniji. Nisu ga zaustavili i on im se sveti, ponovo im pokazuje svoju nadmenost, da je bolji, inteligentniji, smije im se.

17

„Skromnost je zato nazvana vrlinom, jer samo skromnost može da u čovjeku prikrije njegovu superiornost nad drugim čovjekom, da ukroti zavist okoline i da ne opominje druge na njihovu inferiornost.”

Jovan Dučić

Sadašnjost

Kao neko ko je dugo u policijskom poslu, Lazić je mislio da je već sve užase vidio, da ne postoji ništa što bi ga moglo izbaciti iz takta kad dođe na mjesto zločina. Krv i lešavi su njegov posao, s njima provodi dane. Prvo je fizički prisutan na mjestu zločina, a onda tokom istrage danima pregleda slike i snimke užasa, sve dok mu se slučaj ne uvuče u kosti poput raka koji počne okolo da nagriza i lagano ide prema kostima, a kada se uvuče u kosti tada je kraj, nema lijeka, nema povratka. Tako je i sa istragom kad počne kosti da nagriza, uvlači se u svaku poru života i osoba više nema mira ni u snu ni na javi, slučaj i istražitelj postaju jedno, više se ne zna gdje koji počinje, a ni gdje se završava, previše su međusobno isprepletani.

Mjesto zločina je bilo gore nego što je zamišljao. Krvi je bilo svuda; na zidovima, na plafonu, dijelovi poderane kože razvučeni po kuhinji, a u lokvi krvi ležala je žena ili bar ono što je ostalo od nje. Glava joj se uz tijelo držala jednim tankim komadom kože, lice joj je bilo izobličeno u jezivi osmijeh koji se protezao od uha do uha. Isti princip kao i prošli put. Veliki jezivi osmijeh, oči koje gledaju u prazno, od silnih uboda i rezova pojedini udovi su bili sasvim odvojeni od tijela, a na zidu je bila ispisana ista poruka — *Srećan rođendan* i malo srce sa brojem sedam unutra. Nema sumnje da je u pitanju isti ubica, možda imitator, ali imitator ne bi mogao da ponovi isti metod u potpunosti, jer je bilo mnogo stvari koje nisu bile poznate javnosti, koje su čuvane da ne bi ometale proces istrage. U stanu sa Sanjinim cimerkama bio je i komšija koji je živio u stanu pored njihovog, a dotrčao je čim je čuo Danine krike.

Dan je užurbano prošao. Tijelo je odneseno na obdukciju, stan je obilježen žutom trakom, tehničari su bili u velikom poslu prikupljajući otiske sa mjesta zločina. Policija se sve vrijeme kretala kroz zgradu, sve su komšije saslušane, niko ništa nije vidio ni čuo. Komšija preko puta, onaj kog je policija zatekla s cimerkama u stanu, tvrdio je da je skoro do jutra ostao budan spremajući ispit i da mu se u jednom trenutku učinilo da je nešto jako udarilo u susjednom stanu. Izašao je u hodnik, ali sve je bilo mirno i tiho. Kasnije, na saslušanju, rekao je da je udarac čuo oko pola tri posle ponoći što se poklapalo sa utvrđenim vremenom smrti. Inače, bio je to lijep momak, što bi omladina rekla „šmeker".

Vijest da je ubica ponovo u gradu, da je još jedna žrtva dobila poslednju rođendansku čestitku, odjeknula je poput atomske bombe. Telefoni u stanici nisu prestajali da zvone. Zvale su sve novinske agencije, zabrinuti građani. Lazić je morao da izađe u susret novinarima, ne baš drage volje, ali morao je da dâ izjavu za medije da se sinoć u gradu desilo još jedno jezivo ubistvo čiji je metod izvršenja skoro identičan prošlom i da je u pitanju sestra prethodne žrtve. Na ovu vijest blicevi su sjevali, a pitanja pljuštala, toliko pitanja na koja on nije mogao da daje odgovore, ne samo što nije htio, nego zato što ih nije znao.

U roku od par sati internet je bukvalno gorio od ove informacije. Postavljano je pitanje šta policija radi dok ubica ide okolo i ostavlja čestitke, ubica ne bira slučajno, ovo je planski, brat i sestra žrtve, kraj jedne porodice, iskopali su na Fejsbuku njihove zajedničke slike i iznad pisali naslove:

KO JE ŽELIO SMRT OVIM LJUDIMA?
KOME SU SE ZAMJERILI?

BRAT I SESTRA MONSTRUOZNO UBIJENI,
KO JE SLEDEĆA ŽRTVA?

MOGU LI GRAĐANI ZVORNIKA SPAVATI MIRNO DOK SE PSIHOPATA SLOBODNO ŠETA, ŠTA RADI POLICIJA?

Kritike i prozivke nizale su se u nedogled. Vijest je, kao što se i moglo očekivati, došla do tačke usijanja. Građani su počeli preko društvenih mreža da pozivaju na proteste protiv policije koja ne radi svoj posao. Inspektor se trudio da se malo pribere, ostavi po strani šta novine pišu i na televiziji izjavljuju i koncentriše se na ljude koji su bili najbliži žrtvi.

18

*„Mržnja zasleplјuje i najpametnije, tako da ovaj obnevidi za sve
vrline koje bi mogao imati njegov protivnik, a ovo znači uniženje
koliko za srce toliko i za razum onog koji mrzi.”*

Jovan Dučić

Anina izjava

Ana je sjedila preko puta inspektora Lazića i još jednog mlađeg
policajca u njegovoj kancelariji. Bila je to prostorija srednje veličine,
opremlјena samo ormarima za spise i velikim stolom od hrastovine
na kojem se nalazila gomila uredno složenih papira, sve u liniji,
sve pod konac, što je odavalo utisak čovjeka koji je perfekcionista,
nesklon inovativnosti i sa totalnim odsustvom osjećaja za lijepo. Sve
je bilo nekako sivo, mračno, dosadno. Kako neko može da provodi
dane u takvoj prostoriji? Na zidu nije bilo nijedne slike kao ni na
stolu. Ovaj čovjek je vjenčan sa poslom sigurno, jer se nigdje nije vid-
jela naznaka porodične osobe, prst na desnoj ruci bio je bez prstena.
Pogledom je lutala po sivilu prostorije, izgublјena, tragovi suza još su
joj bili na licu koje je poprimilo neku sivu boju kao da je htjela da
se stopi sa sivilom prostorije u kojoj se spletom nesrećnih okolnosti
našla, dok je u sebi vodila poduži monolog.

„Ana vama se obraćam!" — iz razmišljanja je trgnuo inspektorov glas.

„Izvinite, još sam u stanju šoka, nešto ste rekli..."

„Pitam vas kada ste poslednji put vidjeli svoju cimerku Sanju Matić živu?"

„Bilo je to sinoć, oko jedan sat. Neki zvuk me je probudio i nisam mogla da spavam, vjerovatno je vjetar ili je možda u to vrijeme odlazio njen momak pa me je lupa vratima probudila, ne mogu da se sjetim. Ustala sam i otišla do kuhinje da naspem čašu vode kako bih popila tabletu za spavanje. U poslednje vrijeme strašno loše spavam, noćna dežurstva u bolnici znaju biti iscrpljujuća pa ponekad pribjegnem tabletama. Dok sam bila u kuhinji Sanja je ustala, vjerovatno su je probudili moji koraci. Rekla je da je mislila da se njen momak vratio, da je možda nešto zaboravio. Malo smo popričale i ja sam se vratila u krevet. Popila sam dvije tablete za spavanje, stavila tampone u uši i sledeće čega se sjećam su jezivi Danini krici ujutro kada je pronašla tijelo."

„Koliko dugo dijelite stan sa Sanjom i Danom i kako ste se upoznale?"

„Dijelimo stan već godinu dana. Danu sam upoznala kada sam se uselila u stan, a Sanju sam poznavala skoro godinu prije toga. Ona je radila u prodavnici u prizemlju zgrade gdje sam ranije stanovala i svaki dan sam tu svraćala po namirnice, uvijek bih popričala s njom, jer ja nemam mnogo prijatelja u ovom gradu, a od posla i ne stižem često da se družim. Biti medicinska sestra samo u teoriji zvuči lako, u praksi zna da bude previše stresno. Nagledamo se mnogo smrti, bola i krvi."

„Kako je došlo do toga da dijelite stan?"

„Sasvim slučajno. Tog dana sam se ponovo posvađala sa gazdom stana i, bijesna, strčala sam u prodavnicu po cigarete. Sanja je bila u smjeni i vidjela je da sam uznemirena. Pitala me je šta mi se dogodilo.

Ispričala sam joj za probleme sa gazdom i pitala da li možda ona zna neku normalnu osobu koja izdaje stan. Rekla mi je da možda i zna, ali mora prvo da porazgovara sa svojom cimerkom, jer u njihovom stanu ima jedna slobodna soba i mnogo bi ih finansijski rasteretilo da se tu neka normalna cura useli i tako, tri dana kasnije preselila sam se u njihov stan.”

„Kažete da je imala momka. Možete li nam reći nešto više o njemu?”

„Često je svraćao kod nje i viđala sam ga više u prolazu. Par puta smo kafu sve troje popili, djelovao mi je kao normalan dečko. Radi kao konobar u hotelu Pogled, nekoliko puta smo Sanja, Dana i ja otišle na večeru kad je on bio u smjeni. Volio je Sanju. Uvijek bi mu se lice ozarilo kao kod dječaka kada je ugleda, ljubav se ne može sakriti, vidi se u očima.”

„Kad ste ga poslednji put vidjeli?”

„Vidjela sam ga sinoć. Juče je Sanji bio rođendan i on je došao u stan mnogo prije nego što je ona došla sa posla, donio joj je cvijeće i spremio večeru da je iznenadi. Divan i romantičan gest.”

„Da li ste o nečemu posebnom razgovarali s njim dok se motao po kuhinji?”

„Uobičajen razgovor o poslu, o vremenu, ništa posebno.”

„Da li znate kada je napustio stan?”

„To ne mogu da vam potvrdim, jer sam se rano povukla u svoju sobu da im ne smetam i zaspala uz knjigu.”

„Da li ste ih možda čuli da se svađaju u toku večeri oko nečeg?”

„Ne, Sanja je bila oduševljena iznenađenjem koje joj je priredio, ali po njenoj priči ostatak večeri nije protekao u romantičnoj atmosferi.”

„Da li vam se Sanja žalila da je imala nekih problema s momkom?”

„Bili su jako skladan par ranije, ali Sanja se mnogo promijenila nakon tragedije koja je zadesila. On je bio uz nju u svim teškim danima, pokušao je da joj olakša, da preuzme na svoja leđa dio bola, ali bol se ne može podijeliti, svako svoj nosi kao krst i samo on može da ga pobijedi.”

„Znamo da je Sanja nedavno izgubila brata. Malo je vremena prošlo i razumljivo je da se nije mogla oporaviti tako brzo. Da li je s vama pričala o tome?”

„Sanja je bila jako vezana za brata, od tog gubitka još se nije bila oporavila, a i nikad se čovjek od toga potpuno ne oporavi. Isplače more suza, preživi, nastavi dalje, ali neke rane nikad u potpunosti ne mogu zacijeliti, ostaju prekrivene tankim slojem kože do kraja života i lako iznova prokrvare. Njen brat se nije slagao s njenim momkom, čula sam često da se svađaju i ona je zbog toga strašno patila. Dvije osobe koje je najviše voljela na svijetu nisu mogli da podnesu jedan drugog. Sanjin brat je govorio za njenog momka da je vucibatina i prevarant, a ovaj je opet tvrdio da mu duguje velike pare koje je pozajmljivao od njega za kockarske dugove. Zbog njihovih stalnih svađa često sam je viđala uplakanu. Milan je znao biti jako nezgodan i Sanji je pravio probleme, Bog da mu dušu prosti, o mrtvima sve najbolje, ali bio je pravo pravcato derište.”

Činjenica je da je inspektor njegovu sestru vidio samo nakratko u toku istrage, sjeća se da je bila van sebe od šoka. Sanja je bila njegova polusestra, nemaju isto prezime.

„Kažete da je Sanjin momak tvrdio da mu Milan duguje neke pare?”

„Da, mnogo puta sam ih čula da se prepiru oko toga, a to vam može potvrditi i naša cimerka Dana.”

„Da li je nekad rasprava prerasla u fizički sukob?”

„Koliko ja znam nije. Sanja bi obično smirivala situaciju.”

„Da li ste ti i Sanja bile bliske? Da li si poznavala njenu porodičnu situaciju, na primjer, da li znate da joj je majka teško bolesna?”

„Bile smo jako bliske, pile smo kafu zajedno kada god bi nam se smjene poklopile. A ona je često spavala kod Darka. Da, znala sam da ima bolesnu majku koja se odnedavno nalazi u domu, imala je neki udar, tako nešto i od tad je paralizovana, živi skoro kao biljka. Mnogo je patila zbog nje, išla joj je u posjetu svake sedmice, ne znajući da li je uopšte svjesna njenog prisustva."

„Da li je njen brat išao u posjetu majci?"

Na ovo pitanje inspektor je već znao odgovor, samo će morati da potraži Sanjinu izjavu koju je dala u toku istrage.

„Sanja je pričala da slabo ide, to je bila još jedna stvar oko koje su se svađali. On nije htio da ide u posjetu nekom ko je totalno nesvjestan svega oko sebe, a nju je to mnogo boljelo, jer se nije radilo o nekom „lijevom", nego je to njihova majka, osoba koja im je podarila život i izvela ih na put."

„Da li se Sanja još oko nečeg svađala sa bratom?"

„Uglavnom su to bili sukobi oko para. Njen brat je uvijek vodio lagodan život dok im je majka imala tu boračku penziju od muža, a radila je i kao vaspitačica u vrtiću. On je samo hodao i trošio. Kada je dobila moždani udar i ostala paralizovana bili su primorani da je smjeste u odgovarajuću ustanovu da se stručna lica brinu o njoj. Milan je ostao bez izvora prihoda, jer se tim parama plaćao majčin boravak u domu. I tad su počeli problemi. Kockarski dugovi su se gomilali, a Sanja nije mogla da mu pomogne, jer joj je plata jedva pokrivala osnovne životne potrebe."

„Da li je Sanja bila bliska sa rodbinom, da li ih je ikada pominjala?"

„Koliko ja znam nije. Znam da joj je otac poginuo u ratu, tako nam je ispričala jednom prilikom. Ona ga se nije ni sjećala, bila je beba, a Milanov je stradao u saobraćajnoj nesreći. Može se reći da ta porodica baš i nije imala sreće u životu. Ne sjećam se da joj je nekad neko od rodbine došao u goste. Čak i posle Milanove smrti niko nije svraćao u stan. Moglo bi se reći da i nije bila bliska s rodbinom."

„Kako je moguće da niste čuli nikakav zvuk, šum, baš ništa?”

„Kao što sam već rekla, danima sam radila noćne smjene u bolnici i hronično sam nenaspavana, a kad dođem kući odspavam kratko i budim se, glava mi pada od umora. Posao medicinske sestre nije lak, moraš da budeš sto posto priseban i prisutan dok se oko tebe uvijek neko bori za život.”

„Gospođice Stošić, slobodni ste za sada, ali vam preporučujem da ne napuštate grad dok vam mi ne kažemo drugačije. Možda ćemo imati još nekih pitanja za vas, a vi, ako se još nečeg sjetite, ne ustručavajte se da nas pozovete u bilo koje doba dana i noći. I podsjećam vas da se u stan ne smijete vraćati narednih par dana. Da li imate kod koga da boravite? I, prije nego što odete, moraćemo da vam uzmemo uzorak krvi da potvrdimo vašu priču o konzumiranju tableta.”

„Snaći ću se već nekako, ostaću kod koleginice s posla, a svakako se ne namjeravam vraćati u taj stan. Ne bih mogla mirno spavati pored onog što se tamo desilo, a saznanje da je ubica još na slobodi samo pojačava moje strahove.”

Na ovu opasku Lazić je oćutao, ispratio je do vrata i pozvao Danu da uđe. Ona je drhtala kao od hladnoće iako je temperatura već uveliko prelazila dvadeset peti stepen. Strah se uvuče u kosti baš kao i zima i tjera čovjeka da drhti, da se savija kao list na vjetru. Strah ga tjera da se ogrne džemperom usred ljeta, da se sakrije ispod deke baš kao kad je bio dijete i čudovišta ispod kreveta tjerao navlačeći deku preko glave, misleći kako ga tu neće pronaći, kako je zaštićen. Kao odrasli ljudi, ponovo pokušavamo da primjenimo tu metodu, ali ne vrijedi, čudovište podigne deku i kaže: „Buuu, tu sam, našao sam te, igranje žmurke je završeno.” Čudovišta se više ne tjeraju skrivanjem. Jednom kad se probude, skrivanje ne vrijedi, mora se čovjek boriti kao lav da ih ponovo uspava, ako ne zauvijek bar nakratko da kupi sebi vremena i nađe način da ih zauvijek uspava. Ako u tome ne uspije budiće se svako malo i ponovo započeti igru, jer njihovo vrijeme je neograničeno, a čovjeku sat otkucava i mora da odluči da li će ono samo da dremne ili će zauvijek da ga uspava.

19

„Sudbina nije stvar slučajnosti, već stvar izbora, to nije nešto što treba čekati, već nešto što treba postići."

V. J. Braun

Danina izjava

Dana se smjestila u ponuđenu stolicu još uvijek drhteći od straha. Inspektor je imao osjećaj da nastoji da se stopi sa stolicom, tražeći na taj način zaštitu od zla koje se nadvilo nad nju. Bila je sitna djevojka sa kosom boje pšeničnog klasja i krupnim plavim očima koje su molećivo gledale u inspektora. Ostavljala je utisak preplašenog djeteta, a njena konstitucija je tome doprinosila. Onako sitna i uplašena prosto je vapila za zaštitom i zagrljajem.

Jezivi prizori onog što je jutros zatekla nisu joj izlazili iz glave, slika joj je bila stalno pred očima. Kuhinja sva u krvi, a u sredini skoro obezglavljeno tijelo njene cimerke. Mrtve oči koje gledaju u plafon kao da ne vjeruju da je to poslednje što će više ikad vidjeti; nema više ustajanja, odlaska na posao, šetnje... nema više ničega. Sve se završilo tu u kuhinji, u lokvi krvi, pogleda uprtog negdje gore iznad ovog svijeta. Kako tužan kraj! Niko na ovom svijetu nije zaslužio ovakvu smrt, naročito ne ona. Jedno divno i izmučeno biće kome je cijeli život bio patnja i na ovakav način da završi, nema pravde na ovom svijetu, za neke ljude jednostavno nema pravde.

Kada se rodiš pod pogrešnom zvijezdom loša sreća te prati do kraja života, Sanja je odličan primjer za to. Kao beba ostala je bez oca, nije stigla ni da ga zapamti, nedugo posle majka joj se preudala za drugog čovjeka koji je u početku bio divan prema Sanji sve dok na svijet nije došao Milan, a onda je ona zanemarena kao neka istrošena stvar bačena u ćošak na koju više niko nije obraćao pažnju. Govorila je kako je u početku mrzila Milana, jer je smatrala da je on glavni krivac što je roditelji više ne vole. To malo stvorenje pokupilo je svu pažnju i simpatije, a ona je to sa strane gledala i njeno malo dječije srce grčilo se od tuge. Ali bez obzira na ogorčenost koju je osjećala prema roditeljima kada je jednom prišla krevetiću i vidjela nasmijanog dječaka kako mlatara ručicama Sanja je bila sigurna da ništa slađe u životu nije vidjela. Zanemarivanje roditelja se i dalje nastavilo, ali je bila srećna što ima brata. Kad je pošla u školu svima je ponosno pričala o njemu.

Sanjin očuh je poginuo u saobraćajnoj nesreći kad joj je bilo osam godina. Nije mogla da osjeti nikakavu tugu za tim čovjekom. Godinama ga je posmatrala kao stranca, kao nekog koga bi trebalo zaobilaziti, njemu je ona uvijek bila za sve kriva. Ako je Milan pao, ako se povrijedio, ona je bila odgovorna, ako se ručak ohladio bacao bi tanjire po kući i urlao na nju i na njenu majku, a nerijetko bi u naletu bijesa podigao ruku na obje. Jedina osoba prema kojoj je on bio blagonaklon bio je Milan. Samo je on mogao da mu izmami osmijeh na lice.

Živjela je svaki dan ispunjena strahom. Sanja je osjetila olakšanje kada je napustio ovaj svijet, nadala se da sad kad ga više nema njih troje mogu biti porodica.

Dana je bila daleko odlutala u mislima i nije ni primjetila inspektorove usne kako se pomjeraju i nešto joj govore sve dok je mlađi policajac nije uhvatio za rame i protresao je. Kao da se budi iz sna gledala je izbezumljeno oko sebe pokušavajući da shvati gdje se u stvari nalazi i scene od jutros su joj se vratile brzinom vjetra i udarile je u lice. Ona je u policijskoj stanici, njena drugarica je mrtva.

„Dano, da li ste spremni da odgovorite na pitanja koja su nam jako važna za istragu?”

„Pokušaću” — odgovorila je, lica blijedog kao kreč. I usne su joj podrhtavale. Misao da pred njim sjedi preplašena djevojčica sa svakom njenom rečenicom se pojačavala u inspektorovoj glavi.

„Gospođice Dano, kad ste poslednji put vidjeli svoju cimerku Sanju?”

„U petak uveče, kad sam krenula da provedem vikend kod roditelja, moji roditelji žive u Roćeviću i kad imam slobodan cijeli vikend odem kod njih.”

„Da li vam je cimerka djelovala uznemireno, da li je imala nekih problema o kojima je pričala?”

„Izgledala je sasvim u redu. Popile smo kafu zajedno, nije mi se ni na šta žalila.”

„Da li je imala problema sa momkom ili s nekim od kolega? Da li je možda pričala da je neko proganja?”

„Koliko ja znam nije, mi smo veoma bliske, živimo zajedno tri godine i uvijek pričamo o svemu. Da je imala nekih problema sigurna sam da bi mi rekla. Bila je u jako teškoj životnoj fazi nakon što joj je brat brutalno ubijen. Nije još uspjela da se povrati od šoka i nastavi sa normalnim životom. Često je plakala iako je s bratom imala i poneki sukob on joj je bio jedina porodica koju je imala, naročito nakon što se njena majka razboljela.”

„Sanja je imala momka koji je često dolazio. Koliko ga vi dobro poznajete i da li je imala nekih problema s njim?”

„Sanja i on su zajedno skoro dvije godine. Ponekad bi prespavao kod nas, ali je češće ona ostajala kod njega, jer on živi sam. Djelovao mi je kao sasvim dobar momak i zaljubljen u Sanju.”

„Da li su se ponekad svađali, da li ste možda čuli nešto?”

„Često su se svađali njen brat i momak. Darko je tvrdio da mu Milan duguje neke pare koje je pozajmljivao i njima plaćao kockarske dugove, dok je Milan tvrdio da je Darko vucibatina i lažov koji manipuliše njegovom sestrom. Sukobi između njih su se sve više zaoštravali i vjerovatno bi izbio i fizički sukob da se Sanja nije uvijek umješala i smirivala strasti. Padale se teške riječi i bila je u jako nezgodnom položaju, rastrzana između dvije vatre.”

„Kada se tačno desila ta poslednja žestoka svađa?”

„To ne mogu sa sigurnošću da vam potvrdim. Znam da je malo posle toga Milan ubijen.”

„Da li je Sanja imala rodbinu sa kojom je bila bliska, da li joj je neko dolazio?”

„Nije nikada mnogo o rodbini pričala. Mislim da čak nije ni poznavala nekog od bližih rođaka, njena majka se preudala i tako su sve veze bile prekinute.”

„Da li je Milan često tražio novac od Sanje?”

„Da, često je tražio od nje pare na zajam koje je rijetko vraćao, a i ona je jedva sastavljala kraj sa krajem. O mrtvima kažu sve najbolje, ali ako mene pitate to je bio jedan razmaženi manipulator koji je smatrao da se svijet vrti oko njega. Majka mu je uvijek držala stranu i finansirala njegove hirove, a kad se ona razboljela svoje mušice je prosipao po sestri. Navikao je odmalena da mu se popušta i sve servira na tacni, da neko za njim čisti njegov nered, ispravlja sve što on pokvari.”

„Vratimo se na današnji dan. Kad ste jutros došli u stan, prije nego što ste pronašli tijelo u kuhinji, da li vam je nešto izgledalo drugačije nego obično?”

Na ove riječi Dana potonu još dublje u fotelju, kao da očekuje da će je dodir kože spasiti od mučnih sjećanja. Vraćala je film u glavi. Otključava vrata, ulazi u stan, brava nije bila obijena što je i policija potvrdila. Ulazi u hodnik, sve je mirno i tiho, bilo je oko pola sedam i bilo joj je neobično što nema svjetla u kuhinji. Znala je da Sanja ustaje rano i da se u ovo vrijeme uveliko muva po stanu dok ispija kafu i sprema se za posao. Ovog jutra tišina je bila jeziva i ne zna tačno šta i kada je natjeralo da se osvrne. Osjećaj da je neko gleda izazivao joj je mučninu u stomaku dok se kretala kroz mračni hodnik prema kuhinji. Sa svakim sledećim korakom uznemirenost se povećavala i kao da je osjetila nečiji dah na vratu, kao da joj neko šapuće na uvo jezivim tonom dok joj se mučnina pojačavala. Nije mogla da objasni sebi šta je u njoj izazvalo toliki nemir kao da prvi put ulazi u stan, a onda je vidjela lice sa sablasnim smješkom od uha do uha kako u nju gleda sa poda i počela da vrišti iz sveg glasa.

„Sve je bilo kao i inače. Otključala sam vrata i ušla u stan, ništa mi nije djelovalo neobično osim što u kuhinji nema svjetla. Znala sam da Sanja radi prvu smjenu i uvijek je pila kafu prije posla, a prozori na kuhinji su bili mali. Iako je ljetnji period, ujutro u pola sedam nije bilo dovoljno svjetlosti, pomislila sam u trenutku da je sigurno zamjenila smjene, a onda sam ugledala, ugledala sam...“

Dana je briznula u nekontrolisani plač, ramena su joj se tresla i suze su u potocima tekle niz njene blijede obraze. Suze bar prividno oslobađaju od bola, one skidaju teret sa duše. Svaki bol čovjek treba da otplače, što se duže taloži na duši stvara veći teret koji počinje da pritiska čovjeka i nagriza ga polako i fizički i psihički dok ga skroz ne pojede, a onda od njega ostane samo hodajuća sjenka. Ne treba se stiditi suza, nisu one odraz slabosti, one su pokazatelj da u čovjeku ima još nečeg ljudskog i da to nije umrlo.

Inspektor je pozvao sekretaricu da donese čašu vode i kocku šećera dok se Dana kao u bunilu tresla na stolici. Sirotica! Nije joj bilo lako, izgubila je najbolju drugaricu i pri tom je našla do neprepoznatljivosti iskasapljeno tijelo, a sada mora da prolazi kroz agoniju i daje odgovore na sva ova pitanja. Inspektor nije mogao da ne osjeti sažaljenje prema toj preplašenoj djevojčici u tijelu žene. Osjetio je poriv da je pomazi po kosi, ali je odustao.

„Da li ste se malo smirili, gospođice Dano? Možemo li da nastavimo sa pitanjima? Znamo da vam ovo teško pada i da je mučno za vas, ali moramo da prikupimo što više informacija koje će nam pomoći u istrazi i da što prije uhvatimo počinioca. Da li ste sigurni da osim Ane, vaše druge cimerke, u stanu nije bilo nikoga?"

„Da, sasvim sam sigurna. Kad sam počela da vrištim Ana je izbezumljeno dotrčala iz sobe i obje smo vrištale naglas par sekundi dok nije dotrčao Aleksa. Onda smo se sklonile u sobu, a on je pozvao policiju."

„Gospođice Dano, to je sve za sada. Podsjetiću vas da ne napuštate grad u narednom periodu, jer ćemo možda imati još neka pitanja za vas, a u stan se ne smijete vraćati narednih dana dok je označen kao mjesto zločina. Da li imate kod koga da boravite?"

„Ostaću kod rodice par dana, a onda ću vidjeti sa Anom da nađemo novi stan, jer ja se u onaj više nikad ne želim vraćati. Slike užasa koje sam tamo vidjela neće nikada izblijediti, molim vas... Uhvatite tog monstruma."

„Daćemo sve od sebe, gospođice, hvala vam na odvojenom vremenu."

Inspektor je otpratio do vrata, gledajući kako odlazi niz hodnik glave skoro uvučene u ramena. Lazić se pitao koji to momenti u životu odrede naš susret sa zlom? Da li bi ga ona izbjegla da je došla kasnije? Da li bi Ana pronašla tijelo ili je njoj prosto određeno da joj se ovog sasvim običnog dana okrene život naopako, natjera je da bježi, da se skriva, da se pita da li je ona možda sledeća za čestitku.

Ubica je bio tu, u njihovom stanu, išao je istim hodnikom kojim i ona svaki dan, koliko li se puta možda očešala od tu osobu ne znajući da je slučajno zakačila đavola. Da li čovjek zakači njega ili on sam pronađe svoju žrtvu, dođe nepozvan i odomaći se?

Stara izreka kaže „ko traži đavola i nađe ga", da li su ga Sanja i Milan tražili ili je on sam njih našao i zašto je odlučio da ih pronađe? Koja je pozadina svega, šta je probudilo đavola i natjeralo ga da izbriše jednu porodicu? Sada je inspektor bio i više nego siguran da ova ubistva nisu učinjena slučajnim odabirom, već dobar plan da se jedna prodica zbriše sa lica zemlje. Ali zašto? Šta tu još ima što mu je promaklo? Nešto ide u pogrešnom smijeru, nešto je previdio i ubica je odlučio da ga kazni. Da li mu to daje šansu da se ispravi, da li možda želi da ga neko zaustavi prije nego što krvlju ispiše sledeću rođendansku čestitku?

20

„U osnovi svakog osvajačkog pohoda uvijek je nesigurnost, duboko nepoštovanje sebe, traženje potvrde vlastite vrijednosti u drugima, onima koji osvajaju."

Nepoznati autor

Aleksina izjava

Inspektoru je glava pulsirala od cijelodnevnog saslušanja. Osjećaj iscrpljenosti pojačavao se iz trenutka u trenutak i prepustio je svom pomoćniku ispitivanje Alekse, Sanjinog komšije, kog su to jutro zatekli u stanu s djevojkama. Posle uobičajenih uvodnih pitanja mladi pomoćnik je, presrećan što mu je stariji kolega prepustio tu čast da prvi put ispituje svjedoka, počeo sa pitanjima.

„Gospodine Božiću, možete li nam reći malo više o vašem odnosu sa žrtvom? Koliko ste je dobro poznavali?"

„Činjenica je da smo bili komšije i skoro svakodnevno smo se viđali u prolazu, u liftu, a često sam išao na kafu u stan koji je dijelila sa cimerkama. Sa svima njima sam bio u dobrim odnosima. Povremeno bismo popili kafu skupa ili odigrali partiju karata."

„Kada ste poslednji put vidjeli Sanju živu?"

„Pa ne bih mogao da preciziram. Prije tri-četiri dana, otprilike, sreli smo se u liftu. Ona je išla s posla, a ja sam bio u kupovini nekih osnovnih potrepština. Znate ovih dana spremam jedan jako težak ispit pa danima nisam izlazio iz stana."

„Koliko je priroda vašeg odnosa bila bliska? Da li vam se žalila da ima nekih problema, da je neko progoni, maltretira, posmatra?"

Aleksa se zamislio nad ovim pitanjem kao da se lomi šta će sledeće reći. Iako je u prostoriji bilo prilično prijatno počeo je da se preznojava, izraz lica mu se promjenio u sekundi, pogled mu je lutao po prostoriji u pokušaju da pronađe neku nevidljivu tačku na koju će se skoncentrisati, a onda je konačno odgovorio —

„Pa... nas dvoje nismo bili toliko bliski da bi mi pričala o svojim privatnim problemima. Nisam je poznavao baš toliko dobro, jedno obično komšijsko povremeno druženje."

„Poznato vam je da je Sanja imala momka. Da li ste ga poznavali?"

„Vidio sam ga par puta u prolazu, ali nikad se zvanično nismo upoznali."

„U stanu ste pomenuli da ste čuli neki zvuk oko dva sata poslije ponoći. Možete li nam reći nešto više o tome?"

„Kao što sam već rekao, spremam jako težak ispit i ostajao sam budan poslednjih noći do svitanja. Danju sam duže spavao. Bilo je negdje oko pola dva, već sam bio prilično umoran i pospan kad sam iz susjednog stana čuo buku, kao da se nešto srušilo. Osluškivao sam ponovo, ali više se nikakav zvuk nije čuo pa sam pomislio da sam na trenutak zaspao nad knjigom i sanjao."

„Gospodine Božiću, slobodni ste. Ako budemo imali nekih dodatnih pitanja, pozvaćemo vas."

Isprativši ga do vrata pripravnik se vratio i sjeo preko puta inspektora koji mu se, kao da se tek sada probudio, obratio.

„I kakvo je vaše mišljenje, mladi kolega?"

„Ja mislim da Božić nešto krije, imam osjećaj da nam nije sve rekao. Sve vrijeme se nervozno vrpoljio u stolici, odmjeravao svaku rečenicu kao da se bojao da će reći nešto pogrešno."

„Bravo mladiću, mislim da ćemo se mi ubrzo ponovo susresti sa ovim čovjekom.”

Lazić nije ni slutio kojom će se brzinom ova pretpostavka ispostaviti kao tačna. Ime Sanjinog dečka bilo je velikom slovima ispisano na tabli. On je bio nit koja je povezivala Sanju i Milana na osnovu izjava koje su dali njihovi poznanici. Darko se sa Milanom nije slagao, a u poslednje vrijeme nisu mu cvjetale ruže ni sa Sanjom.

21

„Želja ne prestaje ispunjenjem, svako novo ostvarenje želje podstiče žeđ
za novim sticanjem, kao što novo gorivo jače razgorjeva vatru."

Staroindijska izreka

Iako je mislio da će provesti još jednu besanu noć, inspektor je za
čudo „spavao kao zaklan". Nešto je i sanjao, ali nije se mogao sjetiti
šta. Ovakav vid poređenja i nije baš najprikladniji u situaciji kad
tamo neki kasapin hara gradom i ostavlja ljudima jezive rođendanske
čestitke ispisane krvlju, ponovo mu se smije u lice i slobodno šeta
gradom. Lazić je tog jutra čekao da se okupi istražni tim. Zakazao
im je sastanak u osam sati ujutro da bi mogli još jednom da izlože
dokazni materijal i prečešljaju ono što su imali. Nadao se da će danas
imati više materijala koji će im biti od koristi.

Istražni tim i forenzičari su obavili svoj dio posla. Smrt je nas-
tupila oko dva sata posle ponoći, baš kad je komšija i potvrdio da
je čuo neki zvuk. Međutim, ustanovljene su nove činjenice. Žrtva
je udarena u glavu teškim predmetom, što je izazvalo momentalni
gubitak svjesti i u velikoj mjeri uticalo na oštećenje mozga što je
objašnjavalo činjenicu zašto nisu pronašli tragove opiranja na tijelu
žrtve i zašto se nisu čuli nikakvi krici. Žrtva se nije branila, jer je

prethodno bila onesposobljena, sve povrede na tijelu nanijete su joj nakon gubitka svjesti.

Kasapljenje je, kao i u prethodnom slučaju, bilo izvršeno velikim kuhinjskim nožem koji nije pronađen na mjestu zločina, ali su pronađeni otisci obuće kraj tjela broj četrdeset četiri po kojima se može zaključiti da pripadaju muškoj osobi. Sada bar znamo da je u pitanju muškarac — razmišljao je Lazić. Ali to nije bilo sve. U Sanjinom telefonu su pronašli poruke koje joj je slao njen dečko Darko u noći ubistva. Govorio joj je kako je bezosjećajna, hladna, kako nimalo ne cijeni njegov trud, kako ne zna šta više da radi sa njom, očajan je, ne zna kako da joj se ponovo približi, osjeća da je gubi, a to ne može da podnese... Sve poruke su bile poslane na Vocapu, a Sanja nijednu od njih nije otvorila iako su poslane prije ponoći.

Taman kada je mislio da je sve čuo pojavili su se i novi detalji. Sanja je redovno komunicirala sa Aleksom i listajući njihove poruke nije teško bilo zaključiti da su njih dvoje bili nešto više od komšija. Bili su u strasnoj vezi i kobne noći Sanja je, sudeći po porukama, ispratila Darka jako rano uz izgovor da želi da bude sama i otišla kod Alekse u stan. Taj mali lažovčić! Razmišljao je inspektor. Na prvi pogled mu se nije dopadao, znao je da nešto krije, ubrzo će ponovo s njim obaviti razgovor, ovog puta mnogo grublji. Sada da se pozabave prioritetnim problemom.

Prošli su ponovo kroz sve. Neuzvraćena ljubav, Sanjina hladnoća, ljubavnik, brat ubijen prije dva mjeseca. Da li su ovo četvoro ljudi upleteni u nešto mnogo gore nego što na prvi pogled izgleda? Da li je motiv za ubistvo bila preljuba u ovom slučaju? A šta je motiv za prošli? Da li je Darko saznao da ga Sanja vara i vratio se da joj se osveti ono veče? Nije je zatekao kod kuće, sačekao je sakriven da se vrati i napao je. Prema njenom bratu je ispoljavao očigledno neprijateljstvo, a sada su možda njegovi tragovi pronađeni na mjestu zločina.

A kako se Aleksa uklapa u sve to? Zbog čega je on lagao, koga štiti, šta skriva, da li je njegova tajna veća od povremenog seksa sa zauzetom komšinicom?

Nije bilo potrebe da se gubi vrijeme. Inspektor je okupio tim koji će da upadne u stan Darka Tadića. Imao je dojavu sa terena da je on trenutno u stanu, a njegovo saslušanje je bilo predviđeno za danas, iznenadiće ga prije vremena.

22

„Najveća stvar koju čovjek na ovom svijetu može napraviti je izvući najviše iz onog što mu je dato. Samo je to uspjeh i ništa drugo.”

O. S. Marden

Darko je sjedio u svom stanu nemoćan da načini bilo kakav pokret. Nazvao je šefa i javio da neće dolaziti na posao narednih dana. Pristup Sanjinom stanu nikome nije bio dozvoljen, trakom je obilježeno mjesto zločina i policija i tehničari su pretraživali svaki kvadrat tražeći otiske koje je ubica ostavio. O svemu su ga izvjestile Ana i Dana koje su tog popodneva svratile kod njega u stan. Tuga zbližava ljude, tako su i njih troje sjedili okupljeni oko malenog stola u kuhinji, ne progovarajući ni riječ, svako zadubljen u svoje misli, a misli su im svima bile usmjerene u istom pravcu.

Kad su otišle Darko je i dalje nastavio da zuri u jednu tačku, otupio od bola. Sinoć je skoro probdio noć. Slike njihovog poslednjeg susreta i kako je bio ljut na nju mrvile su mu dušu.

U istom položaju u kom su ga juče ostavile Ana i Dana dočekao je jutro. Nije mogao sebi da oprosti što je bio grub prema njoj na njen rođendan. Naročito ga je grizla savjest za ono što je posle uradio kada je napustio njen stan. Kako je mogao da bude takav skot? Kako je mogao tako da se ponese, mučio je sebe pitanjima, previše alkohola ga je navelo na nepromišljene odluke i sada nema nazad. Šteta je već učinjena. Prekorjevao je alkohol za svoju nepromišljenost, ali u dubini duše je znao da je jedini krivac on. On, čovjek bez karaktera kome je lakše da za svoje nepromišljene postupke okrivi nešto drugo, nekog drugog. Pomisao na ono što je uradio kidala mu je dušu. Plakao je kao malo dijete, moleći Sanju ako je negdje gore ako ga čuje da mu bar pokuša oprostiti ono što on sebi neće moći.

Bio je bijesan kad je otišao iz njenog stana. Nije se okrenuo ni da je pogleda u oči. Da je znao da je gleda poslednji put nikad je ne bi pustio, nikada ne bi otišao, zajedno bi se suočili sa svim zlom ovog svijeta.

Zadubljen u misli i otupio od bola u prvi mah nije ni registrovao zvukove koji su dolazili sa spoljne strane vrata dok se nisu treskom otvorila i grupa policajaca je upala u njegov stan uz povike —

„Na koljena, ruke iznad glave!"

Nije stigao ni da trepne kad su ga dva policajca opkolila stavljajući mu lisice na ruke i obarajući ga na pod. Osjećao se kao u nekom košmaru. Još ne vjerujući šta mu se događa, pitao se da li je od tuge i bola počeo da halucinira, ali ne, lisice na rukama nisu bile halucinacija. Gledao je kako demoliraju njegov stan na njegove oči, izvrću stvari. Kao statua nije mogao da reaguje, što od bola, što od šoka, a i šta bi mogao da uradi ovako bespomoćan? To je bio tek početak košmara. Jedan policajac je izlazio iz kupatila noseći nešto smotano u crnoj vreći za smeće. Mislio je da sanja kada je policajac iz kese izvadio njegovu majicu i patike umrljane krvlju. Gledao je blijedo u sliku ispred sebe dok mu je inspektor saopštavao —

„Gospodine Tadiću, hapsimo vas na osnovu sumnje da ste izvršili krivično djelo ubistva svoje djevojke Sanje. Sve što kažete u ovom trenutku može biti upotrijebljeno protiv vas."

Gledao je u inspektora širom otvorenih očiju, pomičući usne da nešto kaže, ali nikakve riječi nisu izlazile, kao da je odjednom izgubio moć govora. Gledao je kako forenzičari stavljaju njegove krvave stvari u kesu kao dokazni materijal. Nastavili su da preturaju stan u potrazi za novim dokazima.

„Ne, nije moguće... ovo... ovo se ne dešava, ovo je košmar, haluciniram, sanjam i svakog momenta ću se probuditi sam u stanu u okovima bola." Ali dodir hladnog metala ga je uporno podsjećao da ovo nije san, da su njegovi okovi stvarni i grebu mu kožu pri svakom pokušaju da napravi neki pokret, neki pokušaj da se oslobodi ovog ludila u kome se iznenada našao.

Još nije prihvatio činjenicu da mu je djevojka brutalno ubijena, a već ga hapse kao glavnog osumnjičenog za njenu smrt, ne ovo se ne dešava... Ali dešavalo se i prije nego što se uopšte uspio osvijestiti našao se između dva policajca koji su ga uzanim hodnikom gurali prema liftu. Izašli su iz zgrade i zapuhnuo ih je topao vazduh, ali Darko to nije osjetio. Težina koja mu se iznenada svalila na leđa činila je da se savije kao neki starac dok su išli prema parkingu gdje je bio policijski auto. Gledao je ispred sebe, pitajući se šta bi mogao da učini. Pokušaj bjekstva bio bi čista glupost u ovakvim uslovima, glavu bi mu prosvirali prije nego što bi napravio deset koraka, a time bi samo potvrdio svoju krivicu. Ali slika njegove okrvavljene majice i patika nije mu izlazila iz glave. Šta se desilo, kako je krv završila tu? Pitanja su se nizala bez ijednog logičnog objašnjenja.

Nikada nije razmišljao kako se osjećaju ljudi koje nevino za nešto optuže, a sada je to lično doživio. Peklo ga je, pulsiralo kao vulkan koji se svakog trenutka sprema da eksplodira. Razmišljao je koliko je samo puta čuo kako ti se život okrene u samo jednoj sekundi, kako je samo jedna sekunda dovoljna da se sve pomjeri iz svog ležišta i pokrene lavinu koja se ne može zaustaviti. Naravno, uvijek mislite kako se te stvari dešavaju nekom drugom. Baš kao kada na televizoru gledate izvještaj o nekoj saobraćajnoj nesreći gdje je par ljudi izgubilo život. Sve su to stvari koje čujete, dotaknu vas u tom trenutku, a već sledećeg gledate sportski program ili slušate muziku, potpuno zaboravljajući na loše vijesti koje ste čuli, jer taj trenutak je prošao i ustupio mjesto novim trenucima, to su stvari koje se događaju drugima sve dok se jednom ne nađete u toj ulozi; u ulozi onog što se događa drugima.

Imao je osjećaj da mu se život podijelio na dva dijela, prije i posle Sanjine smrti. Prvi dio izgledao mu je tako dalek i nestvaran kao da se desio u nekom drugom životu. Kad bolje razmisli to i jeste bio neki drugi život. Provodio je dane nasmijan, srećan, imao je najdivniju djevojku i odavno je počeo da mašta o njihovoj zajedničkoj budućnosti, čekao je samo pogodan momenat dok se Sanja bar malo oporavi od gubitka brata da je zaprosi. Za njen rođendan nije baš imao neku ideju kako da je obraduje, jer se tih dana nije ničemu radovala. Baš o tome je razgovarao par puta s Anom i Danom nakon Milanove smrti. Postala je daleka, podizala je zid oko sebe i on se počeo pribojavati da je ne izgubi. Povukla se u neku svoju ljušturu i odbijala je svaki pokušaj bilo kakve bliskosti. Tih dana je često razgovarao sa Anom o tome. Bio je očajan da će je izgubiti, a bližio se njen rođendan. Želio je da je iznenadi nečim posebnim i Ana mu je predložila da joj pripremi romantičnu večeru. Iako nije bio neki vrhunski kuvar bio je voljan da pokuša. Bio je spreman na sve samo da mu se ona stara Sanja ponovo vrati.

Sanja je mnogo voljela meso pa joj je spremio šnicle u umaku od gljiva i pire krompir. Nije neki specijalitet, ali ga je sa ljubavlju napravio. Na putu do njenog stana svratio je u poslastičarnicu i kupio tortu, a zatim do cvjećare po najveći buket ruža. Voljela je ruže. Ona je dolazila s posla negdje posle osam. Kad je ušla u stan dočekao je sa velikim buketom ruža i čestitao joj rođendan. Sto je bio postavljen za dvoje, upalio je i svijeće, otvorio flašu vina, sve da upotpuni romantičnu atmosferu. Istini za volju, sve te propratne sitnice ne bi mu pale na pamet da mu Ana nije pomogla. Stvarno je voljela Sanju i bila je iskreno zabrinuta za nju pa je pomogla da joj on priredi nezaboravno veče.

Večera je protekla u nekoj napetoj atmosferi. Ma koliko se Darko trudio, ona se činila sve dalja kao nijemi posmatrač koji gleda na sve to. Bio je malo razočaran. Potrudio se da je bar malo obraduje, da je oraspoloži, a ona se nije udostojila nijednog jedinog poljupca. Milanov duh je još uvijek itekako prisutan da pokvari sve lijepe momente u njihovoj vezi, to je činio dok je bio živ, to čini i sada sa onog svijeta kao da se podsmijeva sa neba i iznova mu ruši sreću. Na momente bi prekorio sebe zbog ovakvih misli. Ma kolika god vucibatina i ološ da je bio, on je bio njen brat i voljela ga je, a tako je sa bližnjima, volite ih uprkos tome što vam nekada piju krv kao pijavice. On je imao stariju sestru koja je bila udata i imala dvoje djece, bili su jako bliski i nije mogao ni da zamisli kako bi se osjećao da joj se nešto desi pa se trudio da razumje Sanju, ali njegovo strpljenje bilo je na izmaku.

Dva mjeseca je hodala kao duh, kao da je kažnjavala sebe što živi, što postoji, što šeta ovim gradom dok njenog brata jedu crvi. Malo je govorila, odlazila je na posao, a posle toga bi obično spavala ili gledala u jednu tačku. Smršala je mnogo, kosti su joj se ocrtavale, pretvarala se u jednog od onih kostura koje ima skoro svaki kabinet biologije. Posjete majci u domu je proredila, još joj nije saopštila šta se desilo, mada je njena bolest bila specifična i uvijek se činilo da uopšte nije svjesna ničeg oko sebe, ali neka posebna iskra u očima njene majke pojavila bi se svaki put kada bi Sanja ušla na vrata. Pričala je kako je poslednji put našla majku kako sjedi u invalidskim kolicima i gleda televiziju. Bio je neki dokumentarni kanal, nije mogla da odredi da li uopšte registruje išta, ali kad je ona ušla po prvi put od kada se razboljela okrenula se i pogledala je pravo u oči. Pogled joj je bio pun bola, kao da je njime htjela da kaže nešto, pokušala je da otvori usta, ali nikakve riječi nisu izlazile. To je bio prvi put da je pokazala bilo kakav znak da je prisutna, a onda je opet potonula u ambis. Pogled joj je ponovo postao nedokučiv, dalek, ponovo je nestala, a Sanja se pitala da li je to samo umislila od silne želje da majci bude bolje.

Posle toga je razgovarala sa doktorom koji je rekao da takve reakcije uopšte nisu nemoguće i da je priroda njene bolesti jako specifična; nikad se ne zna da li će sutradan biti mrtva ili možda progovoriti neku riječ. Od tog dana Sanja više nije bila kod majke. Skupljala je hrabrost da joj saopšti ono što se desilo iako je jedan dio nje bio uvjeren da je njena majka to već znala. Onaj pogled pun bola proganjao je i u snu i na javi, često se budila vrišteći u snu, dok je Darko pokušavao da je smiri, a poslednjih dana izbjegavala je da spava kod njega ili on kod nje. Htjela je samo da bude sama.

Sve je to bilo juče, sve je iza njega. Danas je on u „onoj situaciji koja se uvijek događa drugima”. Sa lisicama na rukama dva policajca su ga izvodila iz auta i gurala ga prema stanici.

Sve je isto kao i obično. Život teče dalje, ljudi se užurbano vraćaju kući s posla, čeka ih njihova porodica, neke puna sudopera, a neke samo prazan stan jer nemaju nikog da ih poljubi pri dolasku s posla i niko ne primjećuje kako se jedan život iz korijena mijenja. Jednog čovjeka će večeras da dočeka hladna zatvorska ćelija, čovjeka koji je u trenutku izgubio i ljubav i slobodu. Tako je to, nesreća uvijek dolazi u društvu, ona sama nigdje ne ide, nije to kao sa srećom koja je samostalna. Nesreća je zavisna od drugih nesreća i uvijek ih vodi sa sobom. Nikad ne recite — ne može gore, nesreća ima odličan sluh i uvijek bi njen odgovor bio „samo gledajte”. Dokazaće ti da nisi u pravu i kad misliš da si dotakao dno u stanju je da ti dokaže da su to samo tvoje misli i da itekako ima dno posle dna.

Darko se baš toga i pribojavao. Slika njegovih okrvavljenih stvari nije mu izbijala iz glave. Da li je načisto poludio? Šta je to uradio one noći? Ne, nije moguće, sjećanja na tu noć bila su mu maglovita. Otišao je od Sanje negdje oko jedanaest, jer je tvrdila da je umorna, sve kafane su već bile pred zatvaranje pa je otišao pravo kući. Nije bio sklon piću, ali te večeri čašica mu je bila i više nego potrebna. Izvadio je flašu rakije i nalivao se ne sipajući u čašu. Sjeća se da je u nekom trenutku, ne sjeća se u koliko tačno izašao iz stana, sve ostalo mu je bilo negdje u magli. Sledeće jasno sjećanje je njegovo buđenje na podu spavaće sobe praćeno teškim mamurlukom od kojeg mu je cijelo tjelo drhtalo.

Nedugo poslije buđenja pozvala ga je Ana i saopštila šta se desilo.

Ne, nije moguće, on Sanji nikad ne bi naudio, bio je kivan na nju, ali je i volio najviše na svijetu, on to ne bi mogao da uradi, proklinjao je sebe što se toliko napio, što se ponio kao zadnji skot od muškarca, zbog „onog", kad bi bar to mogao da zaboravi. Zašto čovjeku posle teškog opijanja kao po kazni ostanu urezana ružna sjećanja dok sa lijepim obično ima prekid filma. Darko je osjećao stid. Htio je da pozove Sanju da joj se izvini, ali nije mogao da pronađe telefon, bio je i suviše pijan da bi uspio da okrene bilo koji broj, a ujutro kada se probudio bio je iznenađen kad je telefon pronašao u džepu pantolona u kojim je i spavao, jer nije bio u stanju da se presvuče. Bio je ubijeđen da telefon sinoć nije bio tu, kad ga je tražio, tačnije, uopšte se ne sjeća da ga je koristio od kada je napustio Sanjin stan. Policija mu je naravno telefon već uzela i on je sjedio u sobi za saslušanje sa rukama opuštenim niz tijelo kao čovjek koji je umoran od života, čekajući da čuje nastavak svoje noćne more.

23

„Biti fizički blizak s nekim, a ostajati sam, najgorča je, najbolnija, najporaznija usamljenost.”

Lj. H. Đurović

„Vrijeme je da se neke stvari istjeraju na čistac. Ovo je otišlo predaleko" — razmišljao je Lazić dok je išao prema sobi za saslušanje. Mnogo novih činjenica je isplivalo u poslednjih nekoliko sati. Od toga da je Sanja imala ljubavnika što je Darko vjerovatno saznao i vratio se u stan one večeri. Možda ih je i zatekao na djelu pa se pritajio dok nije ostala sama i našao prigodnu priliku da je ubije.

Međutim, poruke u telefonu su govorile drugačije. Po njima Aleksa nije došao kod Sanje, ona je otišla kod njega. Da li je Darko već odavno sumnjao u njenu vjernost i samo je prividno te večeri otišao kako bi mogao da je prati? Njene cimerke su potvrdile pri davanju izjave da je on imao ključ od njihovog stana tako da je vrlo lako mogao da uđe neprimjetno, sakrije se i sačeka Sanju da se vrati od ljubavnika. Ljubomora mu je pomutila razum i on je udara vazom koja se tu nalazila po glavi. Vidjevši da je bez svjesti i vjerujući da je mrtva u panici uzima kuhinjski nož i kasapi je do neprepoz- natljivosti. Nož kojim je počinjeno ubistvo pronađen je sakriven iza radijatora, na njemu nije bilo tragova krvi. Sve je bilo tu, a opet inspektoru je nekako sve djelovalo prilično lako, očigledno kao da je namjerno htio da ga uhvate. Nije se potrudio ni da ukloni dokaze. Patike i majicu je strpao u vreću za smeće i sakrio ispod tone prljavog veša u korpi, a poznato je da policija skoro uvijek prvo pregleda kupatilo. Dobro, za nož se malo bolje potrudio, ali zašto nije izbacio dokaze iz stana? Ili ga je uhvatila panika pa nije još smislio sledeće korake. Ili se držao onog zlatnog pravila „kad hoćeš da sakriješ nešto ostavi to na vidno mjesto".

Saznanje da ga je žena koju voli varala sa drugim može da izazove veliku pometnju u glavi i Lazić je to itekako znao. Osjetio je to na svojoj koži. Planiraš s nekim život i u trenutku sve nestane, dok si trepnuo tvoja draga je već na medenom mjesecu sa drugim, na putu za Havaje, a on u čamotinji svog stana se pita gdje je to pogriješio. Odmahnuo je rukom, nije htio toga da se sjeća. Rana je možda i zarasla, ali i ožiljci znaju itekako da prokrvare i ponovo otvore ranu. Rane vemenom zarastaju, ustupe mjesto ožiljcima koji čovjeka podsjećaju na jedan period njegovog života koji je zauvijek nestao, ali teško je kada se ožiljci ozlijede i prokrvare, to krvarenje teško se zaustavlja, rani treba mnogo više vremena da ponovo zaraste, teške su to ozlijede.

Možda je Tadić osjećao grižu savjesti što bi objasnilo činjenicu neuklanjanja dokaznog materijala. Nije htio da je ubije, razgovor je krenuo u lošem smjeru, pao mu je mrak na oči, dohvatio je prvu stvar koju je imao i za nekoliko trenutaka sve je bilo gotovo. Odmahnuo je rukom kao da pokušava da otjera sve teorije koje su mu se po glavi motale.

Dok je ulazio u prostoriju gdje je sjedio optuženi čekajući ispitivanje, nije mogao da se otme utisku da je ovaj mladić u smrtnom strahu. Drhtao je iako je bilo prilično toplo, boja mu je sa lica nestala i imao je osjećaj da se upravo suočava sa živim mrtvacem.

„Gospodine Tadiću", započeo je jedan od policajaca koji je sjedio pored inspektora, „podsjećam vas da se nalazite u situaciji koja nije nimalo povoljna za vas. Svi dokazi upućuju na činjenicu da ste vi izvršili krivično djelo ubistva svoje djevojke Sanje, onesposobivši je udarcem u potiljak. Na mjestu zločina pronađeni su tragovi obuće koji se poklapaju sa patikama pronađenim u vašem stanu. Analiza još nije gotova, ali nema sumnje da će potvrditi poklapanje sa krvlju žrtve. A, kako stvari trenutno stoje, vama se na teret stavlja dvostruko ubistvo. Identifikacijom smo potvrdili da su Sanja i njen brat Milan ubijeni istim nožem, taj nož je pronađen kod vas u stanu. Šta imate da kažete u svoju odbranu?"

Darko je slušao optužbe koje su na njegov račun iznesene, tonuo je sve dublje u stolicu i izgledao kao da će mu svakog trena pozliti. Dugo je gledao po prostoriji praznog pogleda pa u nekim trenucima uopšte nije moglo da se razazna da li je prisutan i da li je uopšte čuo ono što ga tereti. Posle dužeg ćutanja odgovorio je kratko.

„Ja tako nešto nikada ne bih mogao da učinim. Volio sam Sanju najviše na svijetu, nikad joj ne bih mogao nauditi."

„U noći ubistva ste joj slali poruke kako vam izmiče, kako život bez nje ne možete da podnesete, kako ne znate šta da radite ako vas ostavi, ne izgleda mi da ste imali baš srećne trenutke."

Poruke, kakve, do đavola poruke! Pomislio je i ponovo mu kroz glavu prolete ona misao kako je kada se pijan vratio u stan tražio telefon koji nikako nije mogao da pronađe, a ujutru ga je pronašao u svom džepu. Nije se sjećao da je ikakve poruke slao, bio je toliko pijan da nije mogao da skine pantolone, a kamoli da napiše poruku. Sanjao je crnu sjenku kako se nadvija nad njegovim krevetom, kao da mu nešto šapuće i zatim nestaje u noći. Tog sna se jasno sjećao ujutro kada ga je probudio strašan mamurluk. I kada je uopšte poslednji put imao telefon u rukama? Nije mogao da se sjeti tog dana, bio je zaokupljen pripremanjem iznenađenja za Sanju. Telefon skoro uopšte nije ni koristio.

„Ali ja nikakve poruke nisam slao", rekao je zbunjeno. Inspektor je izvadio Sanjin telefon i pokazao mu poruke koje joj je slao između pola dvanaest i jedan u noći ubistva. Poruke su bile neotvorene što znači da ih Sanja nije pročitala. Na njegovom telefonu su te poruke bile izbrisane, ali njihov informatičar je uspio da ih povrati. Darku ništa nije bilo jasno. Bio je siguran da nikakve poruke nije slao u to vrijeme, bio je još pomalo trijezan i toga bi morao da se sjeća. Otišao je od Sanje razočaran što je večera tako loše prošla, poslije se ubio od alkohola, napravio je glupost, ali je bio siguran da te poruke nikad nije poslao kao i u činjenicu da je Zemlja okrugla.

„Opišite nam poslednje sate koje ste proveli sa žrtvom?"

„Sanji je bio rođendan i ja sam odlučio da je iznenadim nečim posebnim. Razgovarao sam s njenim cimerkama, žene ipak bolje znaju kako obradovati ženu i predložile su da joj spremim romantičnu večeru. Nisam neki vrstan kuvar, ali sam odlučio da se potrudim, mnogo mi je stalo do nje, a u poslednje vrijeme nije nam išlo, naročito od kada joj je brat ubijen. Bila je daleka, nezainteresovana za bilo šta. Nadao sam se da će nas to veče ponovo zbližiti. Nažalost, nije bilo tako. Ona je na moj trud ostala ravnodušna i prije deset sati mi je predložila da idem kući. Bila je umorna i htjela je da bude sama. Moram priznati da sam bio jako tužan i razočaran. Vratio sam se kući i napio se kao najveća svinja."

„Da li imate nekog ko bi potvrdio tu činjenicu da ste odmah od nje otišli u stan?"

„Nažalost ne. Ja živim sam i sâm sam proveo noć uz flašu rakije."

„I kažete vratili ste se u stan, a nemate nikog ko bi to potvrdio. Zgrada nema video nadzor, tako da ste mogli da budete bilo gdje ili ste se vratili u stan, popili par čašica rakije povrijeđeni i odbačeni i to vam je dalo hrabrosti da joj pošaljete poruke koje nije otvorila pa ste riješili da odete do nje da porazgovarate s njom, da joj sve saspete u lice, nevjerovatno je koliko alkohol daje hrabrosti povrijeđenom čovjeku. Alkohol je moralna podrška. Odlazite u njen stan, zatičete je s drugim muškarcem, poniženi ste, povrijeđeni, skrivate se, čekate pogodnu priliku da je uhvatite nasamo, rogovi vas žuljaju dok sklupčani u mraku ližete svoje rane. Izdala vas je, povrijedila, ponizila, osjećate da su vam rogovi toliko veliki da ni kroz jedna vrata ne biste mogli proći, smiju vam se iza leđa dok vi pravite večere pomirenja. Sama je u kuhinji, tu ste je čekali, nema njenog ljubavnika uz nju, izlazite iz skloništa pokušavate da razgovarate s njom, ona vas odbacuje, zgrabite vazu udarate je u glavu, ona pada, sigurni ste da je mrtva, ali i dalje je mrzite. Uzimate nož koji je tu pri ruci, kasapite je, uživate dok joj nanosite bol kao što ga je ona vama nanijela, siječete njeno lijepo lice, tijelo, ono isto koje ste toliko puta milovali, želite da ode unakažena na onaj svijet da je više niko nikada tamo ne pogleda.”

„O čemu vi pričate? Kakav ljubavnik, kakvi rogovi, šta govorite?”

Ne znajući zašto, Laziću se javio osjećaj da je Darko ovoga puta iskren i da nije imao pojma za Sanjinu avanturu. Prepoznao je šok u njegovom pogledu, što ga je za trenutak vratilo par godina unazad kad je i sam saznao da njegova draga ima drugog. Ovaj osjećaj se ne može odglumiti, ovo je prvi put da ovaj muškarac saznaje da je prevaren, da ima rogove.

„Da li poznajete Aleksu Božića?”

„Da. On živi u stanu do Sanje, viđao sam ga u prolazu često, a svraćao je ponekad i kod njih u stan na kafu, studira nešto.”

„Pa vidiš”, započeo je inspektor oprezno kao da se boji kakvu će reakciju izazvati sledeća rečenica, „činjenica je da on nije samo svraćao na kafu. On i Sanja nisu bili samo komšije, bili su ljubavnici već duže vrijeme.”

„Ne! To nije tačno, moja Sanja to ne bi uradila, ona je bila toliko izgubljena i tužna od kad je Milan ubijen da mimo posla i spavanja ni za šta drugo nije imala volje..."

„Vi znate da mi ništa ne pričamo napamet."

Inspektor mu je pružio Sanjin telefon, posmatrajući kako mu se lice mijenja iz sekunde u sekundu. Oprezno je pružio ruku prema telefonu kao da očekuje da će ga ozlijediti. I bio je u pravu. Ozlijede nisu bile fizičke prirode, bile su mnogo gore, one koje se okom ne vide, a kidaju čovjeka iznutra, cijepaju mu dušu, mrve u prah.

Bilo je to lice čovjeka kome se slika koju je imao o voljenoj ženi cijepala iz sekunde u sekundu. Misliš da nekog poznaješ, a onda ti on sruši iluzije i pokaže ti kolika si naivčina bio. Najlakše je zavaravati i lagati nekoga ko je ludo zaljubljen, ko vam vjeruje, on ne sumnja, on se ne nada, a takvim je lako manipulisati. Ali inspektor se nije dao nadmudriti i pokolebati tužnim izrazom lica čovjeka preko puta, jer su kod tog „tužnog momka" pronašli sav dokazni materijal koji je objašnjavao činjenicu da je on te noći presudio svojoj djevojci. A sada je vrijeme da se malo pozabave prethodnim ubistvom.

„Gospodine Tadiću, cimerke vaše pokojne djevojke su izjavile da se niste baš najbolje slagali sa njenim bratom, da budem precizniji, bili ste na ratnoj nozi oko nekih para koje vam je Milan dugovao."

„Gospodine inspektore, Milan je bio teška vucibatina i manipulator. Gledao sam ga kako manipuliše Sanjom iz dana u dan, stvarao joj je probleme i iznova tražio pare za svoje kockarske dugove. Bila je često uznemirena i tužna zbog teških riječi koje joj je upućivao. Jednom prilikom kada je odbila da mu pozajmi pare i fizički je nasrnuo na nju, ja sam se umiješao i otjerao ga iz stana. Bilo mi je jako teško da je gledam stalno uplakanu zbog tog ološa koji nije mislio ni na šta drugo nego na svoje dupe."

„Da li je tačno da vam je Milan dugovao novac i o kojem iznosu je riječ?"

„Gospodine inspektore ja radim kao konobar i moja plata nije velika. Mjesecima sam skupljao po malo od plate kako bih mogao da zamijenim svoj skoro skroz propao auto. Jedne večeri Milan mi je uletio u stan sav unezvjeren i molio da mu pozajmim tri hiljade maraka. Zelenaši su mu bili za petama i glava u torbi. Prvo sam odbijao jer sam već dobro znao kakav je čovjek, ali on je molio i preklinjao, a sama pomisao na Sanju i koliko bi bila tužna da mu se nešto desi prevagnula je i dao sam mu skoro svu moju ušteđevinu.”

„Da li vam je vratio nešto od toga novca?”

„Ne. Još je ubjeđivao Sanju kako sam ja lažov i prevarant koji je samo iskorištava i da sam izmislio priču o tamo nekim parama samo da bih ga posvađao sa sestrom. Nisam mogao da vjerujem, bio sam povrijeđen i bijesan i nasrnuo sam na njega i ko zna šta bi se sve tu desilo da se Sanja nije umješala. Ovako smo završili samo sa par čvoruga, a on nije ni pomišljao na to da mi vrati novac.”

„Pa ste odlučili da ga sami iščupate od njega? Namamili ste ga na šetalište u gluvo doba noći na foru da porazgovarate, razgovor se oteo kontroli, on je odbijao da vam vrati pare, vi ste izgubili razum i za nekoliko trenutaka sve je bilo gotovo. Još ste mu i rođendansku čestitku napisali, poslednji pozdrav, kao predviđanje da ćete sada kada ga nema ti i Sanja konačno biti srećni.”

Tadić je gledao inspektora očima iz kojih je isijavao užas.

„O čemu vi to pričate? Šta pokušavate da mi stavite još na leđa? Milan jeste bio skot i ološ od čovjeka i priznajem da bih ga najradije zadavio, ali nikada mi ne bi palo na pamet da ga ubijem. Ja nisam ubica, on je bio brat žene koju sam volio, ona ga je bez obzira na sve voljela i ipak mi je žao što je taj skot tako skončao. Nijedno biće ne zaslužuje takav kraj ma koliko loš neko bio nije na nama da sudimo i oduzimamo nečiji život. Ima neka viša sila iznad nas koja to reguliše”, mucao je kroz suze koje su mu su se slivale niz lice.

„Gdje ste bili u noći Milanovog ubistva?”

„Radio sam drugu smjenu, do pola dvanaest i onda sam oko dvanaest sati otišao kod Sanje i kod nje sam i prespavao."

„Sve ljepše od ljepšeg! Može li to neko da posvjedoči, pošto vašu pokojnu djevojku ne možemo da uzmemo za svjedoka."

„U liftu sam sreo Aleksu, a Dana je bila sa Sanjom u dnevnoj sobi i sve troje smo po ko zna koji put iznova gledali *Titanik*. Oko pola pet smo otišli na spavanje. Sasvim slučajno nijedno od nas nije ustajalo rano narednog dana pa smo se malo raspričali posle filma."

Jedna stvar se nije uklapala. Ako Darko tvrdi da je kod Sanje došao oko dvanaest i sjedili su do pola pet, a obdukcijom je potvrđeno vrijeme smrti oko dva sata posle ponoći. Ovdje nešto ne štima, neko debelo laže, ponovo će morati da porazgovaraju sa Danom i onim šarlatanom Aleksom. On im se nije dopao od samog početka, osjećaj da nešto krije bio je sve vrijeme prisutan, šta li im li je još prećutao?

„Vodite ga u ćeliju, to je sve za sada" — oglasi se inspektor.

Vidjevši da je uhvaćen u klopku i da mu nema izlaza Tadić se refleksno cimao i otimao od stražara iako je znao da je to samo uzaludni pokušaj muve da izađe iz paukove mreže dok joj je on već zario svoj žalac u glavu.

Uhvaćen, zarobljen, prolazilo mu je kroz glavu dok su ga memljivim hodnikom vodili prema mračnoj ćeliji. Ćelija je bila mala i oskudno opremljena. Krevet i rasklimani sto bili su jedini namještaj, a iza jednog paravana smješten je mali lavabo i ve-ce šolja, bijedno i jadno. Koliko li je samo mučenika već sjedilo u ovoj memljivoj prostoriji i gledalo u mali komad neba koji se nadzirao kroz prozor veličine šake?

Pomislio je na majku i sestru. Da li ih je već neko obavjestio? Nije još iskoristio pravo na poziv, nije još mogao nikog da zove. Nije znao šta da kaže, kako da objasni drugima ono što ni sebi nije mogao da objasni. Da se bar te večeri nije onoliko napio ne bi morao sada da laže da je bio sam. Njegove poruke upućene Sanji, bio je više nego siguran da ih on nije poslao, sjenka koja se nadvija nad njim dok je u pijanom stanju tonuo u san ponovo mu se pojavila u umu i ne znajući zašto, uzdrhtao je, pokušao je to sve da pripiše alkoholu, mnogih stvari se od te noći nije sjećao i ubjeđivao je sebe da je ta sjenka samo plod njegovih halucinacija. Ali otkud krv na njegovoj majici i patikama, otkud nož u njegovom stanu? Zašto je to sakrio? Pitao se, a onda je prekorijevao sebe, siguran da su mu u stanici totalno isprali mozak, tjerajući ga da ubjedi sebe da jeste uradio ono za šta ga terete.

Vrijeme je prolazilo sporo, minuti su bili vječnost, a Darko je pokušavao da u svoju podsvijest prizove onu kobnu noć. Znao je u dubini duše da on nije ništa uradio, a opet neki crv sumnje uvukao mu se u glavu i počeo lagano da ga nagriza. Kako su minuti prolazili, njegov optimizam je počeo da jenjava. Nije znao kako da ubijedi policiju da nije ubica kada sebi nije mogao da objasni otkud one proklete stvari u njegovom stanu.

„O Sanja moja draga ko ti je to uradio?" Cvilio je kao povrijeđeno kuče, sklupčan na podu a onda bi mu se u umu pojavile nove slike nje kako ga isprać kući pa odlazi kod Alekse. Slike njihovih nagih tijela, vidio ih je kako mu se smiju u facu ne prekidajući ljubavni čin. Zašto si mi to uradila, čime sam to zaslužio, a onda se sjetio „onog" i osjećaj krivice bi mu se opet vratio.

Ljubav ne prestaje tek tako, ne može se lako prekinuti kao konac, povrijede ljudi jedno drugo pa krenu svako na svoju stranu i tu je fizički kraj, ali to ne znači da nema više osjećanja. E to možda funkcioniše u svijetu robotike, sa ljudima je drugačije. Otkinu ti pola srca, ali i dalje voliš onom drugom polovinom, strpljivo čekaš da vrijeme izlijeći rane i vremenom, na mjestu gdje je bila velika rana, ostane mali malecki ožiljak koji više ne boli svakodnevno, samo vas ponekad žigne na promjenu vremena. Tako je sa srcem. Ono boli samo ponekad, žigne čisto da podsjeti čovjeka na njegovo postojanje.

Kad srce fizički zaboli to je kraj jednog putovanja. Ljudi se fizički lakše rastaju nego što je to slučaj sa dušama. Nekada se duše nikada ne razdvoje, ostaju jedna uz drugu godinama nakon fizičkog prekida.

24

„Lažov treba imati dugo pamćenje."

Latinska poslovica

Aleksa je nervozno hodao po stanu od kad je juče došao iz policijske stanice. Imao je osjećaj da mu milion mrava mili uz tijelo. Nije mogao da se smiri, lagao je, ali tako je bilo najbolje za sve. Sanje više nema, a on nije mogao da oda tu tajnu, nije želio da se njeno ime na bilo koji način valja u blatu sada kada njena duša hoda s one strane oblaka. Na pomisao da je zauvijek otišla obuzimao bi ga osjećaj praznine, tuge, bola. Bio je zaljubljen u nju, ali u poslednje vrijeme to je postalo više od prolazne zaljubljenosti, prerastalo je u ljubav, volio je a i ona je govorila da ga voli. Zašto je onda toliko otezala taj raskid s Darkom? Govorila je da joj treba vremena da još malo sačeka. Živio je za tih par ukradenih trenutaka s njom i sve više je pritiskao da okonča svoju vezu i bude samo njegova. Obećavala mu je da će sve da kaže Darku čim uhvati prigodnu priliku, a na dan njenog rođendana sreo ga je u liftu kako nosi veliki buket crvenih ruža i tortu. Pao mu je mrak na oči kada je to vidio. Lagala ga je govorila mu je da će prekinuti vezu, a on Darka gleda kako odlazi u njen stan sa rođendanskim poklonima. Zakleo se u sebi da to više neće tolerisati. Nije želio da i dalje bude igračka u njenim rukama, predugo je igra trajala, nije mogao to više da podnese, moraće da se odluči između njih dvojice, nema više zavlačenja, opraštanja, čekanja, to se mora riješiti.

Nazvao je na njen rođendan, bila je na poslu sasuo joj je more uvreda nazvao je svakakvim pogrdnim imenima, riječi nije birao ljubomora ga je trovala, a ona ga je molila da se smiri i da će o svemu porazgovarati kad dođe sa posla.

„Da li ćemo da razgovaramo udvoje ili utroje, možda si smislila neku trojku večeras kao rođendansku zabavu, dečko ti je već u stanu sa ružama i tortom, čeka te još da vam se ja pridružim pa da bude prava žurka, nije ti dovoljan jedan moraš nas imati obojicu, kurvetino bezosjećajna!”

Uvrede su pljuštale, želio je da je povrijede njegove riječi, želio je da je boli isto onako kako je njega zaboljelo kada je sreo Darka u liftu. Jadan momak, nije mu on ništa kriv, on je samo još jedan slijepac koga ona vuče za nos. Neće više moći ovako da živi, čvrsto je odlučio da će raščistiti neke stvari. Došla je te kobne noći kod njega, molila ga je preklinjala da joj oprosti, ostaviće Darka koliko sutra i biće samo s njim, nije mogla to večeras da uradi, rođendan joj je, on joj je priredio iznenađenje... Aleksa se prisjećao kako je vikao na nju.

„On je fin dečko, on pravi romantične večere, on donosi cvijeće, a ja sam tamo neki jadni student kome ti dođeš kada ti se navrne, da te ludački zadovoljim u krevetu i vratiš se kući svom divnom dečku. To sam ja za tebe samo veliki dobar k...”

Na ove njegove uvrede ona je plakala kao kiša, nije bio prvi put da su se posvađali, ali je bio prvi put da joj je izgovorio ovako gnusne uvrede i izbacio je iz stana kao neku staru, dotrajalu stvar.

Čim je ostao sam zažalio je zbog svega što joj je rekao, kajao se, u više navrata je kretao prema vratima da joj se izvini, ali svaki put bi ga nešto vraćalo nazad, nije htio da popusti, ne i ovaj put, navikla je da joj popušta, ovog puta ostaće dosledan, vratiće se ona na koljenima meni, toliko puta je vrištala ispod mog tjela luda od strasti, a to se ne zaboravlja. Kažu da kada se sve sabere i oduzme na kraju se sve svodi na dobar seks, a njihov je bio ludački dobar. Sjećao se koliko mu je puta kožu noktima izgrebala, spopadala bi ga onako s vrata čim bi prag prešla, bilo je u njoj neke ludosti i to ga je izluđivalo, ništa s njom nije bilo obično, ni razgovor, ni kafa, a o seksu i da se ne govori. Bila je luda, nezasita, voljela je grubo, voljela je da eksperimentiše, ništa joj nije bilo tabu i nastrano. Da li je to jedan od razloga što se zaljubio u nju? Hmm... U početku je to bio samo dobar seks koji je oboma godio, ali vremenom se to pretvaralo u nešto više od toga. Njeni seksualni apetiti nisu popuštali. Dolazila mu je u svako doba dana i noći bez kucanja, bez najave samo bi tako upala u njegov stan, čak i u trenucima njihovih najvećih svađa, dolazila je kao da se ništa nije desilo i prije nego bi stigao da bilo šta izusti ona mu je uveliko otkopčavala kaiš i prolazilo joj je to svaki put. Njena samouvjerenost da ne može da joj odoli činila ga je nemoćnim.

I te večeri je očekivao da će doći kao da je sve u redu i baciti mu se u zagrljaj kao i uvijek. Proveo je besanu noć, osluškivao je da li se čuje otvaranje vrata, čak mu se u par navrata učinilo da čuje korake. Skakao je iz fotelje očekujući da će svakog trenutka ući, ali sve je to bilo u njegovoj glavi. Ona je u svom stanu, čvrsto spava, a možda je otišla i kod dečka po ono što joj je on po prvi put uskratio. Na tu pomisao obuzimala bi ga strašna ljubomora, kipio je od bijesa, maštao je kako ih oboje ubija, kako nestaju sa lica zemlje, kako se oslobađa njenih okova u koje ga je zarobila i baca ih što dalje od sebe. Zadubljen u misli negdje oko dva sata učinilo mu se da čuje neki zvuk iz susjednog stana, kao da je nešto palo. Trgnuo se iz misli i dobro oslušnuo. Ništa se više nije čulo pa je to pripisao umoru i napetosti. Glava mu je padala, bio je pospan, ali san mu nije dolazio mučio se, lomio da utone u san, ali bezuspješno.

Do jutra je ostao u nekom stanju bunila, do trenutka kada je začuo jezive krike iz susjednog stana. Istrčao je na hodnik brzinom svjetlosti, već su neke komšije počele da otvaraju vrata pitajući šta se to dešava. Kada je utrčao u stan kod djevojaka, Ana i Dana su bile okrenute leđima prema nečemu i jecale su. U prvi mah nije bio siguran o čemu se radi dok nije prišao bliže i vidio lokvu krvi u čijem je središtu ležalo iskasapljeno tijelo. U prvi mah obuzet šokom i nevjericom odbijao je da povjeruje da je ovo unakaženo tjelo ono isto koje se toliko puta uvijalo ispod njega. Prizor je bio stravičan, njen monstruozni osmijeh u smrtnom grču i staklaste oči koje gledaju nekud kroz njega slike su koje će ga proganjati do kraja života. Ma koliko glupo zvučalo imao je osjećaj da te mrtve oči gledaju pogledom koji optužuje, tjeraju ga da se osjeća kao krivac za ovo, što u neku ruku i jeste bio, tvrdio je da je voli, a nije bio u stanju da je zaštiti, da je samo sinoć nije onako grubo izbacio iz stana, ona ga jutros ne bi dočekala na podu u sopstvenoj krvi. Maštao je cijelu noć kako mu dolazi, kako kleči na koljenima, moli da joj oprosti.

Griža savjesti je najgora vrsta bolesti. Ona čovjeka izjeda polako iznutra, uzima ga dio po dio, gustira ga, neće ona odmah sve da pojede, da mu učini to zadovoljstvo. Ne, ona to radi sa uživanjem svaki dan dok od osobe ne ostanu samo patrljci duše i tijela. Aleksu je izjedala griža savjesti, onaj inspektor nije nimalo naivan znao je da ga nije zavarao svojom pričom o dobrom komšiji, vrijednom studentu koji noći provodi nad knjigom, vidio je kako ga gleda onim svojim prodornim pogledom koji prolazi kroz zidove njegovog mozga. Osjećao se ogoljen kao na rendgenu. Znao je da nešto skriva, ali ga je pustio da se muči još neko vrijeme, da se valja u sopstvenoj krivici pa će da mu pokuca na vrata i odvede ga podrugljivo se smiješeći. Uvijek je bio loš lažov, nikad ništa nije mogao da sakrije. Glas bi ga odavao. Svaki put kad bi lagao počeo bi da zamuckuje, da trlja šake i ljudi bi odmah provalili da laže. Nije moguće da to inspektor nije provalio, tu postoje neki viši razlozi zašto ga nije pritisnuo sa ispitivanjem, zašto ga je tek tako pustio da ode, šta li je smislio taj naduvenko?

Tog dana je uspio malo da odspava. Sanjao je nju. Ulazi na njegova vrata, sva krvava, dok se komadi kože vuku za njom kao neki jezivi veo. Gledala ga je onim svojim mrtvim očima i pitala „Da li si mi oprostio?" Usta su joj bila rasječena od uha do uha i jezik joj je ispadao dok je govorila pružajući krvavu ruku prema njemu. Počeo je da vrišti i da se izmiče. U tom trenutku se probudio, a kraj njegove glave je stajala Ana gledajući ga uplašeno.

„Izvini što sam ovako upala, zvonila sam nisi se oglašavao. Bilo je otključano pa sam ušla i zatekla te kako se bacaš na krevetu i govoriš „oprosti mi". Šta si sanjao?" Gledala ga je sa nekim čudnim sjajem u očima, što je izavalo u njemu neku nelagodnost i na trenutak je zadrhtao.

„Ne mogu da se sjetim" — odgovori kratko. Nešto u njenom pogledu bilo je drugačije, nešto što ga je natjeralo da ne ispriča svoj san. Pripisivao je to šoku koji je pretrpjela, ali opet nešto ga je kočilo da joj bilo šta povjeri.

„Dana i ja smo došle po svoje stvari. Policija je uklonila traku i možemo da se vratimo u stan, ali naravno da nam to nije ni na kraj pameti. Više nikada ne bih spokojno spavala kada znam šta se tamo dogodilo. Našla sam novi stan pa navrati ponekad da se družimo. Znam da Sanje više nema i taj gubitak je nenadoknadiv, ali bilo bi mi drago da nastavimo sa druženjem."

„Hvala, svratiću ponekad." Rekao je to onako formalno, dobro je znao da više nikad ništa neće biti isto i on se i nije družio s njima istinski, već je njemu i Sanji to bio paravan kojim su prikrivali ljubavnu vezu. Ana ga je na rastanku poljubila u obraz uz riječi:

„Čuvaj se. I da, Darko je uhapšen. Mislila sam da bi želio to da znaš."

Okrenula je leđa i izašla onako nečujno kao što je i ušla.

Poslednja rečenica koju je izgovorila vrzmala mu se po glavi. Razmišljao je koliko je uopšte poznavao njenog momka? Pokoja rečenica u prolazu, jednom je došao kad je bio kod Sanje, igrali su karte, tu su bile i njene cimerke, da li je posumnjao nešto tada? Da li je primjetio varnice koje su iskrile na sve strane između njih dvoje? Kada bi sjedili samo u istoj prostoriji imao je osjećaj da je privlačnost između njih toliko jaka da samo slijep čovjek ne bi vidio, a opet niko ništa nije sumnjao ili su on i Sanja naivno tako mislili da su pametniji od svih, da su ih nadmudrili. Sjetio se sna koji je Ana prekinula. U njemu je ona onakva kakvom je ubica učinio i moli ga za oproštaj. On je njoj sve oprostio one iste noći kada je izbacio iz stana, a da li će sebi ikad moći da oprosti što je otjerao u smrt, da nije tjerao svoj inat, da nije slušao svoj povrijeđeni muški ponos ona bi i dalje bila živa ležala bi ovdje kraj njega nasmijana, a ne bi ga proganjala u snovima sa onim jezivim licem.

„Kasno će biti kasnije", ovo zvuči kao neka kletva što u suštini i jeste, sve se odlaže za kasnije i lijepe riječi i ljubav i oproštaj. Sve stoji tu isped vas skuplja prašinu i čeka da ga upotrijebite, ali ne to se uvijek odlaže, nemate vremena da izjavite ljubav, nemate vremena da volite, nemate kad da oprostite, da budete srećni jer sve ćete to kasnije i jednoga dana se probudite sa jednim saznanjem da je prekasno za ono što ste odlagali za kasnije. Imajte na umu da ono što se odlaže za kasnije često preraste u „prekasno". A „prekasno" se nije stvorilo samo od sebe, vi ste ga stvorili i sada se morate nositi sa tim teretom, a to je najteži teret koji ćete ikada ponijeti.

25

„Sreća je mjehur sapunice koji mjenja boju kao duga i koji se raspukne kada ga dotaknete."

Balzak

Noć Sanjinog ubistva

Nije to bio prvi put da su se njih dvoje posvađali. Ovo je bila još jedna u nizu svađa koje su imali poslednjih dana, ali nikad nije bio ovako hladan, nije joj govorio ružne riječi. Nazvao je bestidnicom, kurvom nezasitom kojoj jedan muškarac nije dovoljan pa ih drži obojicu uz sebe da bi mogla da ispuni svoje izopačene apetite. Sanja je neutješno plakala. Bila je povrijeđena do srži, jedino što je večeras htjela od njega bila je utjeha i zagrljaj. Prisjećala se kako je sve počelo. Kada se upetljala u ovu paukovu mrežu iz koje nije znala kako da se izvuče ili je ona bila taj pauk koji je raširio svoju mrežu u kojoj su uhvaćene dvije mušice. Da li se ona hranila njima ili su se oni hranili njom, nije mogla da odgonetne.

Sve je počelo prošle godine, nedugo nakon što joj se majka razboljela. Bila je izvan sebe danima, sjedila je uz njen bolnički krevet satima, blijeda i umorna od iscrpljenosti. Nikakvih poboljšanja nije bilo. Naposletku su je iz bolnice otpustili na kućno liječenje, medicinske sestra i doktor su svakodnevno svraćali, ali ni to nije dalo nikakve rezultate. Bila je na rubu živaca, svjesna da ne može sama da se brine o njoj, da joj je potrebna neophodna ljekarska njega i doktori su predlagali da je smjesti u neku ustanovu gdje bi se adekvatno mogli brinuti o njoj, jer pored najbolje volje i želje ona to nije mogla. A morala se vratiti i na posao, sve moguće i nemoguće slobodne dane je iskoristila. Bolovanje, dane od godišnjeg i na kraju je morala da prizna sebi da bi dom za nju bio najbolja opcija. Imaće adekvatnu medicinsku njegu, dobre uslove, mada ona nije bila svjesna ničeg oko sebe, nije mogla razlikovati da li je u krevetu ili na livadi, pogled joj je bio jednako prazan i nedokučiv.

Odvezli su je jednog kišovitog dana. Magla se spustila kao da je željela da proguta grad. Sanja je sve vrijeme plakala dok je Milan, zadubljen u svoje misli, ostavljao utisak da je tu samo fizički. A ona se pitala ko li je u ovom trenutku odsutniji? Da li majka koja nepomično leži očiju uprtih u prazno ili on koji sjedi poput nekog kipa, pogleda uprtog u daljinu? Ova praznina joj se uvijala oko srca poput zmije, migoljila se i probadala je svojim hladnim čeljustima, kidala joj je dio po dio duše i bacala kroz prozor na ulicu mokru od kiše. Možda će kiša uspjeti da spere krvave rane sa dijelova razbacanih po cesti pa će ih ona u povratku pokupiti.

Nakon uobičajene procedure, smjestili su je u odgovarajuću prostoriju. Bila je to soba srednje veličine, ali veoma lijepo opremljena krevetom, adekvatnim za njeno stanje, bio je tu i moderan televizor, sto i stolica. Prostorija je bila svijetla i puna cvijeća čiji se prijatni miris širio i po hodniku.

„Uvijek je voljela cvijeće, nadam se da će joj to olakšati boravak ovdje." Rekla je to naglas okrenuvši se prema Milanu očekujući riječi podrške, utjehe, ali njegov izraz lica ostao je nepromjenjen kao da je nije uopšte čuo i u grobnoj tišini koja je vladala cijelim putem na povratku kući su se i rastali. Došla je u stan umorna i tužna. Cimerke su joj bile na poslu, Darko je otišao u posjetu roditeljima. Otvorila je flašu vina i krenula da se naliva. Flaša je bila pri kraju kada je neko pozvonio na vrata. Prvo nije nikom željela da otvara, htjela je da pije, da plače, da se guši u sopstvenom jadu, ali zvonjava nije popuštala. Bijesno je otišla do vrata, spremna da onog ko se nakačio na zvono i ne da ljudima da tuguju u miru i samoći pošalje do đavola.

„A ti si. Mislila sam da je neko drugi, izvini stvarno mi nije do društva večeras.”

„Vidio sam te sa terase kad si dolazila. Nisi mi izgledala najbolje pa sam samo htio da provjerim da li je sve u redu.”

„Da li je sve u redu?” Rekla je pomalo zaplićući jezikom, ono na brzinu popijeno vino na prazan želudac počelo je da djeluje i počela je histerično da viče.

„Ništa jebeno nije u redu, majku sam ostavila u domu, Milan je ćutao cijelim putem kao da je moja krivica što je majka bolesna, kao da se na mene ljuti što nisam mogla da se brinem za nju! Njena situacija je specifična treba joj neko da je uz nju konstantno, a ja to ne mogu, moram da se vratim na posao, imam svoje obaveze, a i nisam doktor da bih bila dobar izbor za brigu o njoj, njoj treba pomoć stručnih lica, ali Milan to neće da shvati, uvijek sam ja kriva za sve, sve je na meni, sve je moja odgovornost, sve ja moram, on nijedan dan nije proveo uz njenu postelju jer smatra to mojom dužnošću i sada se ljuti što sam je u dom poslala, kaže da samo hoću da je se riješim, a to sam uradila iz najbolje namjere, to sam zbog nje, zbog nade da joj možda može biti bolje, da će joj se stanje poboljšati...”

Nije mogla da završi rečenicu, jecaji su je prekinuli. Zalupila je vrata i pobjegla u dnevnu sobu gdje se savila u fotelji kao ranjeno mače, plakala je, cijelo tijelo joj se treslo od jecaja.

Mjesecima sputavan bol probio je branu i počeo da juri svom snagom noseći sve pred sobom i kidajući zadnje komadiće odbrane.

Preplavljena bolom, nije ni primjetila kada je Aleksa ušao. Prišao je fotelji i zagrlio je. Nije se opirala, nije podizala glavu, samo je nastavila da plače kao da je sve što je danima tištilo željela da izbaci iz sebe u tom zagrljaju. Grlio je čvrsto i ćutao, samo je pustio da plače, da izađe sve što je loše kroz te suze i bila mu je zahvalna na tome što je nije tješio šupljim riječima utjehe, što joj nije pričao stare izlizane priče koje se uvijek pričaju u tim trenucima, a ne vrijede ničemu.

Pusti čovjeka da se isplače, ne tješi ga, jer utjehe nema u nekim trenucima, ne postavljaj mu pitanja, ne služi se izlizanim pričama, samo ga zagrli i pusti da plače, pusti da u tom zagrljaju kroz suze izbaci sve ono što mu na duši leži neka izađe, suze i zagrljaj u kome nema riječi su najbolja terapija. Kroz suze će da ode bar jedan dio onoga što nam je na duši, a zagrljaj je uvijek dobra terapija. Samo zagrli povrijeđenu osobu i ćuti. Pričaćeš kasnije kad suze stanu.

Ne sjeća se koliko je dugo plakala u njegovom naručju, ali se sjeća da se posle toga osjećala bolje. Nije je bilo sramota što je vidio u njenom najgorem izdanju, svi imaju trenutke slabosti i ne treba ih se stiditi, treba ih proživjeti i preživjeti. Bila mu je zahvalna za te trenutke ćutanja. Donijela je novu flašu vina, ubrzo i drugu i treću... Sledeće sjećanje je kako se budi u svom krevetu bez odjeće, a Aleksa je ležao pokraj nje još u dubokom snu. Obično kada se ljudi probude u jednoj ovakvoj situaciji u stanju su šoka, posramljeni, kaju se ponekad, a njoj je ovo stanje izgledalo sasvim prirodno, što on leži tu u njenom krevetu. Maglovito se sjećala detalja prošle noći, puno je pila i plakala, glava joj je pulsirala od užasnog mamurluka, ali se ni u jednom trenutku nije kajala zbog situacije u kojoj se našla kada se probudila. Posmatrala ga je par trenutaka i odlučila da ga probudi. Sanjivo je otvorio oči i nasmješio se. Ljudi se ne traže, nego se samo nađu, a njih dvoje su to shvatili onog jutra kada su se probudili skupa u izgužvanoj postelji sa teškim mamurlukom u glavi ali i sa teškom ljubavnom groznicom. Prva boljka se liječi brufenom, a šta da rade sa ovom drugom? Ona je na brufen imuna. I tako je krenulo viđanje pod okriljem mraka, kada se svjetla pogase, kada cimerke odu u svoju sobu, iskradala se kao djevojčica iz kuće strogih roditelja pod okriljem mraka odlazila je kod njega ili bi on na prstima došao kod nje.

Voljeli su mrak; krio je njihovu tajnu, njihovu ljubav, njihove osjećaje, jer ona još nije mogla da bude načisto sama sa sobom. Danju je trezveno razmišljala, a pod okriljem noći vraćala se starom poroku. Magija je počela da blijedi kada je on počeo da navaljuje na nju da ostavi Darka, da objelodane svoju vezu. Dosta mu je bilo skrivanja, laganja, pretvaranja i ona bi sama poželjela da njih dvoje budu normalan par, ali se i pribojavala kako bi oni funkcionisali kao stvarni pravi par. Ovako joj je sve bilo nestvarno, s prvim mrakom, tajno, sakriveno, nekada je pomišljala da je magija upravo u tome što se imaju a nemaju i da bi sva čarolija prestala kada bi se u potpunosti imali. On je bio sanjar, maštao je, stalno u oblacima, želio je da sanjaju zajedno, da maštaju, a ona je željela da on malo siđe sa oblaka, da ne gleda sve kroz naočare u boji, jer nije sav svijet u bojama duge. S druge strane Darko je bio sušta suprotnost. Stabilan, prizeman, odgovoran.

Misli on da je njoj lako tek tako nekog otjerati iz svog života, nekoga ko je uvijek bio tu za nju u najtežim trenucima njenog života, a takvih je bilo mnogo. Bio je uz nju kada je ostala bez posla, kada joj se majka razboljela, kada je Milan pravio probleme, uvijek se trudio da joj vrati osmijeh na lice i sada se on ljuti što ga večeras nije ostavila. Kako da ostaviš čovjeka koji ti donese rođendanski poklon, pripremi romantičnu večeru, a šta ona radi za to vrijeme? Sjedi preko puta njega, odsutna, ne primjećujući njegov trud.

Možda i jesam sve ono što mi je rekao, možda ima pravo. Ja sam loša i pokvarena osoba koja je u stanju da jednog divnog čovjeka iz dana u dan povrijeđuje, da se iza njegovih leđa viđa sa drugim, dok se on trudi da je iz depresije izvuče misleći da se još nije nimalo trgla od Milanove smrti. O kako je on dobra duša, kako je naivan, kako ništa ne primjećuje, kako ne vidi neke stvari, zar je toliko slijep? Vodila je sa sobom razgovor do duboko u noć.

Tuga zbog gubitka brata nikad neće proći, ta rana ne zarasta. Ona će krvariti do kraja njenog života, ali naučiće vremenom da se nosi s njom. Ovdje je još jedna rana koju će da zada čovjeku koji je voli. Noćima nije mogla da spava, razmišljala je kako to da mu saopšti, bojala se njegove reakcije, a i sramila se sebe. Šta da mu kaže? Kako reći da se mjesecima iza njegovih leđa viđa s drugim, kako objasniti da je ispraćala njega i čim bi vrata za njim zatvorila spremala se za posjetu ljubavniku. Dovodila ga je ponekad u onaj isti krevet gdje se još uvijek osjećala toplina njegovog tjela, bez imalo srama. U tim trenucima griža savjesti bi je hvatala, ali nije je sprečavala da to ponavlja iz dana u dan. Njene „glavobolje" su bile češće, stanje depresije svakodnevnica, glumila je, lagala, samo da ne bi legla s njim, a on to jadan i naivan ništa nije primjećivao. Nesreća koja je zadesila išla joj je u prilog, on je opravdavao sve i trpio.

Aleksa je u početku bio njena tišina, onaj koji je ćutao i pažljivo slušao u trenucima kada mu je otvarala dušu i skupljala krhotine polomljenih snova. Nije je pitao ništa, samo bi je zagrlio i brisao suze kada bi krenule bez ijedne izgovorene riječi, tješio je kao dijete koje se probudilo iz ružnog sna. Nekada je riječ tišine najglasnija utjeha. Emocije često najbolje objasni ćutanje praćeno zagrljajem, a pored zagrljaja riječi nemaju više prostora, samo bi stvorile nepotrebnu gužvu. Nije ljubav samo reći „volim te", ljubav je grliti da tuga prođe, pokriti dragu osobu da se ne prehladi, stisnuti se zajedno pod mali kišobran, brisati suze, crtati osmijehe. A riječi, to je samo par slova koja obično pokvare čaroliju baš kao snijeg u proljeće koji padne na tek procvjetalo cvijeće i natjera ga da uvene.

Tako je i Aleksa uspio da pokvari sve kada je tišina prekinuta.

Da li sam poremećena? Da li je to nešto u genima? Da li sam naslijedila od nekog taj gen za blud? Šta sa mnom nije u redu?

U mislima i preispitivanju odlutala je u prošlost. Prisjećala se kad su živjeli u seocetu blizu Sarajeva. Nikada više nije otišla tamo, majka je mrzila to mjesto iz dna duše i nikad im nije dozvoljavala da ponovo tamo odu. Bila je već odrasla kad su odselili, mogla je da se sjeti nekih ljudi, priča, obrisi su vremenom postajali nejasni i blijedili. Uvijek joj je bilo čudno što njima niko u goste nije dolazio. Njena majka je rijetko s nekim pila kafu kao što su to radile druge žene u selu. Nju su djeca u školi izbjegavala iz njoj nepoznatog razloga. Žudila je da ima drugaricu, da se s nekim smije, igra, šapuće tajne i sa tugom je gledala kako su svi sticali prijatelje jedino to njoj nije polazilo za rukom. Djeca su je ismijavala, govorila da je njena majka vještica, da proždire muškarce po selu. Tada je bila i suviše mala da bi shvatila šta to znači, ali je često noću čula neke glasove iz majčine sobe. Jednom je čak vidjela neku crnu priliku kako im ulazi u kuću. Odmakla se od prozora drhteći od straha i očekujući da će svakog trenutka da uđe u njenu sobu. Naravno to se nije desilo i sutradan je sve bilo kao i obično. Majka se ponašala kao da se ništa nije desilo, a ona je to pripisala svojoj dječijoj mašti i ubjedila sebe da je sanjala, mada se nije desilo jednom da vidi nekog da im ulazi u kuću pod okriljem noći. Ovu zagonetku će riješiti tek par godina posle, kada je jednog dana njen brat došao iz škole uplakan i izjavio da više nikad ne želi da ide u školu. Majka ga je smirivala i tražila da joj objasni šta se desilo.

„U školi me sva djeca nazivaju kurvinim sinom, kažu da je moja majka prometna kao autobuska stanica i da svako veče drugi muškarac dolazi kod nje da rade one stvari!"

Majka ga je tješila i tvrdila da su to samo zlobne priče, da je ljudi u selu mrze zato što je lijepa i ima divnu djecu, ali Sanja je znala da majka laže, jer prilike koje je skoro svake noći viđala sa svog prozora kao i prigušeni glasovi iz njene sobe nisu bili laž. I vjerovatno bi do kraja života ostali tu u toj zabiti da majka slučajno nije dobila posao vaspitačice u Zvorniku i pokupila njih i ono stvari što su imali i preselila se. Sanja se dugo pitala da li je taj posao bio slučajnost. Majka jeste po profesiji vaspitačica, ali nije radila od kad je Milanov otac poginuo i kojim kanalima je uspjela da se ubaci na taj posao? Naravno, nije se usudila da sa njom ikada započne razgovor na tu temu, bojala se njene reakcije, a s druge strane bila joj je jako zahvalna što ih je odvela iz onog užasnog sela tako da joj nije bilo ni bitno na koji je način to izvela. Da li sam od nje nasledila tu crtu pokvarenosti, da li sam kao ona?

Majka ih je samo jednom upoznala s nekim čovjekom sa kojim je izlazila. Bio je onako fin gospodin, razveden, prosvjetni radnik i Sanji i Milanu se činilo da je konačno našla nekog uz koga će da ostari. Začudo, sviđao im se taj čovjek. Bio je prijatan, druželjubljiv i njih dvoje su uživali u razgovorima s njim, često bi im spremao nešto za jelo, bio je veliki gurman, navikli su se na njega da bi par mjeseci kasnije njihova majka rekla da on više neće dolaziti, da su se razišli. Bili su jako tužni zbog toga, ali razlog njihovog raskida saznala je ubrzo kad se jedne noći vraćala iz druge smjene i vidjela majku kroz prozor restorana kako ispija piće i večera sa drugim muškarcem kao da onaj divni profesor nikada nije ni postojao. Takva je bila ona, vječito je skakala sa cvijeta na cvijet, uvijek joj se neki drugi činio ljepšim od onog što ima. Neko prokletstvo u ljudima, šta li je, tuđe cvijeće uvijek ljepše miriše, komšijina trava je zelenija.

Kroz misli joj je proletjela ona scena kada su se ona i Milan žestoko posvađali i kada je nazvao kurvom. Iako je bila u stanju šoka Sanja je vidjela neku ozbiljnost i odlučnost na njegovom licu. Nešto je bilo drugačije, posle toga odnos između njega i majke nikad više nije bio isti, ona mu je bila kao bankomat, samo joj se obraćao kada mu je trebalo para, a trebalo mu je stalno.

Zadubljena u misli o prošlosti i ophrvana brigom o sadašnjosti, o situaciji u koju se sama uplela hodala je kao utvara kroz kuću. Onda je upalila svjetlo i vidjela dva krupna oka kako je sijeku pogledom.

Vidjela je mržnju na licu, nije to bilo ono lice koje je poznavala, bilo je to lice zla. U trenutku je poprimilo đavolski oblik i sjeklo je pogledom. Gledala je u one iste oči u kojima je do sada tražila utjehu, koje su joj se blago osmjehivale, te iste oči su je gledale zakrvavljene sa jezivim smiješkom na usnama, u sekundi je znala da je njena tajna otkrivena i da su joj ovo poslednji trenuci života. Kažu čovjeku pred smrt proleti život pred očima, njoj je poslednja misao bila da za neke stvari rješenje dođe samo. Ona nije mogla da se odluči između njih dvojice i život je umješao prste, bolje reći smrt da to riješi.

„Ti? Zašto baš ti?"

Nije uspjela da završi rečenicu, nije se pomjerila, nije vikala. Udarac u potiljak je došao iznenada i sve je utonulo u vječni mrak.

Kažu čovjek se na samrti kaje za svoje grijehe, a ona ni to nije uradila. Jednostavno se prepustila mraku. Da li će njena duša naći mir na onom svijetu, da li će biti spokojna i pronaći neku dušu koja će je razumjeti? Kažu smrt je samo olakšanje za onog ko nije znao da živi, a da li je ona znala? U poslednjim sekundima nije joj bilo žao što odlazi, da li od šoka koji je obuzeo kada je vidjela lice ubice, da li zato što je tamo sa one druge strane čeka Milan, nije znala ni sama, sada odlazi, a oni ako mogu neka joj oproste, to više nije u njenoj moći. Mrak...

26

„Najveća mudrost u životu je da čovjek pronađe pravu ludost."

Meša Selimović

Na dan Darkovog hapšenja Lazić je ostao do kasnih sati u stanici. Prvo su ga satima ispitivali, a onda su ga poslali u ćeliju u nadi da će tamo ohladiti glavu i odlučiti da prizna istinu. Satima se kleo kako nije naudio Sanji i da nema pojma kako su se dokazi stvorili u njegovom stanu. Klasična priča optuženika da nisu krivi i da im neko podmeće dokaze. Nije imao čvrst alibi za noć ubistva. Uporno je tvrdio da je od Sanje otišao pravo u stan i nigdje više nije izlazio, pri tom nije imao nikog koga bi mogao da navede kao svjedoka da se stvarno vratio u stan. Njegove uporne tvrdnje da je bio sasvim sam djelovale su kao neko pravdanje, kao da sam sebe želi da ubijedi i bilo je očigledno da još nešto skriva ovaj momak. I poruke poslate sa njegovog telefona iskazivale su očaj, tugu, bijes. Ona nije pogledala nijednu poruku, on iznerviran odlazi kod nje i nalazi je sa drugim.

Svi dokazi su bili protiv njega. Imao je motiv, imao je vremena da to izvede, imao je rezervni ključ, mogao je da uđe nečujno. Sve je bilo tu, crno na bijelo. Otisci, predmet kojim je počinjeno ubistvo, ali Lazić je bio tako malodušan. Iako su uspjeli da zlikovca smjeste iza rešetaka, ipak je počeo da se preispituje da li stvarno imaju pravu osobu. Nešto je počelo da ga kopka, onaj poznati stari osjećaj koji mu je i donio najviše uspijeha u poslu javio se ponovo. Sve je bilo tako lako i jednostavno, previše lako za nekog ko je bio spreman da izvrši dvostruko ubistvo. Ubica nije bio glup nimalo, vjerovatno je sve pomno isplanirao i sve ovo što se desilo poslednjih dana počelo je da mu djeluje kao igra i ruganje, jednostavno prelako da bi bilo istinito. Moraće ponovo saslušati Darka u nadi da će ovaj put reći istinu.

Gledao je u tablu još jednom sumirajući činjenice do kojih su došli tog dana. Na vrhu je pisalo:

Sanja i povučene su dvije strelice na kraju jedne je pisalo Darko (momak) a na kraju druge Aleksa (ljubavnik) i onda je to spojeno u trougao. Motiv ljubomora i strelice su upućene na obje strane. Ljubavnik je znao za momka, da li je momak znao za ljubavnika? Tu je stavio upitnik. Dopisao je i Milanovo ime na tablu i povukao novu strelicu od Darkovog imena prema njemu.

Darko se u toku ispitivanja slomio kada su mu saopštili da je Sanja imala aferu. Da li stvarno nije znao ili je dobro glumio kada su mu to saopštili? Zaplakao je, ali za čovjeka u njegovom položaju suze su očekivana reakcija. Upali su mu u stan, odveli ga kao poslednjeg kriminalca, pronašli hrpu dokaza sa mjesta zločina u njegovom stanu. To je bilo upravo ono što je mučilo inspektora. Nekako je bilo sve brzo, sve lako, da li se samo njemu čini da tu još nešto nedostaje, nešto mu je promicalo, neka ključna stvar kao na primjer — zašto Darko nije uklonio dokazni materijal? Zašto je to držao u stanu? Možda se nije nadao dolasku policije, možda je bio još u panici i smišljao kako da ih se riješi ili je namjerno ostavio tu da ih oni pronađu. Da li ga je možda mučila griža savjesti i kajanje zbog učinjenog?

Kažu da je preljuba jedna od najgorih rana koju može da vam zada osoba koju volite, preljuba vas ubija bez ijednog ispaljenog metka, raznese vam dušu na komadiće, sva vjerovanja i ideali nestaju poput prašine. Saznanje da je rame na koje ste toliko puta glavu u zagrljaju spustili ustupilo to mjesto još nekom iza vaših leđa, pokida niti povezanosti zauvijek. Nevezano za to da li ćete posle toga ostati sa tom osobom ili ne, ona stara povezanost ona sigurnost i vjera nikad se neće vratiti, jednom izgubljenom povjerenju nema povratka, ono će godinama lutati samo po trnovitim putevima tražeći put za povratak, ali nikad ga više neće naći, jer uvijek će postojati ona prepreka i kada se desi oproštaj nikada ga ne prati i zaborav.

Tablu koja je stajala na sredini kancelarije prekrile su slike napravljene na mjestima zločina. Lazić ih je stalno iznova proučavao. Znao je napamet svaki rez, svaku ranu, ali se opet nadao da će mu ponovno posmatranje donijeti neki novi odgovor i otkriti nešto što ranije nije uočio. Slika govori hiljadu riječi. Morao je da nađe neku povezanost.

Umor ga je uveliko savladao. Odlučio je da krene kući, jer za danas je sve što se moglo uraditi urađeno. Sutra će ponovo da ispitaju onog smutljivca Aleksu. Obaviće još jedan razgovor sa Anom i Danom. Da li je moguće da one nisu ništa za Aleksu naslućivale ili su samo preskočile da to kažu? Kako god, o tome će brinuti sutra, razmišljao je dok je napuštao kancelariju i izlazio na topao ljetni vazduh.

Ne znajući šta je izazvalo ovu reakciju, da li gnusni susreti sa smrću u poslednje vrijeme, ali prvi put osjetio je usamljenost kad je ulazio u stan. Poželio je da ima nekog ko bi ga sada umornog dočekao i razmijenio s njim neku riječ. Tišina u stanu je bila jeziva, sjenke sa ulice su bacale svjetlost kroz prozor dnevne sobe i predmeti u mraku su mu djelovali sablasno. Stresao se na ovu pomisao. Upalio je svjetlo i otišao da se okupa. Dugo je ostao pod tušem kao da je želio vodom da spere sve ono što ga je tištilo. Pustio je vodu da mu se sliva niz tijelo dok se u mislima vraćao na svoje poslednje srećno ljeto. Ona lijepa i mlada, uvijek nasmijana, uspjela je i njemu često osmijeh da izmami. Upoznali su se slučajno. On je svratio da kupi odijelo za proslavu u firmi, ona je radila u butiku i dok mu je pokazivala odijelo za odijelom on je kao omađijan gledao u te nježne crte lica, u osmijeh kao kod djevojčice. Na kraju je kupio odijelo, ali i pozvao je na kafu kao znak zahvalnosti što mu je pomogla pri izboru.

Kafa je prerasla u večeru pa u još jednu kafu i tako su postali par. Zaljubio se prvi put onako istinski, u kasnim tridesetim, razlika između njih je bila preko deset godina, ali to njima nije smetalo. Voljeli su se i to im je bilo dovoljno. A onda je on počeo raditi na jednom jako teškom slučaju, dolazio je kući sve kasnije, otkazivao joj sastanke, večere, u poslednjem trenutku nekad bi joj javio da neće stići na neko dogovoreno mjesto dok bi ga ona na štiklama i u haljini čekala. Molio je da ga razumije. I jeste u početku imala razumijevanja. Trpila, ćutala, tolerisala, čekala da prođe sve dok jednom nije srela nekog kome je bila na prvom mjestu. Prvo je čuo govorkanja po gradu, ali je odbijao da povjeruje u to. Ne bi to ona mogla, mislio je, a onda je jedne večeri došla kod njega, pogledala ga je u oči i sve mu je bilo jasno, nije morala ni riječ da kaže. Molila je da joj oprosti ako može, ali ona iz njegovog života zauvijek odlazi, zaljubila se u drugog i nema smisla da to odugovlače. Poljubila ga je na rastanku i otišla bez okretanja.

Bio je bijesan, povrijeđen, ponos mu je bio smrvljen. Kako je mogla tako nešto da mu priredi? A onda je bijes prerastao u razumijevanje. Bila je s njim a sama, nije bio tu za nju, postali su stranci, sve mu se svodilo na posao. S njim je lijegao, s njim se budio. Stalno je pričao o tom slučaju, nije ni primjetio kako mu postaje daleka, kako se nepremostivi jaz stvara između njih. Bio je slijep kod očiju, ali bilo je prekasno. Slučaj je riješen, došli su novi i uvijek će biti novih slučajeva, ali onaj osmijeh djevojčice koji mu je toliko puta uljepšao dan otišao je sa nekim ko vidi dalje od posla, a on to izgleda nije znao. Prenuo se iz misli kada ga je zapljusnuo mlaz ledene vode.

Znao je tačno koliko je ostao pod tušem, ovo je značilo da je topla voda potrošena.

Obrisao se i izašao u peškiru u dnevnu sobu, nasuo sebi čašu vina i pustio stare dobre rok hitove. Našao je onu Bebekovu *Da je sreće bilo ti bi sa mnom spavala*, vrtio je tu pjesmu iznova i iznova, ponesen naletom emocija. Bilo je sreće — mislio je — nisam ja znao da je prepoznam. Zato sada sjedim sam u četrdesetim, slušam muziku iz osamdesetih koju smo nekada zajedno slušali i od svega što je moglo biti ispalo je ovako.

Neko bi rekao sudbina, a on je vrlo dobro znao kako je toj sudbini itekako doprinio. Da li ona tamo negdje kada je muči nesanica pomisli na njega? Nesanica muči nesrećne ljude, a on je od srca želio da ona nije jedan od tih slučajeva. Toliko je dobrog imala u sebi da je svu sreću ovog svijeta zaslužila. Samo on nije znao da joj je pruži, pokvario je nešto najljepše što mu je život dao i nadao se da taj neko tamo koga ona voli neće ponoviti njegovu grešku, nije zaslužila da ponovo pati.

Zanesu se ljudi i opuste pored nekog. Misle tu je on, osvojena tvrđava, nema više borbe, nema osvajanja. Sada je to sigurno, a upravo to „sigurno" je najnesigurnije.

Nije dovoljno samo osvojiti tvrđavu, treba je čuvati i brinuti se o njoj, braniti je i kada ste sto posto sigurni da je vaša, nemojte dopustiti da bude bez zaštite. Tako je u ljubavi, u ratu, u baštovanstvu, sve se svodi na isto ako nisi dovoljno oprezan, ako ne vodiš računa i ne njeguješ ono što imaš, ono brzo uvene baš kao cvijeće bez vode. Cvijeću je potrebno i sunce i voda, tako i ljudima zagrljaj i svakodnevni mali znaci pažnje.

27

„Lakše je nagovoriti ljude na zlo i mržnju nego na dobro i ljubav. Zlo je privlačno i bliže je ljudskoj prirodi. Za dobro i ljubav treba izrasti, treba se pomučiti. Zlo nosimo u sebi kao izvornu strast, a može postati pogubno ako se predstavi kao jedino dobro.”

Meša Selimović

Noć Sanjinog ubistva, monolog ubice

„Sve je do detalja isplanirano. Večeras mora biti to veče, već dugo znam šta radi, smije im se svima u facu misleći da ne vidi niko. O jadna mala glupačo! Da li si stvarno mislila da si sve uspjela da zavaraš svojom tugom, da nas odvedeš u pogrešnom pravcu da ne vidimo ono što se dešava na očigled svih, a opet je većina slijepa kod očiju. Tvoja iskradanja iz stana, ostajanje duže na poslu, tvoje iznenadne promjene raspoloženja, svi su to pripisivali tužnoj sudbini koja te je snašla ili skoro svi. Ipak ima i neko koga nisi uspjela zavarati. Ja vrlo dobro znam šta je pored toga još posredi. Skrivate se kao neki klinci, nemaš hrabrosti da se suočiš sa istinom, nemaš petlje da se odlučiš za jednog jer si pokvarena do srži. Opet ne mogu dušu da griješim i kažem da je tvoje bludničenje razlog za ubistvo, daleko od toga, pakao je za tebe odavno spremljen, samo je morao da dođe pravi trenutak.

Puštam te da vidim kada ćeš skupiti snage da budeš čovjek, da priznaš istinu, ali ne, ovo i predugo traje. Navikla si se na život u laži, prija ti, nemaš namjeru ništa mijenjati zato ću večeras ja da odlučim umjesto tebe. Nećeš više biti ničija, to lijepo lice kojim si zavodila, koje su muškarci dozivali u snu pretvoriću u sliku strave i užasa koja će im biti predmet noćnih mora do kraja života.

Tvoja sudbina bi svakako bila zapečaćena na ovakav način, ali ti si mi olakšala, pomogla si mi da to uradim bez griže savjesti, nisi svjesna da si svojim pogrešnim postupcima moje demone u potpunosti oslobodila. Smrt je ono što je za tebe bilo namjenjeno odavno, nisi ti možda tada bila kriva, ali kada pravi krivac ne može da plati njegovu krivicu će preuzeti neko drugi. Planirajući ovaj potez u nekim trenucima bi me savjest pokolebala da odustanem, da pustim sve, da iskopam grob u koji ću da sahranim svoje planove i tako te spasim sebe, čak je došlo do ivice da prevagnem u tvoju korist, a onda si sve pokvarila. Pokazala si da nisi osoba dostojna hodanja po ovoj zemlji.

I onaj tvoj odvratni brat mislio je da je Bogom dan, da može da vrijeđa, ponižava i mjenja žene kao čarape da mu se svaka baca pod noge dok ih on gnusno gazi, kako je samo glup bio, ali njegova glupost bila je meni od koristi, a njega je u smrt odvela. Bilo je lakše nego što se činilo da će biti. Sa zlom je lako, obuče masku dobra, uvuče se ljudima pod kožu i kada ga prepoznaju obično bude prekasno, jer se već uveliko odomaćilo.

Znam, mnogi će osuditi ove moje postupke govoreći ko si ti da odlučuješ o nečijoj sudbini, o tome ko je dostojan života, ko nije, šta umišljaš, da si Bog? Šta tebe briga ko je preljubnik, nevjeran, pokvaren, ostavljen? Ne, to me uopšte nije briga, ne zanimaju me tuđe preljube, odlasci, dolasci, napuštanja, ne zanima me ništa što se direktno ne tiče mene, a ovo je lično.

Lako ti je da me osudiš jer ne znaš ništa o meni, ne znaš moju priču, ne poznaješ moju patnju. Da li se ikada zapitaš da li bi iko htio ovakav život, život ubice koji mora da izvrši jednu davno datu zakletvu, zakletvu datu nad mrtvim tijelom? Nije ovo lako, svake noći bude me košmari, čim zatvorim oči aveti dolaze po mene, zovu me, cvile, mole, preklinju da ih ostavim u životu, moje ruke su davno okrvavljene, neće mi biti prvi put da perem krv s njih, voda sve pere, a čime ću da očistim krv sa moje duše? Ona je godinama krvarila mnogo prije nego što su moje ruke okrvavljene, ovo niko ne bira život i ljudi ga na ovo natjeraju. Znam svako je odgovoran za sebe, moglo je biti i drugačije, bila su dva puta — pobjeći, zaboraviti sve, nastaviti život sa traumom koja bi s godinama blijedila ili ostati živjeti svoju traumu i čekati povoljan trenutak da za to plate oni koje smatraš odgovornima.

Čovjek je u dobru nestrpljiv, stalno se vrpolji kao da se boji da će to svakog trenutka nestati, ali zato je jako strpljiv kada planira zlo, u stanju je da sve iznova do detalja razradi po milioniti put kako bi bio siguran da neće pogriješiti, a to onda počne da mu hrani dušu, uvuče mu se lagano u mozak u kosti u krv i više se ne može odrediti granica gdje prestaje zlo, a počinje čovjek i obrnuto. Nema više granice, ona je izbrisana, sada su oni jedno, ono upravlja njim, šapuće mu na uvo sledeće poteze, stalno je tu prisutno, nijedne sekunde ne ćuti bojeći se da bi svaki duži trenutak tišine čovjek iskoristio da ga otjera od sebe, a ono to neće dozvoliti. Jednom kad si zlo prizvao, zauvijek je uz tebe, čak iako ga u nekim trenucima ne budeš želio. Njega nije briga, ono ostaje, jer je duboko u tebi pustilo korijenje, a taj korov se ne siječe tako lako. Svaki pokušaj čupanja učiniće nepopravljivu štetu i tvojoj duši, jer zlo je ovladalo njom, u njoj nema više ništa osim otrova. Dugo si ga pustio da boravi unutra i nije to više samo slabašno korijenje koje bi lako iščupao, sad su to već stabla koja daju otrovne plodove.

Da li ti je sada jasnija moja situacija? Da li znaš zašto ne mogu da stanem, ne mogu prekasno je, dovoljno dugo je to u meni da nema više nijedne tačke u mom tijelu i duši kojom ono ne vlada, već odavno ne znam da li uopšte želim da ode i kada bi htjelo jer onda od mene ne bi ostalo ništa. Sve u meni je zlo i zato je večeras vrijeme za poslednju žrtvu. Ma šta ja to pričam, kome se naivno pravdam u nadi da će me razumjeti? Naći opravdanje za moje postupke, šta ja to „bulaznim"?

Ljudi su pokvarena vrsta, u meni vide monstruma koji bez griže savjesti hoda gradom nakon još jednog ugašenog života, čudovište koje ljudima piše krvave rođendanske čestitke i utjeruje im strah u kosti. Za njih sam neko bez srca, bez emocija, poremećena osoba, slušam svakodnevno priče koje kruže o meni, stvoru iz pakla koji je došao u grad i sije krv i zlo. Za njih nisam čak ni osoba, ljudsko biće, za njih sam samo neki stvor koji sije smrt. Možda su u pravu što se nekih stvari tiče. Ni meni više nije jasno da li sam ljudsko biće ili me je đavo skroz obuzeo ostavivši mi samo ljudski oblik da lakše mogu zavarati ljude oko sebe. Tako je sa đavolom, uvijek uzima oblik nevinosti kako bi se što bolje sakrio dok kuje svoje paklene planove.

Večeras ćeš saznati ko sam ja u stvari, misliš da samo ti imaš tajnu. Pa, draga moja, svi je imamo, a večeras ćeš se u to i sama uvjeriti. Mislila si da me poznaješ da si mudrija od mene, a večeras ću te razuvjeriti. Ovo će biti noć kada će mnoge stvari da izađu na vidjelo. Probudili su se duhovi prošlosti, ti ništa nisi uradila da ih uspavaš, a imala si toliko prilika, toliko šansi, ali nisi se potrudila da iskoristiš nijednu od njih. Sada je prekasno, nema više vremena niti ti ga ja želim dati, nisi ga zaslužila. Znam da bi ti ovo zvučalo smiješno, ali u dubini duše malo mi je i žao što je došao kraj igre, žao mi je jer ni u jednom trenutku nisi primjetila da nisi jedini igrač, da ima još neko ko se sve vrijeme igra s tobom i pušta te da pobjeđuješ uvijek ponovo. Pobjede su ti same padale u krilo, šteta što ni u jednom trenutku nisi primjetila ništa od toga. Mogla si da budeš mnogo bolji igrač, ali nisi se trudila, na kraju si samo ispala igračka.

Tako to bude kad ljudi misle da mogu da se igraju sa tuđim osjećanjima pa se zaigraju. Ne znaju kad treba da prekinu, osladi im se osjećaj nadmoći dok misle da mogu tako koliko hoće da se igraju sa svojim igračkama, ali nekad se desi da igračke ožive i postanu igrači, a onda ih ništa ne može zaustaviti. Dugo su potiskivane, sklanjane, gažene tuđim stopalima kao i svaka druga stvar bez duše. Za tebe više nema opraštanja, nema odlaganja, nema sažaljenja. Večeras će da bude tvoj kraj, a prije nego što se preseliš na onaj svijet moraću da ti ispričam bajku za laku noć. Ne mogu da te tamo pošaljem tek tako, imamo mi mnogo o čemu da porazgovaramo prije nego što zauvijek sklopiš te pokvarene oči i više nikada njima ne progledaš. Biću zadnje što ćeš vidjeti na ovom svijetu.

Čekam te, svaka sekunda mi se čini kao vječnost, nema te, znam gdje si, znam gdje odlaziš svako veče pod okriljem noći misleći da mrak krije tvoju tajnu, mrak zna biti loš gospodar da li su ti to rekli? Čujem te ulaziš tiho na prstima valjda da ne probudiš nekog, ali duhovi prošlosti su odavno probuđeni, nema potrebe za hod na prstima. Njihov sluh je dobar čuli bi te i da lebdiš. Ulaziš u kuhinju, pališ svjetlo, gledaš me uplašeno. Nisi očekivala da nekog zatekneš u mraku, mrak je loš gospodar rekoh ti i prije nego što si išta progovorila udaram te vazom po glavi. Padaš na pod, prilazim ti nisi još mrtva ali si u nesvjesti, vežem ti maramu preko usta, znam da ćeš se ubrzo probuditi, moram te spriječiti da vrištiš, moraš da čuješ bajku koja je spremna za tebe godinama, u ovoj bajci nema srećnog kraja ja sam njen autor. Budiš se, gledaš unezvjereno, prilazim ti i spuštam usne blizu tvog uha pričajući ti bajku dok ti širiš oči od užasa i pokušavaš da se otmeš. Vidi ti se u očima strah od smrti, nemoć, žaljenje za životom, ne osjećaš krivicu za stare grijehe nisi znala ni da postoje, stare grijehe svi kriju u najmračnijem kutku svoga srca, tamo niko ne zalazi, o njima se ne priča, oni su zaboravljena sramota za koju ne želimo da se sazna. A šta se desi kada oni vaskrsnu? Udaram te ponovo i masakr kreće.

Večeras se dešava upravo to vaskrsenje davno zaboravljenih grijehova pomiješanih sa par sadašnjih, nož koji se zabada u srce i onaj nekad bistri pogled pun života kako se pretvara u avetinjski dok se krv sliva niz tjelo. Mrtva si znam, ali to nije sve. Nećeš da odeš na onaj svijet samo sa jednom ranom koja ti je srce probola, otići ćeš kao stara pocijepana krpa. Od tvoje kože ću napraviti krpe koje ću da natopim tvojom krvlju, a tu je i osmijeh, moram se pobrinuti da bude poseban, ipak ti je rođendan. Imaćeš osmijeh i najljepšu čestitku.

Tako. Sve je završeno, odlazim da se pobrinem za neke sitnice, a ti nemoj da ideš nigdje. Lijepo spavaj, čula si divnu bajku, ima da spavaš kao zaklana, ups pa ti i jesi zaklana. Gledam kroz špijunku, hodnik je mračan, izlazim. Na ulici je sve mirno i tiho grad spava, nema žive duše. Iza jednog kontejnera kao da vidim sjenku. Već pomišljam kako me muči paranoja. Prilazim bliže i vidim onog beskućnika koji je stvorio mit o „krilatom ubici". Drhti od straha šćućuren uz rub kontejnera. Ovaj čovjek je baš magnet za nevolje, uvijek se pojavi kad ne treba. Misliću o njemu kasnije. Okrećem se i odlazim puštajući ga da se za sada izvuče, jer imam mnogo važnijeg posla, doći će red i na njega. Godine truda i patnje uložene su u ovo, neću dozvoliti nikome da se umiješa i poremeti mi planove. Sve što mi se ispriječi na putu biće uklonjeno cilj je blizu, nije još mnogo posla ostalo."

Zakopala si prošlost u grob ali nikada nisi otišla da na njemu zapališ svijeću da se pomoliš za oproštaj. Grob je zarastao u korov kao i svaki, od svih zaboravljen, loza i žara su ga prekrile, godine su prošle pa sada čak i kada bi htjela da ga potražiš, da svijeću na njemu zapališ ne bi ga mogla pronaći, odavno je srastao sa zemljom, na njemu nema nikakvo obilježje, a možda ti je tako i lakše da nit koja te je povezivala sa prošlim životom zauvijek bude izgubljena. Ti si zaboravila na grobno mjesto, ali nešto je iz groba ipak uspjelo da se uzdigne da se provuče kroz toliko slojeva zemlje kopajući svim silama ka svjetlosti, a kada je konačno izašlo šta misliš koga će prvo da potraži? Naravno, onoga ko ga je tamo zakopao i osudio na zaborav.

28

„Ne može svako da se grli, zagrljaj je umjetnost, a nisu svi ljudi umetnici."

Bukovski

Kiša je tog jutra lila kao iz kabla. Lazić se vozio na posao. Opet je proveo noć bez sna. Ono malo vremena što je uspio da odspava slomljen umorom i vraćanjem u prošlost bilo je ispunjeno nemirnim snovima gdje su se preplitale slike užasa sa ratišta. Ponovo je bio negdje u Krajini, sam na straži, drhtao je od straha i hladnoće dok je čekao smjenu. Na ratištu život ti se mjeri još jednom preživjelom smjenom. U snu bio je sam, izgubljen, imao je osjećaj da neprijatelji stežu krug oko njega dok se on pokušavao sakriti iza jednog tankog stabla, ali nije mu bilo spasa. Vidjeli su ga, prilaze mu, gledaju ga u oči, jedan od njih podiže pušku, nišani prema njemu i on skače i budi se sav okupan znojem. Takve košmare je imao uvijek kada je rješavao neki težak slučaj.

Na šta li su htjeli da ga podsjete, pitao se često u mlađim danima. Na početku karijere pokušavao je da nađe povezanost između snova sa ratišta i slučajeva kojima se bavi. Tad nije uočavao nikakvu vezu, ali tokom godina je shvatio šta mu snovi poručuju — da ima sreće što je živ i zdrav, što je najgore dane pregurao. Trebalo bi da se malo opusti, nije to nikada znao. Uvijek bi davao cijelog sebe za svaki slučaj koji je rješavao. Opsjedao bi ga i dan i noć, samo bi za istragu živio što je vjerovatno bio jedan od razloga što je još uvijek sam. Nije znao da posao ostavi u stanici već ga je vukao i kući.

Baš kao što se u ratu život mjeri još jednom uspješno preživjelom smjenom, on je svoj život mjerio još jednim uspješno riješenim slučajem. U svaki slučaj bi se unio kao da sutra ne postoji bilo da je to u pitanju pljačka, ubistvo ili komšijske svađe i tužakanja on je davao sve od sebe i često je mislio da je toliko davao za posao da nije od njega ostajalo ništa što bi mogao da ponudi nekom.

Ušao je u stanicu i pozdravio dežurne policajce. Još je bilo rano i kancelarije su bile potpuno prazne. Prošao je pustim hodnikom na putu ka svojoj kancelariji slušajući bat svojih koraka koji su odzvanjali u tišini. Skuvao je kafu, pustio muziku i na trenutak odlutao ponesen pjesmom Jure Stublića *Opet krivi tip*. Nije krivi tip — mislio je — ja sam krivi tip, svaku svoju vezu ja sam upropastio. I evo ga sada sjedi u kancelariji sat vremena prije nego što će ostale kolege doći i uz hitove osamdesetih prelistava slučaj ubistva koje je drugi put podiglo grad na noge.

Mogao je da pretpostavi da ga kolege iza leđa ogovaraju da je samotnjak, da samo za posao zna i da je lako njemu da dođe na posao u šest ujutru kad nema djecu koju mora da odvede u obdanište, nema porodicu o kojoj bi se brinuo. I bili su u pravu. Za njega nije bilo razlike da li je kod kuće ili na poslu. Niko se nije brinuo ako kasni, niko ga nije zvao da pita kako je. Roditelji su mu davno umrli, braću i sestre nije imao. Koga je briga za njega kad nema nikoga? Jednog dana kad umre neće imati ko za njim da zaplače. Ta misao izazvala je nelagodu u njemu.

Na trenutak se sjetio Jove, zvorničkog beskućnika koji je nedavno davao izjavu i pomislio je da su njih dvojica sličniji nego što djeluju. On možda ima ljepše odijelo, bolje uslove života, mogao je da priušti sebi mnogo toga, ali čemu kada nema nikoga ko mu se raduje kad dođe kući, nema nikog da ga isprati, da brine za njega ako ostane duže na poslu. Mogao je i da spava u kancelariji i nikoga za to ne bi bilo briga. Imao je par prijatelja s kojima je često pio kafu, išao na pivo i uvijek bi mu preporučili neku svoju drugaricu, kumu, priju... U početku se ljutio na takve primjedbe pa su vremenom i prestali da mu „nalaze djevojke" i organizuju slučajne sastanke. Ma koliko ga to provodadžisanje nerviralo, nije mogao a da u tome ne vidi njihove dobre namjere i zabrinutost da ne ostane sam. Volio je te trenutke koje je provodio sa njima, ali svi oni su posle odlazili kući gdje su ih čekali nasmijani žena i djeca, ručak na stolu, jednostavno — porodica, a njega je čekao prazan stan, ni ljubimca nije imao.

Šta se sa tobom dešava? Od kad ti razmišljaš o smrti, o kraju, o tome kako neće imati ko da te žali?

„Ti si već mrtav, samo te nisu sahranili."

Šapnu mu neki glasić na šta se on trže i odmahnu rukom kao da tjera neku mušicu. U tom trenutku u kancelariju je ušao njegov pomoćnik. Nije ni primjetio da je sat vremena izgubio kukajući nad svojom sudbinom. Takva patetičnost uopšte nije išla uz njega, ranije bi takve ljude žalio i prezirao što ne učine nešto sa svojim životom, a vidi ga sada pretvara se u jednog od njih.

Jedan mudar čovjek je rekao „mnogi ljudi umru u tridesetoj da bi ih sahranili u sedamdesetoj". Svaki čovjek koji živi ovakvim životom provede godine kukajući i plačući nad svojim grobom, redovno odnosi cvijeće i oplakuje sudbinu čekajući dan kada će ga u njega i fizički spustiti, umjesto da zaboravi na svoj grob, sebe je zakopao onakvim kakav je bio i da se ponovo rodi iz grešaka koje je pravio i proživi drugi život vrijedan življenja.

U sumornom raspoloženju dočekao je kolege koji su se tog jutra ponovo okupili u njegovoj kancelariji kako bi slučaj ponovo prečešljali, ali i otišli do Aleksinog stana i priveli ga zbog davanja lažne izjave. To im je bilo prvo na listi tog dana. Otići u njegov stan, „uhvatiti ga dok je još na spavanju", malo pretražiti stan, dovesti ga ovamo i dobro ga zaplašiti dok im ne ispriča sve što je prećutao. Ekipa je bila spremna da krene.

29

„Još je volio samoću, ali iznenada se javila sjeta ili žaljenje što je sam. Kada bi bio neko s kime bi mogao da ćuti o ovoj ljepoti radost bi bila potpunija.”

Meša Selimović

Policija je pet minuta zvonila na vratima stana, ali niko se nije oglašavao. Ekipa koja je pratila Aleksu prethodne noći bila je sigurna da je on u stanu, ispratili su ga kada je ušao i posle toga nije izlazio. Bili su prinuđeni da razvale vrata i uđu. U stanu je bilo tiho kao u grobu, roletne su bile spuštene i svjetlost nije dopirala u stan. Nije moguće da neko toliko čvrsto spava da ne čuje ovoliku zvonjavu osim ako nije u svom stanu ili... Lazić nije ni stigao da završi misao kad se ispred njega pojavio odgovor. Aleksa je ležao na podu, a oko njega se širila mala barica krvi. Nož mu je bio zaboden u dio iznad stomaka. Prišao mu je brzo i opipao puls sa olakšanjem konstatujući da je još živ. Jedan od policajaca je pozvao hitnu pomoć.

Kola hitne pomoći su brzo stigla. Doktor i sestre su utrčali u stan poput uragana, stavljajući pacijenata na nosila dok su mu na lice stavljali masku sa kiseonikom. Jedan od članova istražnog tima je otišao sa ekipom hitne pomoći, a ostali su nastavili da pretražuju stan, tražeći bilo kakve tragove počinioca. Ali nisu uspjeli bogzna šta da pronađu. Počinilac je bio jako oprezan. Nikakve otiske ni tragove nije ostavio, činilo se kao da je namjerno htio da Aleksu ostavi u životu, što pokazuje i mjesto na kojem mu je nanesena povreda. Da je htio njegovu smrt, nož bi mu bio zaboden u srce ili bi u ovom slučaju izvukao nož kako bi umro od izliva krvi. Ako je ovo povezano sa prethodna dva ubistva, ubica je odlučio da promjeni taktiku. Nije bilo sakaćenja, nema čestitke, nema kasapljenja, sve čisto, precizno i uredno, bez tragova, bez poruke. Ekipa je u stanu pronašla Aleksin mobilni telefon, žensku majicu za koju su pretpostavili da pripada Sanji, nekoliko vlasi kose nadajući se da pripadaju počiniocu i to je bilo sve. Mogli su samo da se mole da se Aleksa probudi u nadi da će im otkriti nešto više, jer su pretpostavljali da na nožu zabodenom u tijelo neće pronaći nikakve otiske. Onaj ko je sve pomno isplanirao da ne ostavi otiske nigdje u stanu i u blizini žrtve nije sigurno toliko glup i naivan da ostavi otiske na nožu. Mnogo mu se žurilo izgleda.

Par sati kasnije nazvao ga je kolega koji je otišao sa ekipom hitne pomoći i saopštio da je Aleksa operisan. Operacija je dobro prošla, ali imao je i potres mozga, udaren je u glavu prije nego što mu je nož zaboden u tijelo. To je sve objašnjavalo. Kao i prošli put žrtva je najprije onesposobljena udarcem u glavu i dok je u dubokoj nesvijesti počinilac može natenane da izvrši svoj naum, jer nema otpora. To je već drugi put smišljeno uradio kako bi spriječio žrtvu da se brani i na taj način izbjegao mogućnost za ostavljanje bilo kakvih otisaka i tragova na mjestu zločina. Nosio je rukavice, a velika vjerovatnoća je da je imao i nešto preko obuće kako bi spriječio da ostane pravilan oblik stopala. Na prvom mjestu zločina pronašli su nepravilne oblike stopala. Jedan je bio okrugao, drugi četvrtast. Šta je to ubica obuvao na noge ostalo je misterija. Pored Sanjinog tijela su pronašli jasne otiske Darkove obuće.

Vraćajući se u stanicu razmišljao je kako će ponovo morati da ispita Darka. Slučaj koji se jutros desio bacao je novo svjetlo na događaje koji su se izdešavali prethodnih dana.

Crtali su novu skicu, nove trouglove, četverouglove, sabirali, oduzimali, dodavali i pokušali da događaje od jutros ubace u kontekst. Taman kad su mislili da se krug zatvara, da su našli počinioca i da su na korak do zatvaranja slučaja, jutrošnji događaj je sav obruč iskidao i bacio u vjetar. Opet su bili na početku. Inspektor je na listu ljudi koje treba ispitati dodao i Sanjinu i Milanovu majku. Čuo je da je njena bolest specifična, ali htio je da se lično uvjeri u to, da pogleda u oči toj ženi, ne znajući zašto proganjao ga je osjećaj da bi ona imala nešto novo da mu kaže. Onda bi odmahivao rukom i podsjećao sebe da ona uopšte ne može da govori, ali instinkt ga nije napuštao, morao je da se sretne s njom. Znam, reći ćete policija nema dušu. Majci na samrti koja je sahranila dva djeteta ne daju da skonča, ali činilo mu se da bi ona mogla da mu kaže nešto što mu odavno promiče. Falio je jedan krupan dio u ovoj slagalici. Mislio je da je ona ta koja bi ga mogla ubaciti i kompletirati sliku.

Koleginica koja je bila zadužena da prikupi sve informacije o zdravstvenom stanju gospođe Suzane otvorila je fasciklu i sve istresla na sto. Išla je i lično da je obiđe. Trudila se da joj objasni razlog svoje posjete, ali ona je samo blijedo gledala u zid nesvjesna njenog prisustva. Jadna žena. Bolje joj je da umre u neznanju, jer ono što joj se u međuvremenu dogodilo bolje po nju da joj nikada svijest i dušu ne dotakne. Izgubiti oba djeteta na tako brutalan način bol je koji se ni s jednim drugim uporediti ne može. Sve na svijetu se popraviti, ispraviti, izbrisati, dopisati može, samo smrt ne, tu nema povratka, ispravke, prepisivanja, tu je sve konačno i svršeno.

Čije grijehe ova žena ispašta? Kažu ne pati onaj ko je pogriješio, već njegovo potomstvo. Drugo, treće, peto do devetog koljena ispaštaće grijehe. To nije fer. Stvarno nije fer da nedužni pate zbog zlodjela drugih. Zašto se sve ne vraća onom ko zasluži, kakav je to prirodni tok? Vjerovatno nikada nećemo shvatiti.

U kasnim popodnevnim satima zvali su iz bolnice. Aleksa se probudio. Osjećao se dobro i bio je spreman da dâ izjavu. Lazić je sa još jednim kolegom krenuo prema bolnici. Aleksa je ležao u bolničkoj postelji toliko blijed da mu se boja stapala sa posteljinom. Doktori su rekli da je imao sreće; nije izgubio mnogo krvi, ali je pretrpio potres mozga pa ako bude malo nepovezano pričao ili zaspao u toku razgovora da ih to ne iznenadi i naglasio je da se ne zadržavaju dugo. Od Alekse nisu saznali nijednu novu informaciju. Nije ništa ni čuo ni vidio, udarac u potiljak je jedino čega se sjeća i onda je zavladao mrak. Sledeće što zna je da se probudio u bolničkoj postelji, začuđen kako se tu našao. Prema njegovim riječima napad se dogodio oko pola sedam ujutro. Trgnuo se iz sna kao da ga je nešto povuklo, otišao je u kuhinju po vodu kad je osjetio udarac u potiljak. To je bilo sve.

U stanici su žustro diskutovali o ovom napadu. Jedni su zastupali teoriju da je počinilac nekako znao da će policija tog jutra doći po Aleksu i namjerno ga je ostavio u životu kao neko upozorenje njima da je opet na korak ispred njih, dok su drugi tvrdili da je ovo mogao da izvede i sam Aleksa. Na nožu su pronađeni samo njegovi otisci. Znao je da će policija doći po njega, lagao je i očekivao ih je. Da li je ovim htio da sakrije nešto ili nekog? Da li su one laži koje je izrekao samo niz tričarija i paravan za nešto mnogo veće? Po drugoj teoriji Aleksa je ovo mogao da izvede. Čuo je zvono na vratima, vidio kroz špijunku ko je, na brzinu i u panici zabada nož u stomak pazeći da ne ošteti vitalne organe, udara glavom od ćošak stola i pada u nesvijest. Ali pitanje je zašto bi to uradio, šta pokušava da sakrije, koga štiti da bi se odlučio za ovako jeziv potez? Šta je vrijedno da toliko rizikuje život?

Novih teorija je bilo na pretek, a u praksi nisu imali ništa. Imali su Darka iza rešetaka za koga su do jutros bili sigurni da je on počinilac, a sada im je i ta teorija bila na staklenim nogama, ljuljala se i već se čulo slabašno pucketanje. I dokazni materijal pronađen u njegovom stanu doveden je u pitanje. Bilo je sve lako, previše jednostavno. Koji bi profesionalac bio toliko aljkav da ni na jednom mjestu zločina ne ostavi trag, a onda sav dokazni materijal odnese u svoj stan, još je sto posto siguran da će policija doći po njega, jer je u ovakvim slučajevima partner uvijek prvi osumnjičeni.

Kažu ako hoćeš nešto da sakriješ ostavi to na vidno mjesto, budi siguran da ga neće niko pronaći, tako to uvijek biva ljudi stalno tragaju za nečim skrivenim, nevidljivim, pretresaju sve zabačene kutke prostorije, a to je tu njima ispred nosa, oči bode, a ne vide ga zato što su uvjereni da niko ne bi to ostavio na vidnom mjestu, e u tome i jeste sva misterija na tom vidnom, poznatom polju dok ljudi uvijek idu u nepoznato, istražuju, kopaju, dok im poznato pred očima prolazi, a da ga pri tom i ne pogledaju. Tako je sa stvarima, tako je sa ljudima tako je sa životom. Uvijek je komšijina bašta ljepša, uvijek je tuđe slađe, svi se stalno trgaju za nečim što im izmiče, a nijedne sekunde se ne skoncentrišu na ono što već imaju, toga obično nisu ni svjesni da je često ono za čim tragaju upravo ono što već imaju, zaslijepljeni gledaju u komšijinu baštu kako cvijeta dok cvijeće u svojoj i ne primjećuju.

30

„Živio sam u stvari svoj drugi, tuđi poklonjeni život, sve ostalo nije važno, zasad nije važno. Ovo je višak, ovo je sreća koju hiljadu drugih nije moglo da razumije jer nisu prošli mojim putem. Malo je ljudi u gradu moglo da kaže, možda samo ja jedan i jedini — srećan sam, živ sam. Nisam to govorio, ali sam jasno osjećao svakom žilicom. Drugi to nisu mogli jer nisu visili nad ponorom.”

Meša Selimović

Pritisak koji je načelnik policijske stanice vršio na članove tima zaduženog za slučaj „Čestitka”, kako su ga u medijima nazvali, postajao je nepodnošljiv. Tog jutra ponovo je održan sastanak na kojem im je nadmeni načelnik još jednom podvukao crtu kako moraju više da se angažuju, da još jednom pregledaju dokazni materijal, saslušaju svjedoke, rekao im je da već jednom „mrdnu dupetom” i da istraga počne da daje rezultate. Mediji su im visili za vratom, svakog dana su ih sačekivali na vratima, a na televiziji i internetu su kompletnu policijsku upravu razapeli. Opaske poput — „nesposobnjakovići”, „nestručno osoblje” i slično postale su svakodnevnica. Načelnik je bio sa razlogom bijesan i njemu je za vratom sjedio gradonačelnik koji ga je pritiskao da slučaj što prije okonča.

Onog trenutka kada su uhapsili Darka svi su na trenutak odahnuli, mislili su da su pronašli ubicu, da će konačno sa vrata da skinu i medije i gradsku upravu, ali dan za danom teorija o tome da je Darko ubica počela je lagano da pada u vodu. U noći kada je Milan ubijen imao je čvrst alibi i Danu i Anu kao svjedoke tako da je vjerovatnoća da je on ubio Milana odbačena osim ako je Dana lagala. Da li je imala potrebe da laže i zašto?

Dok je načelnik sasipao prijetnje i uvrede na račun „nesposobnosti" tima Lazić je u mislima bio vezan za čudnu družinu. Svi su bili dobri međusobno, a svi su imali tajne jedni pred drugima. Milan je krio svoju navodnu vezu sa nekom nepoznatom djevojkom čiji identitet nikada nije otkriven, Sanja je od svojih cimerki i dečka krila ljubavnu aferu sa Aleksom, Aleksa je policiji lagao o odnosu sa Sanjom, Darko se kleo da nije znao za njenu aferu, Ana je gutala neke antidepresive, Dana je bila u nekom svom svijetu... Šta li su oni još krili jedni od drugih i da li je možda ta tajna odvela dvoje ljudi u smrt i trećeg ranila? Ko je sledeći od njih?

Lazić je polako u glavi sklapao kockice i sve više je bio uvjeren da je ovim ubistvima prethodila tajna koju su čuvali. Da li je ta tajna došla do pogrešne osobe pa sada ide od jednog do drugog i kasapi ih baš na njihov rođendan, šta je to tako strašno u njihovom životu povezano sa rođendanom, to je zagonetka koju mora da riješi, a pri tom da provjeri kada su rođendani ostalih preživjelih iz društva. Aleksi nije bio rođendan, da li mu je ubica poslao upozorenje da nije na njega zaboravio samo da čeka njegov rođendan kako bi mu ostavio odgovarajuću čestitku?

Moraće ih sve ponovo ispitati, jer je ubjeđen da mu nisu sve rekli. Nešto bitno svo četvoro prećutkuju, a to može prethoditi samo još jednoj smrti. Moraće ih opet ispitati, ljudi kada lažu ne mogu dva puta identičnu priču ponoviti, a on će ih tu čekati, takođe, otići će do Sanjine i Milanove majke u dom. Želi lično da se uvjeri u priču o njenom zdravstvenom stanju. Misao da je ona važna karika u cijeloj priči nije ga napuštala. Iznenada se teško razboljela, nedugo zatim ubijena su joj oba djeteta, teško da tolika tragedija u kratkom roku može da bude slučajnost. Ali kako se u to uklapa Aleksa? On nije dio porodice, to opet stavlja upitnik na teoriju o nekom porodičnom obračunu.

Upitnik, upitnik i još more upitnika, znak interpunkcije koji se u poslednje vrijeme najviše pojavljivao u Lazićevoj glavi. Taman kada bi pomislio da ima dobru teoriju kada bi počeo da slaže slagalicu u glavi, pojavo bi se upitnik donoseći sa sobom veliku pukotinu i njegova teorija bi se rušila kao kula od karata, iako je bio siguran da mu fali još samo jedan mali dio da slagalica bude potpuna.

Izgubljen u mislima nije ni primjetio da je sastanak završen i da jedan po jedan kolega napuštaju prostoriju. Trgnuo se kada je čuo da neko doziva njegovo ime. Bio je to načelnik Jokić koji mu je mahao rukom i dozivao ga. Posramljen, kao dijete uhvaćeno u laži, krenuo je prema nadređenom znajući da je shvatio njegovu odsutnost i sada je očekivao da na njega saspe talas uvreda koje načelniku uopšte nisu bile strane. Bio je poznat po britkom jeziku, nadmenosti, podređeni ga nisu voljeli. Laziću je tih dana bilo svega preko glave. Umor i iscrpljenost su učinili svoje i već se spremao da se obračuna sa načelnikom i pošalje ga do đavola. Njihovi sukobi nisu bila rijetki; obojica teškog karaktera, znali su da stvore velike neprijatnosti jedan drugom.

Međutim, načelnik danas nije imao namjeru da se raspravlja sa Lazićem i da se nadmudruje s njim kao i obično. Na njegovom licu se vidjela iskrena zabrinutost i veliki kolutovi oko očiju odavali su tragove umora i neprospavanih noći. Nije samo istražni tim bio pod pritiskom, cijela policijska uprava je trpila. Njih dvojica su, možda prvi put u životu vodili iskren razgovor, ne kao dvojica zaposlenih, nego kao dva čovjeka. Načelnik je bio rastrgnut između medija i gradonačelnika koji ga je svaki dan zvao po nekoliko puta i tražio rezultate, izbori su bili sledeće godine, nije htio da loša policijska reputacija pokvari izborni rezultat. Prijetio je da će ga smijeniti ukoliko njegov nesposobni tim ne uspije da iza rešetaka smjesti „tamo nekog ludaka" koji hoda gradom i kasapi ljude. Ljudi su uplašeni, panika se širi kao požar nisu potrebni nesposobni istražitelji i policijska uprava koja nije u stanju da zaštiti svoje građane. Ukoliko ne uspiju da uhvate počinioca mogu svi da računaju da će značku okačiti o klin.

Politika je to, zna se kako to ide. Dovede čovjeka vladajuća stranka na funkciju i naravno da se od njega očekuje da radi što mu se kaže i kako mu oni kažu, nema on tu pravo da se suprotstavi ni na koji način „ruci koja ga hljebom hrani" može samo da klima glavom i izvršava naređenja. A svaki pokušaj bilo kakvog suprotstavljanja smatra se pobunom, a pobuna zna se kako se guši — „letiš sa funkcije na koju će da dođe neko ko ima rajsferšlus na ustima i ne govori dok mu to ne dozvole". Nemojte misliti da je gradonačelnik sažaljiv na tragičnu ljudsku sudbinu, jedino što njega brine u ovom trenutku je tragični izborni rezultat koji bi mogao da se desi ukoliko se ubica ne privede licu pravde. Mediji su čudo. Policiju su na krst razapeli, a pitanje je kada će i njega početi da razapinju, to se očekuje svakog dana, a kada se jednom lavina pokrene i reputacija uništi mora proći mnogo vremena da se sve vrati u normalu ako se ikada vrati. To je ono što gradonačelnik nije smio da dozvoli i jedan od razloga što je stalno zvao načelnika policije je da provjeri kako napreduje istraga.

Lazić je slušao zabrinutog Jokića kojeg je smatrao gnjidom i prodanom dušom koja je u jednom trenutku uspjela da ga pređe po funkciji. Nije Lazić zaboravio kako se njemu prije par godina izmakla načelnička stolica, ni ko mu je izmakao. On je „starog kova", vjerovao je u rad, poštenje, dobro u ljudima i da se do funkcije stiže napornim radom, a ne „uvlačenjem". Nije htio da se „uvuče" tada onom kome je trebalo, za razliku od njega Jokić je to znao i iako je bio lošiji od Lazića bio je član vladajuće stranke pa samim tim mu je i put do fotelje bio prokrčen. I sada, dok ga je gledao kako se u onoj istoj fotelji koja je bila namjenjena Laziću, načelnik skupio kao uplašeno dijete, prvi put mu je bilo drago što je slobodan čovjek, što je sa druge strane stola i ne mora da trpi pritiske od ljudi koji nisu svjesni da oni ovdje i dan i noć čine sve što je u njihovoj moći da slučaj riješe.

Napustio je nesuđenu kancelariju razmišljajući koliko bi on ovako nabusit tu izdržao. Nikada nije dozvoljavao da mu se u posao miješaju ljudi koji nisu za to stručni, nije trpio kritike nestručnih lica, nije znao da pred nepravdom savije rep, govorili su mu da nije čovjek za ovo vrijeme, da je ovo novo doba kada moraš da ćutiš i slušaš one koji su na vlasti da im se do zemlje klanjaš ako hoćeš daleko da doguraš u našoj državi. Nije važno koliko znaš, koliko si stručan, pametan, inteligentan, koliko jezika govoriš, bitno je koga znaš i da znaš da se dodvoravaš, da budeš lopov, gnjida, uvlakač, u prevodu to se samo kod nas zove „snalažljiv". Riječ „snalažljiv" odavno je izgubila svoje pravo značenje.

Takvo je vrijeme, takva nam je država, nije bitno koliko si obrazovan, da li si imao sve desetke na fakultetu, možeš govoriti deset stranih jezika, ako ne znaš da „izganjaš štelu i uvučeš se kome treba" možeš sve svoje diplome i priznanja da okačiš mačku o rep. Ako se uspiješ nekom i dodvoriti i dođeš do veće funkcije i bolje plate ima da slušaš onog koji te je postavio tu kao Boga, samo da klimaš glavom, jer pravo na svoje mišljenje nemaš. Otkud ti pravo da bilo šta govoriš čovjeku koji ti je dao funkciju na kojoj ti je jedini zadatak da ćutiš i slušaš. Ako si stvarno pametan i inteligentan vjerovatnoća da će te jedan ovakav uzeti pod svoje je slaba, ne trebaju njima takvi, nego oni kompleksaši koji pate od manjka inteligencije i viška gluposti, oni su najpodobnije žrtve i slijepo poslušni.

Jedan od takvih je bio i načelnik Jokić sa diplomom „preko noći", skok od policajca do načelnika, sve stepenike je preskočio, odmah sa dna na vrh, ništa između, zato mu se sada fotelja a i ruke tresu na svaki zvuk telefona. Naravno, u svemu ovom ima izuzetaka i onih koji cijene rad, trud i inteligenciju, ali nažalost ovo navedeno preovladava.

Ekipa se ponovo okupila u Lazićevoj kancelariji čekajući dalja uputstva. Još jednom su svi zajedno prečešljali slučajeve, pregledali uzorke i otiske, iščitavali izjave Milanovih i Sanjinih poznanika, nadajući se da im je nešto promaklo i da će im ponovnim pregledanjem i iščitavanjem sinuti neka nova činjenica koju su ranije previdjeli. U međuvremenu do njih su stigla dva obavještenja — da Darko želi da dâ novu izjavu i izvještaj o Aleksinom zdravstvenom stanju. Njegovo stanje je stabilno i za par dana biće pušten na kućno liječenje. Ili će ubici u ruke da popravi ono što je zabrljao ili je to bilo samo još jedno ismijavanje policije i znak da u zatvoru drže krivog čovjeka dok se psihopata slobodno šeta gradom.

Građani su sa razlogom zabrinuti. Do sada je vjerovatno procurila informacija o još jednom napadu. Svakog trenutka je očekivao upad načelnika u njegov kabinet sa mračnim izrazom lica.

I sam izgubljen i ogorčen što mu ubica uporno za cijeli korak izmiče taman kad pomisli da mu se približio, on napravi novi potez i rastojanje između njih ponovo se povećava. Inteligentan je, to mu se mora priznati. Svaki svoj korak je pažljivo planirao, vješt je, stručan, precizan, ni na jednom mjestu zločina nije ostavio ni najmanji trag i oružje kojim je počinjeno dvostruko ubistvo nije imalo ničije otiske osim Darkovih. Kuhinjski nož sigurno je više puta dezinfikovan i temeljno očišćen kako bi se svi otisci uklonili. Na njemu su pronađeni samo Darkovi otisci, a on se zaklinjao da nikad ranije taj nož nije koristio. Kako objasniti njegove otiske na nožu, kako objasniti krvavu majicu i patike skrivene u korpi za veš, nije li to sve kao da je neko htio da se to pronađe? Ako je Darko ubica, da li je moguće da je na prvom mjestu zločina bio toliko precizan da nijedan otisak i nijedan trag ne ostavi, a na drugom njegovi otisci su svuda? Plus kompletan dokazni materijal odnio je kući i čekao policiju da ga pronađe. I ko je onda napao Aleksu kad je Darko već bio iza rešetaka? Da li postoji vjerovatnoća da je u trenutku panike da će velika tajna koju skriva biti otkrivena Aleksa nanio sam sebi povredu kako bi odvukao policiju na pogrešan trag? Šta je to toliko strašno što ih sve progoni da su spremni da rizikuju živote, samo da istina ostane skrivena?

A istina uvijek nađe način da se pokaže. I kada je zarobite u najmračnijem tunelu, misleći da odatle nikada neće moći izaći, ona nađe način da se provuče i kroz kamene zidove. Ne dolazi uvijek brzo i možda ne u pravom trenutku, ali uvijek dođe, prije ili kasnije ona nagriza zidove tamnice u koju je zatvorena baš kao što voda nagriza stijenu dan po dan dok ne nađe način da se prelije preko nje. Uporna je i ne odustaje ni jednog trenutka, stalno nagriza zidove tamnice sve dok ne popuste pod njenom upornošću, a onda izlazi na svjetlost. Jednom oslobođenu istinu više ništa ne može zaustaviti, jer su je dugogodišnja upornost i borba za slobodom dok je bila zarobljena u tamnici očvrsnuli. Ona je otporna na sve udarce, snaga koja je u njoj godinama tinjala oslobođena je i niko ne bi želio da joj se nađe na putu, naročito ne onaj ko je u tamnicu bacio i zaboravio na nju tokom godina misleći da je ona odavno umrla od nedostatka duševne hrane. Ali ona je preživjela i vraća se da posjeti one koji su na nju zaboravili, jer ona na njih nikada nije i u trenucima najveće muke i tamnovanja sanjala je o vremenu kada će biti slobodna i otići da obiđe svoje tamničare. Istina nadživi sve, a da li svi mogu nju da prežive?

Podižući pogled sa izvještaja, Lazić naredi da mu dovedu Darka, da čuje još jednom koja je njegova istina.

31

„Ne računaju se udarci koje zadajemo, već oni koje primamo i trpimo kako bismo išli naprijed.”

Rendi Pauš

Šta može da učini par dana iza rešetaka čovjeku to ne može ni uragan okruženju. Masna kosa, crni kolutovi oko očiju, ispijeni obrazi iz kojih je nestala sva boja bila je slika čovjeka koji je sjedio preko puta inspektora i njegovog kolege. Zatvorska odjeća mu je bila prevelika pa je u njoj izgledao kao da je upao u vreću, tačnije kao da ga je vreća progutala. Bila je to slika čovjeka koji strepi od neizvjesne budućnosti, koji je stalno bio u pokretu a sada mu se kretanje svodilo na deset kvadratnih metara memljive ćelije. Slomio se mnogo brže nego što su očekivali i riješio je da ispriča stvari koje je onog dana prećutao.

Naime, u prvom iskazu je rekao da je u noći ubistva bio u stanu sam, cijele noći i nije imao nikog ko bi to posvjedočio. Lagao je, par dana u memljivoj ćeliji natjerali su ga da promjeni priču.

Vrijeme kad je napustio Sanjin stan bilo je isto kao i u prvom iskazu, samo što nije proveo noć u stanu nego samo malo vremena koliko mu je bilo potrebno da se obeznani od alkohola. Takav je izašao napolje. U stan je došao tek pred zoru, oduzet od alkohola, a noć je proveo u jednoj zabačenoj kafani koja je radila dok ima gostiju i gdje se nekada uz piće mogla dobiti i druga vrsta usluge. E, tu drugu vrstu usluge je on koristio te noći. Pijan i ojađen Sanjinim upornim odbijanjem utjehu je potražio u alkoholu, a kad se već dovoljno napio jedna djevojka sumnjivog morala koja se tu obično nalazila u kasne sate pružila mu je i drugu vrstu utjehe.

U prvom iskazu to nije pomenuo, jer se stidio i nije mogao da se sjeti ni imena ni lika žene, ni dan-danas se ne sjeća, ali informacije o kafani u kojoj je bio zna. Konobarica koja je radila tamo, kao i par gostiju, mogli bi da potvrde vrijeme koje je tu proveo kao i identitet djevojke s kojom je proveo noć. Stidio se toga što je u trenutku dok je neko kasapio njegovu djevojku on uzimao grubo neku „usputnu" u prljavom kupatilu. Griža savjesti ga je ubijala. Bez obzira na saznanje o Sanjinoj prevari, on se osjećao jadno i prljavo. Nije se sjećao njenog lica, nije ni želio da ga upamti, sve što je u tom trenutku htio je da se istrese na nekom, a ona se našla tu.

Mlađi policajac je zapisivao podatke o navedenoj kafani kao i o vremenu koje je osumnjičeni tvrdio da je tamo proveo. I dalje je negirao da je Sanji slao poruke. Uporno je tvrdio da telefon nije koristio nikako od trenutka kada je izašao iz stana i da se sjeća da ga je tražio kad je stigao kući u zoru. Želio je da nazove Sanju, da je moli za oproštaj jer se osjećao kao najveći gad na svijetu, ali telefon nije mogao da pronađe. Ujutro ga je našao u džepu pantalona iako ga prethodne večeri tu nije bilo.

Darka su vratili u ćeliju, a onda je inspektor u šali rekao mladom kolegi:

„Spremi se idemo u tu kafanu, možda se nađe nešto i za nas." Na ovu opasku su se obojica nasmijali dok su izlazili iz kancelarije.

Vozili su se u tišini, svaki zadubljen u svoje misli.

Dvojica službenih lica parkirali su auto ispred kafane u kojoj je Darko tvrdio da je proveo sate u noći svirepog ubistva. Čim su zakoračili u objekat, pažnja nekoliko prisutnih gostiju bila je usmjerena u njihovom pravcu. Turbo folk sa zvučnika postavljenih na zidovima nadjačavao je razgovor ono malo gostiju, već uveliko pijanih, iako još nije prošlo dvanaest sati. Konobarica koja ih je služila bila je oskudno obučena. Suknja joj je jedva prekrivala debele butine, a gosti su je dodirivali rukama u prolazu.

„Nije ni čudo što se stidio da prizna gdje je proveo noć."

Namjena ove kafane bila je jasna na prvi pogled. Sve je zaudaralo na jeftin alkohol i još jeftiniji seks, na vlagu i buđ, ali to kao da nikome od prisutnih nije smetalo, a i zašto bi im smetalo?

Gledajući cenovnik ovdje su mogli da dobiju najjeftiniju cugu u gradu, a ako se još nešto uz to nudi pa gdje ćeš bolje mjesto za nekog očajnog i zagorelog muškarca kome kada dođe pet do dvanaest ne bira ni koga će ni gdje će. Teška je to kategorija očajnika koji prvenstveno nemaju poštovanja prema sebi.

„Nisi ni ti daleko od zagorelog očajnika, kada si se zadnji put omrsio?" Oglasi se onaj glasić u Lazićevoj podsvjesti, a on mahnu rukom kao da tjera mušicu dok ga je kolega čudno zagledao.

„Počinjem da ludim, čujem glasove u glavi."

Razmišljao je i na trenutak se izgubio u mislima, zaboravljajući svrhu svog dolaska ovdje. E baš je glas izabrao trenutak kada će da mu se podsmijeva, u ovoj smrdljivoj rupi našao je da ga podsjeća na njegov očajan seksualni život, nije još toliko očajan i drži do sebe da bi zadovoljstvo tražio na jednom ovakvom mjestu.

„To je i Darko za sebe mislio, a vidi gdje je došao da potraži spas, da li je on veći očajnik od tebe?"

Glas je bio uporan i ko zna koliko bi se on tako svađao sa njim da ga kolega nije povukao prema šanku u namjeri da obave razgovor sa konobaricom. Čim su stali za šank izvadili su Darkovu sliku i upitali je da li ga poznaje. Ona se prvo pravila nevješta, rekla je da nema pojma ko je on i slično dok joj oni nisu priprijetili pričom kako znaju da radi neprijavljena i za gazdine protivzakonite aktivnosti, standardni blef koji je natjerao da progovori.

Po njenoj priči Darko je bio tu u noći ubistva u vremenskom periodu kao što je i rekao u izjavi. Pozvala je i gazdu koji je te noći bio u kafani i dala podatke od još par gostiju koji su se tu našli one večeri i koji bi mogli da potvrde priču kao i „onu ženu” sa kojom je Darko imao seksualni odnos. Neki muškarci u trenucima očaja i pod dejstvom velike količine alkohola mogu da padnu jako nisko, a Darko je pravi dokaz toga. Žena sa kojom je proveo noć bila je mnogo starija od njega, istrošena od načina života koji je vodila, obraza upalih i kose iskrzane koja je ličila na slamu, pušački zadah i zubi požutjeli od duvanskog dima; pa i treba da se stidi kada je mogao da padne ovoliko nisko, nevezano za njen izgled, nikada ne treba suditi o ljudima po izgledu, ali njen način života bio je ponižavajući.

Ljudi obično krive alkohol, on im je kao bijeg od sopstvene krivice, lakše im je tako da se nose sa greškama.

Darko možda jeste pao nisko kao muškarac, ali to padanje mu je obezbjedilo čvrst alibi koji je potvrdilo više od deset svjedoka koji su se te večeri zatekli u kafani. Pričali su da je bio tužan i nalivao se alkoholom sam za stolom, a u neko doba mu je prišla dotična gospođa i nastavili su zajedno da se nalivaju da bi zatim otišli do toaleta skupa. Ono što se tamo događalo mogli su svi da naslute, jer je gospođa bila opštepoznata u objektu.

Ko bi rekao da nekada očajan seksualni ispad može čovjeka da spasi zatvora, nikada se razmišljanje donjom glavom nije pokazalo korisnijim. Kako je obdukcijom utvrđeno, u vrijeme ubistva i kasapljenja Sanje, njen dječko se nalivao u zagušljivoj kafani a čatim je u kupatilu, povrijeđen i razočaran njenim odbijanjem, sa leđa uzimao duplo stariju ženu, kao da je u tom trenutku samo želio da joj se osveti iako ta nesrećnica nije imala veze sa njegovom mukom. Kada je došao kući i mozak mu se malo razbistrio od alkohola pokajao se zbog sramnog čina, a sutradan je saznao da je Sanja mrtva. Griža savjesti ga je izjedala. Imao je alibi, ali kako objasniti žrtvinu krv na njegovim stvarima i nož kojim je izvršeno ubistvo sakriven iza radijatora, nož na kome su bili njegovi otisci? Da li neko pokušava da mu smjesti? Taj „neko" sigurno nije njemu nepoznat, morao je da zna gdje se Darko nalazi te noći da bi se ušunjao u stan i podmetnuo dokazni materijal. Brava na stanu nije bila obijena, znači da je imao ključ.

Ponovo su udarili u zid, još jedna slijepa ulica. Opet ne znaju kuda dalje, opet tapkaju u mjestu i jure svoj sopstveni rep. Sanja je ubijena između jedan i dva sata posle ponoći, a Darko je objekat napustio oko pola pet ujutro, Dana je tijelo pronašla prije sedam, Aleksa je čuo neki zvuk oko jedan, Ana je sa njom popričala oko pola jedan nakon čega je popila jake sedative i stavila tampone u uši što objašnjava činjenicu da ništa nije čula, toksikološki nalaz krvi je potvrdio da je procenat tableta koje je popila u krvi dovoljan da uspava konja. Dana je tvrdila da je bila kod roditelja, Aleksa da je učio, Darko da nikakve poruke prije smrti nije slao Sanji, i tako unedogled. Neko od njih gadno laže, nešto skriva ili svi zajedno dijele neku tajnu.

Darko i Aleksa su lagali o tome kako su proveli vrijeme u noći ubistva, Aleksa je tvrdio da uopšte nije vidio Sanju taj dan, a u prepisci u njenom inboksu pronađene su poruke koje su te večeri razmjenjivali kao i potvrda da je bila u njegovom stanu i da su se posvađali. Aleksa je prepisku izbrisao, ali je tehničar uspio da je vrati. Zašto je brisao prepisku i lagao da je nije vidio uopšte? Darko je, nesvojstveno njemu, otišao u zabačenu kafanu gdje je bio siguran da će biti zapamćen i primjećen i pristao da padne najniže samo da bi sebi obezbijedio čvrst alibi. Da li je sve vrijeme glumio zabrinutost pod maskom ožalošćenog i prevarenog dečka? Da li postoji neka povezanost između njega i Alekse i da li su događaji te večeri bili isplanirani unaprijed? Navedeni su samo neki od scenarija koje su smišljali članovi tima u pokušaju da povežu niti.

Kažu da troje ljudi može da čuva tajnu samo ako je dvoje od njih mrtvo. Ko je treći čovjek u ovom trouglu koji je dvoje u smrt poslao da se tajna ne bi otkrila?

Ljudi su spremni na sve kako bi tajne ostavili zakopane tamo gdje oni smatraju da im je mjesto, ali jednog dana neko se usudi da oskrnavi grob i da ono zakopano pusti napolje. Jednom oslobođena tajna neće dozvoliti tako lako da je ponovo zakopaju. Dugo je bila pod zemljom, usamljena i u mraku, jednom kada ugleda svjetlost dana samo joj je nebo granica. Ona ide, ruši sve pred sobom, nije je briga da li će srušiti nečije iluzije, uništiti život, razoriti porodicu, ništa je ne dotiče, jer ko je za nju brinuo dok je ležala duboko zakopana u zemlji? Ustala je i dolazi po one koji su je živu sahranili, u nadi da niko nikad neće pronaći njen grob.

Čiji je grob oskrnavila ova čudna družina pa sad ono što je bilo dugo zakopano dolazi po njih i jednog po jednog ih šalje tamo gdje je i samo provelo duge godine?

32

„Ništa nije tragičnije nego sresti osobu koja je ostala bez daha,
izgubljena u lavirintu života."

Martin Luter King

Dan je bio na izmaku, svi su već odavno otišli kući. Lazić je ostao da još jednom pregleda izvještaje i izjave svjedoka. Nema sumnje u Darkov alibi za noć ubistva, ali Aleksa nije imao alibi. Tvrdio je da je cijelu noć proveo u stanu, ali nije mogao navesti nikoga ko bi to potvrdio. Ona mala medicinska sestra nakljukala se tabletama, nju ni topovi ne bi probudili, a opet ona je poslednja koja je vidjela Sanju živu i to je rekla u svojoj izjavi. Alibi druge cimerke je bio čist kao suza. Njeni roditelji i brat su potvrdili da je vikend provela kod njih na selu, a prema njihovoj priči bile su jako bliske sve tri i Dana i Ana su vidno potresene smrću drugarice. Aleksa je lagao na saslušanju, a zatim je neko pokušao da ga ubije. Da li je ubica slao neku poruku napadom na Aleksu?

Dok je sjedio nadvijen nad brdo papira, inspektor je začuo neko šuškanje u blizini prozora. Na prstima i sa oružjem u ruci prišao je ćošku prozora gledajući u mrak. U jednom trenutku šuškanje se pojačavalo i nešto snažno udari od staklo natjeravši inspektora da ustukne, užasnut nad crnim krilima koja su udarila od staklo. Velika vrana privučena svjetlom zaletjela se u pravcu prozora svom snagom. Dok je vraćao pištolj u futrolu, zamišljao je koji bi smijeh izazvalo među dežurnim policajcima da je pištolj opalio, oni dotrčali i našli rupu od metka na staklu i ubijenu vranu ispod prozora. Ne bi ga oprala ni Drina, do kraja karijere bi zbijali šale na njegov račun, razmišljao je dok se vraćao za sto. Stao je kao ukopan. Na vratima kancelarije stojao je njegov mladi pomoćnik i gledao u njega ispitivački sa nekim papirima u rukama.

„Zar ti nisi otišao kući?"

Lazić se trenutak osjećao posramljenim pred mladićem, nije znao koliko dugo stoji na vratima i da li je prisustvovao sceni „šefovog ludila". Taj mali ga je često znao izbaciti iz takta. Postavljao je milion pitanja, pojavljivao se iza svakog ćoška, trudio se da uvijek bude uz njega na saslušanjima, a u slučaju poslednje dvije žrtve insistirao je da i njega povede na mjesto zločina. Grizao je baš onako mladalački kao i svi na početku karijere dok ih godine ne istroše i ne sagore. Mladi član istražnog tima se toliko zainteresovao za ovaj slučaj da je svakog dana ostajao duže na poslu i dolazio ranije, valjda sledeći primjer svog mentora.

„Nisam, prikupljao sam podatke o majci Sanje i Milana kao što ste mi naredili. Dvoje djece od različitih očeva, mjesto rođenja — Alibunar, to je negdje u Banatu, u toku rata je došla u Bosnu.

Prema ovim podacima, čudno je, jer za vrijeme rata svi su bježali iz Bosne, a ona je pobjegla ovamo. Možda bi trebalo otići u to selo kod Sarajeva i pokušati saznati nešto još o životu koji je vodila prije nego što se doselila u Zvornik. I to nije sve. Tragajući za adresom njihove majke, naišao sam na niz drugih, uslovno rečeno slučajnosti. Darkova, Aleksina i Danina porodica je do ratnog perioda živjela u Sarajevu. Aleksina porodica je živjela u istom selu gdje su živjeli Sanja i Milan, e sad, selo je veliko, moguće je da se uopšte nisu poznavali. Samo mi je to upalo u oči, da li je slučajnost što su svi završili u istom gradu ili sudbina, da li je nešto za njima došlo posle dugog traganja?"

„Svaka čast kolega na brzini kojom si prikupio sve informacije, a i mudro razmišljaš, mislim da ćemo ovih dana jesti ćevape na Baščaršiji, a šta kažeš da sada odemo na pivo i skrenemo malo misli s posla?"

„Naravno, prijalo bi mi pivo i malo opuštanja."

Mladi policajac je sijao od ponosa zbog lijepih riječi koje mu je inspektor uputio, a i poziv na piće značio je da ga smatra ozbiljnim saradnikom, drugom sa kojim želi da provede vrijeme i mimo posla, čak mu je naglasio da će ići sa njim u Sarajevo da prikupe neke nove informacije.

Da li je nešto počelo u Sarajevu prije mnogo godina pa došlo u Zvornik za ovom družinom? Da li su neki grijesi iz prošlosti došli na naplatu, da li su od nečega bježali misleći da su ovdje bezbjedni, da li su napuštanjem mjesta boravka mislili da su duhovi pokopani i da ih neće tražiti? Ili je sve to umišljanje glavnog inspektora u nemogućnosti da nađe neko logično objašnjenje u sadašnjosti pa je odlučio da zagrebe po prošlosti. Svakako nije imao šta da izgubi, njihova stanica je već izložena javnom ruglu, prozivaju ih i kinje svi redom, od novinara i građana do gradonačelnika; i na ulici svi su sebi dali za pravo da ih proglase „nesposobnjakovićima".

Darka u pritvoru nisu mogli još dugo zadržavati, sudija je odbio da protiv njega podigne optužnicu i držali su ga u pritvoru više radi njegove sopstvene bezbjednosti. Rođendan mu je za dva dana i odlučeno je da ga puste odmah posle rođendana, jer su smatrali da ga na taj način štite ma koliko to bizarno izgledalo. Jao njima ako se on pozove na neka prava. Ma koja prava, spasavaju mu glavu, govorili su jedni drugima na poslednjem sastanku. Darko je mirno provodio dane u ćeliji. Znao je da će uskoro kući iako će mu kretanje neko vrijeme biti ograničeno. Ma koliko želio da napusti memljivu ćeliju na neki način doživljavao je kao zaštitu, plašio se izlaska napolje, reakcije drugova, kolega, porodice. Ljudi su čudna sorta, u stanju su da u jednom trenutku nekog u zvijezde kuju, a već u sledećem tog istog čovjeka kamenuju. Darko se bojao da mu najbliži neće vjerovati.

33

„Blago onima koji se ne boje samoće, koji se ne plaše vlastite kompanije, koji ne žele uvijek očajnički tražiti nešto da učine, nešto da se zabave, nešto za prosuđivanje.”

Paulo Koeljo

Bilo je tek prošlo vrijeme doručka kad su se inspektor Lazić, njegov pomoćnik i još jedan član istražnog tima Odjeljenja za ubistva pojavili na recepciji hotela Bosna. Uskoro se pojavio mladić u ranim dvadesetim, obučen u hotelsku uniformu i ljubazno ih je pozdravio. Uzeo je njihove podatke i dao im ključ od apartmana. Družina se liftom popela do petog sprata, gdje je bio apartman koji su rezervisali. Nisu se planirali zadržavati duže od dvije noći, ali nikad se ne zna. Apartman je bio zadovoljavajući, a ionako će tu samo prespavati.

Nisu došli da se izležavaju, ovdje su važnim poslom. Došli su u grad gdje je čudna družina nekada živjela da istraže da li je u prošlosti postojala neka povezanost između njih, jer su svi tvrdili suprotno, da se nikad ranije nisu sreli. Nisu znali šta da očekuju, šta da uopšte traže posle mnogo godina od kada je poslednja osoba njihove karike, Sanjina i Milanova majka, napustila selo u blizini Sarajeva. Planirali su sutra da obiđu selo, a danas da odu na adrese gdje su nekada živjeli Danini i Darkovi roditelji.

Sarajevo je grad poznat po najboljim ćevapima, dobroj turskoj kafi, po golubovima koji se skupljaju na Baščaršiji, zatim po Vječnoj vatri, grad u kome su se davne 1984. godine održale Olimpijske igre, grad koji ima dušu i dugu istoriju. Prva kafana u Sarajevu otvorena je u XVI vijeku, odmah posle pojave prve kafane u Istanbulu. Plamen Vječne vatre, spomenik vojnim i civilnim žrtvama Drugog svjetskog rata, izgrađen je 1946. godine i bio je ugašen samo jednom, za vrijeme opsade Sarajeva usled nestašice goriva. Sarajevo ima javnu rasvjetu još od 1895. godine.

Nije mjesto koje možeš samo jednom posjetiti i nikada mu se više ne vratiti, grad te jednostavno zavede i tjera da mu se iznova vraćaš sa istim žarom.

Istražni tim će krenuti ulicama prošlosti, ulicama djetinjstva, odrastanja, nadanja i snova, istim onim ulicama kojim su nekada koračale dvije porodice vjerujući da će tu provesti život gledajući djecu kako rastu, postaju ozbiljni i odgovorni ljudi, zasnivaju svoje porodice. Ali sudbina, tako se htjelo. Sve je to život, valjda, ona neka viša sila što bdi nad nama, zna zašto se neke stvari dešavaju i koje poruke ljudima kroz njih šalje, iako u nekim trenucima ljudima i nisu jasne namjere Svevišnjeg, ali učitelj uvijek ćuti za vrijeme testa, sve je tada na čovjeku da sam otkrije i riješi.

Čovjek koji ima volju i razlog za život uvijek se podigne iz pepela, sto puta će iznova sagraditi porušeno, nadoknadiće materijalno. Ali šta je sa ranama na duši? Kako one zacijeljuju, kako se nadoknađuje otkinuti komad duše? Sa dušom je teško, nema tu regeneracije, dio koji je otkinut zauvijek je izgubljen, ali navikne se čovjek na sve pa i na život sa tim nedostatkom, ne oporavi se nikad do kraja, ali ide dalje.

Da li im se svaki put kada čuju neke od pjesama — *Je l' Sarajevo gdje je nekad bilo*; *Sarajevo, Sarajevo gdje je moja raja* i slične otme suza iz oka i prokrvari ona rana gdje fali dio duše? Preživi čovjek sve, preboli, nastavi dalje, ali naiđu trenuci kad mu se sve vrati i udari ga kroz samo jedan stih, jednu riječ, jednu emociju. Da se sruši zgrada treba više pokušaja dok blokovi otpadaju, a za čovjeka je nekad dovoljna samo jedna riječ da se raspadne u dijelove.

Prvo mjesto na koje su se zaputili bila je Baščaršija. Tri sata vožnje i rano ustajanje su ih već prilično iscrpili. Nisu još ni kafu popili, a poznato je da se posle popijene kafe dalje vidi i razumnije rasuđuje. Golubovi su se sjatili oko ljudi koji su ih hranili kukuruzom, turisti su se gurali da se slikaju, da kupe hranu za golubove samo da bi napravili idealnu „spontanu" sliku za društvene mreže. Našli su jednu aščinicu gdje je bila najmanja gužva i naručili su kafu. U tišini su pili iz malih fildžana sladeći se ratlukom orijentisani na prolaznike koji su se gurali, tražili slobodno mjesto gdje bi popili kafu.

Koliko li su samo puta ovom čaršijom prošli ljudi za koje su došli da se raspitaju? Da li su tada, užurbani, jureći na posao, po djecu u obdanište, mogli i sanjati da će ih život u jednom momentu „baciti" u drugi grad koji nije njihov, ulice koje im nisu poznate i ponovo krenuti iznova i tu stvoriti dom? Da li u srcu nose ovaj grad ili je u njihovom srcu grad u kome su bili prisiljeni da krenu ponovo od nule, među nepoznatim ljudima ponovo pronađu smisao i stvore nova prijateljstva.

Kažu sve je stvar čovjekovog ličnog izbora, ali postoje situacije u životu koje ljudi nisu birali i na koje ne mogu uticati, nekada ih život jednostavno ponese bez njihove volje, bez njihove želje, bez pitanja, nekada život sam napravi izbor i dovede čovjeka pred svršen čin.

Ali čovjek se uvijek mora truditi da pliva dok ga bujica nosi da ne potone, dok mu je glava iznad vode još je sposoban da nešto uradi za sebe, a kad mu voda prelije glavu onda je kasno. Bolje je isplivati bilo gdje, nego da ti voda tijelo izbaci. Dok si živ imaš nadu i možeš krenuti iz početka na nekom drugom mjestu sa nekim drugim ljudima sve dok čovjek diše ima šansu za bolje sutra.

Nakon što su popili kafu, uputili su se na adresu gdje je nekada živio Darko sa roditeljima. On je bio još mali da bi se mogao sjećati svog djetinjstva u Sarajevu, a pitanje je ko sad živi u stanu, koliko se vlasnika promijenilo i da li se iko u zgradi sjeća te porodice. Ovu misao su sva trojica policajaca imali na umu, prećutkujući je između sebe.

Pozvonili su i vrata im je otvorio čovjek srednjih godina. Objasnili su ko su, pokazali legitimacije i zamolili da ih pusti unutra. Čovjek je bio nepovjerljiv, ali ih je ipak pustio da uđu. Objasnili su mu da se raspituju o prethodnom vlasniku stana i svaka informacija bi bila korisna. Čovjek nije imao mnogo da im kaže. Stan je od njih kupio 2000. godine. Osim par susreta oko dogovora i potpisivanja kupoprodajnog ugovora o njemu ništa nije znao. Raspitivali su se i u susjednim stanovima u zgradi, ali niko nije imao pojma o Tadićima. Svi su se tu doselili posle rata, tako da prethodne stanare nisu mogli poznavati. Baš kada su pomislili da samo gube vrijeme, pozvonili su na pretposlednja vrata u ulazu. Otvorila im je žena u ranim sedamdesetim. Živjela je sama i bila je željna razgovora, očito da je rijetko imala goste. Pustila ih je unutra i ponudila sokom. Već na vratima je rekla da se sjeća porodice Tadić. Ona je cijeli život provela u svom stanu, bila je jedna od rijetkih koji se nisu nigdje pomjerali. Muž joj je davno umro, djeca su u bijelom svijetu. Dani su joj bili jednolični, posjeta policije unijela je neku razonodu u njen život. Pričala je neprekidno o svemu što je tištilo u životu, kao i svaki usamljen čovjek kad dobije priliku da pred nekim govori ne može da se zaustavi. Sve što čovjeku leži na duši najlakše je ispričati strancu. Nakon što su je u više navrata podsjetili na razlog njihovog dolaska ispričala im je da je poznavala Tadiće i da su se posjećivali dok su tu živjeli. Sjećala se jasno, imali su dvoje djece, dječaka i djevojčicu.

„Bili su to dobri i pošteni ljudi, drago mi je što čujem da su dobro, da su preživjeli rat, šta ćete djeco, niko ne voli da ode iz svoje kuće, sudbina je to i volja Božja." Završila je svoje izlaganje starica. Policija je naravno prećutala pravi razlog posjete i kao razlog za raspitivanje izmislili su neke banalnosti oko nasledstva i kako ih je pretraga greškom uputila na staru adresu. Priča je bila šuplja kao švajcarski sir, ali ni sadašnji vlasnik stana ni starica nisu postavljali dodatna pitanja. Jednostavno im dodatne informacije nisu bile važne.

Umorni i očajni, trojica članova istražnog tima su se vratili u hotel. Da li su se ipak prevarili što su došli ovamo? Da li je ovo bio još jedan ćorsokak, još jedan potez očajnika koji traže slamku spasa? Laziću je instinkt i dalje govorio da su na tragu nekog otkrića, ali nije htio da komentariše naglas i tako još više razbjesni kolege koji su bili na ivici očaja. Umjesto da ostanu u sobi i raspravljaju cijelo veče kako su ponovo na pogrešnom tragu, kako jure svoj rep, kako će ih načelnik odrati kad se vrate, Lazić im je predložio da prošetaju po gradu. Mrak se polako spuštao i grad je bio krcat šetačima. Njih trojica su prošetali do Vječne vatre pa do Marin Dvora, prešli su preko Miljacke toliko puta opjevane u pjesmama i vratili se na Baščaršiju da se osvježe.

Veče je bilo toplo i naručili su pivo, zatim drugo, treće i razgovor je postao opušteniji. Daleko od svojih kuća, daleko od načelnika koji im je non-stop visio za vratom tražeći rezultate. Prvi put posle par mjeseci otkad je počelo ovo ludilo, trojica istražitelja se osjetiše opušteno i rasterećeno. Da li je tome doprinijelo pivo koje su popili, zanosni miris ćevapa i kafe koji se širio Čaršijom ili prisustvo nepoznatih lica. Na trenutak su pokušali da zaborave razlog svoje posjete i da se ponašaju kao turisti koji se dive ljepoti grada i drangulijama na Baščaršiji. Čak su sva trojica kupili po šolju sa motivom grada kao uspomenu na njihovu zajedničku avanturu, samo što još uvijek nikakve avanture nije bilo ni u najavi. Za sutradan su planirali da odu do sela koje je bilo udaljeno oko deset kilometara od grada.

Izmoreni šetnjom i omamljeni alkoholom zaspali su čim su došli u hotel.

Lazić je u neko doba noći začuo korake u hodniku apartmana. Ustao je i pogledao u susjedne krevete. Dvojica kolega su spavala čvrstim snom. Koraci su postajali sve bliži. Krenuo je prema vratima i taman kad je spustio ruku na bravu, vidio je ispod vrata potočić nečeg crnog kako se sliva u sobu. Bila je to krv. Intenzivan miris krvi i smrti počeo je da ga štipa za oči, a u barici su se jasno oslikale stope u mraku. Pogledao je užasnut. Trag krvavih stopa vodio je pravo do njegovog kreveta, pun mjesec je sobu osvjetljavao svojim sjajem i stope su se presijavale na mjesečini. Koraci su bili sve bliži, približavali su se vratima. Gledao je u usnule kolege, pokušavajući da vikne, ali nikakav glas iz grla nije izlazio. Otvorio je lagano vrata i vidio žensku priliku okrenutu leđima. Bila je gola, kosa joj je padala niz leđa, tijelo joj je bilo iskasapljeno, koža je visila sa kostiju, a oko nje su bili razbacani odsječeni prsti. Okrenula se prema njemu paralizovanom od straha. Držala je iščupano srce u rukama, stezala ga je čvrsto patrljcima od prstiju dok su se potočići krvi lagano slivali. Oči su joj bile izvađene, usta od uha do uha rasječena. Krvavu ruku u kojoj je držala srce pružila je prema njemu. U tom momentu odnekud se začula pjesma *Bacila je sve niz rijeku,* izobličene usne progovoriše — „Pomozi mi molim te" i crna ruka krenu prema njemu.

Probudio se vrišteći dok je Ostojić pokušao da ga razbudi drmajući ga za ramena. Nakon tog sna više nije mogao da zaspi. Iskasapljeno tijelo sa izvađenim očima i iščupanim srcem u ruci nije mu izlazilo iz glave. Na sve to muzika u pozadini — *Bacila je sve niz rijeku i pošla u drugi svijet.* Nije mnogo vjerovao u snove, astrologiju, horoskop i slične stvari, uvijek je smarao da je to zamlaćivanje mozga tako da je riješio da i ovaj san pripiše umoru, stresu, alkoholu, ali nemir ga nije napuštao. Unezvjereno je gledao po sobi, očekujući da će svakog trenutka nešto ugledati. Čak i sjene na zidu koje je mjesec pravio činile su da mu se koža naježi. Osoba ili šta god da je ono bilo molilo ga je da mu pomogne sa iščupanim srcem u ruci kojoj su prsti isječeni i razbacani okolo. Da li mu snovi šalju neku poruku? Da li je nekome neophodna njegova pomoć, a on ne može da shvati kome, da li mu se ubica u snu obratio moleći ga da zaustavi dalje krvoproliće?

Kažu snovi su odraz čovjekovog psihičkog stanja. Ko ih pravilno zna tumačiti mnogo toga će mu otkriti, oni su čovjekova podsvjest, često mu skrenu pažnju na nešto što je zaboravio, daju mu smjernice, upućuju ga. Ali ljudi snove obično uzimaju olako, usput, „to je samo san" pa i nije uvijek samo bezazleni san. Podsvijest nam šalje opomenu. Čovjek kroz snove razmisli o svojim postupcima.

SNOVI

Još od nekih davnih vremena snovima se poklanjala ogromna pažnja, vjeruje se da su Babilonci snove smatrali porukama natpirodnih bića, a Asirci znakovima koji pokazuju put. Stari Grci vjerovali su da su snovi božanske poruke koje se ulijevaju u ljude radi neke koristi, i Arteidor autor jedne od najpoznatijih sanjarica starog vijeka posebnu pažnju je posvećivao snovima koji se ponavljaju jer je vjerovao da svako jednom u životu usni jedan važan san koji može imati veliki uticaj na njegov razvoj.

Stari Rimljani su kroz snove tražili savjete i proročanstva, a prorok Muhamed na snove je gledao kao na razgovore Boga i čovjeka. I u Starom i Novom zavjetu može se naći mnogo zapisa o snovima koje šalje Bog kako bi prenio poruke. Snovi su obično ogledalo ljudske duše, kroz njih se ispoljava čovjekova ličnost. A prvi Sanovnici pojavili su se na Zapadu nedugo nakon što je objavljena Gutenbergova Biblija.

Snovi su većinom odraz svakodnevih situacija, često nam u snu dolaze odgovori na ono što se na javi pitamo.

Neki snovi su tako prijatni da se iz njih probudimo odmorni često sa žaljenjem što smo samo sanjali, problemi počinju kada krenu noćne more koje su odraz nekih traumatičnih i stresnih situacija koje proživljavamo i naša podsvijest nam ne da mira ni dok spavamo. Često nismo spremni da prihvatimo neke životne situacije i snovi nas obično opominju da treba da se posvetimo određenom problemu jer jedino na taj način možemo otjerati noćne more.

34

„Jednog dana ćete se probuditi ujutro i neće biti više vremena da uradite stvari koje ste oduvijek željeli da uradite. Uradite ih sada.”

Paulo Koeljo

Sva trojica su uveliko bili budni već u šest sati i polako pakovali ono malo stvari što su ponijeli. Iako su planirali da se zadrže dvije noći nije bilo potrebe za tim. Juče su saznali sve što su mogli, a to sve je bilo jedno veliko ništa. Ispitivali su ljude da se sjete svojih komšija koji su grad napustili prije više od dvije decenije. Od tada se mnogo toga promjenilo, neki su dolazili, odlazili rađali se umirali... Nikakvu korisnu informaciju nisu dobili, ljudi su ih čudno gledali i odmahivali glavama. Nadali su se da će u selu imati više sreće, inače ih čeka debelo ribanje kod načelnika zbog još jednog kako on to ima običaj da kaže, „nepromišljenog poteza”. Lazić ovaj potez nije smatrao nepromišljenim. Ispitali su sve što su mogli, iscrpili su sve moguće resurse. Svi poznanici i prijatelji su saslušani i ništa od toga nije dalo rezultate, ostalo je još samo kopanje po prošlosti, tamo još nisu bili.

Lazić je bio vidno uznemiren sinoćnim snom, samo o tome nije ništa govorio svojim kolegama, a i ne zna šta bi im rekao. Da ga je san na smrt preplašio kao malo dijete? Da se sakrio ispod jorgana drhteći od straha? Dugo se umivao hladnom vodom pokušavajući da otjera noćnu moru iz glave, ali bezuspješno. Pogledao se u ogledalo i vidio upale oči, podočnjake do pola obraza, činilo mu se da sjedi u trenutku dok posmatra svoj odraz u ogledalu. Tad mu pažnju privuče velika ogrebotina na grudima. Zaledio se u sekundi, gledajući u krvav trag na svojoj koži. Kako se to dogodilo, sanjao je sinoć, otkud ova ogrebotina? Da li počinje da načisto gubi razum? Ponovo je upao u svoju manijakalnu opsjednutost slučajem baš kao onda kad je ona otišla, ponovo je gubio razum.

Doručkovali su u trpezariji u tišini, bilo je još rano i malo gostiju je ustalo. Par starijih bračnih parova je ispijalo svoju prvu jutarnju kafu uz novine. Da li tako izgledaju jutra u dugom braku? Piju zajedno jutarnju kafu, svako zagledan u svoje novine bez ikakve druge vrste komunikacije. Da li posle određenih godina supružnici nemaju više šta da kažu jedno drugom, sve su priče ispričane. Sada žive kao dva stranca koji su nekada davno odlučili da provedu život zajedno i ostaće zajedno do kraja, ćuteći, zagledani svako u svoje novine, emisiju na televizoru, ćutke će jesti obroke dok ne dođe vrijeme da jedno od njih napusti svijet, a ovo drugo će tek tad da shvati kako im je život brzo prošao da se nisu stigli ni ispričati. Ubili su se tišinom, bili su mrtvi i prije smrti, ali fizički odlazak ih prodrma i podsjeti da su mogli i drugačije. Tada je kasno, jedino je smrt konačna, tada se više ništa mjenjati ne može.

„Ti nećeš imati s kim ni da ćutiš, nekada je dobro s nekim i ćutati, a ti ćeš ćutati sam.” Ponovo mu se javio onaj opaki glasić koji ga je često maltretirao u poslednje vrijeme svojim zlobnim komentarima. Taj glas iz njegove podsvijesti nije imao milosti, udarao je surovo tamo gdje je najslabiji. I kada mu se počeo javljati pokušavao je da ga ignoriše da ne ispadne budala pred kolegama.

„Sam si nemaš nikoga ko te čeka ko brine za tebe, možeš ostati u ovom gradu cijelu vječnost, možeš ovdje i kosti ostaviti, koga je briga za tebe? Okačiće ti sliku u stanici, tu ćeš da visiš kao jedan uspješan inspektor, ali ko će to da gleda, pamtiće te par godina, a onda ćeš kao i svi drugi pasti u zaborav, grob će ti korov progutati, jer nemaš nikog ko će ti ga održavati...” Glas je bio nemilosrdan i osjećao je kako se počeo pojačano znojiti.

Mora da ludim — pomislio je i nije ni primjetio da mu se njegov pomoćnik pokušava obratiti već pet minuta.

Ovo nije dobro, moraću s nekim da popričam, ali s kim? Svi bi mi se smijali, uputili bi me psihijatru i suspendovali nakratko što bi se pretvorilo u vječnost, ko bi ponovo na tako odgovornu funkciju vratio bivšeg ludaka?

Upravo je sebi priznao da je lud, ali i da nema vremena da sada razmišlja o glasovima. Mora da se skoncentriše i napravi današnji plan obilaska sela. Jer svaki čovjek je pomalo lud na svoj način, tako i njegovo ludilo još uvijek nije prijetnja ni za njega ni za njegovo okruženje.

Pravio se da ne primjećuje zabrinuta lica kolega. Mogao je da vidi šta im je u glavi i kakvo je njegovo lice u trenucima dok se sa demonima bori. Glas ga obično izaziva kada je u društvu, bira situacije.

Jutro je bilo predivno. Pogled ispred hotela na grad bio je fantastičan, ali nije bilo vremena za uživanje u pogledu. Ukucali su adresu u telefon i pokrenuli navigaciju. Trebalo je da stignu za tridesetak minuta. Prošlo je osam sati i trebalo bi da izbjegnu najveću gužvu u gradu. Krenuli su strmom ulicom prema Vijećnici i vozeći kraj Miljacke uputili se prema Ilidži. Vožnja je proticala u tišini. Svaki od njih je bio zadubljen u svoje misli. Mladi policajac koji je u poslednje vrijeme bio inspektorova desna ruka očekivao je mnogo od ovog putovanja. Nadao se da će nešto veliko otkriti u Sarajevu, a on bi bio dio trojke veličanstvenih, ali posle jučerašnjeg fijaska bio je pokunjen i gubio je nadu o velikom otkriću. Stariji policajac je razmišljao o ženi i djeci. Djeca su već bila u školi, žena na poslu, jutarnju kafu je popila sama. Volio je taj njihov ritual da ujutru zajedno prije posla i gungule koju djeca prave spremajući se za školu njih dvoje popiju kafu u tišini. Nisu bili jutarnji tipovi i tek bi poneku rečenicu razmjenili, ne zato što su upali u bračnu monotoniju, još su bili itekako zagrijani jedno za drugo, samo ujutro nisu voljeli puno buke prije jutarnje kafe. Nije često odlazio na službena putovanja i primjetio je da mu porodica već nedostaje. Lazić je razmišljao o snu od prošle noći. Mislio je da će mu na svjetlosti dana slike izblijediti, ali ga je slika djevojke bez očiju i srca proganjala cijelo jutro. Činilo mu se da još čuje njen glas.

35

„Budite hrabri. Preuzmite rizik. Ništa ne može zamijeniti iskustvo.”

Paulo Koeljo

Baš kao što je navigacija pokazivala, nakon tridesetak minuta vožnje ugledali su tablu sela Vrane. Naziv im je parao uši kad su ga prvi put čuli, ali pošto su ga već mnogo puta izgovorili postao im je običan. Selo je bilo smješteno u podnožju brada i na prvi pogled, onako iz daljine gledano, to uopšte nije bilo seoce gdje su kuće razbacane i udaljene. Ovo je bilo ogromno naselje. Vidjele su se crkva, džamija i jedna veća zgrada za koju su pretpostavili da je škola.

Ovo neće biti tako lako kao što su zamislili. Ko zna koliko se tu stanovnika promjenilo i koliko će njih uopšte moći da se sjeti ove dvije porodice, ali tu su da istraže i zaputili su se do mjesta za koje su pretpostavljali da je centar sela. Centar se sastojao od malog parka, kafane, jednog kafića, banke, pošte i velikog marketa. Kao što red nalaže, zaputili su se prvo u kafanu, jer su smatrali da ako iko može da im da neku informaciju to je gazda kafane. On manje-više poznaje sve u selu, zna dešavanja, možda bi mogao nečeg korisnog da se sjeti pod uslovom da je starosjedilac. Sigurno se u ovoj kafani ljudi svakodnevno okupljaju da popiju po neku i razmjene po koju riječ, požale se na život, bistre politiku.

Kafana je bila u etno stilu, sa ručnim radovima okačenim na zidovima, kariranim stolnjacima, rasklimanim stolicama, kaminom na sredini u kojem trenutno nije gorila vatra, ali se moglo pretpostaviti da se zimi na ovaj način zagrijava prostorija. Objekat je zračio nekom nostalgijom i toplotom. Osjećao se mir i spokoj, neka sjeta kao da je strujala između kariranih stolova i rasklimanih stolica. Osjetio se vonj znoja i miris rakije. Bilo je rano i u kafani je bilo samo par ljudi koji su ispijali kafu i glasno razgovarali.

Čim su prešli prag kafane razgovor je utihnuo i svi pogledi su bili uprti u njih. Tu su vjerovatno dolazili samo mještani i svi su se međusobno poznavali kao i u svakoj maloj sredini pa je pojava nepoznatih ljudi izazvala malu pometnju. Družina je izabrala sto u ćošku kafane kako bi što manje upadali u oči. Selo kao i svako drugo, svi se poznaju pa kad naiđe neko nepoznat odmah je atrakcija i zanima ih kojim je povodom tu. Konobarica koja im je prišla da ih usluži bila je žena kasnih pedesetih i kroz kratak razgovor zaključili su da je ona gazdarica kafane. Donjela im je narudžbu i zamolili su je da sjedne da malo porazgovaraju. Prvo je drsko odbila, ali kada su joj pokazali značku nevoljno se spustila na stolicu. Lazić je započeo —

„Gospođo, koliko dugo živite u ovom selu?"

„Ovdje sam provela cijeli život, rodila se, išla u školu, udala se za momka iz sela, zarobila se u ovu kafančinu služeći ove seljake koji od ranog jutra dolaze da loču, a kakvih sam ja prilika imala da se udam, da budem gospoja, oću ja ljubav, evo đe me ljubav dovela. Cijeli život slušam pijana naklapanja i još na sve to moram da sjedim sa policijom koja me ispituje ne znam ni zašto. Da nije onaj moj nesrećnik šta loše uradio? Ne bi mu bilo prvi put, ode nema ga danima, ja sama moram da se borim sa pijanim budalama, a on ko zna kod kakvih kurveština bude."

Bila je bijesna kao i svaka osoba kojoj je život zadavao muku. Na licu joj se moglo pročitati razočaranje i žal za promašenim životom, žal za izgubljenim snovima koje je kao djevojka sanjala.

Često život čovjeka odvede u suprotnom smjeru od onog što je želio, maštao, planirao. Jednostavno desi se pogrešno skretanje i više nema povratka nazad. E sad do čovjeka je da odluči da li će ostatak života provesti žaleći za pogrešnim skretanjem ili će od pogrešnog puta napraviti novi, pravi put za sebe.

„Gospođo, da li ste poznavali porodicu Tadić? Živjeli su ovdje do sredine devedesetih, Srđan i Sandra Tadić, imaju sina Aleksu. Prema našim informacijama držali su prodavnicu u selu prije nego što su se odselili.”

„Čovječe Božiji, kakav te nalet šejtana spopao? Ja ne mogu da se sjetim šta sam juče jela, ti me pitaš za ljude koji su prije sto godina odselili. Morala bih malo da razmislim i zašto oni vas zanimaju?”

„Gospođo, to je strogo povjerljivo i trenutno ne možemo to da vam otkrijemo.”

„A za čije babe zdravlje bih ja mozgala o njima? Šta ja imam od toga?” Odgovorila je ratoborno.

„Gospođo, te informacije su nam jako važne. Ako biste nam otkrili nešto o njima, bili bismo vam jako zahvalni, a vi biste značajno doprinjeli jednoj važnoj istrazi.”

Lazić je pokušao da je odobrovolji lijepim riječima i još jednom turom pića. Žena je posle nekoliko čašica rakije postala komunikativnija i raspoloženija za razgovor, a neki tračak ponosa ogledao joj se na licu. Obično je nikad niko nije kao čovjeka slušao, takva joj je bila sudbina, strogo patrijarhalno vaspitana, „žensko si, ćuti, pogni glavu, ne gledaj muškadiju u oči pomisliće da si nepoštena, ne smij se glasno, nemoj ovo nemoj ono”.

Još joj je u glavi odjekivao glas njene majke i pravila koja joj je stalno ponavljala i gdje je to ćutanje dovelo? Za šank kafane sopstvenog muža koga ponekad nema danima, djeca su se razišla, ćutala je i trpila sve zbog njih; i poniženja i uvrede, osjećaj da je manje vrijedna koji joj je usadio njen zatucani muž. Ali dosta joj je bilo svega tih dana. Bračne svađe su postajale sve češće, jer je konačno i ona progovorila i pokazala mu da ima mozak i da ne mora više da trpi, a on je nazvao ludom i nestajao sve češće. Nije se više brinuo da li će se i kada vratiti, osamostalila se... Sve su zajedno stekli pa ako mu je do razvoda neka plati pa će sve podijeliti. Toliko je odlutala u mislima da u prvi mah nije ni primjetila da je inspektor cima za ruku, a onda se, kao trgnuta iz sna, vratila u stvarnost i započe priču:

„Sjećam se dobro njih, bili su pošteni i čestiti ljudi, pošto ste tako fini prema meni mogla bih vas odvesti do ulice u kojoj su nekada živjeli. Imali su sinčića, bio je jako mali kada su odselili. Srđan je ponekad dolazio u kafanu, njihova prodavnica je bila ova preko puta. Kad su odselili, drugi čovjek je otvorio. Žena mu je bila baš ono što bi rekli dama. Uvijek pristojno i kulturno obučena, prijatna, dobra. Ona je radila u prodavnici, a on u Sarajevu u obdaništu, bio je vaspitač.”

Vaspitač. Još jedna veza između dvije porodice, Suzana, majka žrtava, je vaspitačica, moraćemo to da ispitamo. Možda je to samo slučajnost, ali u ovom poslu svaku slučajnost treba ispitati jer nikada se ne zna šta može iz nje proizaći. Da li je sada vrijeme da i nju pomenem, da li će to biti previše za ovu ženu koja je već dobro pripita, da li da se vrati kasnije? Ma idemo na sve ili ništa!

U mislima Lazić prizva namrštenu načelnikovu facu. Od jutros ga je zvao dva puta, riješio je da ga ignoriše svjestan da će zbog toga biti izriban kad se vrati u stanicu, ali nije imao volje da opet raspravlja s njim znajući unaprijed da će uporno ponavljati ono što je već rekao — za njega je put u Sarajevo samo slamka spasa za koju su se kao davljenici uhvatili jer nijedan drugi trag nemaju, da neće otkriti ništa veliko osim da je to veliki ćorsokak, ponovo jure svoj vlastiti rep to je još jedna Lazićeva budalaština da pokupi ljude i ode u Sarajevo tražeći tragove posle toliko godina, jure kao muve bez glave bez pravca i cilja...

„Gospođo Jelena, da li ste poznavali Suzanu Matić? Živjela je ovdje do prije nekih desetak godina sa dvoje djece, kćerka i sin?"

Kolege su sa zaprepašćenjem na licu pogledali u inspektora. Ovo nije bio dio plana, nisu se tako dogovorili, dogovor je bio da idu korak po korak, a on je sada sve to preskočio i udario pravo u centar. Ponovo njegova svojeglavost i nekolegijalnost dolaze do izražaja kao i mnogo puta ranije, ljutili su se. Dogovore se jedno, a on neočekivano postupi drugačije. Lazić je i sam bio zbunjen i malo postiđen, jer je prekršio plan koji je razradio sa kolegama, ali jednostavno kao da je neko drugi progovorio kroz njega, morao je to ispljunuti. Jelena ih je pogledala sa ledenim izrazom na licu i bilo je i više nego očigledno da je poznaje, da zna mnogo toga o njoj. Oči su joj plamtile mržnjom.

„Kao prvo, ona nije nikakva gospođa, gospođa je koliko i one što ih možete naći ispod mosta za dvadeset maraka, samo što je njena cijena mnogo veća, eto moglo bi se reći da je to gospođa na cijeni. Ma šta ja biram riječi koji kurac! To je jedna obična fuksa! Među njenim nogama se mogao naći svako ko ima debeo novčanik i ne želim više da razgovaram o toj kurvi, nadam se da će je snaći najstrašnija sudbina!" Njena kletva već se ispunila, a još nisu znali šta je ta žena toliko zgriješila, ali gora sudbina nije je mogla snaći.

„Gospođo, molim vas pomozite nam, ovo je jako važno, životi mnogih su u pitanju. Ne želite valjda da još neko strada, a možda nam možete pomoći da spriječimo to. Suzana se odselila odavde kada je dobila posao vaspitačice u Zvorniku, činjenica je da je taj grad poprilično udaljen od ovog mjesta, znate li možda kako je došlo do toga?" — Sad se u razgovor umiješa Nikola.

„Naravno da znam pa to su svi znali. Nije ona dobila posao zbog svoje pameti, nego je digla noge pravom čovjeku i zauvijek zapalila iz ove selendre, ali znate šta često joj zavidim kao i drugim ženama sličnim njoj. Šta sam ja dobila od svog poštenja i rintanja od jutra do sutra? Dobila sam proširene vene, bolove u kičmi, muža koji me ne poštuje, pogubila živce služeći pijane goste i nikada mi niko nije rekao hvala za to. Da ponovo život biram izabrala bih da budem jedna od tih žena koje napreduju preko one stvari koju daju pravoj osobi i na taj način osiguraju svoj život. Poštenje se odavno ne cijeni. Dobila sam muža koji ko zna gdje je i sa kim se vucara, služim pijandure svaki dan, kopam baštu, ruke su mi ogrubjele, iz ovog sela nisam makla, najdalje sam otišla do Beograda i to na dan-dva rodbini u goste, kraj onog mog ništa od života nisam vidjela, a ona je svoju stvar dobro iskoristila. Postala je gospođa, mada ne mogu dušu griješiti uvijek se ponašala kao dama, na ulici je uvijek bila ljubazna i nasmijana, ali nama ženama to nije bio osmijeh prijateljstva nego podsmijeh, jer je većina muškaraca iz sela balavila na nju. I onaj moj jado isto. Drugovi policajci, nemam kome da otvorim dušu, ali eto vama sada kažem, bez obzira što sam je onda mrzila zato što je i onaj moj trčao za njom, nije ona nama ništa kriva, mi žene smo od ćurki nekada gluplje, slijepo vjerujemo da nam neko krade muškarca, a ko koga može uzeti ako on neće? Nismo mi imale problem s njom, nego s našim muškarcima, ali naivne kakve jesmo lakše je uvijek optužiti treću stranu."

„Koliko je dugo živjela ovdje, odakle je došla?"

Neke informacija inspektori su prikupili, ali nadali su se da će im otkriti nešto važno i novo.

„To sveti Bog zna! Došla je ovdje za vrijeme rata sa jednim momkom iz sela. Bio je lijep kao sam anđeo, mogao je da bira curu, a ne mogu dušu griješiti i ona je bila lijepa kao slika. Ne prođe dugo rodi mu dijete, a on nesrećnik poginu u ratu. Ostala je sama sa djevojčicom od godinu dana, tuga, nikad oca nije upoznala. Nekako u to vrijeme dosta ljudi se trudilo da joj pomogne. Znate, bila su to vremena u kojima su ljudi imali više duše nego danas, bilo je sloge i u dobru i u zlu. Bili smo tu jedni za druge, danas to više nije tako. Sve se svelo na interes, zavist i ljubomoru, nema više iskrenosti, ljudi su dušu izgubili. Nego, da se vratim na priču, ne prođe ni godina dana, a Suzana se ponovo udala. Sve žene su odahnule. Ma koliko osuđivale njen postupak, bile su na neki način mirnije, jer su se njihovi muževi bili počeli motati oko udovice kao pčele oko košnice, glupo žensko kažem ponovo, uvijek im je neko drugi kriv za njihove nesrećne veze i brakove, zatvaraju oči pred istinom, žive u zabludi. Ali, ne prođe dugo, ne mogu se sjetiti sada tačno koliko godina je bila u braku sa drugim mužem, on nesrećnik poginu u saobraćajki, a volio je čašicu više nego hljeb, šuškalo se po selu da ga Suzana vara pa se još više opija, ali pijandura uvijek ima neki razlog za piće. Suzana je ponovo ostala udovica sa dvoje djece. U drugom braku je dobila sina. Odmah nakon sahrane vratila se u kuću svog prvog muža koja je pripala njoj. Roditelji su mu davno umrli, nikoga više nije imao.”

„Da li se sa nekim posebno družila? Da li bi nam neko mogao reći još nešto o njoj osim priča koje su kružile selom? Da li je imala neku drugaricu, da li su živi roditelji njenog drugog muža?”

„A družila se ona uglavnom s muškarcima, muškarci su teška đubrad za malo tuđe one stvari daće i gaće sa guzice samo da je druga da nije njihova žena, da se prave važni. A Suzana je to itekako koristila, vjerujem da većina od njih nije uopšte bila s njom, ali samo njen osmijeh ih je privlačio kao cvijet pčelu. A ona se igrala s njima kao sa igračkama, dok su joj vrt okopavali, travu kosili, i drva cijepali, ma kao da joj je od zlata, takvu moć je imala. Sreća njena pa je otišla iz sela, žene su joj spremale linč, jes da je i onaj moj oblijetao oko nje, ali nisam ja tako površna iako možda na prvi pogled izgledam tako. Nije ona meni kriva ništa. Kriva sam ja što sam ostajala da živim sa kretenom koji me nije vrijedan, kriva sam što sam dopustila da me ponižava, kriva sam što nisam uzela svoj život u svoje ruke i davno napustila idiota. Ali većina žena neće da prizna da su udate za čovjeka koji ih ne poštuje. Lakše im je da kažu da im neka tamo kurva otima muža pa nije to stvar. Družila se ona s Rosom, često su zajedno šetale i pile kafu. Nikada mi nije bilo jasno to prijateljstvo. Rosa je duplo starija od nje, nije se nikad udavala, živjela je sama sa psom i mačkom. Bila je učiteljica u selu, odavno je u penziji. Možda ih je slična profesija spojila. Suzana je vaspitačica, ali dok je bila ovdje nije radila. Imala je visoka primanja i bilo je dovoljno za nju i djecu. A roditelji Rankovi njenog drugog muža odavno su umrli, ubila ih je tuga za sinom. Osim njega nikog više nisu imali. A sad da vam objasnim kako da nađete Rosu. Nije teško, kada izađete na ulicu idite pravo do prve prodavnice, tu skrenite desno i idite oko stotinak metara uz brdo, na lijevoj strani vidjećete malu crvenu kuću sa lijepim dvorištem, ne možete promašiti.”

Inspektori su se ljubazno zahvalili Jeleni, ostavili su joj i dobar bakšiš. Žena je bila vidno raspoloženija. Otvorila im je dušu iz koje su se izlili čemer i tuga, žal za propalim snovima, za promašenim životom, nesrećnim brakom. Čovjek najlakše otvori dušu neznancu i u spontano nametnutoj situaciji. Izašli su iz kafane praćeni pogledima ono malo gostiju, svjesni da su velika senzacija i da će za pola sata cijelo selo znati o čemu su razgovarali sa gazdaricom kafane, a to im i jeste bio cilj, možda se pojavi neko ko će im reći nešto ključno, nešto za što je Lazić bio siguran da mu izmiče, a osjećaj da su nečemu na tragu sa svakim korakom kroz selo mu se pojačavao. Mogao je da namiriše, nozdrve su mu se širile, peckanje niz kičmu postajalo jače. Duhovi prošlosti su se probudili, govorio je glas u njegovoj glavi.

Bili su na vratima kada je Jelena pozvala Lazića da se vrati da još nešto doda.

„Bez obzira na sve mnogo mi je žao te žene. Ma koliko to u ovom trenutku licemjerno zvučalo, nijedno ljudsko biće ne zaslužuje sudbinu koja je nju zadesila. Znamo sve, čitali smo u novinama, selo je danima pričalo o tome. Neki su i likovali, ali oni ni obraz ni dušu nemaju. Imala je ona neku muku, naziralo se to u njenom pogledu, nije je dijelila s drugima. Šuškalo se da je pobjegla od nečeg, da nosi prokletstvo u krvi. Šta god da je godinama jurilo stiglo je, a samo ona zna koji je njen grijeh. A svi imamo neki teret, neku muku koju ni s kim ne možemo da podijelimo, ljudi su površni i skloni da osuđuju druge, a ne znaju sa kakvim se demonima svaki čovjek bori. Svakome je njegove muke dosta, a opet neki moraju da guraju nos u tuđe dvorište dok im sopstveno u korov zarasta i prijeti da ih uguši. Takav je mentalni sklop ljudi šta li je.”

Toplota ih je zapahnula čim su kročili na ulicu. Asfalt je bio vreo iako još nije bilo ni podne. Sunce je nemilosrdno pržilo. Sjeli su u auto i krenuli po Jeleninim instrukcijama da nađu Rosu. Rosa im je bila kao poslednja slamka spasa, ali nisu smjeli puno da se nadaju nakon niza neuspjeha. Strepili su i da maštaju o uspjehu, misleći da će ih univerzum čuti i ponovo sve okrenuti naopačke. U glavi su mogli da čuju načelnikov glas, mozak im je razarao njegov piskavi glasić i bukvica koju će im očitati kada se vrate u stanicu. Mladi policajac ga je zamislio u gaćama kako viče na njih i to mu je na momenat izmamilo osmijeh. Mladić je imao beskrajno povjerenje u svog mentora. Vjerovao je njegovom instinktu. Inspektor koji je pošao sa njima bio je Lazićev dobar prijatelj i kolega. Godinama su zajedno radili i znao je da ovo nije neki njegov hir dok je načelnik mislio suprotno — da je Lazić poveo ljude u Sarajevo samo da bi sebi dao na važnosti. Krenuo je putem prošlosti, misleći da se tamo kriju neki odgovori za sadašnjost, smatrao je to još jednim njegovim hirom i mrzio ga je iz dna duše rado bi ga poslao u tri lijepe samo da može. Lazić je imao prejak instinkt da ga tamo nešto čeka, da se krije iza nekog žbuna, neke zgrade i čeka da ga otkriju.

Svi imaju neke tajne, a koja je bila Suzanina, šta je toliko loše uradila da joj se ovako vraća, kakve je to greške počinila u prošlosti?

36

„Ako si se uputio prema cilju i putem počeo zastajkivati i kamenjem gađati svakog psa koji laje na tebe, nikad nećeš stići na cilj.”

F. M. Dostojevski

Jovi se život godinama svodio na smišljanje načina kako da ispuni dan, da ubije vrijeme, ali zašto je želio da ubija vrijeme? Njegove Milice, njegovog razloga za život, odavno nema i činjenica je da je ubijao vrijeme samo da bi prolazilo. Svrha njegovih dana bila je da protiču, svaki protekli dan bio je jedan korak bliže susretu sa Milicom. Ponovo je vidio ono stvorenje sa plaštom samo ovaj put je bilo drugačije i stvor je vidio njega i nije ga zaobišao. Prišao mu je, pogledao ga u oči i produžio dalje. Nije znao šta je u tom trenuku osjećao, a i nije nikom mogao da priča o tome. Sve čega se sjeća su dva oka koja sijaju kao kod mačke u mraku i nadvijaju se nad njim. Taman kada je pomislio da mu je došao kraj, da će ga se riješiti tu na pustom parkingu iza kontejnera gdje je sjedio skupljen uz hladni lim, prilika je produžila dalje.

U dubini duše znao je da će se vratiti po njega ovih dana. U trenutku kad ga je prilika primjetila svaki nerv na njegovom tijelu bio je ispunjen strahom, ali kada mu se pogled ukrstio sa pogledom crne prilike na trenutak je u tim očima vidio duboku tugu. I zlotvori ponekad tuguju. Nekada je njihova tuga mnogo dublja od tuge drugih ljudi samo što se oni ne znaju boriti s njom, obično ih očaj odvede u pogrešnom pravcu i probudi ono najgore u njima. Zvijer koja je samo na trenutak dremnula uvijek je spremna na najgore. Njen san je lak, nekada je i tišina probudi, a šapat totalno razjari i onda je više ništa ne može zaustaviti. San je okrijepio, povratio joj snagu i postaje nemilosrdna.

Čudno je to, koliko god često čovjek kaže da nema razloga za život, da želi sopstvenu smrt, kad taj trenutak dođe čovjek se ipak uplaši iako je svaki minut svakog dana želio smrt. Takav je slučaj bio i sa Jovom. Prezirao je sebe što se ponio kao kukavica, što se uplašio za svoj bijedni i bezlični život koji je odavno bio ugašen, nad njegovim grobom svijeće su odavno izgorjele i cvijeće uvenulo, a on drhti od straha pri susretu sa smrću. Gorko je plakao satima priljubljen uz hladnoću kontejnera, gdje su ljudi bacali smeće tu je i on želio da završi, u smeću, nadajući se da će tako bar malo da se iskupi pred sobom.

Kad je saznao za novo ubistvo bilo mu je jasno zašto mu je život te noći pošteđen. Onaj stvor je imao drugog posla te večeri, ali njemu je jasno dao do znanja da je zapamćen. Prokleti pacovi! Oni su odali njegovu poziciju u nezgodnom trenutku. On je već bio zadrijemao kod kontejnera. Nemoćan da ode kući tu je namjeravao da provede noć, ali su se pojavili nezvani gosti u potrazi za hranom i buka koju su pravili privukla je stvora, šta god da on bio, da obrati pažnju na izvor buke i pronađe beskućnika.

Jovo se nikada nije plašio starenja ni smrti, bio je već uveliko mrtav godinama, samo još uvijek nije bio sahranjen, a gori život od toga čovjek ne može zamisliti, skoro trideset godina je proveo kao duh na zemlji nemajući hrabrosti da sebi oduzme život, jer se uvijek bojao šta bi mu Milica na to rekla u slučaju da postoji nešto sa one strane i ako im se duše ponovo sretnu. Znao je da bi ga korila što se tako kukavički ponio, a ako je mogla da ga vidi bio je siguran da je bila mnogo kivna na njega. Baš je voljela život, bila je vesele naravi i sigurno je ljuta zbog načina života koji je izabrao. Osjećaj da mu je kraj blizu nije ga napuštao. Spremno je čekao svako veče onu priliku da se pojavi i dokrajči ga. Znao je da će doći, neće ostaviti svjedoka u životu, samo se čudio što toliko oteže. Kojim li je drugim stvarima zaokupljena? Nije mu padalo na pamet da ode u policiju i kaže šta je tamo vidio. Jednom je napravio grešku i izlanuo se. Zamalo da ponovo završi iza rešetaka, grozno su postupali s njim, čak su htjeli da mu prišiju ubistvo onog nesrećnog mladića na šetalištu. Kako bi im sad objasnio da je vidio počinioca i u noći drugog ubistva? Ovaj put zatvor ne bi izbjegao. Panduri su očajni. Šuška se po gradu da je načelnik na rubu živaca. Svi pucaju po šavovima, on bi im bio idealan žrtveni jarac da na nekom iskale bijes i to što mjesecima jure sopstveni rep. Nek je proklet ako im to ponovo dozvoli.

Asocijacija na smrt je obično tuga, osjećaj da će vrijeme proticati, a čovjek neće biti tu da to vidi. Toliko toga će da propusti i to je ono što se čini kao nepravda. Da sunce i dalje izlazi i zalazi, život teče, sve je isto, samo jedan list manje sa drveta na kojem je milion listova, neće se ni primjetiti. Jovo se toga nije plašio. Pola života je proveo nesvjestan da je uopšte živ i pomisao na smrt nije mu izazivala tugu, nego osjećaj olakšanja da dolazi kraj. Ono što je u njemu izazivalo nemir bila je pomisao da bi mogao biti mučen prije smrti. Veći dio života bila je muka, samo je želio brzu i bezbolnu smrt.

Veče je bila od onih kad se ne vidi prst pred nosom, rominjala je neka dosadna kišica. Jovo je ležao sklupčan na onom što je nekada bio krevet, a sada je ličilo na raporenu utrobu neke životinje kojoj su se crijeva po sobi razvlačila privlačeći glodare da ostatke razvlače i kidaju. Izgledao je kao mali čovječuljak u utrobi neke pobjesnele zvijeri. Utonuo u obamrlost začuo je korake. Neko se tiho prikradao, a on je dobro znao ko dolazi. Smrt je konačno došla po njega. Koraci su bili sve bliži. Plitko je disao i trudio se da ne napravi nijedan pokret; vrijeme je da se oprosti od ovog svijeta. Nije imao ništa za čim bi žalio i sve njegove misli bile su usmjerene ka Milici i njihovom ponovnom susretu. U sebi je po ko zna koji put molio da mu oprosti. Na trenutak je požalio što se nije okupao i sredio. Pomislio je kako će Milica biti razočarana i ljuta kad ga vidi neurednog i u ritama. Prilika se nagnula nad krevet gdje je ležao. Opet je vidio one sjajne oči samo što sad iz njih nije plamtila mržnja nego neka saosjećajnost. Gledali su se tako nekoliko sekundi. Odjednom je vidio Milicu kako mu se smiješi i pruža mu ruku i sve je prekrio mrak.

37

„Pazite na svoje misli; one postaju riječi.

Pazite na svoje riječi; one postaju djela.

Pazite na svoja djela; ona postaju navike.

Pazite na svoje navike; one postaju karakter.

Pazite na svoj karakter; on postaje tvoja sudbina."

Lao Ce

Rosinu kuću nije bilo teško pronaći. Isticala se među ostalim po svojoj ljepoti i božanstveno uređenom dvorištu što je odavalo utisak da je vlasnica ove ljepote osoba sa prefinjenim ukusom. Ničeg nije bilo više nego što treba, sve je bilo lijepo i svedeno. Dvorištem se širio prijatan miris cvijeća i kada su zakoračili unutra inspektori su imali osjećaj da su ušli u neki drugi svijet, bilo je tako bajkovito. Žena na kraju dvorišta plijevila je cvijeće duboko zanesena u posao da uopše nije primjetila dolazak ove družine. Na glavi joj je bio šešir koji je štitio od sunca ispod kojeg su nemirno štrčali tanki uvojci sijede kose. Tek kada su joj se skroz približili, žena se iznenađeno trgla i pogledala ih upitno. Lazić je uputio prijateljski osmijeh gospođi i srdačno je pozdravio. Čak je poveo sa njom neobavezan razgovor o vremenu i počeo se raspitivati za neke biljke u njenom dvorištu kao da je to najnormalniji susret dvoje poznanika, a gospođa je itekao sudjelovala u razgovoru.

Situacija možda jeste bila malo suluda, gledano očima Lazićevih kolega, ali pošto su ga dobro poznavali imali su potpuno povjerenje u njegovu taktiku. Znali su da je sve ovo samo dio igre kako bi se približio Rosi na prijateljski način i saznao sve što ona zna o Suzani. Nije htio da bude arogantan i preplaši je. Nakon obilaska dvorišta, Rosa im ponudi da sjednu u hladovinu ispred kuće i donese im posluženje. Gostoprimstvo našeg naroda je opšte poznato. I slučajnog prolaznika i važnog gosta naš čovjek voli da ugosti. Takva je bila i Rosa. Ništa nije zapitkivala, samo je iznosila posluženje da se okrijepe. Osvježeni i poneseni opojnim mirisima inspektori su na trenutak imali osjećaj da su negdje na odmoru koji bi im itekao prijao, a ne na važnom zadatku.

Lazić oduči da progovori prvi i da Rosi objasni razlog njihove posjete. Nije bilo jednostavnog načina da to uradi pa se odučio na direktan pristup. Prvo se zahvalio na gostoprimstvu, a onda je odlučio da iznese razlog njihove posjete.

„Gospođo, mi smo ovdje povodom jednog veoma važnog zadatka. Potrebne su nam određene informacije o ženi koja je nekada ovdje živjela, a koja je po pričama mještana bila veoma bliska s vama.”

Rosa ih je upitno pogledala očekujući nastavak, nije postavljala nikakva pitanja, pa je Lazić nastavio:

„U ovom selu je jedan duži period živjela Suzana Matić. Prema pričama mještana bile ste jako bliske pa nas zanima da li biste nam mogli reći nešto više o njoj.”

Starica se na trenutak zamisli kao da pokušava da prizove neka sjećanja. Ćutala je par minuta, a onda krenula sa pričom.

„Ne znam zašto se raspitujete o njoj i pretpostavljam da mi nećete ni reći pa neću navaljivati a čim ste prevalili put do mene vjerujem da je u pitanju nešto jako bitno, samo ne znam od kakve koristi vam ja mogu biti. Sa Suzanom se nisam vidjela od trenutka kad je otišla iz sela. Jedno vrijeme smo bile u kontaku, čule smo se telefonom, ali vremenom i to je prestalo. Znate kako to ide, kilometri i vrijeme čine svoje. Ljudi se jednostavno udalje, počnu da vode različite živote na različitim mjestima i u jednom tenutku shvate da više nisu upućeni u život onog drugog i nemaju više o čemu da razgovaraju. Ne znaju više ni za sreću ni za tugu onog drugog. Tako je bilo i sa nama. Nadam se samo da je Suzana dobro, mada nakon onog što joj se desilo, dobro biti ne može. Za nju više nema dobra na ovom svijetu, za nju nema sreće ni utjehe. Čitam ja novine, a pomalo se i u tehnologiju razumijem pa kao što bi mladi rekli surfujem po internetu. Svi mi ovdje znamo šta se desilo njenoj djeci. Danima se o tome pričalo u selu. Očekivala sam ja vas i ranije.”

Svi su ćutali nekoliko trenutaka. Inspektori su bili svjesni da je vijest davno stigla i do ovog sela odakle je nesrećnica jednom otišla u nadi za boljim životom, a oni došli da potraže nešto što je možda zaboravila. Gdje god čovjek da ide svoju sreću i nesreću nosi sa sobom. Od toga pobjeći ne može, prate ga u stopu kao vijerni saputnici jer su dio njega. Ne čini čovjeka nesrećnim određeno mjesto nego ono što u sebi nosi i gdje god da krene osjećaće se isto jer prljag koji sa sobom nosi ne može baciti, dio je njega samog. I Suzana je neki nesrećan prtljag ponijela sa sobom, a oni se nadaju da Rosa o tome nešto zna.

„Koliko ste vas dvije bile bliske? Da li vam se povjeravala, da li je imala neku mračnu tajnu, neprijatelja? Znam da je prijateljstvo kao zavjet ćutanja, ali više nema svrhe ćutati kada je sve otišlo u nepovrat. Zašto je Suzana otišla iz sela, da li je željela novi početak daleko od svih?”

„I dan-danas mi nedostaje. Bila je to jedna nesrećna i izmučena duša. Nosila je težak teret koji je godinama pritiskao njena leđa. Ne mogu ni da je osudim ni opravdam, nije to moj posao, onaj iznad nas je zadužen za to. Ponašala se pomalo razvratno, ovo je malo mjesto i savjetovala sam je kao svoje dijete da se malo primiri i uozbilji zbog djece. Jednoj majci nije priličilo da mjenja muškarce kao donji veš. Ma koliko čudno zvučalo mislim da je to bio njen način da na trenutak bude neko drugi, da pobjegne od onog što je proganjalo, da malo zaboravi ono što se ne može zaboraviti. Svoj krst je sama izabrala, nije bilo povratka nazad, nije mogla da ispravi grešku, da od pukotina ponovo sastavi cijelinu i boljelo je to svaki dan.”

„Šta je to tako strašno uradila? Koji su bili njeni grijesi?”

„Družile smo se godinama prije nego što mi se povjerila kao da je skupljala hrabrost da mi kaže, bojeći se moje reakcije. Bila sam joj jedini prijatelj i mislim da nije željela da me izgubi. Ali pravi prijatelj nikada neće otići, ma koliko nečija tajna bila teška, on ostaje da podrži, da zagrli da utješi, lažni prijatelji odlaze kada naiđe prava nevolja, pravi ostaju zauvijek, tako se i pravi selekcija. Svaki čovjek treba u životu bar jednom da padne kako bi uvidio ko mu je pravi prijatelj, a ko lažni.”

Rosa je baš bila željna razgovora i prebiranjem po prošlosti ponovo je proživljavala dane provedene sa Suzanom. Inspektorima je bilo žao da je prekidaju, osjećali su u vazduhu miris nečeg posebnog i davali su joj vrijeme da sama dođe do konkretne stvari što je naposletku učinila.

„Mislila sam da ovo neću nikad nikom reći, zaklela sam se davno pred Bogom i Suzanom da ću čuvati tajnu i odnijela bih je sigurno sa sobom u grob da vi niste došli. Mada nakon svega što se desilo toj nesrećnici nema više ni potrebe da ćutim. Ja se bližim grobu i ona je djelimično na onom svijetu, a pakao na ovom već je doživjela. Došla mi je jedne noći izbezumljena i uplakana. Dugo nije mogla da se smiri, nisam je ništa pitala pustila sam da joj suze same od sebe presuše, a onda je počela da priča. Tamo negdje daleko, sa one strane Drine ostavila je nešto što joj nije dalo mira, ostavila je jedan život kojem se nikada nije vratila. Bila je mlada, zaljubljena, željna nečeg novog, drugačijeg, uzbudljivijeg, mislila je da će se vratiti, ali nije skupila hrabrosti. Jer tamo više ništa nije bilo isto. Ona je otišla, sahranjena i zaboravljena. Njen grob na ovom svijetu zarastao je u korov. Oni koje je ostavila nisu je tražili, a ni ona se njima nije vraćala, nije imala snage, a toliko je dugo skupljala snagu, nije znala šta da im kaže, kako u oči da ih pogleda, da moli da joj oproste ono što i sama sebi nije mogla oprostiti.

A onda je bilo prekasno. Njen bivši muž i dijete, oni koje je ostavila ne osvrnuvši se, više nisu bili na ovom svijetu. Ne znam kako je to do nje došlo jer nikada nije bila u kontaktu sa rodbinom, za njih je umrla kad je prešla granicu. A i prije toga nikoga nije bilo briga za nju.

Ostala je bez roditelja kad je bila jako mala, jedva ih se i sjećala, a brigu o njoj preuzela je majčina sestra i koja je umrla kad je Suzani bilo osamnaest godina, tako da je ostala sama na svijetu. Udala se jako mlada, stvorila je dom, mir i harmoniju, ali joj nešto nije dalo mira da se zadrži. Sve je pokvarila, uništila, nešto jače od nje kao da joj nije dalo da dugo bude srećna. Dvije osobe koje su je progonile svake noći u snovima napustile su ovaj svijet, a ona nikada sebi neće moći oprostiti što nije otišla bar jednom da ih pogleda u oči. Majka je uvijek majka, a ona je tu podbacila i krivica je stigla prekasno. Nedugo potom otišla je iz sela i više je nisam vidjela. Nadam se samo da će joj Bog podariti bolji život na onom svijetu jer na ovom ga nije imala. Malo je tome i sama doprinjela u početku, a život joj je kasnije djelio loše karte. Ta žena je prokleta, sije smrt kuda god da krene, svi oko nje stradaju, grobovi dragih ljudi su njen život.

Sve što je ikad imala počiva dva metra pod zemljom." Završila je Rosa priču.

„Da li mislite da je neko iz njene prošlosti krenuo da joj se osveti? Da li vam se žalila da je neko uhodi, prijeti joj, posmatra je? U kom mjestu u Srbiji počivaju njen bivši muž i dijete, sin ili kćerka?"

„Ja vam to tačno ne mogu reći. Nisam je ni ispitivala mnogo, mislim da je negdje oko Smedereva, sad... da li je živjela u gradu ili u selu, ne znam. Sanjin otac, a njen drugi muž je imao neku rodbinu tamo, tako su se i upoznali, kada je porodicu odavde odveo u izbjeglište. Međutim, rodbina mu se nikada nije vratila. Jedni su umrli, drugi otišli u inostranstvo, rasuli su se na par kontinenata kao pčele kad se pogube, a on nesrećnik nije ni dočekao kraj rata. Suzana vam je kao crna udovica. Crnina kao da je za nju predodređena da je nosi do kraja života dok na vječni počinak ispraća jednu po jednu voljenu osobu. A duša mora da joj je odavno postala kamen, sve suze je odavno isplakala, a Bog je i dalje drži kao da još malo hoće da je muči. Nije mi se nikada požalila da joj neko prijeti ili da je progoni, samo je željela da se makne što dalje iz sela i počne ponovo iz početka. Ali teško je krenuti iznova kada se stari repovi za čovjekom vuku, a ona ih je imala i previše. Ne znam ko joj je želio zlo, ali pobjeći nije mogla. I ne tražite krivca u ovom selu. Znam da je nisu voljeli, ali hrabrosti za takav potez ne bi imali, budite sigurni. Život sam ovdje provela i u dušu poznajem mentalni sklop ovih ljudi. Tražite dalje, kopajte, molim vas! Omogućite joj bar da u miru ode na onaj svijet kad na ovom mir našla nije" — završila je priču starica i time im dala do znanja da je razgovor završen.

Inspektori su ispitali još par mještana, ali ništa više značajno nisu otkrili pa su se pred veče uputili za Zvornik.

38

„Ne možete kontrolisati sve što vam se događa; možete kontrolisati samo način na koji reagujete na ono što se događa. U vašem odgovoru je vaša snaga.”

Anonimni autor

Krv je bila svuda na onome što je nekada bio krevet, a i na podu. Blijedo lice i ukočeno tijelo sklupčano u položaj fetusa, tijelo kome je nedostajao dobar dio stomaka, ukočeno lice napola pojedeno, jedno oko je nedostajalo, a drugo je gledalo u njih nekim blaženim pogledom koji je izazivao tugu, bilo je to sve što je ostalo od Jove. Glodari su napravili pravu gozbu od njegovog tijela.

Slučaj je prijavio komšija koji je živio preko puta Jovine straćare. Ko zna da li bi iko primjetio da na ulicama više nema ovog čovjeka da gavranovi nisu uporno nadljetali straćaru pa je komšija otišao da provjeri o čemu se radi i zatekao tijelo. Smrad je bio nesnosan. Tijelo su glodari i ptice poprilično unakazili i nije se odmah moglo utvrditi da li je u pitanju prirodna ili nasilna smrt. Tim forenzičara brzo je stigao uzimajući otiske i tijelo su prebacili na nosila, tokom okretanja primjetili su da je glava skoro pukla pozadi što se u prvi mah nije vidjelo od duge i zaprljane kose, ipak ubistvo.

Na mjestu zločina nije bilo nikakvih otisaka, ubica je toliko vješt da se kreće poput duha ne ostavljajući tragove kao da nije sa ovog svijeta. A da li je u pitanju isti počinilac? Ovog puta metoda je drugačija, nema kasapljenja, nema čestitke. Jovo je bio svjedok prvog ubistva, to su svi znali, da li je ubica tek sada rješio da ga ubije? Još more pitanja bez odgovora.

Dok su pretresali straćaru svako od njih se zapitao kako neko može da živi u ovakvim neljudskim uslovima. Koliki je to bio teret njegove duše, koliko je grijeha na sebe uzeo, da li ih je okajao i otišao na onaj svijet oslobođen?

Jednom od forenzičara pažnju privuče komadić papira koji je virio iza metalne šipke kreveta. Samo se ćošak nazirao. Prišao je i pažljivo izvukao papirić, razmotao ga je i... Lice mu je poprimilo boju kreča. Poruka od ubice ovaj put je odštampana na računaru. Ubica mjenja taktiku, više ne piše krvlju. Sudeći po poruci Jovo nije bio dio njegovog plana, možda se samo slučajno našao u pogrešno vrijeme na pogrešnom mjestu i to ga je koštalo života, kolateralna šteta. Poruka je bila kratka pisalo je samo — *Žao mi je* i tužni smajli. Ubica je po prvi put pokazao emocije, nesrećnika je morao da ukloni jer se bojao da će ga prije ili kasnije negdje prepoznati, a toliki rizik sebi nije mogao da dopusti. Ovom ubistvu nije prethodila mržnja, to se vidi i po načinu izvršenja, vodio ga je strah i borba za opstanak.

39

„Što ne boli to nije život, što ne prolazi to nije sreća.”

Ivo Andrić

Vijest o Jovinoj smrti načelniku je došla kao poklon kojim će natrljati nos istražnom timu. Dok su se oni po njegovim riječima „šetkali po Sarajevu” ubica je ponovo napao. Ali ovog puta metod je drugačiji. Prvi put je pokazao da ipak ima neki osjećaj, da nije sve u njemu umrlo. Jovu je na neki način oslobodio pakla u kojem je godinama živio, našao se na pogrešnom mjestu u pogrešno vrijeme i na taj način zapečatio svoju sudbinu. Ubica je sve dokaze uredno uklanjao i nijedan svjedok ne bi smio ostati u životu, toliki rizik sebi ne smije da dopusti.

Tijelo je bilo u početnoj fazi raspadanja, vrijeme smrti nije se moglo sa sigurnošću odrediti. Glava je od udarca bila malo napukla i smrt je bila brza i trenutna, nije se mučio. Toliko se mučio u životu, barem mu je smrt bila brza i laka ako se tako može reći, jer niko nema pravo da se igra Boga i uzima tuđu sudbinu u svoje ruke. Ma kakav bio život on je dar od Boga, a ovdje se neko usudio da se malo poigra sa tuđom sudbinom i uzme je u svoje ruke.

Nakon sastanka u kancelariji načelnika koji se otegao u nedogled svi su se razišli u svoje kancelarije, kao da su se skrivali jedni od drugih, pritisnuti preteškim teretom koji je prijetio da ih obori. Lazićuu je više nego ikada bila potrebna samoća. U ovako teškim situacijama nije mogao da trpi nikog i odlučio je da se popne do Đurđev grada (Kule). Tamo je pronalazio neki samo njemu poznat mir. U hodniku je sreo načelnika koji mu se drsko obratio: „Pa genije! Šta imaš da kažeš u svoju odbranu?”

„Jebi se.”

Rekao mu je odlazeći i ostavljajući ga da bijesno gleda za njim. Mogao je da osjeti njegov užareni pogled, parao mu je kožu poput noža.

„Baš me briga za tog naduvenka. Potrebno mi je par sati mira.”

Tvrđava, njegova oaza spokoja.

Pretpostavlja se da je tvrđava podignuta početkom XIV vijeka te da ju je u XV vijeku zauzeo ili na poklon od ugarskog kralja dobio srpski vladar Đurađ Branković, po kome je i dobila ime koje i danas nosi Đurđev grad. Mnogi ga zovu i Jerinin grad, jer je, prema nekim predanjima, tvrđavu sagradila Đurađeva žena, u narodu poznata kao Prokleta Jerina. Jerina Branković porijeklom je Grkinja iz porodice Kantakuzin. Đurđev grad je utvrđenje koje se dijeli na Donji, Srednji i Gornji grad.

Donji dio grada počinje neposredno od Drine, kroz kapiju prolazi magistralni put i diže se liticom do srednje građevine visoke dvadesetak metara koja označava Srednji dio grada, naravno ovo je odavno nagrizao zub vremena a održavanju se posvećuje sve manje pažnje tako da je ovim starim putevima jako teško proći. Gornji dio grada, u kome se odvijao ondašnji život, nalazi se na uzvišenju brda Mlađevac. Iako ne postoje precizni istorijski podaci o tome ko je gradio tvrđavu vjeruje se da je ovo zdanje, najvjerovatnije, gradila vlastelinska porodica Zlatonosovića, koja je u tom periodu vladala ovim područjem.

Legende o Prokletoj Jerini, Đurđevoj ženi, kojoj se pripisuju zasluge za podizanje Đurđeva grada ili grada Proklete Jerine žive i dan-danas tako da je pješačka staza od Zvornika do Đurđevog grada nazvana „Jerinin put kamena", a staza od Gradske kapije ili Donjeg grada do Srednjeg grada „Jerinin put strasti".

„Jerinin put kamena" legenda kaže da je Jerina, gradeći tvrđavu, nezadovoljna brzinom prenošenja kamena, naredila da se kamen zagreje do određene temperature kako bi se brže prebacivao iz ruke u ruku i stizao do mjesta gradnje.

„Jerinina staza strasti" dobila je ime prema legendi po kojoj je lijepa gospodarica Jerina zavodila mlade junake iz svoje pratnje, a potom ih noću u Drinu bacala kroz tajna vrata noćnih odaja da bi bez svjedoka sačuvala svoju tajnu o ljubavi. Šta je mit a šta istina nikada sa sigurnošću nećemo znati ali legenda će živjeti još dugo kao i žal zbog propadanja ovog grada.

40

„Tvoj život je ograničen, zato ga ne troši živeći tuđi život. Ne upadaj u zamku dogme — življenja s rezultatima tuđeg razmišljanja. Ne dopusti da buka tuđih mišljenja uguši tvoj unutrašnji glas. I najvažnije, imaj hrabrosti da slušaš svoje srce i intuiciju. To dvoje nekako već zna šta ti zaista želiš postati. Sve drugo je sekundarno.”

Stiv Džobs

Dan je bio lagano na izmaku kada je Lazić zakoračio dobro poznatim stazama Kule. Nigdje nije bilo nikog i vladala je grobna tišina. Još je bilo rano da se duhovi prošlosti probude, duhovi onih koji su se nekada slobodno šetali ovim mjestom koje je tada bilo lijepo i uređeno, a sada je oronulo i napušteno. Uvijek bi se malo rastužio kada dođe do Kule. Zub vremena je uzimao maha, sve je polako zarastalo u korov i propadalo, a tako divan pogled se pružao na grad. Ovdje se osjećao većim, jačim, kao da je mogao sve dok je gledao na dva grada koja su se prostirala ispod, podijeljena jednom rijekom, ponekad tako mirnom, a ponekad nabujalom, divljom, oholom. Drina u sebi krije nešto magično, tajnovito, često i podmuklo.

Volio je da dolazi ovdje sa njom. I dalje ga boli i ne može ime da joj izgovori, ne može da prevali to preko usana, nešto mu zapne u grlu, čupa ga i steže poput korova koji se nadvija nad cvijet i ne popušta dok ga skroz ne uništi. Ona je voljela ovo mjesto. Na prvom sastanku ovdje su došli da gledaju zalazak sunca. Tada mu je pokazala mjesto sa kojeg se vjeruje da je Jerina bacala svoje ljubavnike, šalili su se na račun te priče. On joj je rekao da prvo mora da joj bude ljubavnik pa tek onda ima pravo da ga gurne sa Tvrđave jer i Jerina je imala takav protokol. Koliko mu je samo nedostajala! Vrijeme ništa nije radilo po tom pitanju, samo su ljudi vremenom prestali da ga pitaju za nju, svi su je zaboravili ne znajući da je on pamti više nego ikada. Dobro je prikrivao svoj bol, čuvao ga je ljubomorno samo za sebe.

Noć je polako počela da pada. Pogledao je još jednom grad. Njegovim gradom još uvijek slobodno šeta zlo koje sije smrt, a on ga mora što prije zaustaviti. Večeras će da se napije za svoju dušu, a sutra, pa sutra nek se brine samo za sebe, večeras više ništa ne može da uradi. Osjetio je blagu jezu dok se šetao dobro poznatim zidinama. Imao je osjećaj da ga neko posmatra, da više nije sam, stresao se kao od hladnoće i uputio se prema autu. Postaje paranoičan usled nagomilanog stresa. Ipak se poslednji put okrenuo prije nego što je seo u auto i učinilo mu se da je na trenutak ugledao neku sjenku kako promiče između zidina. Okrenuo je ključ i odvezao se, pripisujući sve umoru.

Ali to nije bila njegova paranoja. Dva oka, skrivena iza jedne zidine, pomno su ga posmatrala sve vrijeme. Vrebala su pogodnu priliku da ga se riješe. Bili su sami, a prilika je propuštena, igra i dalje traje, ne može tek tako da je prekine. Inspektor je mudar, ali do sada njegovo mudrovanje nije bilo od velike koristi. On mudruje, a ono hoda slobodno jer je mnogo mudrije i šteta bi bilo da večeras završi igru.

41

„Kada najmanje očekujemo život nam postavi izazov da testira našu hrabrost i voljnost da se promijenimo; u takvom trenutku nema smisla da se pretvaramo da se ništa nije desilo ili da govorimo kako nismo spremni.”

Paulo Koeljo

Kada se vratio sa Kule Lazić se uputio u kafić čiji je vlasnik bio njegov drug Nikola. Znao je da će ga tamo naći. Petak veče i prijaće mu malo druženja i zabave, nije odavno sebi dao oduška. Baš kao što je i pretpostavio, Nikola je bio tamo i iskreno se obradovao kada ga je ugledao.

„Ko se to sjetio da dođe? Mislio sam da si potpuno zaboravio starog druga, sjedi da se ko ljudi oduzmemo od alkohola, kao u stara dobra vremena. Pogledaj samo; lokal je pun lijepih žena koje samo na nas čekaju.”

Nikola je bio nepopravljivi zavodnik, žene je mijenjao kao čarape i nikako mu se nije dalo da se kraj neke skrasi. Ponekad mu je bilo dosta svega i poželio bi na trenutak da malo uspori, stvori porodicu, ali opet bi ga povukle stare navike. Lagano su ispijali piće i pričali o svemu. Godinama su bili prijatelji, poznavali su jedan drugog u dušu. Nikola je znao koliko Lazića muči slučaj i nije ga pitao ništa.

Prepustili su se opuštenijem ponašanju i lakšim temama. Već su bili popriličo pijani kada je Lazić ugledao Anu kako ulazi u lokal sa nekom njemu nepoznatom ženom. Kratko mu je klimnula glavom u prolazu i sjela za sto preko puta njega. Veče je lagano odmicalo, alkohola na stolu je bilo sve više i ne može jasno da se sjeti trenutka kada je Ana sa prijateljicom prešla za njihov sto. Ćaskali su neobavezno kao stari znanci i u par navrata je pomislio koliko su njih dvoje u stvari slični. Oboje su jako usamljeni, često neshvaćeni, nosili su neku tugu na svojim leđima samo njima poznatu, bili su na neki način njom obilježeni, a samo su rijetki ljudi mogli da je uoče.

Ljudi često bježe od tužnih osoba. Neki ne znaju kako da se postave u određenoj situaciji, neki jednostavno ne žele da pruže ruku, a neki se boje da je tuga zarazna i ne žele da im je neko prenese, sve u svemu, većina ljudi je sebična. Prijatelji su samo u dobrom, kada naiđu loši dani sklanjaju se. A svakom čovjeku su potrebni ti loši dani da može napraviti razliku između pravih i lažnih prijatelja. Koliko god neko bio jak uvijek je lijepo imati nekoga pored koga čovjek povremeno može biti slab, nekoga ko će ga zagrliti i ćutati, nekog ko će malo tuge uzeti na svoja ramena. Slabosti nisu mane one su sastavni dio svakog ljudskog bića.

A oni su se bar na trenutak našli, dva emocionalno oštećena bića, prošarana ožiljcima koje im je život ostavio, dvije pokidane duše čije su se niti negdje pogubile i nikada neće moći da zacijele skroz. Samo se čovjek navikne da živi s tim. Preživi čovjek sve, ma koliko da mu se duša raspukne ponovo se pridigne. Prvo oprezno dok rane ne prestanu da krvare, a onda sve lakše i lakše korača kroz život, sanja nove snove, ima nove nade, ali ožiljci nikada ne prolaze oni su uvijek tu kao pečat. Ponekad dvije pokidane duše mogu da se stope u jednu cijelinu i popune ono što se negdje izgubilo i što nedostaje.

Lazića je probudio sunčev zrak koji mu je nježno milovao lice. Nije htio da otvori oči. Želio je bar na trenutak da uživa u tom prijatnom osjećaju bezbrižnosti i sanjarenja koje će prestati kad otvori oči. Zato je i odlagao taj trenutak kao da se na taj način htio zaštititi od demona koji su ga i danju progonili. Lagano je otvorio oči i pogledao u praznu stranu kreveta. Opet se probudio sam, nije čuo kad je Ana otišla. Lagano se iskrala iz kreveta. Nije ga to iznenadilo. Nije ni očekivao da ostane do jutra, da piju zajedno jutarnju kafu, bio je to samo trenutak strasti, jedan od onih kada se u čovjeku skupi toliko tuge i bola da mu sjedinjenje sa drugim ljudskim bićem, barem privremeno, pruži utjehu. Malo da se prepusti, da pusti da ga strast nosi, da se osjeti ponovo živim. Nakon toga se putevi ponovo razilaze, svako ode na svoju stranu, obično sa nekim ljepšim osjećajem u duši. Blizina i toplina drugog tijela rastjera utvare bar nakratko.

On i Ana su par sati rastjerivali demone od sebe. Bilo je to lijepo provedeno vrijeme, činilo mu se da je posebno lijepo zato što je na neki način sve izgledalo tako pogrešno. Upoznali su se slučajno, spojeni jednim tragičnim slučajem. Sinoć su se našli slučajno na istom mjestu i ishod tih slučajnosti bilo je višečasovno gužvanje čaršafa. Sve je bilo tako prirodno kao da prosto tako treba. Nije bio iznenađen što je tiho otišla niti se osjećao loše, iskorišteno. Ne bi znao ni šta da joj kaže da je ostala, ni njoj ni sebi, a ona kao da je to shvatila i zato je otišla. Nisu bili potrebni jedno drugom za nešto duže, ni sami sa sobom nisu znali šta da rade.

Za ono što nekog boli i što vuče iz prošlosti nisu krivi ljudi koji dolaze, a mnogi se upravo na njima istresaju, boli ih stara bol i nemaju povjerenja u ljude koje u život puštaju. Ne može niko da izbriše stare rane, ali može da ih melemom namaže da manje bole ako im se to dopusti. Lazić nije htio nikakav melem, nije htio da bol prođe, ponekad je mislio da je prikriveni mazohista. Ustao je polako i otišao do kupatila. Pogledao se u ogledalo, neka vedrina mu je blistala u očima. Možda je ipak došlo vrijeme da krene dalje, da zakopa staru bol i samo povremeno joj odnese cvijeće na grob. Ne može više živjeti u prošlosti, dani mu prolaze, smisao ne nalazi, posao mu je sve, a nema s kim da podijeli ni sreću ni tugu. Na neki način sinoćna avantura mu je otvorila oči, osjetio se ponovo živim. Nije imao namjeru da nastavi viđanje sa Anom, ali je imao osjećaj da mu je nesvjesno pomogla da se istrgne iz kandži samosažaljenja i prestane da živi kao monah. Ona je tamo negdje nastavila sa svojim životom, ima dijete i dom, neko joj je pružio sve ono što je i on mogao imati da se manje bavio poslom. Tako je to. Čovjek ne može imati sve. Obično nešto izgubi, nešto dobije, ravnotežu je teško dostići.

Sjetio se nečega što je Ana sinoć rekla prije nego što su završili u krevetu:

„Inspektore svi mi bježimo od nečega. Često se osvrćemo da vidimo da li će nas demoni sustići, nekad nam se i previše približe i dovoljan je samo mali trenutak nepažnje da nas zauvijek zbrišu. A često ih prepoznati ne možemo, dobro se maskiraju maskom nevinosti, uvuku nam se pod kožu i kad ih primjetimo već je prekasno, predaleko su otišli.”

I ona je od nečeg bježala, vidio joj je to u očima. Njena tuga bila je zarazna, a opet u sledećem trenutku pred njim bi bila sasvim druga osoba, puna optimizma, kao da u njoj žive dvije različite osobe koje se nikada nisu srele. I jedna stalno sklanja onu drugu. Bilo je u njoj neke neobuzdane ludosti, straha, tuge i grijeha, širila je neku čudnu energiju koja je naprosto bila zarazna.

42

„Ako ne uživate u onome što se upravo sada događa, to znači da živite u prošlosti i da ste samo napola živi.”

Don Migel Ruiz

Dom u kom je smještena Suzana bio je prostran i lijepo uređen. Ispred je bio ogroman park i sve je to ostavljalo utisak idile gdje ljudi dolaze da provedu svoje stare dane u društvu drugih sličnih sebi. To tako izgleda u mašti, stvarnost je mnogo drugačija. Ispod te fasadne idile to je mjesto gdje su neki ljudi ostavljeni od svih. Članovi porodice su ih rijetko obilazili, platili su nekom drugom da se o njima brine i na taj način skinuli sav teret sa sebe. Tužno, ali istinito.

Suzana više nije imala nikoga ko bi je obilazio. Iz priča ljudi koji su je poznavali kontakt sa rodbinom odavno je prestao, nikada je niko nije potražio, nikoga nije zanimalo da li je još uvijek živa.

Žena na recepciji nepovjerljivo je gledala inspektora dok je vadio legitimaciju. Smjena joj je bila pri kraju i motanje nekog iz policije bilo je poslednje što je željela da vidi. Htjela je da ide kući, da se prepusti odmoru. Lazić je najljubaznije zamolio da mu dopusti da posjeti Suzanu.

Znali su svi za njen slučaj i žena je naglo promijenila onaj nadrndani stav i rekla blago:

„Nema tu šta da se vidi. Sirota žena kao da se na Boga kamenjem bacala kakvu je sudbinu doživjela. Ostavio je Bog mrtvu u životu, vegetira kao biljka, stanje joj je nepromijenjeno i nema izgleda da će biti bolje, samo je čudo može spasiti, a mi medicinari u čuda mnogo ne vjerujemo. Ona i nema više za koga da živi, da se bori, život joj je sve uzeo na najgori mogući način, tuga brate velika. Ona je u sobi broj 33 sa njom ima još jedna žena koja je polupokretna i često gubi vezu sa stvarnošću. I da vam kažem čovjek ne umire samo kada smrt dođe po njega, on umire onog trenutka kad nema više za šta da se bori.”

Soba je bila prostrana i uredna. Dva kreveta na suprotnim stranama zida, televizor, sto i dvije stolice bili su sav inventar. Pored prozora bila je velika vaza sa svježim cvijećem čiji se prijatan miris širio po sobi. Suzana je ležala na jednom od kreveta pogleda izgubljenog u nekim samo njoj poznatim daljinama. Kao što je Lazić i očekivao nije pokazala nijednim znakom da je svjesna njegovog prisustva. Lebdjela je negdje između dva svijeta, na onom odavno, a na ovom je još disala i ubrajala se u fizički žive mada u njoj ništa da umre ostalo nije. Nešto je još držalo na ovom svijetu, nije joj dalo da nađe mir, da se zauvijek preseli tamo gdje nema tuge i boli. Starica koja je ležala na suprotnom krevetu upitno je gledala u inspektora i konačno pogovorila:

„Žao mi je jadnice. Neka sam grešna, ali svaki dan molim Boga da je uzme, da se ne muči i ne pati. Neki dan je po prvi put pokazala neku reakciju da je prisutna kada joj je kćerka bila u posjeti. Dugo joj je nešto šaputala nagnuta nad nju. Nisam čula o čemu joj je pričala, ali kada je otišla vidjela sam da joj se suze slivaju niz lice. Nisam joj ranije viđala ovu drugu kćerku, pokojna je dolazila često, sin ponekad, a ova je neki dan prvi put došla.”

Lazić je slušao staricu u nevjerici. Čuo je od žene na prijemu da je malo pogubljena, a da li je mogla da umisli ovo što je ispričala?

„Gospođo, da li ste sigurni da joj je to bila kćerka? Suzanina kćerka je mrtva, da joj neko drugi nije došao u posjetu?”

„Sa sigurnošću to mogu reći jer sam gledala u nju kao što sada vas gledam. Bila je prije par dana u večernjim časovima što me je jako iznenadilo, jer je vrijeme za posjete odavno prošlo. Rekla mi je da je bila odsutna dugo i da nije mogla da dođe ranije da obiđe majku. Dugo je sjedila kraj njene postelje i nešto joj tiho šaputala, ali mogu da se zakunem da sam kasnije vidjela tragove suza na Suzaninom licu.”

Lazić je istrčao iz sobe i potražio ženu na prijemu. Sjedila je ravnodušno i izgledalo je kao da se dosađuje. Njegov glas je trgnuo iz razmišljanja i vratio je u surovu realnost.

„Da li je Suzani neko dolazio u posjetu ovih dana?” — oštro je upitao.

„Gospodine, njoj niko ne dolazi od trenutka kada je i bez kćerke ostala. Za nju više niko pitao nije, ovdje je zaboravljena od svih, čeka svoj kraj.”

„Njena cimerka mi je upravo rekla da joj je prije par dana bila kćerka.”

„Ja sam vam već pomenula da je gospođa prilično senilna i da nema osjećaj za vrijeme. Njeno „prije par dana” može da bude neodređen vremenski period, vjerujem da se to odnosi na dane dok je Sanja bila živa.”

„Gospođa tvrdi da se ne radi o Sanji nego o Suzaninoj drugoj kćerki.”

„Gospodine, da li vi mene zavitlavate? Koja druga kćerka? Suzana nema drugu kćerku. O čemu vi zaboga pričate?”

„Da li iko može da uđe neprimjećeno u sobu nekog od vaših pacijenata i šta vaš video nadzor pokriva?”

„Niko ne može da prođe neopaženo pored pulta, video nadzor pokriva samo ulaz i hol, u sobama pacijenata logično nemamo kamere, jer to bi bilo zadiranje u intimu i narušavanje privatnosti."

„A da li bih mogao da dobijem snimke od poslednjih deset dana?"

„Gospodine, ja stvarno ne znam šta vi hoćete da postignete ovom pričom, za snimke se morate obratiti našem direktoru. Ja bez njega ne smijem ništa. Imate sreće što se trenutno nalazi u svojoj kancelariji pa malo njega smarajte, a mene zaboga ostavite na miru", ovim mu je stavila do znanja da je razgovor završen i da ne želi da joj više oduzima vrijeme.

43

„Neistraženi život nije dostojan življenja. Život koji sebe ne dovodi u pitanje, nije vrijedan življenja."

Sokrat

Ana i Aleksa su prvi put otišli na piće nakon svega što se desilo. Razgovor je u početku tekao sporo; bojali su se da dotaknu ono što ih je oboje boljelo. Aleksa se oporavio od napada i činilo se da je ponovo onaj stari, ali ništa više nije bilo isto. Jedno prijateljstvo je nestalo, povjerenje je izgubljeno. Danu više nije viđao, Darka je sreo jednom u prolazu i vidjelo se da je obojici jako neprijatno. Spajala ih je jedna žena koje više nema i svaki od njih nosio je preveliku tugu na leđima. Bol nije prolazio i Darku je bilo mnogo teže, jer je sjećanje na nju prekriveno velom preljube. Svaki put kada bi mu suze krenule, sjetio bi se kako ga je bezosjećajno varala. Bila je oštećena na neki način, nije mogla da izliječi neki godinama potiskivan emotivni hendikep, nešto je uporno vuklo na pogrešnu stranu.

Anu i Aleksu je alkohol malo raskravio pa je razgovor postao opušteniji. Pričali su o svakodnevnim stvarima, kao stari znanci, sve dok u jednom trenutku Ana nije naglo zaćutala. Pogledala je Aleksu u oči i ledenim glasom upitala:

„Da li si je stvarno volio?"

Aleksi se na trenutak lice pretvorilo u ledenu grimasu. Neki trnci su mu krenuli niz leđa od tona njenog glasa, bio je nekako drugačiji, izvještačen, demonski, kao da se na trenutak u njeno tijelo uselila neka druga osoba koja govori kroz nju. Dugo je razmišljao da li da prečuje pitanje i da promjeni tok razgovora, ali ona nije prestajala da ga upitno gleda očekujući odgovor. Odgovor je bio jednostavan, a njemu je trebalo vremena da izgovori jednu prostu riječ. Kada je ljubav u pitanju nema dvoumljenja, čim neko počne da se preispituje to više nije ljubav, ona pitanja ne postavlja i objasniti se ne može pa ni izreći, ona se jednostavno pokazuje, riječi tu nemaju mjesta, samo kvare harmoniju. Kada se dvije duše nađu one pričaju pogledima, razumiju se osmjesima, hrabre i tješe zagrljajima, jer su to slične energije.

Aleksa je u Sanji vidio nešto drugačije, neka neobična energija izbijala je iz nje i često se prenosila na okolinu. Osmijeh je bio njeno najjače oružje. Smijala se glasno i zarazno kao da je željela da sve oko sebe zarazi vedrinom. Smijeh je čovjekova najbolja terapija. Kada bi se svi više iskreno i od srca smijali na svijetu bi bilo mnogo manje tuge i boli. Ljudi često sebi uskraćuju osmijeh, pritisnuti sivilom i brigama koje svakodnevnica donosi zaborave da izdvoje neki trenu-tak za sebe i da se raduju sitnicama baš kao kada su bili djeca pa im je osmijeh mogla da izmami i kockica čokolade. Kad odrastu većina ne sačuva ništa od dječije nevinosti i razigranosti, ne slušaju dijete u sebi, a samo ono može bar na trenutak da ih ponovo povede u mag-ične svijetove, samo ga treba saslušati. Sanju nikada nije napustila ta dječija razdraganost. Znala je da se raduje sitnicama, plakala je kada je tužna, smijala se na sav glas kad je srećna i ta njena harizma bila je magična.

Aleksa je dugo bio zaljubljen u nju, ali ona nikada u njemu nije gledala ništa više od druga do one večeri kada je skrhana bolom potražila utjehu u njegovom zagrljaju. Tada nisu znali da će taj bezazleni seks da preraste u nešto više, ali jednostavo desilo se, stvari su svakim danom sve više izmicale kontroli, krili su se od svih. Ta slatkoća skrivanja i zabranjenog dodatno su produbljivali njihovu strast, iskradala se noću iz stana da je cimerke ne čuju baš kao neka djevojčica koja je imala tajnu pred roditeljima. Ali nisu sve tajne skrivene pod velom noći, iako se ljudi tada osjećaju zaštićeno i manje ogoljeno. U noći vide saveznika koji ih štiti i ne dozvoljava dnevnoj svjetlosti da joj oduzme slatkoću grijeha. I njih je noć samo prividno štitila, opustili su se puno u njenom zagrljaju ne sluteći da ih nečije oči pomno posmatraju iz prikrajka.

Ana je i dalje posmatrala Aleksu i bilo mu je jasno da neće odustati dok ne dobije odgovor. Ćutanje je potrajalo predugo. Oboje su u mislima lutali odajama prošlosti. Pokušavali su ponovo da otvore vrata za koja bi bolje bilo da zauvijek ostanu zatvorena. Jedno od njih nije spremno da se suoči sa onim što ga čeka iza tih vrata. Jednom kada pređe prag neće se moći vratiti nazad, jer ono što se tamo nalazi odavno potajno vreba i mami u svoje odaje.

„Volio sam je i previše i nedostaje mi svakog dana sve više. Loše spavam noću, često vrištim u snu, kao da čujem njene korake. Dolazi mi u snove, nekad vesela i nasmijana, baš onakva kakvu sam je poznavao, a već u sledećem trenutku pretvara se u demona, vrišti i moli da je spasim. Žao mi je što je nisam više čuvao, mazio, ukrao od svih i stalno držao u zagrljaju. Možda bi još bila živa, bio sam sebičan, želio sam je samo za sebe i nisam vidio zlo koje je pritajeno vrebalo i čekalo pogodan trenutak da je uzme od mene."

Odjednom se nešto promijenilo. Osjetila se neka čudna hladnoća koja je strujala u prostoriji, kao da se sprema neka oluja. Ona vrata koja su dugo bila zatvorena naglo su se otvorila i više nije bilo povratka.

Čaše su se praznile mnogo brže, u alkoholu su željeli da utope svu tugu i gorčinu koja ih je pritiskala. Alkohol čovjeku ponekad pruža kratkotrajnu utjehu, pomaže mu da bar na trenutak zaboravi ono što ga muči. Ohrabri ga kao lažni prijatelj, probudi neku nadu koja već sutradan nestaje dok se čovjek sa glavoboljom bori, dok ga njegovi demoni spremno čekaju.

Bilo je prilično kasno kada su napustili lokal, lagano se teturajući. Promjena temperature izazivala im je mučninu i tek na noćnom vazduhu postali su svjesni količine alkohola koji su sasuli u sebe. Šetali su u tišini, bez određenog cilja. Nijedno od njih nije željelo da ide kući, a jedno drugom nisu imali šta više da kažu, vladala je neka neugodna tišina. Nisu sve tišine lijepe. Kad ćutiš sa nekim posebnim ti trenuci su kao melem za dušu. Anina i Aleksina tišina bila je podmukla. Krila je neko zlo koje je pritajeno vrebalo čekajući pogodan trenutak. Zlo je strpljivo, nikud ne žuri i uvijek dočeka svoju žrtvu. Sjeli su na klupicu na šetalištu, noć je bila predivna. Bilo je romantike u mjesečini koja je obasjavala grad, ali na ovoj klupi bio je pogrešan par. U jednom trenutku Ana ga je pogledala u oči i spustila svoje usne na njegove. Poljubac je kratko trajao. Prvih par sekundi bilo je lijepo, kao da su našli nešto zajedničko u bolu koji ih je spajao, a onda je Aleksa naglo prekinuo poljubac i odgurnuo je od sebe.

„Šta pokušavaš da uradiš, da li si ti normalna? Kako ti ovako nešto pada na pamet? Zar nemaš nimalo srama? Mislio sam da si mi prijateljica, da si Sanji bila prijateljica, a ti pokušavaš da me odvučeš u krevet.”

„Vidim da ti je lakše da svu krivicu svališ na mene da bi sebe opravdao. Zašto si mi uzvratio poljubac? Malo si se poigrao pa sada ti krivo, nisi ti baš toliko naivan a i ne bi ti bio prvi put da iskoristiš situaciju, očito je da se ložiš na nečiju patnju pa se pojavljuješ kao neki spasilac koji tješi nesrećne žene.”

„Ti stvarno nisi dobro u glavi, uvijek mi je bilo nešto čudno u vezi s tobom. Mislim da si bila ljubomorna na Sanju.”

„Ljubomorna sigurno, na tu malu droljicu koja se uvijala pred svakim muškarcem samo da bi se vrtili oko nje, bila je umišljena glupača."

„Ana pijana si i ne znaš šta govoriš. Otpratiću te do kuće i sutra će ti sve izgledati drugačije."

„Sutra! Uvijek neko bolje sutra za malu sirotu Anu koje nikako da dođe. Svi su od mene samo odlazili, niko nije zastao da pita mogu li ja sama čekati to bolje sutra i da li neko kao ja može da se nada boljem."

„Bolje sutra postoji za svakog od nas, samo moramo biti strpljivi, Bog zna zašto nam se nešto dešava."

„Bog! Nemoj da me zasmijavaš nema on nikakve veze sa tim, on je dobar ljudi su ti koji su me godinama uništavali, izdali su me oni koji su mi morali biti najveća podrška, pustili su me da lutam sama stalno koračajući pogrešnim stazama, jer nikad nisam znala da prepoznam pravu, nije imao ko da mi pokaže da me bar nakratko usmjeri, sve sam morala sama. Znam da nisam izabrala pravu stazu, možda sam mogla bolje, ali dragi ljudi mi nisu ostavljali mnogo izbora. Gurali su me sa svoje staze, nisu mi dali da koračam s njima, uvijek sam im bila suvišan teret sa kojim nisu mogli da se nose. Odbacili su me od sebe kao sve što je neželjeno. I ti me sada odbacuješ i na tvojoj sam stazi suvišna ne možeš da koračaš u korak sa mnom smetam ti!"

„Ana stvarno je vrijeme da ideš kući. Ne želim da te uvrijedim, draga si mi, ali počinješ da pretjeruješ."

„Već si me odavno uvrijedio kada si odabrao nju. Ona je znala da se istakne, da izgura sve i ko bi primjetio mene pored nje, morala je da te ima, a ja sam te željela, nadala se da i ti nešto osjećaš, a onda sam primjetila vaše poglede, opčinjenost koja je vladala između vas bila je prejaka, ne znam kako to drugi nisu vidjeli. Krila je to od svih, kakva glupača, mislila je da ne primjećujem njeno iskradanje noću, njeno uporno odbijanje Darka od kada si ti postao dio njenog života, lagala ga je besramno, a on joj je vjerovao. Koliko čovjek može biti slijep kada je zaljubljen! Kada voli čovjek vjeruje u čuda, ne vidi ono što drugi oko njega vide. Često sam poželjela da vrisnem da mu srušim iluzije, otvorim oči, ali sam i ja ćutala, davala sam joj vremena da mu prizna a njoj se sjedenje na dvije stolice osladilo nije imala namjeru da prestane! I obojica ste je voljeli, a ona se igrala sa vama kao dijete sa igračkama, imala je dvije i mogla je da mjenja koji dan sa kojom želi da se poigra. A na kraju je i sama postala nečija igračka."

„Oprostiću ti ovaj ispad jer ne znaš šta govoriš, alkohol ti je razum pomutio. Ne želim više da slušam kako blatiš uspomenu na ženu koju volim, besramno pljuješ na njen grob kao da je neki đavo ušao u tebe."

„Đavo je došao po svoje, pripazi se da i tebi ne ostavi čestitku, on nikad ne prašta izdaju", govorila je dok je odlazila uz sablasan smijeh.

Aleksa je još dugo sjedio na klupi, sasvim izgubljen. Razgovor koji su vodili skoro ga je otrjeznio, imao je osjećaj da Anu vidi prvi put. Njeno ponašanje i sve što je izrekla kao da je došlo iz usta neke njemu nepoznate osobe, kao da se neko zlo uvuklo u njenu dušu. Nešto je bilo drugačije i obuzimao ga je strah. Rečenica koju je izgovorila dok je odlazila odzvanjala mu je u glavi i ko je u stvari ona, pitao se, toliko toga ne zna o njoj. Priča o navodnoj zaljubljenosti djelovala mu je nerealno, pripisao je to buncanju pod uticajem alkohola, ali pomisao da je pratila Sanju bila je bolesno jeziva.

44

„Niti živim u prošlosti niti u budućnosti. Imam samo sadašnjost i jedino me ona interesuje. Ako uspiješ da ostaneš u sadašnjosti, bićeš srećan čovjek. Primjetićeš da u pustinji postoji život, da su na nebu zvijezde i da se ratnici bore zato što je to svojstveno ljudskoj rasi. Život bi bio praznik, jedno veliko praznovanje, jer je on uvek jedini trenutak koji živimo.”

Paulo Koeljo

Pred Lazićem je bila teška i duga noć. Dobio je snimke nadzornih kamera i morao je da pregleda materijal, a to se može otegnuti u nedogled i izgledalo je kao da traži iglu u plastu sijena. Mnogo ljudi je prošlo kroz dom, kako da prepozna neko sumnjivo lice? Ispitivao je osoblje doma, ali svi su tvrdili da Suzani od kćerkine smrti niko nije dolazio. Možda je stvarno tako, a on se kao davljenik uhvatio za pretanku slamku. Svi su mu potvrdili da je Suzanina cimerka lošeg mentalnog zdravlja i da je moglo sjećanje da je prenese, ali ona je uporno tvrdila da joj je kćerka bila u poslednjih par dana. Njima u domu dani nisu značili mnogo, svaki im je bio sličan prethodnom i nisu morali da pamte koji je dan i datum. Kada joj je pokazao Sanjinu sliku ona je rekla da je Sanja nekad prije dolazila, ali njena druga ćerka je sada došla prvi put. Ma koliko ovo zvučalo nerealno, Lazića je nešto tjeralo da kopa dalje.

Nije nikome rekao za novi trag. Htio je da sam pregleda sve prije nego što saopšti ostalima, ako bude imao šta da saopšti. Zna da bi ga načelnik ponovo kritikovao što radi na svoju ruku, a trenutno nije imao ni snage ni želje da se raspravlja s njim. Ispitaće još ovaj trag jer nema šta da izgubi. Sve moguće i nemoguće tragove su uzaludno pratili. Prije ili kasnije stope bi se gubile i oni su ponovo bili na početku. Tri ubistva u veoma kratkom vremenskom roku su nešto što ovaj grad nije zapamtio, neko sivilo sve više je ulazilo u ljude, strah je bio popuno opravdan. Neki ludak slobodno šeta ulicama njihovog grada, možda ga svakodnevno sreću u prolazu, možda se dugo zadržava na igralištu posmatrajući djecu ili je to neko njima blizak, osoba za koju smatraju da je dobro poznaju ne sluteći kakvo se zlo u njoj krije.

Ponoć je odavno prošla, a on je uspio da pregleda tako malo materijala. Sporo je išlo i do tada nije uočio ništa sumnjivo. U glavi mu se polako mutilo i san ga je lagano počeo hvatati kada mu se učinilo da je ugledao neku poznatu priliku. Zaustavio je snimak i polako ga vratio unazad. Gledao je u dobro poznatu osobu kako se lagano prikrada hodnikom, svaki tren se osvrćući da bude sigurna da je niko nije uočio. Prijemni pult bio je prazan. Gospođa sa recepcije je vjerovatno negdje izašla pa je prolaz bio slobodan. Prilika se nije krila od kamera, vjerovatno nije ni znala da ih imaju pa joj opreznost nije bila na prvom mjestu. A možda je sve ovo jedna ogromna greška, jednostavno ne može da sumnjiči nekog samo na osnovu sumnjivog hoda i otkud zna da nije nekom u posjeti, moraće opet da ode do doma. U jednom trenutku dobro poznato lice pogledalo je pravo u kameru. Vjerovatno je to bila samo slučajnost, ali imao je osjećaj da taj pogled prodire u najudaljenije odaje njegovog uma, pogled je plijenio hladnoćom i mržnjom.

45

„Život je kratak, ali trag od života može dugo trajati."

Isidora Sekulić

Nekoliko mjeseci ranije

„Ovo bi moglo biti nešto posebno."

Razmišljao je Milan sa osmijehom na licu. Prijale su mu njene poruke, želio je nešto više od običnog dopisivanja, odrasli su ljudi, doduše ona malo više odrasla, ali godine mu nikad nisu smetale i volio je starije djevojke. Samouvjerenije su, znaju šta hoće, s njima nema mnogo drame. Ali u poslednje vrijeme imao je osjećaj da ga vuče za nos. Željela je da sve ostane u strogoj tajnosti, a ništa se konkretno nije dešavalo. Viđali su se u prolazu, u društvu drugih ponašali se kao da se ništa ne dešava, ona je tako željela, stalno je odlagala trenutak njihovog viđenja nasamo i bio je na izmaku živaca. Mogao je da ima koju hoće, same su mu se nudile, a ona je bila drugačija. Izbjegavala je svaki vid bliskosti i morao je da pazi na svaku riječ. Ponekad bi pomislio da nešto nije u redu s njom, da je sve nekako pogrešno, a opet baš taj pogrešan osjećaj bio je kao magnet. Ljude privlači ono što ne mogu da shvate i objasne, vole misteriju u svemu, jednostavnost ih brzo umori.

Ti dani bili su mu jako teški. Od kada im se majka iznenada razboljela sa sestrom je bio u jako lošim odnosima. Oboje su bili na rubu živaca i prebacivali su krivicu jedno na drugo. Iako to nikada ne bi glasno izgovorio, u dubini duše znao je da je Sanja u pravu. On se ponašao kao malo razmaženo derište koje je naviklo da uvijek drugi rješavaju njegove probleme, da počiste njegov nered. Nije bio ponosan na život koji je vodio. Stvari su odavno izmakle kontroli. Natovario je mnogo nevolja sebi na vrat i ništa nije činio kako bi to popravio, a sada više nije imao ko da počisti za njim. Osoba koja je to uvijek radila jednom nogom uveliko je zakoračila na onaj svijet, na ovom se samo formalno vodi kao živa. Čekaju dan kada će im javiti da je umrla. Za njega je ona bila polumrtva godinama, od onog momenta kada je saznao njenu tajnu sve je krenulo pogrešnim tokom. Znao je da je napravila neoprostivu grešku, ono što nijedna majka ne treba da uradi.

Gdje god čovjek da krene uvijek ga prije ili kasnije stigne ono od čega je pobjegao. Nijedna tajna ne može ostati zauvijek skrivena ma koliko kilometara od nje otišao, ona ga na neki način pronađe. Lutaće godinama, često kucati na pogrešna vrata, adrese se mjenjaju, ali će na kraju pronaći pravu. Za majčinu tajnu saznao je od jednog druga. Tamo, negdje daleko, ostavila je jedno malo biće. Nikada o tome nije pričala, nikad se nije osvrnula ni zamolila za oproštaj. Prvo je odbio da povjeruje. O majci je slušao raznorazne priče, često neprijatne, ali uvijek je branio i volio je, jer mu je bila sve na svijetu i nadao se da je i ova priča samo rezultat ljudske zlobe. Nakupilo se zla u ljudima, prelivalo se na sve strane. Nisu mogli da zlo zadrže samo za sebe, prebacivali su ga i na druge kao neželjeni teret dok su ono dobro ljubomorno čuvali samo za sebe, to nisu naučili da velikodušno dijele.

Jasno se sjećao tog dana. Došao je kući bijesan i uplakan sa nadom da će ona sve poricati kao i uvijek kad se radilo o ružnim pričama, ali ovog puta bilo je drugačije. Nekoliko trenutaka gledala je u njega, mrtvačko blijedilo prekrilo joj je lice, a onda je zaplakala. Dugo je i neutješno plakala, a on je samo nijemo posmatrao. U ženi koja mu je do tog dana bila cijeli svijet vidio je stranca, ljušturu od čovjeka koja je svoju tajnu besramno nosila u nadi da je zauvijek zakopana baš kao što su stradali oni koje je ostavila. Više nije moglo ništa da se promjeni. Oni su napustili ovaj svijet, a grobovi ne mogu da govore, da oproste. Nikada Sanji nije rekao za to, nije želio da sruši i njoj sliku koju je imala o majci, htio je da bar nju poštedi kad je za njega bilo kasno. Za neke tajne je bolje da zauvijek ostanu skrivene, jer njihovo oživljavanje često donese bol. Kada se iluzija sruši ostaje samo praznina koja boli i nema načina da se popuni. Neke tuge obilježe čovjeka za cijeli život, nosi ih kao sastavni dio sebe, jer granica između njih odavno ne postoji, stopili su se u jedno.

Jednom prilikom preturao je po majčinim stvarima iako to nije imao običaj da radi. U skrivenoj kutiji pronašao je neke stare slike. Seo je na pod i pažljivo ih zagledao. Na nekim je bila ona, srećna i nasmijana. Kao da je gledao neku drugu osobu. Prekinula je jednu harmoniju i nikada se više nije osvrnula. Da li je strah od odbačenosti prevagnuo ili jednostavno nije imala želju da se vraća u stari život? Krenula je dalje, izbrisala je sve ono što je bilo ranije. A prošlost se izbrisati ne može, za nju gumica ne postoji. Ona bar u snove svrati da podsjeti čovjeka na ono što je nekada bilo. Jedna mala fotografija bila mu je posebna. Vedre oči kao da su oživljavale dok su ga posmatrale. Uzeo je i sakrio u novčanik kao neku amajliju, ne sluteći zlo koje će mu donijeti.

Majčinu bolest doživljavao je kao karmu, vjerovao je da joj život vraća za ono što je uradila. Ništa ne prolazi nekažnjeno, svaki grijeh jednom dođe na naplatu. Ona svoj grijeh nije ponijela u grob, ostavila ga je i njemu kao podsjetnik da je nekada negdje daleko imao krv svoje krvi. Volio bi da je imao priliku da se sretnu, ali neki susreti jednostavno nisu suđeni, mislio je, ne znajući u kolikoj je zabludi.

Iz misli ga je prenuo zvuk pristigle poruke na telefonu. Dok je čitao osmijeh mu se širio licem. Konačno je pristala da se nađu pod okriljem noći. Nije znao čemu tolika tajnovitost, ali nije više insistirao, bojeći se da će sve pokvariti ako prenagli.

Rođendan mu je prošao u odličnoj atmosferi. Popio je nekoliko čašica više, bilo mu je žao što i ona nije bila prisutna, ali izgleda da je riješila da se iskupi ili konačno da se nasamo nađe s njim. Išao je žurnim korakom prema šetalištu, od sreće je imao osjećaj da može poletjeti. Sreća čovjeku daje krila. Odvaja ga od zemlje, nosi u oblake, stvara najljepšu magiju. Samo što on nije mogao naslutiti da ne ide na sastanak sa srećom nego na poslednji sastanak sa nesrećom.

46

„Vozovi, kao vrijeme i plima, ne zaustavljaju se ni za koga.”

Žil Vern

Lazić još od studentskih dana nije bio u Smederevu. Tada je volio da povremeno ode tamo i prošeta gradom, ode do tvrđave, inače istoriju je obožavao i o svakom gradu htio je da sazna što više informacija iz prošlosti.

Ako malo pretražite kroz istoriju naići ćete na prvi pomen Smedereva 1019. godine u povelji vizantijskog cara Vasilija II kada je ovde uspostavljena jedna od episkopija novostvorene Ohridske arhiepiskopije. Sledeći pisani pomen o Smederevu nalazi se i u povelji kneza Lazara iz 1381. godine, u kojoj se spominje manastir Ravanica i sela i imanja koja poklanja „u Smederevu ljudini Bogosavu s opštinom i s baštinom”. Smederevo se izdvojilo kao grad sa tradicijom prestonice odmah nakon izgradnje Smederevske tvrđave.

Ovaj put Lazić nije imao vremena da se bavi istorijom grada i da prošeta dragim ulicama. Nije mu bilo do oživljavanja uspomena, ovdje ga je dovela Suzanina prošlost. Kopajući po starim arhivama nekako su uspjeli da dođu do adrese na kojoj je ona nekada živjela. Ni sam nije znao šta očekuje da će tamo da pronađe. Ona je odavno otišla sa te adrese, a po Rosinoj priči bivši muž i dijete koje je s njim imala su se odavno preselili na onaj svijet. Šta mogu da kažu zidovi i dvorište jednog prošlog života? Možda je došlo vrijeme da se probude neki davno uspavani duhovi i ponovo ispričaju svoju priču.

Adresu su lako pronašli. Dvorište i kuća bili su sređeni, vidjelo se da je nedavno renovirano, ali roletne na svim prozorima bile su spušetne kao da tu niko ne boravi. Dugo su zvonili na kapiji, ali niko im nije otvarao pa su odlučili da odu do komšije i raspitaju se. Vrata susjedne kuće otvorila im je žena kratke uredno podšišane sjede kose. Izgledala je kao da je u ranim sedamdesetim, ali je odisala vitalnošću. Rekli su joj da su iz policije, da istražuju neki slučaj i da ih zanima ko sada živi u kući preko puta.

„Oni su gasterbajteri, poodavno su kupili ovu kuću i kompletno je renovirali. Ovdje provedu samo par mjeseci godišnje, ostatak vremena su u Švajcarskoj. Ja im sređujem dvorište tokom cijele godine, vole kad dođu da im je lijepo i uredno.”

„A ko su bili prethodni vlasnici?”

„To vam je draga moja djeco tužna i tragična priča. Ta porodica nije imala mnogo sreće, kockice im se nisu posložile u životu, a sve je bilo tako lijepo u početku. Bili su srećna i harmonična porodica, mladi, lijepi, život je bio pred njima, a onda je đavo umiješao svoje prste. Da li su bili još nezreli ili je život tako htio, sve se raspalo u trenutku i nikada se nije sastavilo. Suzana, supruga pokojnog Igora, jednog dana je otišla od njega, ostavila ga je samog sa kćerkicom. Od toga se nikada nije oporavio, godinama je pokušavao da se sastavi i nastavi dalje, ali bezuspješno, sve više je tonuo u samosažaljenje, kasnije se odao alkoholu i kocki. Posle njegove smrti nije ostalo ništa osim kockarskih dugova i njegova kćerka bila je primorana da proda kuću kako bi vratila dugove. Posle toga je otišla i nikada je više nisam vidjela, ne znam šta se desilo sa tom djevojkom ni kakva je njena dalja sudbina, ali uvijek mi je bila nekako čudna. Malo sam i prezala od nje, kao da je nosila neko zlo u sebi. A nije joj ni zamjeriti, majka je napustila, otac odustao i od sebe i od nje i od života. Na neki način i ja sam ga krivila, ponio se kao velika kukavica, a imao je za koga da se bori, imao je razlog život. I skonačo je jadno. Pijan kao letva pao je sa terase na pločnik i ostao na mjestu mrtav, tamna mrlja od krvi bila mi je godinama pred očima. To je sve što ostane iza čovjeka, mrlja u vremenu na nekom tamo pločniku koju kiše lagano izbrišu. A ona sirotica ostala je sama na svijetu.”

„Da li ste sigurni u to što pričate? Zar Suzanino dijete nije umrlo sa njenim bivšim mužem?”

„Naravno da sam sigurna pa vijek sam ovdje provela. Sjećam se Teodore još od tenutka kad se rodila, baš kao što joj ime kaže ona je dar Božiji, a tako olako je odbačena. Znate djeco i ja sam majka, mogu da shvatim da neko muža ostavi, ali da ostavi dijete i nikada se više ne osvrne to je neoprostivo, neka me Bog kazni ako sam grešna, ali želim toj ženi sve najgore, jer je Tea zbog nje samo za bol i patnju znala. Nadam se da je negdje uspjela da pronađe svoj mir, da je stvorila dom, oštećena je ona, načeta tugom, nadam se samo da je neko uspio da joj zaliječi te pukotine.”

Saznanje da je Suzanina kćerka živa bacilo je novu sjenku na tok istrage. Lazić je ekipi pokazao snimak video nadzora na kome se vidi sumnjivo ponašanje osobe koja im je dobro poznata. Kada su otišli u dom da se raspitaju za nju niko od osoblja je nije vidio dok je Suzanina cimerka kada su joj pokazali sliku tvrdila da je to ona ista djevojka koja je prije par dana dolazila u svojstvu kćerke. Nikakve konkretne korake još uvijek nisu preuzeli. Morali su da budu sto posto sigurni da su na dobrom tragu, jer pravo na grešku više nisu imali.

Lazić je izvukao sliku iz džepa i pokazao je starici. Par trenutaka je gledala ukočenog izraza lica a onda su joj suze potekle:

„Teodora, Bože koliko se promjenila, na licu joj je ona ista tuga koju pamtim, a oči još zlokobnije, nije ona pronašla svoj mir vidim joj u pogledu.”

„Da li ste sigurni da je ovo Teodora, osoba sa slike se uopšte tako ne zove?”

„Ne znam ja kako se ona sada zove, ali ove oči nikada neću zaboraviti, to su vam oči osobe koje je tuga davno ubila, oči koje su sve suze isplakale. Na očevoj sahrani nijednu suzu nije pustila, dovoljno ga je oplakala za života, a on je odavno bio mrtav.”

A oni su pod hitno morali da obave jedno hapšenje. Osjećali su se nasamareno, vješto je smislila priču, sve pomno isplanirala, igrala se s njima.

47

„Jedina osoba koja ti je suđeno da budeš je osoba koja odlučiš da budeš.”

Ralf Valdo Emerson

Nekoliko dana ranije

Osjećam da se krug oko mene lagano zatvara. Približavaju mi se, onaj inspektor je mudar i počinje da mi ulazi u trag ma koliko ga dobro zavaravala. Krenuo je stazom moje prošlosti i neće se smiriti dok me ne vidi iza rešetaka. Zatvor? Pa to me i ne plaši toliko, to su samo goli zidovi i rešetke, obična prostorija, ja sam godinama u zatvoru sopstvene duše, nisam mogla da se izborim sa sobom od trenutka kada sam prvi put ubila. Ubiti svoju krv koji bolestan osjećaj, a opet ni u jednom trenutku savjest me nije grizla, zaslužio je da umre, nisam mogla da dozvolim da mirno sačeka svoj kraj, morala sam da ubrzam. Kao što rekoh prvo sam ubila onog koji me stvorio, ubila sam ga zato što je odustao od mene, od života, bio je tu samo fizički prisutan, nije se borio od trenutka kada si ti otišla, a imao je za koga, ali ti si mu očito bila važnija, nije mogao da nastavi dalje bez tebe, a ja, ja nikome nisam bila važna.

Sjećaš li se mog pogleda i lica priljubljenog uz prozor onog jutra kada si otišla? Gledala sam te molećivo kao malo pseto koje sa obožavanjem gleda u svog vlasnika, tako sam ja tebe gledala, a ti si me šutnula kao neku lutalicu na ulici. Moj pogled te nije mogao natjerati da se predomisliš, da se vratiš da ostaneš, često se pitam kako bi moj život izgledao da nisi otišla, da li bih ikada upoznala ovoliku patnju, ovoliku bol, da li bih ikada saznala šta znači odbačenost...

Odbačenost me je boljela više od svega. Sve one batine koje sam uglavnom bespotrebno dobijala nisu se mogle mjeriti sa tim osjećajem, osjećajem da te neko ne želi, da mu više nisi potrebna.

A on se propio nedugo nakon što si otišla, ja rođendan nikada više nisam slavila, mrzila sam ga iz dna duše, budio je u meni najgore osjećaje jer jednom davno ti si otišla posle mog poslednjeg proslavljenog rođendana i nikada nisi poslala ni čestitku, a nadala sam joj se naivno svake godine, molila sam Boga da se vratiš i da opet budemo kao ranije, mala srećna porodica. Godine su prolazile, čestitke nisu stizale i onda sam prestala da se nadam. Samo sam maštala o danu kada ću da odem iz one proklete kuće i ostavim iza sebe sve ono što me za tebe veže. Znaš on me je čini mi se mrzio još više što imam iste oči kao ti, kao da je vidio tebe kroz mene svaki dan, ne mogu da ga opravdam, nijednu suzu ni udarac nisam mu nikada oprostila i vremenom sam počela da maštam kako vas oboje ubijam, siječem na komade, čak sam maštala da vaše meso skuvam i odnesem psima lutalicama da ga jedu i raznose baš kao što ste vi moju dušu raznijeli i u prašinu bacili.

Ponovo je po ko zna koji put došao pijan, rijetki su bili trenuci kada bi me ostavljao na miru u pijanom stanju, obično bi me budio i maltretirao, tjerao me da iznova slušam priču kako si ti kurva i kako ću i ja da budem ista takva. Tukao me govoreći da me je komšija vidio sa nekim dečakom, to su bile čiste izmišljotine, ja od straha sa dječacima ni pričala nisam, u školi su me smatrali čudakinjom a modrice sam stalno prikrivala majicama dugih rukava, jer je udarao isključivo po onim dijelovima tjela koji nisu izloženi, tukao bi me satima uz kraće pauze kaišem dok mi krv ne bi protekla, govorio mi je da je to za moje dobro, da zlo u meni ubiti mora na vrijeme. Nekada danima nisam mogla normalno da sjedim od bolova. On bi se sutradan izvinjavao i sve bi bilo poprilično mirno do sledećeg pijanstva, a ona su bila sve češća.

Jednu noć nikada neću zaboraviti. Došli su mu oni drugari koje sam mrzila iz dna duše. Opet su kockali i pili, a ja sam morala da ih služim. Nisam voljela kako me gledaju, vidjela sam im neko zlo u očima, godinama kasnije shvatila sam da je to bolesna požuda. Tada sam bila i suviše mlada da znam bilo šta o tome, a tebe nije bilo da mi objasniš. Noć je sporo odmicala, sve više su pili, oca karta nije htjela, vadio je sve više para iz novčanika dok nije ostao bez ičeg. Založio je sat i još neke dragocjenosti i sve izgubio. U jednom trenutku rekao je da nema više ništa i da odustaje, sve je izgubio i možda bi se mirno razišli da jedan od onih ološa nije rekao:

„Imaš ti još nešto! Vidi ove male fufice, sve više liči na majku, jedna noć sa njom i svi dugovi biće otpisani" — rekao je jedan od njih, onaj odvratniji uz podrugljiv smijeh dok su mu se sline slivale niz bradu.

Taj smijeh zamjenio je strah par godina kasnije kada se „sasvim slučajno" okliznuo sa usamljene litice dok je planinario. Šok na njegovom licu u trenutku kada je shavatio da se rastaje od života nikada neću zaboraviti. Vidio se žal za novim jutrima koja će svitati bez njega, moje lice bilo je poslednje što je ugledao dok je padao u bezdan. Bio je to nesrećan slučaj, tako je rekla policija, bio je poznat po tome da voli da popije koju čašicu više, imao je veću količinu alkohola u krvi i utvrdili su da se slučajno okliznuo dok je pješačio. Tijelo mu je bilo toliko polomljeno da je bilo kakve tragove nasilne smrti bilo teško pronaći. Pijana budaletina nije ni primjetila da mu se prikradam, stojao je i posmatrao provaliju ispod sebe ne sluteći koliko brzo će završiti u njoj. Svijet bi bio bolje mjesto za život kada bi mogli da ga oslobodimo od gamadi poput njega. Ja sam tome bar malo doprinjela da nikada više nikoga ne povrijedi, da onim svojim pokvarenim očima nikada ne pogleda mlade djevojčice nad kojima je balavio.

Otac je par trenutaka ćutao kao da se dvoumio šta da odgovori. Tim trenucima tišine zapečatio je zauvijek svoju sudbinu, nije reagovao kako se očekuje od jednog oca, nije stao u moju zaštitu, samo se zlobno nasmijao i rekao rečenicu koju nikada neću zaboraviti:

„Mala ne vrijedi ništa kao ni njena majka, ista je to sorta, ne vrijedi vam da se na njoj prljate" — na ovo su se svi nasmijali.

Ne znam kako se završila partija, tu noć znam da sam se zavukla u svoju sobu i dugo i neutješno plakala. Nikoga nisam imala da me utješi, zagrli, spasi iz pakla u kom sam se iz dana u dan budila. Tu noć donijela sam čvrstu odluku da se moram sama spasiti i da to niko ne može uraditi umjesto mene, dosta je bilo valjanja u blatu samosažaljenja, dosta je bilo suza i boli, tu noć sam odlučila da postanem dželat svima koji su mi nanjeli bol u životu. Bol me je natjerao da prerano odrastem, nekad sam imala osjećaj da nisam samo odrasla nego i ostarila, bol čovjeku oduzima svu ljepotu življenja, lice prebrzo stari prošarano njegovim ožiljcima. Trenutak kad sam odlučila da postanem dželat đavo je spremno čekao, dovoljno je bilo da samo pomislim na to pa da mi on postane najbolji prijatelji i najvjerniji saradnik. Pratio me je u stopu i stalno me podsjećao na moju misiju. Postali smo nerazdvojni, ja nikog osim njega nisam imala, a on je to vješto koristio. Vodio me je za ruku, pričao mi priče, trovao dušu, a ja sam ga bespogovorno slušala.

Kažu da je najteže ubiti prvi put, griža savjesti izjeda čovjeka iznutra, širi se po organizmu poput zloćudnog tumora, ja kažem da nije uvijek tako. Nakon prvog ubistva nisam osjećala ništa. Danima su mi sva čula bila mrtva. A bilo je tako lako. Opet je došao pijan, čula sam njegove korake kroz kuću, bat njegovih stopala odzvanjao je u tišini i nisam znala šta me čeka, mirna noć ili noć ispunjena batinama, sa njim se nikad nije znalo. Neko bi mu onako pijanom napunio glavu lošim pričama o meni, a on je svima vjerovao, svi su mu bili bolji od mene.

Nisam mogla više da strepim, da se skrivam u svoju ljušturu, morala sam da povratim slobodu, da živim, a ne da preživljavam. Otvorio je vrata moje sobe, zavukla sam se ispod pokrivača pretvarajući se da spavam, srce mi je tako snažno lupalo da mi se činilo da će probuditi pola komšiluka, strah me je paralisao. U sledećem trenutku osjetila sam njegove ruke na sebi. Vukao me je iz kreveta uz glasno psovanje, nekako sam se istrgla iz njegovog stiska i pobjegla na terasu. Prvi put sam smogla snage da mu se na neki način suprotstavim, bio je to ujedno i poslednji put. Skrivena iza velike saksije slušala sam njegove psovke, moleći Boga da prestane, samo da legne i pusti me na miru.

Vrata terase su se sa škripom otvorila, bio je tu, par koraka od mene, mogla sam da namirišem njegov smrdljivi dah, vazduh je ispunjavao miris alkohola, cigareta, mržnje i straha, njegove mržnje prema meni, prema tebi, ti si mu bila kriva što si otišla, ja što sam ostala, uvijek sam se pitala zašto Bog daje djecu takvim ljudima kada ih samo muče i kažnjavaju, a toliko dobrih ljudi dalo bi sve na svijetu da ih Bog obraduje tim darom, a On uporno odbija da usliši njihove molbe.

Otac, kako ovo jezivo zvuči u mojoj glavi, otac je stub, oslonac, ljubav, a on je najveći neprijatelj bio i sebi i meni, sebe je osudio na ovakav život zato što se nikada nije potrudio da nešto promjeni, lakše mu je bilo da se opija, maltretira druge kriveći ih za svoju sudbinu, a mogao je mnogo toga da promjeni. Mogli smo nas dvoje da uspijemo, mogao je da bude hrabar zbog mene, da ruke koristi za zagrljaj ne za udarce. Terasa nije imala ogradu, nedavno smo je skinuli bila je ružna i dotrajala i sada je nekako siromašno izgledala, već danima je pričao kako treba da postaviti novu, sve on zna da radi u rijetkim trenucima sreće kada ne pije ponovo mi se vraćala nada da je onaj stari, ali sve to traje kratko, do sledećeg pijanstva kada pakao ponovo krene.

Odlučila sam da ne želim više da živim u vječnom strahu, ne mogu da prikrivam modrice, nekada sam pomišljala da će me ubiti batinama. Gledala sam ga kako se gega na ivici, ne treba mu mnogo da se zauvijek preseli na onaj svijet, ali ja više ništa ne smijem prepustiti sudbini, vidim da Bog neće da ga pozove na nebo, zato ću mu ga ja poslati pa nek se usudi da ga vrati. U meni se odjednom rodila neobjašnjiva snaga. U dva koraka već sam do njega, čini mi se da sam na krilima doletjela i guram ga preko ivice. Na trenutak vrijeme je stalo kao na nekom usporenom snimku, čini mi se da su prošli sati prije nego što sam čula snažan udarac od beton i opet je sve postalo tiho. Utrčala sam u sobu dugo gledala u svoje šake, bili su to sada prsti ubice. Uradila sam to i nema nazad, na trenutak se u meni javio neobjašnjiv strah da je možda preživio, vjerovatnoća je bila mala, visina je velika, ali nikad se ne zna, takve ni Bog neće da mu kvare harmoniju na nebu.

Otišla sam do kupatila i pogledala se u ogledalo. Vidjela sam novo lice, odisalo je hladnokrvnošću i zlom. Dopalo mi se to što vidim. Postala sam ubica i nije me grizla savjest, a sada je bilo vrijeme za predstavu. Nisam imala suza, a trebale su mi dok sam trčala do komšinice panično vrišteći da je tata pao sa terase. Hitna pomoć i policija ubrzo su stigli, ali mogli su samo da konstatuju smrt. Glava mu se raspukla kao lubenica i krv je oticala po trotoaru, krv moje krvi odlazila je u nepovrat, a ja sam poželjela da pljunem na nju, da iz svojih vena izbacim svu njegovu prokletu i poganu krv.

Sahrana i sve posle toga prošlo je kao u nekoj magli. Gomila poznatih i manje poznatih lica izjavljivali su mi saučešće i pružali lažnu podršku, čisto da nešto kažu. Bilo mi je muka od svih, znam da je većina znala za moj pakao, a prstom mrdnuli nisu, sad su došli da se na neki način iskupe, glumeći dobrotu. Odvratni skotovi, ološi, sve bi ih pobila koliko su licemjerni, ali ne mogu, ja moram da glumim ucviljenu kćerku koja je sada ostala sama na svijetu. Na grobu sam ostala sama dugo posle svih pravdajući se da mi treba malo samoće. Dugo sam gledala u krst i zaklela se da ću i tebe majko pronaći i da se neću smiriti dok tebe i tvoju krv ne uništim.

Završila sam školu i par godina kasnije prodala sam kuću. Očevi dugovi su bili veliki, ali ipak nešto mi je i ostalo, dovoljno za početak nekog novog života, daleko od svih, nisam više mogla ostati u ovoj kući, počela je da me guši, zidovi su se sužavali, demoni vrebali na svakom ćošku. Na onu terasu nikada više nisam izašla. Postala je nešto zabranjeno za mene, mjesto na koje moja noga ne smije nikada kročiti, osjećala sam godinama tamo njegov duh koji me pritajeno vreba i čeka pogodan trenutak da me se dočepa, a to mu nisam smjela dozvoliti. Uzeo mi je sve, djetinjstvo, dušu, ne mogu mu dozvoliti da me uhvati u svoje kandže prije nego što svoju misiju završim, a onda možemo u paklu proćaskati skupa jer raj za nas sigurno rezervisan nije.

Prvo sam promijenila ime. Trebalo mi je nešto kratko, a moje pravo ime mi se samo rugalo. Ja da budem dar Božiji, koja ironija od života! Ja sam bila prokletstvo. Kada sam promjenila ime ubila sam onu staru sebe i sve što me za nju vezivalo. Bilo je u njoj dobrote, iskrenosti i naivnosti. I sada mi se ponekad javi pokušavajući da zaustavi i umiri novu mene. Ali ne vrijedi joj, nije više toliko jaka da može da me kontroliše, ona sarađuje sa anđelima ja sa đavolom, unutrašnji sukobi koje nas dvije svakodnevno vodimo nekada postaju neizdrživi, samo želim da je zauvijek ućutkam, da joj glas nikada više ne čujem, mrtva je i neću da me uznemirava.

Posle moje sahrane morala sam da krenem u misiju. Godine sam provela tragajući za tobom. Kada sam ti konačno ušla u trag više nije bilo vremena za čekanje. Teodoru sam sahranila u Smederevu, sve ostalo je bilo čista papirologija, ne znam tačno gdje joj je grob nisam ga nikada obišla, ali ona mene poput sjene redovno prati u stopu i šapuće mi na uvo da prestanem sa zlom, ne vrijedi joj, ne slušam je. Morala sam da ponesem nešto njeno. Jedan nož kojim je nekada davno rezana rođendanska torta, svjećica sa brojem osam i mali plišani medo bili su sva njena zaostavština koju sam željela ponijeti sa sobom.

Novo ime, nova ja, samosažaljenje me je skroz napustilo. U dugim noćima kada nisam mogla da spavam padalo mi je na pamet da odustanem od svega, da moj život krene u nekom ljepšem pravcu, kad sam se već teškog tereta oslobodila. Ali tu staru mene, onu što je bila prije nego što je ubila ubrzo bi ućutkala ova nova. Ona je bila ohola i željna krvi, stalno me je podsjećala na moju misiju. Nekada sam je tjerala od sebe, pokušala da se sastavim i oprostim svima, ali ona je bila jača, čekala je moje trenutke slabosti i ponovo me uzimala pod svoje.

Morala sam da te pronađem majko, jer onim malim dijelom moje nezatrovane duše nadala sam se da ćeš me prepoznati, da ćeš me ponovo voljeti. Cijeli život samo sam željela roditeljsku ljubav, a ona mi je uvijek izmicala. Nije mi bilo teško u novoj sredini, jer ni u staroj nisam nikog i ništa ostavila osim grobova na koje ne želim nikada više da odem. Znam da će zarasti u korov jer ih niko ne obilazi, ali znam i da je tako bolje. Voljela bih da sam svu prošlost mogla da ostavim tamo gdje joj je i mjesto, da se izborim sa sobom, ali slabić sam i demoni su me obuzeli.

Godinama sam krivila oca što nije mogao da pokopa prošlost i nastavi dalje, a eto i sama sam se isto ponijela i još i gore, ja sam svoju prošlost zakopala u svakom smislu te riječi. Ja sam njen dželat i njihove grobove neću obilaziti. Samo osjećam neku smirenost nakon svakog novog ubistva, kao da je pravda na neki način zadovoljena. Ni meni nije bolje nego njima, oni su fizički mrtvi, a ja sam hodajući mrtvac odavno samo što to niko ne vidi.

Majko tebe sam najlakše pronašla. Dugo sam te posmatrala iz prikrajka, tražeći neku sličnost sa onim što mi je ostalo u sjećanju onog dana kada si otišla. Pamtila sam tvoj pogled nosila ga sa sobom kao neki pečat, podsjetnik da si nekada bila dio moga života, nikakvo *prepoznavanje nisam pronašla, bila si mi stranac, godine su izbrisale onaj lik koji sam pamtila. A onda sam odlučila da se približim bratu i sestri morala sam da zadobijem njihovo povjerenje da im budem prijatelj, kako su samo bili naivni, izgledalo je kao da sam slučajno ušla u njihov život nisu mogli ni da naslute da su samo dio mog bolesnog plana.*

Nisam te namjerno ostavila u životu ono veče, Bog je tako htjeo, mada prije đavo ima veze s tim htio je da živiš svoj pakao, da te ne uzme dok ne vidiš svojim očima rezultate za ono što si nekada davno učinila. Ako kažem da si od mene napravila čudovište izgledaće kao da na tebe prebacujem krivicu za svoja zlodjela, znam mogla sam da biram šta ću postati a ja sam izabrala zlo, svjesno sam krenula da se svetim i više nije bilo povratka. Ja sam htjela da tvoja smrt bude trenutna ali ispalo je mnogo bolje prisutna si dok krv tvoje krvi napušta ovaj svijet.

Doktori vjeruju da uopšte nisi svjesna ničeg oko sebe, nemaju pojma koliko griješe, ja sam te testirala nakon svakog ubistva. Nekako sam uspijevala da se ušunjam u tvoju sobu u domu i ispričam ti priču za laku noć baš kao što si ti meni nekad pričala. Voljela sam zvuk tvog glasa, umirivao me je i uspavljivao, žao mi je što moje priče nisu uspavale tebe. Suze su ti tekle niz lice, nisi mogla da ih obrišeš, a ja nisam imala snage da te dotaknem. To nekada tako drago lice bilo mi je odbojno. Osjećala sam samo gađenje.

Sa Milanom je bilo lako. Njega je svaka suknja mamila. Danima sam ga zavlačila, jednostavo nisam željela da ispunim svoju misiju prije njegovog rođendana. Moj poklon je bio poseban i zaslužio je poseban dan za to. Noćima sam obilazila drinsko šetalište u kasne sate kako bih pronašla najzabačeniji kutak za naš susret i bila sam uvjerena da u to vrijeme neće biti nikoga. Ponjela sam onaj tvoj srebreni ogrtač, sjećaš li ga se, mnogo si ga voljela, a ja sam tada zamišljala kako si kraljca iz neke bajke. Kada si otišla otac je sve tvoje stvari spalio, ali ja sam nekako uspjela da ga sakrijem. Ponekad bih ga u dugim noćima kada mi aveti nisu dale mira izvlačila iz najskrivenijeg kutka ormara i ogrtala se njim. Osjećala bih se na trenutak jače i zaštićenije. Došao je tačno na vrijeme, nisam ni sumnjala da će kasniti, bio je podobro pripit i odmah je pokušao da me poljubi. Obuzelo me je neviđeno gađenje prema njemu i prema tebi koja se nikada nisi potrudila da nas spojiš i upoznaš. Dok je pokušavao da me privuče u zagrljaj spremno sam mu zabila nož u stomak. Njegov pogled nikada neću moći zaboraviti, nemoćno je kolutao očima dok sam izvlačila nož i zabijala ga iznova i iznova u njegovo tijelo, ne znam da li je još bio pri svjesti kada sam se sagla i na uvo mu šapnula:

„Ja sam tvoja sestra idiote, srećan ti rođendan.”

I nastavila sam da ga kasapim, nisam mogla da ga ostavim u životu kao što sam to uradila sa tobom majko. Prije nego što sam napustila mjesto zločina odsjekla sam mu sedam prstiju, sedam kao simbolika na vrijeme kada je moj život krenuo u sasvim drugom pravcu. Nisam ih sačuvala kao suvenir, to mi stvarno nije bilo potrebno, bacila sam ih daleko u rijeku znajući da ih nikada niko neće pronaći. Tek kasnije sam saznala da je sve to vidio onaj beskućnik Jovo i počela je da me hvata panika da bi mogao da me prepozna, a to sebi nisam mogla da dozvolim dok ne završim misiju. Svjedoke nisam smjela da ostavim u životu i to je jedino ubistvo koje nisam počinila sa uživanjem. Znam kakav je život vodio, znam njegovu priču i vjerujem da sam ga na neki način spasila da je konačno srećan negdje gore među oblacima. Njegova smrt je bila brza i trenutna, nisam željela da osjeti bol, nije zaslužio to. Bila je to njegova loša sudbina da se dva puta nađe na pogrešnom mjestu u pogrešno vrijeme.

Sa Sanjom je išlo mnogo lakše. Nisam morala nigdje da je mamim, sama je upala u zamku. Ona me je mnogo podsjećala na tebe. Ni jednoj od vas jedna stolica nije bila dovoljna. Uvijek ste nekog obmanjivale, varale, zavlačile, to vam je u krvi. Njena smrt je prebrzo *nastupila i mnogo mi je žao zbog toga, ali nisam mogla da rizikujem da neko čuje njene krike. Otišla je ne saznavši ko sam. Prvi udarac je bio tako snažan i nakratko se osvjestila dok sam joj pričala bajku, nisam imala mnogo vremena za čekanje morala sam da krenem sa kasapljenjem. Darko je bio naivan i lako mu je bilo smjestiti. Priča bi držala vodu dugo, jer sve je upućivalo na njega da se budala te noći nije oduzela od alkohola i otišla u onu rupčagu tako je sebi obezbjedio alibi, za dlaku se izvukao.*

Eto.

Sada sam ti sve ispričala jer osjećam da se obruč oko mene steže, a ne mogu dozvoliti da me uhapse dok tebi ne ispričam priču za laku noć, vidim dobila si i cimerku, nadam se da se lijepo slažete. Sjećaš li se onog noža kojim si sjekla moju rođendansku tortu, e njime sam isjekla tvoju djecu, moju i tvoju krv, možda je i bolje da nam se sjeme zatre, nisu ovo geni koji treba da se produže. Samo mi je žao što sam svoju misiju završila, a nimalo se ne osjećam bolje, kao da mi se neko ruga, ne osjećam oslobođenje, pobjedu. Ovaj svijet jednostavno nije za mene, a ni ja za njega, nismo se poklopili u pravom trenutku i onda je sve krenulo stranputicom. Pogrešan vijek za mene, pogrešan život, ja sam samo jedna ogromna greška prirode. Nisam znala da se nosim sa životom, znam, kukavica sam, nije da nisam pokušala, ali svaki moj pokušaj se završio neuspjehom, nisam se dovoljno trudila da ustajem iz blata. Posle mnogo neuspjelih pokušaja jednostavno sam prestala da se trudim da uradim nešto dobro za sebe.

Sebi sam namijenila misiju dželata, uradila sam sve onako kako sam mislila da želim i sada je ostala samo praznina, nema više one druge da mi na uvo šapuće, ostavila me je samu. Glasovi u mojoj glavi su se ućutali, ničega više nema, vlada potpuna tišina i osjećam se izgubljeno.

Volim samoću i tišinu, ne smatram ih za loše saputnike. Obično mi gode da saberem misli, da se isplačem ako treba, da se smijem bez razloga.

Kada ste se poslednji put smijali bez razloga? Tako vam je u trenutku došlo i vi ste se tome prepustili. Kada ste počeli za sreću tražiti neki razlog? Mislite da morate ispuniti neki uslov da biste bili srećni, a sreća nije uslov, sreća je biti bezuslovno srećan. Ja je nisam mnogo osjetila kroz život i žao mi je zbog toga. Vjerovatno je mnogo puta prošla pored mene, a ja sam propustila da je vidim zanesena svojim bolesnim umom. Dok sam smišljala planove koji će me dovesti do sreće, zaobišla sam je, a iz svega sam izašla nesrećnija nego ikada. Nije mi nesreća pala sa neba, sama sam je stvorila i gušila se u njoj, svela sam život na životarenje i sada mirno mogu da sačekam hapšenje, jer zatvor je samo prostorija, a ja sam odavno zatvorenik moje zatrovane duše. Voljela sam noću da se pokrijem ćebetom po glavi prije nego što utonem u san, da se sakrijem od svega i kao lopov da se uvučem u neki ljepši svijet, satkan od moje mašte. Tako se osjećam sigurno i zaštićeno kao da sve što je loše ostaje u nekom drugom vremenu, daleko od mene. Taj osjećaj prividne zaštite je neprocjenjiv. Svi se mi od svojih demona branimo drugačije, žao mi je što se ja nisam više skrivala. Možda bih uspjela da ih zauvijek otjeram. Ne grize me savjest zbog svega što sam uradila, već me izjeda praznina.

Zavjesa se polako spušta. Odigrala sam svoju predstavu. Niste mogli da saosjećate sa mnom, znam, ali nisam to ni tražila od vas. Očistite prvo sav korov u svom dvorištu pa onda pogledajte u tuđe, hodajte u mojim cipelama, prođite mojim stazama.

Po prvi put od trenutka kada sam postala ubica puštam suze da nekontrolisano teku. Neću da ih brišem i zaustavljam. Dugo su bile potiskivane, neka i njima njihova sloboda. Da li ću se posle toga osjećati lakše, đavo će ga znati.

48

„*Ne određuje ono što ti se dešava sada ili što ti se dešavalo u prošlosti šta ćeš postati. Tvoje odluke o tome na šta ćeš se fokusirati, koje značenje ćeš pripisati stvarima i šta ćeš uraditi po tom pitanju, to će odrediti tvoju krajnju sudbinu.*"

Toni Robins

Dana je čvrsto spavala sa nekim prijatnim osmijehom na licu. Sanjala je jedno davno ljetovanje koje je sa roditeljima provela u Dubrovniku. Tada je prvi put vidjela more i nije mogla prestati da mu se divi. Danima se igrala u pjesku, otac je učio da pliva, bili su beskrajno srećni, možda i poslednji put istinski. Nakon tog ljeta nastupila su neka teška vremena. Morali su da napuste svoj dom jer se, kako je ona tada shvatila, pojavio neki rat. Nije znala ni šta znači ni ko je taj rat, ali zamišljala ga je u svojoj dječijoj glavi kao jednog mnogo zlobnog čiču koji ljude tjera iz njihovih domova. Vjerovala je da je ogroman dok ga se svi plaše i bježe od njega. Nikada se nije vratila u svoj prvobitni dom, život se nastavio u nekom novom gradu sa nekom novom djecom i ljudima, starih drugara nije se ni mogla sjetiti više. Kasnije je shvatila značenje riječi rat, zlo koje ne treba nikada da se ponovi. Rat u ljudima izaziva najgore osjećaje, često ih pretvara u čudovišta, doduše nekima je služio kao opravdanje za njihovo nečovječno ponašanje. Kako u životu tako i u ratu niko ne treba zaboraviti da prije svega ostane čovjek koliko god je to moguće, jer ološ je najlakše biti, za to ne treba mnogo truda.

Iz sna je probudio zvuk zvona na vratima. Neko je baš uporno zvonio. Pogledala je u telefon, pokazivao je pola jedan, ponoć je prošla. Nikoga nije očekivala i ova zvonjava je malo i uplašila. Mjesecima se borila sa nesanicom i košmarima još od onog jutra koje bi najradije izbrisala iz sjećanja. Dani su joj bili ispunjeni strahom, stalno se osvrtala na ulici, imala je osjećaj da je neko posmatra. Često bi uhvatila sebe nasred ulice kako nekontrolisano drhti, srce bi joj ludački lupalo i hladan znoj bi je oblivao, tada je imala osjećaj da se ono pritajeno zlo o nju namjerno očešalo u prolazu kako bi joj stavilo do znanja da je još uvijek posmatra sa pristojne distance. Par dana ranije pokušala je svoje strahove da podijeli sa Anom kad su bile na kafi. Više se nisu često viđale. Našle su stanove u različitm dijelovima grada i polako su gubile kontakt. Nekako joj se to činilo kao olakšanje, jer svaki njihov susret bio je podsjetnik na ono što ih je zadesilo i od čega su uporno željele da pobjegnu. Polako ali sigurno jedno prijateljstvo nestajalo je u mračnim odajama prošlosti koja nije mogla da se zakopa.

Sanjivim korakom otišla je do vrata i pogledala kroz špijunku. Hodnik je bio u mraku i taman kada je pomislila da se ponovo vrati u krevet zvonjava se nastavila. Otvorila je uplašena, a na pragu je stojao Aleksa vidno uznemiren. Nije ga vidjela danima, zlo ih je polako udaljavalo i bilo je jasno da nikada ništa neće biti kao ranije. Bezbrižna druženja su prijetila da zauvijek pripadnu prošlosti.

„Šta ti radiš ovdje ovako kasno?"

„Izvini što sam te probudio, ali sa nekim moram da razgovaram inače ću da poludim. Molim te pusti me da uđem samo nakratko."

Sklonila se sa praga kako bi mu oslobodila prolaz. Osjetila je jak miris alkohola pomiješan sa dobro poznatim parfemom koji je uvijek koristio. Nije imala predstavu šta bi mogao biti razlog posjete, ali san joj je svejedno pokvario i nije imala izbora osim da ga sasluša. Na neki način mislila je da bi joj moglo prijati njegovo društvo. Umorila se od skrivanja, bježanja, izbjegavanja priče o onom što se desilo, bila je previše umorna i ponekad bi poželjela da i po nju kasapin jednom dođe i zauvijek je oslobodi straha, jer život u svakodnevnom strahu gori je od smrti.

Sjeli su na fotelje jedno nasuprot drugog. Stan je bio mali, ali lijepo opremljen, odisao je toplinom i nije se vidjelo prisustvo straha. Spoljašnja ljepota prikrivala je ono od čega se bježalo. Oboje su dugo ćutali izgubljeni u svojim mislima kao da su se bojali da će trenutak kada tišina prestane biti onaj koji će sve upropastiti, jedna čarolija otići će u nepovrat. Dana je otišla do frižidera i donijela dvije limenke piva. Voljela je pivo, bilo joj je jedno od dražih pića, a trenutno joj je bilo više nego potrebno. Osjećala je da Aleksa želi da joj kaže nešto jako bitno, ali se lomi na koji način to da uradi, nije željela da ga požuruje pustila je da sam izabere trenutak kada će progovoriti. Na neki način tišina joj je prijala, imala je osjećaj da se kroz tišinu savršeno razumiju i da će pravi problem nastati kada progovori i prijalo joj je odsustvo riječi, znala je da će sve pokvariti.

„Da li si viđala Anu zadnjih dana" — konačno je progovorio.

„Bile smo nedavno na kafi, zašto me to pitaš?"

„Malo je čudna u poslednje vrijeme."

„U poslednje vrijeme? Ona je čudna od kad je poznajem, ne znam šta je to drugačije u poslednje vrijeme."

„Večeras smo bili skupa."

„Opa! To su neki novi momenti, krenuo si redom da spopadaš moje drugarice."

„Nemoj da si ironična, ne pristaje ti, nismo bili skupa na taj način, izašli smo na piće i malo više popili."

„Pa tvoj način tješenja tužnih cura dobro je poznat."

„Sad stvarno postaješ bezobrazna, ja sam Sanju iskreno volio i nije to bilo samo neko tješenje, sviđala mi se mnogo prije toga, samo su se stvari tako namjestile.”

„I ti si iskoristio situaciju, mora da ti je teško palo; sirotan!”

„Ja stvarno ne znam koji je đavo i u tebe ušao, hoćeš li mi već jednom dopustiti da kažem šta sam htio? Vidim da nije trebalo ni da dolazim, očekivao sam od tebe razumijevanje ili da me bar saslušaš, ali ti si nepodnošljiva.”

„Dobro izvini, evo prestajem ove sekunde, reci mi šta je u pitanju.”

„Znam da vi žene o svemu pričate i da ste mnogo bliskije nego mi muškarci, zanima me da li ti je Ana nekada pričala o meni u nekom drugom smislu osim prijateljskom?”

Dana je ćutala neko vrijeme, a onda se glasno nasmijala:

„Ma da li je ovo Aleksa najveći zavodnik u gradu, a vjerovatno i šire? Momak pred kojim djevojke padaju na koljena, ma sve smo zaljubljene u tebe.”

„Sada stvarno ali stvarno pretjeruješ, ponašaš se kao neko derište, mislim da Ana uopšte nije dobro i volio bih da ti malo s njom porazgovaraš. Večeras mi se na trenutke činila jezivom. Rekla mi je da je znala za mene i Sanju od samog početka, da smo bili neviđeno glupi misleći da niko za nas ne zna, da je u par navrata pratila dok se iskradala iz stana, nazvala je bludnicom kojoj jedna stolica nije bila dovoljna pa je morala da nađe još jednu čisto da može da mjenja po potrebi koju želi. Izgovorila je još mnogo ružnih riječi, znam da je tužna i da je malo više popila, ali malo me je uplašilo sve to.”

„Pa što je nisi utješio? Ti bar znaš kako se to radi?”

„U tome i jeste stvar, ona je pokušala nešto sa mnom i kada sam je odbio postala je histerična, njeno ponašanje me plaši imam osjećaj da nešto veliko krije od nas.”

„Mislim da je muči teška griža savjesti, ne može sebi da oprosti što Sanju nije spasila, bori se ona sa teškim demonima, vjeruj mi.”

„Neka sam grešan, ali mislim da je Sanjina smrt za nju došla kao neko olakšanje, bila je strašno ljubomorna na nju.”

„E sada stvarno ali stvarno pretjeruješ, došao si mi u kasne sate da mi glavu puniš nebulozama. Znam da smo svi još u velikom šoku, ali da prebacujemo krivicu jedni na druge previše je i to ništa neće promjeniti, mrtvi ostaju mrtvi, a mi još živimo u strahu da će zlo doći i po nas.”

„Zar tebi sva ta priča o velikoj količini tableta u noći ubistva nije malo čudna?”

„Dobro Šerloče, šta li si sada smislio? Pokušala je da te poljubi, bio je to vjerovatno trenutak slabosti kojem uopšte ne treba pridavati značaj, već si smislio kompletnu teoriju o tome da ona ima neke veze sa svim tim zlom. I kad smo već kod toga, gdje si ti bio te noći? Nemaš nikakav alibi i kako bi Milanovu smrt uklopio u sve to?”

„U pravu si, samo sam očajan i uplašen. Noću se budim mokar od znoja, košmari me ne pušaju na miru, svake noći mi dolazi u san i moli me za pomoć, izdao sam je Dano! Obećao sam joj da ću uvijek biti uz nju, a kod prve krize ponio sam se kao najveći ološ, da mogu samo vrijeme da vratim...”

Aleksa je dugo i nekontrolisano plakao. U jednom trenutku, Dana mu je prišla i zagrlila ga. Dugo su ostali tako, bez riječi, bez ijednog učinjenog pokreta, samo su pustili suze da se slivaju niz obraze. Sav danima potiskivan bol slivao se u potocima.

Zagrljaj ima neku čarobnu moć. U jednom trenutku jedno tijelo na drugo može da prenese pozitivnu energiju i toplinu. U jedan zagrljaj mogu da stanu sve riječi, ćutanja, osmijesi i uzdasi. Trebalo bi da se ljudi češće grle, jer zagrljaj je najbolja zamjena za riječ koja ne postoji. Sve što se ne može riječima objasniti, zagrljaj će nadomjestiti i sve što riječi pokvare on će popraviti, jer je najbolja terapija koja postoji.

Nakon toga osjetili su olakšanje. Otvorili su dušu jedno drugom, bili su ujedinjeni u bolu i strahu zauvijek.

Približavao se Danin rođendan. Prvi put u životu nije mu se radovala, željela je da ga što više odloži pa i da ga preskoči, kako god, samo da taj prokleti datum nestane iz kalendara.

Život je nepredvidiv, ne može ga čovjek ispisati unaprijed, on ide nekim svojim tokom, a većina ga provede brinući se za sutra, propuštajući da uživa danas. To je isto kao da svaki dan neko ide sa raširenim kišobranom, jer će možda pasti kiša, a obično ne padne i propusti uživanje u sunčanom danu skriven ispod kišobrana. U životu rijetko ide po planu, a možda je tako i bolje jer u čemu bi onda bila čarolija?

A život je prava čarolija, ne može se unaprijed ispisati, ali se ipak može malčice dopisati. Kada ide po sudbini uvijek se mogu dodati dva-tri reda i učestvovati u njemu da ne prolazi mimo čovjeka dok je on zauzet pravljenjem nekih velikih planova za život. Najgore je kada čovjek nastavi da živi u prošlosti ili preko reda trči u budućnost, propuštajući svu ljepotu sadašnjosti. Ono što je prošlo zauvijek odlazi u nepovrat i ne treba žaliti ni zbog vremena izgubljenog na pogrešne odluke ili na pogrešene ljude, jer vjerovatno je bilo trenutaka kada vas je sve to činilo srećnim, ali ste zbog lošeg ishoda ogorčeni i sjećate se samo lošeg. Bog vam ponekad da loše ljude i situacije, ali i lekciju, bez miješanja dobrog i lošeg nema dobre lekcije.

Aleksa je naglo prekinuo tišinu:

„Dano ja sam s njom bio istinski srećan, to vidim tek sada kada sam se od te sreće nepovratno udaljio, od svega što smo mogli, a nismo uradili. Sudbina ili prokletstvo, đavo će ga znati. Uvijek sam smatrao da su za sreću potrebni neki uslovi da se ispune, kako sam samo bio glup. Reci mi da li si nekada bila istinski srećna? Da li si bila svjesna količine svoje sreće?"

„Druže, sreća nije ono što se nameće kao neka stavka sa popisa stvari koje moramo ispuniti da bismo bili srećni, nije to nešto što čeka svoj red kao obaveza i uslov koji moramo ispuniti. Ja bih rekla da nikada nisam bila istinski srećna sa tom uslovnom srećom, jer sam vremenom naučila da je jedina sreća za mene ona bezuslovna. Ne stoji ona sa druge strane ograde, sa druge strane mojih želja, ona se uvijek mota oko mene i hoće da je pronađem u svemu. Davno sam odlučila da ne želim nikakve okove i uslove da nešto moram, da tako treba, odbacila sam sve stavke koje navodno moram ispuniti da bih bila srećna i pronašla svoj mir. Ni tada, a ni sada nisam povjerovala da bi me neki popis mogao odvesti ka sreći i unutrašnjem miru. Odbacila sam sve što se svodilo pod „tako treba, tako mora". Ja sam se uvijek vodila srcem i nikada ne znam gdje će me sledeći trenutak odvesti, ali sve dok idem srcem znam da sam na dobrom putu. Obično nemam plan ni za sledeći dan, osim redovnih obaveza, a tek za život, za život imam samo san. Spontanost i snovi su sve što imam i to mi se u jednom periodu života činilo kao greška, nešto što mi pravi nered koji sam željela počistiti. A onda sam shvatila da bih tako uklonila sve ono što me čini posebnom i postala kalup onog što drugi očekuju od mene. Da budem ukalupljena jer „tako treba", to nije za mene. Ali ne postoji univerzalan recept za sreću, primjenjiv na sve, ljudi je nalaze na različitim mjestima i jedino je bitno da smo srećni onako kako mi želimo, a ne kako okolina smatra da treba da budemo. Svoju sreću sami kreiramo."

Kada je završila svoje izlaganje vidjela je da Aleksa čvrsto spava u fotelji u sjedećem položaju sa nekim blaženim osmijehom na licu. Nije znala da li je njenu priču čuo, ljudi su je često zezali da njena filozofija zna da uspava čovjeka. Nije se uopšte obazirala na to, bila je to jednostavno ona, kome ne prija zna gdje su vrata.

Dana je bila veliki sanjar. Od prtljaga nosila je samo snove, bili su joj sve što ima i što joj je potrebno. Sklonište od tuge, viza za sreću, za njene snove nije bio potreban veliki kofer. Obično su mogli da stanu u jednu manju torbu. Neke je usput gubila, neke bi vjetar raznio, ali uvijek je pronalazila nove, jer one što je izgubila vjerovatno joj nisu ni bili potrebni. Tražila je posebne i rijetke. Svoj prtljag uvijek je nosila sa sobom; bili su toliko godina zajedno i granica između njih je odavno nestala, stopili su se u jedno. Neko skuplja nekretnine, neko salvete, a ona je bila veliki kolekcionar snova i kada bi joj se neki porušili, uvijek bi odlučno kretala u potragu za novim. Svoj kofer nosila je sama i nosiće ga sve dok se ne pojavi neko ko će poželjeti da zajedno u njega ubacuju nove snove. Bila je samostalna, hrabra i odlučna. Počela je prekorijevati sebe što se poslednjih dana ponijela kao slabić i kukavica dopustivši strahu da je pobjedi.

49

„Najbolje godine tvog života dolaze kada odlučiš da su tvoji problemi tvoji. Ne kriviš za njih svoju majku, okolinu ili politiku. Shvatiš da ti kontrolišeš svoju sudbinu."

Nepoznat autor

Nakon razgovora Dana je osjetila neki vid olakšanja. Otvorila je prozor i pustila noćni vazduh unutra. Dugo je držala prozore zatvorene plašeći se da će se zlo uvući u njen stan. Provjeravala je bravu pet puta prije spavanja, gledala ispod kreveta. Strah joj je oduzeo svu ljepotu življenja i bilo je vrijeme da mu se suprotstavi. Čekaće ga spremno. Ako odluči da na nju nasrne, neće se više skrivati kao preplašena djevojčica i stalno se osvrtati iza sebe, ona je hrabra, a zlo je kukavica dok napada u mraku i s leđa nema hrabrosti da se pokaže, ali skinuće mu ona masku, samo nek proba da nasrne na nju.

Iz razmišljanja je trgnulo zvono na vratima. U prvi mah je pomislila da je sve u njenoj glavi, ali pozvonilo je ponovo.

Nikoga nije mogla očekivati u ovo doba. Sa roditeljima se čula prije spavanja i znala je da su oni dobro. U ovo doba može da očekuje samo loše vijesti, jedino nesreća ne može da prenoći i da sačeka do jutra. Sa srećom je drugačije, ljudi je uvijek nekako puste da odleži prije nego što je podijele sa drugima. Prošla je pored fotelje u kojoj je čvrsto spavao Aleksa, njemu zvono nije smetalo, nadala se samo da nije neka njegova sumanuta bivša cura, ne bi bio prvi put da ga neka proganja i histerično im upada u stan tražeći ga. Imao je supermoć da od svih žena izabere pogrešne.

Nije pogledala kroz špijunku prije nego što je otvorila vrata. Odlučila je da ostane doslijedna sebi i da pobjedi strah koji je danima proganjao, disao joj za vratom, mučio je natenane. Osoba je stojala okrenuta leđima nekoliko trenutaka. Danu je počeo hvatati strah uprkos želji da ga pobjedi, a onda se ta osoba okrenula. Odahnula je osjećajući olakšanje:

„A to si ti, uplaših se na trenutak. Kuda se šunjaš u ovo doba noći? Je li sve u redu?"

„Ništa više nije u redu i nikada neće ni biti, molim te pomozi mi."

Ćutanje je potrajalo nekoliko trenutaka i ko zna u kom bi smijeru otišao razgovor da se nije pojavio Aleksa i stao iza Dane.

„A lijepo bogami! Već ste se spanđali."

Psovke i tresak vrata odzvanjali su hodnikom dok je Dana trčala i molila Anu da stane:

„Ništa nije onako kako izgleda, molim te dopusti da ti objasnim!"

Najviše problema čovjeku stvore naočigled jasne, a ustvari totalno banalne situacije. Ponekad se kockice poslože u pogrešnom trenutku i stvore nesporazum.

Dana je isrčala na ulicu. Bila je pusta. Tamne sjene drveća prijeteći su se širile po cesti kao ruke nekog čudovišta. Tišina je bila zlokobna. Nijedan zvuk nije se čuo kao da je vrijeme stalo. Bila je sama, osjećala se izloženo. Mjesec je bio visoko na nebu. Kada je bila dijete, voljela je dugo da sjedi u dvorištu u večernjim satima i da posmatra mjesec. Zamišljala je neka čudna stvorenja koja tamo žive i posmatraju je. Ponekad bi im i mahala u nadi da je oni vide i da će jednom svratiti do nje da se poigraju. Dječija mašta nema granicu. U ovom trenutku samo je željela da se bar nakratko vrati u te bezbrižne dane, da ponovo vjeruje u bajke u kojima dobro pobjeđuje zlo i gdje zli ljudi dobijaju zasluženu kaznu. Imala je jak osjećaj da je kraj blizu. Iznenadni gost na vratima unio joj je nemir. Prvi put se zapitala koliko u stvari tu osobu poznaje?

Manipulatori su skloni pretvaranju. Mogu da obuku najljepše ruho nevinosti, oni savršeno prikrivaju svoje pravo lice. Dobro glume i uglavnom imaju dobru vještinu komunikacije. Njihov glavni cilj je upravljanje drugim ljudima kako bi postigli ono što im je u interesu. Iskorištavaju ljude oko sebe kako bi ostvarili vlastite želje. Gledano sa stručne strane manipulacija kao vrsta poremećaja ne postoji, ali često se javlja kao simptom nekih poremećaja ličnosti kao što su antisocijalni poremećaj ličnosti (psihopate), granični poremećaj ličnosti ili narcisoidni poremećaj ličnosti.

Međutim, manipulacija ne dolazi uvijek sa nekim poremećajem. Mnogi zdravi pojedinci mogu biti savršeni manipulatori i jako ih je teško prepoznati.

Prvi put otkako je zlo ušlo u njen život, Dana se počela osjećati kao žrtva nečije dobro namještene igre, kao da je sve neko lijepo isplanirao njoj iza leđa i samo je ubacio u priču. Bila je kao lutka kojom su drugi upravljali, a da toga uopšte nije bila svjesna, vjerovala je pogrešnim ljudima, nije mogla da ih prepozna. Vjerovala je da ima prijatelje, a svi su nešto lagali i skrivali, svi su vodili neki tajni život iza njenih leđa dok im je ona naivno pričala sve što je mučilo. Dugo je stajala na cesti izgubljena u mislima.

50

„Sudbina je osjećaj koji imaš kad znaš nešto o sebi što niko drugi ne zna. Slika koju imaš u svojoj glavi o sebi, koja će se ostvariti. Najbolje da je zadržiš za sebe, jer je nježan osjećaj."

Bob Dilan

Sama sam. Čujem korake kroz hodnik kako se približavaju mojim vratima. Ova tišina potrajaće još samo nekoliko sekundi, a onda će je prekinuti zvuk zvona. Ne bojim se više, nemam šta da izgubim, a što je najtužnije od svega ništa nisam ni dobila. Kada sam krenula u moju misiju nadala sam se da će mi po završetku donijeti neko oslobođenje, da ću moći da nastavim sa normalnim životom, ako se išta u vezi sa mnom može smatrati normalnim. Glasovi u mojoj glavi skroz su zanijemili i počinje da mi smeta tišina. Osjećam se prevarenom, izdajice su to, ostavili su me sada kad su mi najpotrebniji, mudro ćute, neće da me posavjetuju šta i kako dalje. Znala sam da se obruč oko mene steže, na tragu su mi danima, ali su iz nekog razloga odlagali hapšenje i time samo produžavali moju agoniju. U prvi mah pomišljala sam na bjekstvo, skrivanje mi se činilo primamljivim, ali od čega da bježim kada sa sobom vodim mog najvećeg neprijatelja — sebe, jer gdje god da odem u sebi nosim ovaj nemir, ovo zlo koje ništa osim rešetki ne može zaustaviti. Jednu misiju sam završila, ali nikada ne znam kada će me zlo ponovo pozvati i povući na dno i ko će nevin platiti za to.

Cijeli moj život bio je pakao. Prvo su ga drugi meni priredili, onda sam po navici nastavila da živim u tom paklu jer nisam znala za bolje, pokušala sam u par navrata da se izvučem, ali nije išlo, zlo bi me uvijek uzimalo pod svoje. Bezbroj puta osjećala sam se odbačeno. Svi su imali neki svoj par, samo sam ja bila raspar, odbačena od majke, odbačena od oca, niko nikada nije brinuo za mene, brat i sestra nisu ni znali da postojim, bar mi Sanja nikad o tome nije pričala, ali kada je policija pronašla moju sliku iz djetinjstva u Milanovom novčaniku naslućivala sam da je on nešto znao, ali Sanji nikada nije rekao pošto ona nije imala pojma ko je ta djevojčica na slici. Na kraju su zaključili da je Milan sigurno uzeo sliku iz djetinjstva neke od svojih mnogobrojnih cura. Ja nikako nisam mogla da znam kako je on došao do te slike. Vjerovatno je majka ponijela sa svojim stvarima kao podsjetnik na jedan prošli život, na jedno dijete koje tamo negdje luta samo pokušavajući da pronađe svoju stazu.

Noćima sam maštala kako dolazi po mene, moli me da joj oprostim i vodi me u neki ljepši svijet. Surova svakodnevnica udarila bi me u lice čim bih otvorila oči. Vidjela bih namrgođeno očevo lice ili, još gore, lice neke od njegovih žena koje su se godinama smjenjivale kroz kuću. Nijedna nije imala nježnosti i ljubavi u sebi za mene, bile su sebične i ohole. Mene su smatrale malom podmuklom bezobraznicom koja zabada nos tamo gdje joj nije mjesto, a ja sam samo željela da i mene neko voli, da i ja osjetim ljubav. Kasnije sam prestala da se nadam, shvatila sam da si zauvijek otišla. Ocu nisam smjela da te spomenem, ali sam jednom prilikom našu prvu komšinicu pitala za tebe. Zašto si otišla i da li sam ja bila loše dijete pa si morala da me ostaviš? Rekla mi je da o odlukama koje je neko donio može pričati samo on, niko ničije cipele ne nosi i najlakše je osuditi druge, ali jedna majka ovako nešto nikada ne smije uraditi, da zaboravi svoju krv i nikada je ne potraži, grijeh je to.

Čovjek lako nađe opravdanje za svoje greške dok tuđe na krst razapinje. U meni se opet vode teške borbe. Sa jedne strane pokušavam da je razumijem; bila je premlada kada se udala, ostala je trudna prije punoljetstva i dok su njene drugarice izlazile i provodile se ona je bila zatrpana pelenama i flašicama. Ali ako je vapila za slobodom ili za nekim izduvnim ventilom zašto je uskakala iz braka u brak, od jednih pelena do drugih i zašto za mene nije bilo mjesta da barem povremeno svratim u njen život? Znam da je shvatila sve onog trenutka kada sam poslednji put kročila u njenu sobu. Gledala me je uplašeno, naslućivala je da se mnogo zla desilo dok ona nepomično leži, nesposobna da bilo šta izusti. Ja sam bila njen dželat, ona koja donosi loše vijesti, i sije smrt i zlo, mnogo sam se zaigrala i nema više povratka. Majko, plakala si dugo bez glasa, suze su natapale jastuk sa cvijetnim dezenom dok je tvoj pogled bio uprt ka meni. U rukama sam držala malog plišanog medu, vjerujem da ga se sjećaš, kupila si mi ga za onaj rođendan posle kog je sve krenulo nizbrdo, samo je on ostao uz mene svih ovih godina, čuvao je moje tajne i bio mi je jedini prijatelj.

Htjela sam da ti ispričam kako je izgledao moj život od kada si otišla, šta sam proživjela svih tih godina, da ti pokažem moje ožiljke i modrice, ali nisam imala snage za to, a izgledalo bi kao da se pravdam i tražim sažaljenje što je poslednje što želim od tebe. Lišila si me ljubavi, neću ti dopustiti da me žališ. Sigurno te niko prije mene nije obavijestio da na ovom svijetu više nikoga nemaš osim mene. Samo smo ti i ja ostale. Znam da nije neka utjeha, ali utjehu nisi ni zaslužila.

Koraci se naglo zaustavljaju. Ispred vrata su, ostalo je još par sekundi moje formalne slobode, vrijeme je da oduvam svjećice. Znam da mi nije danas rođendan, ali ova torta me spremno čeka danima i želju ću da zamislim. Želim da bar na tenutak ozdraviš, da mi kažeš ono šta ti u grlu stoji, vidiš kako sam ja dobra kćerka, uvijek mislim na tebe.

Čujem zvono na vratima i već u sledećem trenutku zvuk razbijanja brave. Dolaze po mene, duvam svjećice i pjevam — danas nam je divan dan, svjećice se teško gase, to znači da mi se želja neće ostvariti, krv polako ističe iz mog tjela, natapa tepih ispod mene, kaplje po torti dok ja pokušavam da odsiječem jedan komad za sebe. Kao kroz maglu čujem udaljene glasove — „Zovite hitnu pomoć odmah, isjekla je vene".

Niko ne želi da uživa u mojoj rođendanskoj zabavi, a tako sam je brižljivo pripremala, pogledom tražim mog medu, maloprije je bio uz mene, gdje li je i on nestao u trenutku kada mi najviše treba? Čujem sirene hitna pomoć stiže samo se nadam da je prekasno držim oči otvorene još par sekundi a onda je sve prekrio mrak. Vidim mog oca strogog pogleda...

Sanja i Milan su nasmijani sjede na nekoj livadi i pružaju mi ruke... Zovu da im se pridružim... Pokušavam da dođem do njih ali mi uporno izmiču... Sve izgleda tako lijepo, miris cvijeća mi puni nozdrve, ptičice cvrkuću a sve mi to na korak izmiče, odjednom osjetim miris jakog medicinskog sredstva i tada je sve prekrio mrak.

51

„Uvijek sam vjerovao da što god nam dobro ili loše sudbina donese da uvijek možemo tome dati značenje i pretvoriti to u nešto vrijedno.”

Herman Hese

Lazić je po svom starom dobrom običaju došao prije svih. Prijala mu je tišina i prvi put otkako je krenulo ovo ludilo osjećao je mir. Teški mjeseci su iza njega. Bili su ispunjeni stresom, umorom, krvlju, boljele su ga osude okoline, one iste koja ga sada u zvijezde kuje kada je oslobodio grad od zla koje je mjesecima bilo prisutno. Postao je neka vrsta heroja. A tokom proteklih mjeseci taj isti narod bacao ga je u blato, optuživao ga za nesposobnost i sam sebi je zamjerio što ranije nije prepoznao zlo, ali tako je dobro bilo skriveno, manipulisalo je sa svima u okruženju, u jednom trenutku i njega je obmanulo. Najsigurniji znak da je neko zao je to što se čovjek jednostavno ne osjeća dobro u njegovom društvu. Ima loš osjećaj i ne može tačno odrediti o čemu se radi. Međutim u ovom slučaju zlo je bilo prikriveno, veliki manipulator je upravljao njim. Uvijek se osjećao čudno u njenom prisustvu, ali nije mogao da dokuči šta izaziva tu nelagodu. Ona je uživala u nesreći i bila je srećna jedino dok je drugima zlo nanosila, a kada je završila svoju misiju ostala je samo praznina.

Hapšenje su odlagali nekoliko dana. Pratili su svaki njen korak, nisu smjeli da dozvole još jednu nesreću. Poubijala je porodicu, plašili su se da će preći na prijatelje, ako takva osoba uopšte može da ima prijatelje. Oni su je smatrali prijateljem, a ona ih je koristila kao oružje da ostvari svoj bolesni naum. Očekivao je da će se opirati hapšenju, bila je opasna pa su spremno i krenuli u akciju. Ono što su tamo zatekli bilo je jezivo. Sjedila je na podu pored velike rođendanske torte sa velikom svjećicom na vrhu, broj sedam isticao se kao neka kruna, zidovi su bili isprskani krvlju koja se polako sušila, a ona je sve to mirno posmatrala dok je život isticao iz nje. Požurila je sa rođendanom, bio je tek za par mjeseci, znala je da dolaze i htjela je da ga proslavi ranije i na svoj način. Broj sedam — simbolika za njen poslednji srećan rođendan koji pamti, nakon toga sve je krenulo u pogrešnom smijeru. Nije željela da na ovom svijetu ostavi svoju krv, loši su to geni, ne zaslužuju produžetak, ali Bog je imao drugačije planove za nju. Preživjela je, još se oporavlja u bolnici; oporavak će da potraje, ali — ostaće živa.

Vijest o hapšenju prvo je javio Violeti.

To joj je obećao, a on je čovjek od riječi i nije želio da je iznevjeri.

Dao joj je najbolju priču u njenoj karijeri. Objavila je prije svih, telefoni nisu prestajali da zvone. Zvali su svi, od novinara i građana do gradonačelnika. Internet je bio preplavljen naslovima, vijest je stigla i do svjetskih medija:

BRUTALNO UBILA CIJELU PORODICU
PA POKUŠALA DA IZVRŠI SAMOUBISTVO

SESTRA IZ PAKLA

KAD PROŠLOST POKUCA NA VRATA

KRVAVE ROĐENDANSKE ČESTITKE

MEDICINSKA SESTRA DŽELAT

Ovo su bili samo neki od naslova koji su preplavili sve mreže.

Bila je vješta i pažljivo je isplanirala svaki korak, trudeći se da uvijek nosi rukavice na rukama, a na glavi medicinsku kapu i preko obuće je navlačila zaštitu što objašnjava one čudne tragove ostavljene pored žrtava. Godine rada u zdravstvu bile su od velike koristi za njenu bolesnu igru.

52

„*Najsigurniji način da ne postaneš vrlo nesretan jest taj da ne zahtijevaš da budeš vrlo sretan.*"

Artur Šopenhauer

Polako otvaram oči. Oko mene je sve bijelo. Bože hvala ti što si me uzeo, znam da me u raj nećeš primiti, ali da se bar malo odmorim u tišini prije nego što me pošalješ u pakao, znam da sam bezobzirna, tražim odmor od ubijanja i još se nadam da ćeš mi želju uslišiti. Prija mi ova tišina. Konačno imam osjećaj da sam sama sa sobom, nema više one druge da mi šapuće i uznemirava me, vjerovatno sam je negdje ubila a da to nisam ni primjetila, ubijanje mi je postalo navika, ali nikad nisam vjerovala da ću imati hrabrosti da podignem ruku na sebe. Ubiti drugog je lako, ne osjećaš njegovu bol, a bilo je tako lijepo dok je trajalo, ostavila sam pečat u vremenu. O meni će se danima pisati a godinama prepričavati, ljudi će pričati o zaboravljenoj sestri iz pakla koja je obožavala da krvlju ispisuje rođendanske čestitke. Kakvu sam samo pometnju napravila onom inspektorčiću sa famoznom sedmicom. Razvili su toliko teorija o tome da bi se roman mogao napisati, a u stvari je toliko banalno, samo obična simbolika na moj poslednji proslavljeni rođendan.

A dopao mi se inspektor, u nekim drugim okolnostima možda bismo mogli i biti normalan par ako se išta s nama u vezi može nazvati normalnim. Oboje smo oštećeni i proganjaju nas aveti prošlosti samo se na različite načine sa tim borimo, on se odlučio za pravdu, ja za smrt, on za dobro, ja za zlo, svako od nas se sa svojim oštećenjima bori drugačije. Nekom otkinu polovinu duše, ali nastavlja da živi i bori se sa onim što mu je ostalo, nekom dušu pokidaju u milion komada, ali opet nađe snage da skupi bar nešto od rasutih dijelova i nastavi dalje; divim se tim ljudima koje život sto puta gurne u blato a oni iz inata ustanu svaki put iznova i nastavljaju borbu, snaga njihove volje prejaka je.

Voljela sam da pričam sama sa sobom pred ogledalom, tako sam pokušavala da se suočim sa svim onim što me tišti i da se oslobodim demonskog uticaja koji je preovladavao, ali nije imalo svrhe, hranila sam demona u sebi godinama, pružila sam mu utočište u mojoj duši i on nikada neće htjeti da napusti svoj dom, odomaćio se odavno; znam da sam sama odabrala koga ću hraniti dok sam utišavala glas anđela koji mi je šaputao na uho, nisam htjela da vjerujem da za mene na svijetu postoji nešto dobro, anđela sam smatrala manipulatorom koji želi da me odvrati od mog nauma, da mi oduzme jedinu svrhu življenja — osvetu; moram priznati da mi je bilo i zabavno dok sam gledala kako policija juri sopstveni rep, nisam ostavila nijedan otisak, tu sam bila baš profi, godine rada u bolnici donijele su neku korist. Kažu osveta je najbolja kada se posluži hladna, kao neko ko je poslužio malčice i ledenu mogu da se složim s tom konstatacijom; osveta nije nesvjesna to je svjesno činjenje štete drugom pojedincu kako bi mu uzvratili nanesen bol, osvetnici su motivisani vlastitim shvatanjem pravde, osjećajem tuge izazvane djelom koje nastoje osvetiti, a za koje vjeruju da će nestati ako se uspostavi svojevrsna „ravnoteža", odnosno počinitelj bude kažnjen na isti ili na još gori način.

Kaznila sam je na najgori mogući način oduzela sam joj sve, pravda je kažu spora ali dostižna nisam mogla da je sačekam; sve sam detaljno isplanirala i onaj glupak od Sanjinog momka sa sigurnošću bi završio iza rešetaka, sam se namjestio onako blentav i naivan, ključeve od njegovog stana sam davno iskopirala, jednom prilikom sam ih uzela kad ih je zaboravio kod Sanje; na dan njenog rođendana neprimjetno sam mu uzela telefon, ja sam ga nagovorila da joj priredi večeru a znala sam da će to biti kompletan fijasko jer ona se odavno sa Aleksom po čaršafima valjala, on jadan ništa nije primjećivao, otišao je rano kući, a ja sam oko pola dvanaest počela da šaljem patetične poruke sa njegovog telefona Sanji, kada smo vodile poslednji razgovor u kuhinji ja sam navodno krenula u svoju sobu ali sam se nakon par trenutaka vratila i udarila je vazom po glavi, obukla sam potom Darkovu majicu i obula njegove patike, sve sam to uzela iz stana dok je on pripremao iznenađenje za svoju malu kučku i sve je bilo savršeno, kasapila sam je polako žaleći što je u dubokoj nesvjesti pa ne može da vidi moj pogled, ali moralo je tako; nakon obavljenog posla navukla sam moj ogrtač i otišla u Darkov stan, baš u trenutku kada sam htjela da izađem čula sam korake, sakrila sam se iza fotelje, kad se on teturajući sručio na krevet prišla sam mu i ubacila telefon u džep, nakratko je otvorio oči ali je alkohol odnio pobjedu samo je nastavio da spava.

I sve bi bilo idealno da nije tu noć proveo u onom bircuzu. Tako se htjelo.

53

„Postoje žene koje imaš, a nemaš. Koje su uvijek tu, a nikad nisu. Koje te guraju, a čuvaju. I zbog kojih si mrtav, a živ. Od takvih se ne odlazi.”

Čarls Bukovski

Nedelja je i Lazić se probudio sa nekim prijatnim osjećajem unutrašnjeg mira. Slučaj je završen, tenzija je nestala, ali sav nagomilani stres uzeo je maha i bio mu je potreban odmor. Prvi put u svojoj karijeri odlučio je da uzme neplanski odmor i makne se od svih. Nije mogao da podnese neke ljude. Oni isti koji su ga na krst razapinjali, sada su ga tapšali po ramenu, samo je želio da ne vidi nikog jedan period. Još nije odlučio gdje će da otputuje, a nije ni žurio sa odlukom, prijalo mu je da samo leži i šeta.

Otišao je da malo prošeta kraj Drine dok je još mirno i tiho. Kasnije će biti gužva, a to mu nikako ne prija. Jesen je polako pokazivala prve znake svog dolaska.

Septembar obično asocira na rastanke, na tople zagrljaje i obećanja, na šoljice kafe dopola ispijene dok se koferi pakuju i žuri na put.

Septembar je pomalo tužan, tuga odlaska vedrih dana, veselih boja i prepuštanje jednog šarenila zlatnim nitima jeseni, kao tuga rastanka dvoje ljudi koji se vole.

Septembar je okretanje novog poglavlja u životu dok podignutom rukom na peronu mašete onom ko se uputio u neizvjesnu budućnost sa nadom u bolje sutra.

Septembar je mjesec mirisa pečenih paprika, zrelih jabuka i prvog kestenja, mjesec kada se lagano ušuškavate toplim dekama i po ko zna koji put gledate stare dobre filmove i čitate klasike.

Čudan je to mjesec. Pun melanholije, na korak od ljeta i korak i po do zime, vjetar u kosi i mirisi koji vraćaju u djetinjstvo.

Septembar su uspomene, melanholija, pomalo depresija i neko čudno stezanje oko srca.

Dok je sanjario o odmoru iz misli ga je trgnuo dobro poznati glas, glas koji nikada nije zaboravio, često je u snovima čuo to dozivanje. Da li se njegov um opet poigrava s njim?

„Goraneee!" Glas je ovaj put bio bliži i jasniji. Lagano se okrenuo i ugledao je. Bila je još ljepša nego ranije, samo joj je osmijeh bio nekako drugačiji, prikrivao je neku duboku tugu. Znao je kako diše, svaki otkucaj njenog srca bio mu je poznat. Nesigurnim korakom krenuo je prema njoj.

„Anđele? Otkud ti ovdje?"

Uvijek je tako zvao, ona i jeste bila njegov anđeo, onaj koji ga je dugo čuvao i trpio, ali i anđeli se nekad umore od svoje dobrote.

„Život me vratio ovdje. Kako si ti? Čitala sam o svemu, strašno!"

„Ide nekako, bilo je i bolje."

Sjeli su na klupu jedno pored drugog i dugo ćutali. Dvoje ljudi koji su nekada bili jedno i bez prestanka pričali sjedili su kao dva stranca koji nemaju šta da kažu jedno drugom. Oboje su vodili neke svoje bitke. Tek iz blizine primjetio je bore oko njenih očiju. Tuga ih je urezala. Nisu to bile bore smijalice, samo tuga zna da ostavi na čovjeku ovako duboke brazde, da ga obilježi svojim pečatom. Tišinu je prva prekinula ona:

„Razvela sam se. Nije više išlo, pretvorio se u čovjeka koga nisam mogla da prepoznam. Život je suviše kratak da bih ga provela uz nekog s kim mi nije lijepo. A ti, kako si? Imaš li nekog?"

Zaustio je da odgovori kada im je pritrčala malena djevojčica:

„Mama, mama! Hajde da pecamo ribe."

„Sada će mama ljubavi, igraj se još malo u pjesku."

Gledao je dugo u dijete. Imala je njene oči, isti osmijeh, kosa je vjerovatno bila na oca. Zaboljelo ga je u duši, ovo je mogla biti njihova kćerka da nije bio budala, imao je anđela i pustio ga da ode.

„Lijepa djevojčica, liči na tebe."

„Ona je moje najveće bogatstvo."

„A da jednom odemo na piće?"

„Jednom može, ako uhvatiš vremena od svojih leševa."

„Ironična si, ali ne zamjeram ti. S tim je gotovo, riješio sam da usporim i posložim prioritete."

Telefon je zazvonio u njegovom džepu, pogledao je i vidio da ga zove načelnik. Nekad bi se odmah javio, ali sada je samo ugasio telefon. Okrenuo se prema njoj i namignuo:

„Piće ovih dana, šta kažeš? Da vidimo da li još uvijek možemo pričati bez prestanka."

„Zovi me da vidim tog novog čovjeka kome je nešto od krvi važnije, a sada odoh sa kćerkom ribe da pecam."

Dok je odlazila da se pridruži kćerki u sebi je vodila poduži monolog:

Otkud ovdje ono što ne pripada više nama? Otkud ponovo ona nježnost u vazduhu, razgovor i bez riječi, jednim pogledom, otkud ponovo onaj lagani dodir dlana kao pahuljica na obrazu? Zašto se ponovo vraća ono što smo jednom uništili, ubili, zakopali, bacili u zaborav? Kako nas je ponovo pronašlo i hoće da nam pokaže kako nijedan zaborav nema šansu pred ovim osjećajem koji struji u vazduhu dok me gledaš, dok te gledam. I ponovo nam ne trebaju riječi, mi smo uvijek pričali pogledima, ćutali osmjesima, voljeli se dodirima i na kraju smo postali žrtve sopstvenog inata, ubili ono najvrijednije i krenuli na dvije strane, ubili sve, izbrisali NAS. Godinama smo se zaboravljali, bježali od mjesta zločina gdje je ubijena jedna emocija i pokidane dvije duše. I opet smo tu, ćutimo, gledamo se, oboje ničiji, a pripadamo jedno drugom više nego ikad. Opet smo na putu istom onom kojim smo bježali jedno od drugog. Ljudi se rastanu, ali duše nastavljaju da koračaju istim putevima ma koliko ih kilometara dijelilo.

Imali smo mi i druge, ali nas nije imao više niko u potpunosti, jer mi smo se uvijek imali i to mjesto nije mogao da popuni neko drugi jer je zauvijek bilo zauzeto iako smo inatom razdvojeni. Nama je uvijek za sreću bilo potrebno malo; jedan kišobran, ruka u ruci i radost koju smo nalazili u svakom novom danu dok nas neki hir nije ponio pa smo polomili onaj mali kišobran ispod kojeg smo se godinama stiskali, uvijek napola pokisli, ali srećni. Kišobran sam ja polomila, jer sam vremenom bila sve češće sama ispod kišobrana, nisi više svakodnevno bio tu da me zaštitiš ako bi oluja naišla, a meni je bilo sve teže da se sama sa njom nosim. Lomeći njegove žice pokidane su i niti koje su povezivale dva srca. I evo nas danas, posle toliko vremena, na starom mjestu sastavljamo stare žice, povezujemo niti koje se savršeno uklapaju, jer tu su oduvijek i pripadale i nije ih život pokidao, mi smo.

U jednom trenutku se okrenula i šeretski se nasmijala dok se igrala sa kćerkom. Dugo je sjedio i posmatrao ih, nije mogao da ih se nagleda. Djelovala je tako srećno u tim trenucima bezbrižne igre, želio je da je tako gleda cijeli život. I hoće, Bog mu je dao novu šansu i neće je propustiti.

Laganim korakom uputio se prema gradu, razmišljajući o tome koliko je život nepredvidiv i kako čovjeku da novu šansu i nadu onda kada misli da je sve izgubljeno.

54

„Nekoga je bolje imati među neprijateljima nego među prijateljima.”

F. M. Dostojevski

Prošao je mjesec dana od Aninog hapšenja i osvanulo je jutro kad se Dana probudila vedra i nasmijana. Odlučila je da sve ostavi iza sebe. Neće više dozvoljavati očaju da njom gospodari.

Stojala sam i gledala kako se most ruši, most mojih želja, nadanja, planova, nestajao je pred mojim očima; talasi nabujale rijeke nosili su dijelove konstrukcije daleko od mene dok sam ja naivno kao dijete pružala ruke u ludoj nadi da mogu spriječiti rušenje. Sklopila sam ruke u molitvu i sjela na obalu gledajući kako ponovo ostajem na ovoj strani, ponovo spriječena da pređem. Bila sam malo otupjela od šoka, ali ovaj put hrabrost me nije napustila. U situacijama kada se sve oko tebe ruši imaš više opcija. Možeš da kreneš za porušenim i da sam postaneš prošlost; da ostaneš na obali i ponovo pokušaš da sagradiš novi most ili da se zauvijek okreneš i odeš što dalje od tog mjesta. Ja sam posle dužeg gledanja u prazno pomislila da mi ta druga obala možda i nije potrebna. Odlučila sam da ostanem na mojoj obali i na njoj stvorim moje idealno mjesto možda i u inat onoj prethodnoj obali što mi uporno izmiče. Ko zna? Možda vremenom druga strana poželi da napravi most do mene, ali znam da meni taj most više neće biti prioritet. Mnogo vremena sam provela gradeći taj most sa pogrešnim ljudima, ne primjećujući kako se mjesto na kome se trenutno nalazim pretvara u korov. To će biti moj prioritet u narednom periodu. Posjeći ću korov iz moje duše i zasaditi cvijeće. Oprostiću svima koji su me lagali, zavaravali i stvoriću ponovo svoj svijet u vedrim bojama.

Nisam bila ono što sam postala. Nisam hladna, dosta mi je svega privremenog, usputnog, kratkotrajnog, onog što traje do prve krize, svih što su tu dok sunce sija, a kada naiđe oluja sama se borim da zadržim kišobran da ne pokisnem. Nisu me slomili, jača sam nego ikad dok koračam ruku pod ruku sa svojom samoćom, divimo se jedna drugoj. Svoju snagu čovjek najbolje spozna kada se sve oko njega ruši. Potrebni su nam u životu i ti dani koji poruše iluzije, pokidaju dušu i natjeraju nas da se ponovo sastavimo, nikad isti, ali uvijek jači. Ja sam joj oprostila što me je obmanjivala, ona je bolesna, oprostila sam im svima što su me lagali, a oni nek vide kako će sa sobom.

Širom je otvorila prozore puštajući jutarnju svježinu unutra. Koraci su joj bili laki, pjevala je neku veselu pjesmicu kada je harmoniju prekinulo zvono. Otvorila je vrata i pogledala u pridošlicu. Oboje izdani, oboje obmanuti, samo su oni mogli da se razumiju bez riječi: „Ti? Tebe sam najmanje očekivala."

*U grobu sam i tako mi je hladno, miris zemlje mi ispunjava noz-
drve, nedostaje mi kiseonika, gušim se, Bože ostvarila se moja najveća
noćna mora, živa sam zakopana i ostaje mi još par trenutaka agonije,
pokušavam da vrisnem ali nikakav glas iz grla ne izlazi, majko gdje
si sada kada te najviše trebam da mi pomogneš da se spasim da bar
jednom budeš uz mene, nema nikog prepuštena sam sama sebi, grob
koji sam nekada davno za sebe iskopala sada je i popunjen mojim
izmučenim tijelom. Osjećam jako stezanje oko vrata, smrt dolazi po
mene da me prevede na drugu stranu; poslednjim atomima snage
guram je od sebe, opirem se, borim se za život, a davno sam od njega
odustala, koja ironija!*

Ana se naglo trgnula iz sna. Još je osjećala stezanje oko vrata i znoj
joj se u potocima slivao niz njena leđa. Sjenke su igrale po zidovima
dok su dijelovi sna nestajali u magli. Bila je živa i zarobljena, ova ćelija
je bila njen grob. Stavili su je u samicu kao opasnog prestupnika.
To joj je i prijalo, nije mogla nikoga da podnese, posjete je odbijala,
mada ih i nije bilo previše; samo Aleksa i Dana pokušali su da je
posjete. Ipak su joj bili prijatelji.

Djelimično joj je drago što je onda ostavila Aleksu u životu. Neka
se nađe Dani kao neka utjeha, možda zajedno uspiju da prebole
prošlost.

Grobnu tišinu odjednom remete koraci. Tihi su, ali njen istančani
sluh ih čuje, dugo je bila lovac i mogla je da namiriše i plijen i svaki

oblik zla. Osjećala je kako se neko prikrada, ona je postala lovina. Koraci su sve bliži, osjeća da je neko posmatra kroz malu rupu na vratima. Dva oka šaraju po njenom tijelu, osjeća smrad truleži, zadah smrti ispunjava joj nozdrve. Prilazi vratima i počinje da vrišti:

„Odlazi od mene ostavi me na miru!!! Sa tobom sam završila!" — vikala je iz sveg glasa.

Stražari su već odavno navikli na ovakve ispade. Košmari su svakodnevno mučili zatvorenike, demoni su im dolazili i u snu i na javi pa nisu uvijek reagovali, ali Anini krici parali su vazduh.

Kada su utrčali u ćeliju, ležala je kraj radijatora sa omčom oko vrata. Napravila je omču od majice, pokidali su je i spustili je na pod. Puls joj je bio slab, a vrat prekriven modricama koje je napravila zatezanjem. Ležala je na podu poput izgužvane vreće. Odbačena od svih, u rukama je još stezala plišanog medu. Hitna pomoć je brzo stigla, ali ovog puta bilo je prekasno. Njena želja za smrću bila je jača od života.

Velika livada prekrivena je cvijećem.

Sanja i Milan prave vjenčiće od cvijeća dok im se Ana nesigurnim korakom približava. Gledaju u nju vedrih lica, pokušavaju da joj uliju snagu da savlada strah i pridruži im se. Pružaju ruke prema njoj i ona odlučno kreće prema njima. Odjednom ugleda lica majke i oca. Stoje jedno pored drugog ljutitog izraza lica. Konačno su svi na okupu, ona ih je spojila. Majka joj pruža ruku, prihvata je. Ali tad postaje nesnosno vruće. Livada na kojoj su Sanja i Milan sjedili nestala je, nema cvijeća, samo spržena trava i prašina sežu u nedogled. Mračno je, oči je peku, doziva ih sve su dalje, tamo su njih četvoro zajedno a ona ostaje sa ove strane da pati. Pakao...

.....

Tri ubistva.

Jedna utvara.

Jedan svedok beskućnik i jedan policijski inspektor koji su sličniji nego što deluju.

Društvance osumnjičenih sa mnoštvom tajni. Šta li su oni još krili jedni od drugih i da li je možda ta tajna odvela toliko ljudi u smrt?

Ko je sledeći od njih na spisku misterioznog ubice?

Znate li kako izgleda kad godinama spavate sa upaljenim svjetlom bojeći se da će mrak oživjeti čudovište? Znate li kako je kad morate da ubijete krv svoju samo da biste se spasili? Znate li kako je kad vas noću probude hladne ruke na vašem tijelu onog ko treba da vam bude zaštita i oslonac... kako je stojati nad grobom onog koga ste nekada najviše voljeli i liti lažne suze dok vas svi po ramenu tapšu i tješe? — piše Mirjana Sušić u knjizi u čijem svakom uvodnom intrigantnom poglavlju se krije druga priča, pa treća, a onda opet malo prva, nadovezuju se četvrta, deseta, i tako dalje, sve do u beskraj. Čitaoci postaju zarobljenici njenih, a i tuđih, usputnih jezivih priča u neobičnom trileru prepunom misterije i horora s opasnim naslovom *Krvava čestitka*.

Roman *Krvava čestitka* predstavlja kombinaciju žanrova drame, misterije (krimića), i horora, s jakim uticajem (filmskog) noira, što se i manifestuje u naslovu knjige kao igre stereotipima koji proizlaze iz pravila tih žanrova. Glavni likovi često se nastoje sakriti ili pobeći od toga što ne mogu imenovati, no ipak osećaju da će se kad-tad morati rešiti tog nelagodnog tereta, a to, imenovano kao ono spolja je strah s kojim se moraju suočiti po svaku cenu. Krvava čestitka je zato misterija koja igra na tankoj ivici između psihološkog trilera, horora, i drame koja se čita brzo, nećete moći da ispustite roman iz ruku.

U romanu pratimo čitavu seriju gradskih „običnih" likova, potencijalno naših komšija koje ne poznajemo i ne razumemo, a prečesto smo ih skloni odbaciti praveći uopštavanja koja nam štede bilo kakav trud. Uz dozu naivnosti, šokiranosti pred ljudskim zlom i gluposti, te nepravdom, autorka ujedno surovo i nežno tematizuje ljudske traume i odnose i njihove (ne)mogućnosti u svakodnevnom životu maloga grada u delu Evrope koji nije posebno obdaren blagostanjem, kao ni društvenom solidarnošću. *Krvava čestitka* je nenametljiv i malen poziv da opustimo svoj odbrambeni stav, pokušamo biti barem malo više ljudi i poslušamo jedni druge.

Mirjana Sušić je autorka posebnih, bizarnih detalja, začuđujućih asocijacija i slika. Poseduje istančan smisao za humor na kakav baš i nismo navikli kod naših pisaca. Iza dubokoumnih rečenica sve se vrti oko trivijalnosti. U njenom pisanju ima nečeg otrcanog i zamršenog. Tako čitajući vapimo: nemoj me uvući u tu krvavu, jezivu priču, ne mogu te pratiti... Beskrajni lanci asocijacija, knjiški i sasvim svakodnevni, banalni, gubimo se kao u lavirintu, kao da poput mačke prede beskrajnu priču. Na kraju otkrijemo da ima više izlaza i da mogu odabrati sebi najpogodniji. Ali ako se odlučimo slediti, i mi ćemo naići na mnogo toga, i to sve brzo, kao u prolazu jer radnja uvek nekud putuje, nigde ne zastaje, sve beleži kao na proputovanju. Sušićkini zapleti i kombinacije su neverovatni, a opet deluju uverljivo. Nikada ništa ne zaboravlja, ima pregled nad svojim likovima. Ova knjiga se može opisati na razne načine, a jedan je od njih i kulinarski. Kuvarica je dodala mnogo sastojaka i začina, ali nije ništa iskipelo iz lonca. I to je, zaista, umetnost.

Nebojša Saikovski

MASKA MORALA, ZLO U BITI I ESTETIKA NASILJA U ROMANU-PRVENCU MIRJANE SUŠIĆ „KRVAVA ČESTITKA"

Spokojan budi, gospodine dragi:
Ja kod njega služim da se njime poslužim.
I služeć' njemu, ja služim samo sebi
Za svoj lični cilj. A kada mi izraz lica
I stav otkriju namere srca mog
I njegov ritam, ja ću srce svoje
Na rukavu svom nositi da ga čavke
Kljuju: ja nisam ono što jesam.

Jago, iz drame „Otelo" Vilijama Šekspira

Po starom narodnom verovanju, koje se u slovenskim narodima (ali i globalno) zadržalo do današnjeg dana, đavo sedi na levom, a anđeo na desnom ramenu. Mnogi savremeni crtani filmovi za decu prikazuju taj trenutak, kada glavni junak mora da donese odluku i posluša jednog od njih. Uz film *Mi nismo anđeli* (scenariste S. Dragojevića) odrastale su generacije i poistovećivale se sa glavnim junakom na kojeg imaju vrlo jak uticaj navedene pozitivna i negativna sila. U pomenutoj trilogiji borba između anđela i đavola je tragikomična, grotesktna, a rezultat njihovog mešanja u život junaka dovodi samo do većih problema i nedoumica.

Roman Mirjane Sušić *Krvava čestitka* upravo pokazuje borbu anđela i đavola na ramenu čoveka i mada oni nisu prikazani na nivou groteske (kao u gorenavedenim ostvarenjima), njihovo prisustvo se itekako oseća. I jedan i drugi su svojstveni ljudskim bićima, urođeni, ukorenjeni u našim genima. Ali čitajući ovo delo izvodimo sledeći zaključak — oni skloniji da se priklone đavolu često na licu nose masku anđela; a oni skloniji da se priklone anđelu — (voljno ili ne) nose masku žrtve. Sredine da li uopšte ima, a sredina (da ne kažemo — zlatni presek) od izuzetne je važnosti da bismo funkcionisali normalno, uravnoteženo, ljudski.

Svako poglavlje u ovom romanu nosi određeni citat, koji nam na neki način nagoveštava sa čime ćemo se susresti u nastavku čitanja. Dobijamo trag ili pak zaključak celog poglavlja unapred. Ipak, ništa manji od ove vrste sugestije nije ni zaključak čitaoca, odnosno utisak koji u njemu ostavlja pročitano delo, a koji očekujemo da bude buran. Tu burnost ćemo potkrepiti narednim činjenicama:

1) Pre svega, ovaj roman se može okarakterisati kao psihološki triler. Imamo priliku da uđemo u mentalni sklop ubice, žrtve, ljudi u okruženju;

2) Opis okolnosti u društvu, bliskom okruženju i tokom samog izvršenja zločina, a koji su vrlo bliski realnim, te samim tim — i čitaocu;

3) Estetika nasilja — termin se obično vezuje za film, odnosno vizuelnu umetnost, ali je itekako prisutna i u književnosti;

4) Sukob između dobra i zla, što je motiv od kada postoji čovečanstvo, ne samo umetnost, ali koji se problematizuje u trenutku kada nismo sigurni ko je u službi dobra, a ko zla;

5) Motiv osvete, vrlo dominantan i promišljen od početka do kraja, njegove dobre i loše strane (ako se kao takve uopšte mogu kategorizovati);

6) Večito pitanje života i smrti, kako znamo da smo živi i koji trenutak jeste prelazak u smrt — momenat poslednjeg izdisaja ili moralno-psihičko-emotivno smaknuće?

Sve ovo doprinosi gradaciji priče, diktirajući njen ton, utisak i želju za daljim udubljivanjem u radnju i sadržaj. Čitalac se stavlja u ulogu detektiva, saslušava svedoke, osumnjičene, osluškuje misli ubice, kopa po prošlosti žrtve, sklapa slagalicu koja ga vodi do istine.

Međutim, reklo bi se da je pojam istine takođe problematizovan u ovom romanu. Na istinu i zadovoljenje svaki čovek može da gleda drugačije, tim više — izopačeni um koji ima tu vrstu snage da dugotrajno planira ubistvo ili da mrzi, prati, vreba iza ćoška, naslađuje se tuđom patnjom i bolom.

Što se tiče slike sveta u romanu — ona varira od izrazito blistave uspomene sa proslave rođendana do moralnog pada, depresivnog stanja i sukoba sa okruženjem i samim sobom, pa do onog najgoreg — momenta kada se počini zločin nad drugim ljudskim bićem.

Dajana Lazarević

Mirjana Sušić rođena je 1987. godine u Zvorniku. Osnovnu i srednju školu završila je u Vlasenici potom Fakultet poslovne ekonomije, smjer Finansije, bankarstvo i osiguranje u Bijeljini. U struci je kratko radila.

Uživa u čitanju i stalno je okružena knjigama, smatra da je dom bez knjiga malo bez duše jer knjige mu daju toplinu. Pisanjem se bavi duži vremenski period ali ranije je to bilo samo za „njenu" dušu dok nije odlučila da jednu priču konačno ispriča do kraja i tako je nastao rukopis *Krvava čestitka* koji je zapažen na 5. Drinskim književnim susretima.

Pored čitanja i pisanja uživa u fotografiji, inspiraciju za slikanje pronalazi u svemu, sasvim obično mjesto ona vidi drugačije. Vedrog je duha, velika sanjarka uvijek je nasmijana, zadovoljstvo pronalazi u sitnicama.

Spletom nekih nepredviđenih okolnosti prije tri godine doselila se u Zvornik gdje trenutno živi i radi. Možete je potražiti na Instagramu pod imenom *book lady in the clouds* i pronaći neke zanimljive preporuke za čitanje jer tu je spojila svoje tri najveće ljubavi, čitanje, pisanje i fotografiju. Smatra da knjige spajaju ljude i želi nastaviti širiti pozitivnu energiju i ljubav prema knjigama i čitanju jer kao što je neko jednom rekao:

„Čovjek koji čita proživi hiljadu života prije nego što umre, čovjek koji ne čita samo jedan."

Mirjana Sušić
KRVAVA ČESTITKA

Drugo izdanje
London, 2024

Recenzenti
Dajana Lazarević
Nebojša Saikovski

Lektor
Dajana Lazarević

Izdavač
Globland Books
27 Old Gloucester Street
London, WC1N 3AX
United Kingdom
www.globlandbooks.com
info@globlandbooks.com